L'ESPRIT DE L'IVRESSE

DOMAINE FRANÇAIS

ISBN 978-2-330-02354-6

LOÏC MERLE

L'esprit de l'ivresse

roman

ACTES SUD

À Laure.

J'étais enfermé dans le présent,
comme les héros, comme les ivrognes.

MARCEL PROUST

I

Dans cet immense rendez-vous, la foule observe peu la foule…

BALZAC

Et lorsqu'il parvint, craintif et résigné, au bas de la longue pente, lorsqu'il s'arrêta devant cette fameuse frontière des Iris que, même plus jeune, il n'avait jamais réussi à passer impunément, ce n'était plus une sentinelle quelconque, mais la Mort qui le guettait, et exigeait à son tour un péage exorbitant… Souriant faussement elle n'avait rien d'impressionnant, et même elle ressemblait au quartier tel qu'il l'avait toujours connu, dépourvue de la moindre bienveillance, arrogante et grossière, décidant pour lui des traces qu'il laisserait après sa disparition, une traînée de sang ici, quelques cheveux là, peut-être ; mais sa puissance semblait infinie, et il ne l'avait pas encore rejointe que, déjà, il se sentait condamné. Furtif, tremblant, il hésitait face au soleil rouge crevant sur le fil de l'horizon : à soixante-trois ans, devait-il défier cette dernière douane, ce dernier arbitraire afin de rentrer chez lui ? S'il fuyait lâchement cette rencontre, aurait-il une chance de survivre ? Sans réfléchir davantage il avança, mais une Main lui serra le cœur, et il ne put parcourir que quelques mètres avant de s'affaisser contre un grillage ; un sang épaissi arrivait à ses tempes, et battait à rompre ses veines ; son cœur se mit à suivre un rythme étrange, irrégulier et entraînant ; ses yeux se fermèrent. Alors tout, autour de lui, plongea dans le néant, et il se sentit enlevé, une part de lui, une bonne part de lui-même emportée loin, et seule. Il s'imagina un instant voyager pour de bon. Le haut disparut : l'éclat soyeux d'un soir de mai, et la nuit de banlieue qui commençait à foncer le ciel. Le bas disparut : sur sa droite l'épicerie animée de constants va-et-vient, dans son dos l'enfilade obscure des façades, et ses chaussures élimées, et ses bas de pantalon retroussés en bandes égales.

Curieusement il respirait mieux, sentait à nouveau un air depuis longtemps oublié, et qui était comme lavé des rumeurs de violence, de vol et de meurtre. Enfin, M. Youssef Chalaoui goûtait au silence de soi. Il partait… Il partait…

Mais cette évasion ne dura guère : dans l'enfer pullulant qu'il quittait, on dut se souvenir *in extremis* de son nom. Il eut l'impression qu'on venait le chercher : la vie, la vraie vie semblait-il, que jusqu'ici il n'avait pas connue, le rappela. Alors il ouvrit les yeux, et tout réapparut : d'abord trois tours gigantesques qui ressemblaient à des plantes sauvages, à la sauvagerie même, puis la dureté géométrique de la ville et du tracé des routes, puis la masse imposante des rues droites et des immeubles dont la suite sans fin figurait un monde à part. Une lévitation cessa, il était comme ramené au sol ; une fulguration cessa. Son malaise passait, s'écoulait vers ses jambes, se rétractait jusqu'à ne plus former qu'une petite boule dans sa poitrine, mais, diminuant, la douleur le laissait démuni. Comme il relevait la tête, il entendit un rire rauque s'attarder quelques instants auprès de lui, avant de s'évanouir… Il se sentait écrasé…

À terre, M. Chalaoui cligna des yeux un long moment, comme si ce mouvement répété des paupières était capable de faire renaître quelque chose en lui, de faire repartir le demi-cadavre. Puis, ayant recouvré un peu de force, il réussit, presque à regret, à se remettre debout, trouvant le moyen de regarder ce qui se passait alentour : les couleurs qu'il discernait, les gens, paraissaient inchangés, inconscients de sa brève absence, et personne ne l'avait aidé à se relever. Mais il s'inquiétait : quelqu'un peut-être l'avait vu à genoux, s'était moqué de lui, et répandait en ce moment même la nouvelle de sa faiblesse dans tout le quartier ; cette crainte le piqua davantage que le souci de sa propre santé et, jetant de brefs coups d'œil vitreux de tous les côtés, délaissant la promesse d'une franche délivrance, M. Chalaoui se pencha pour ramasser son cabas et reprit péniblement son chemin. Tandis qu'il se traînait, tentant de dominer ses vertiges et la lourdeur de ses membres, la bulle de calme qui l'avait entouré pendant sa défaillance éclata soudain et des sifflements familiers reprirent possession de ses oreilles. Son souffle était entravé, comme barré par un mur à la sortie de sa bouche ; il sentait ses doigts s'ouvrir et se fermer convulsivement, comme si, désormais, ils appartenaient à quelqu'un d'autre (pourtant, quels efforts il avait consentis depuis sa naissance pour les faire siens, ainsi que ses mains!) ; une brise qui s'était levée se faufilait dans le col de sa chemise et glaçait son cou. Et il pouvait, par un étonnant dédoublement, juger de sa propre apparence : il avait l'air harassé, et pitoyable, et dément. Réellement, il devait avoir perdu la tête : il entendait à nouveau des Voix, mais elles ne consistaient plus en un borborygme continu qui l'avait poursuivi des années et dont se détachaient de temps à autre un mot ou une phrase; c'était des Voix claires et unanimes, gonflées de mauvaise foi, qui lui répétaient un ordre irrité et comme blanc de maladie : *Rentre chez toi Rentre chez toi Rentre chez toi*

Obéissants, ses pieds raclaient mécaniquement l'asphalte, luttant contre l'engourdissement qui le menaçait tout entier; gardant les yeux baissés il surveillait ses trop grands pas, laissant ses bras se balancer au hasard pour empêcher la chute. Sa démarche chaloupée, son port de tête raide ne surprenaient personne, ne dérangeaient pas : on passait rapidement devant lui, derrière, on le contournait sans agacement, on le poussait au besoin. Et il fut tenté plus d'une fois d'échapper à la cohue et de s'allonger sur le trottoir, quitte à se faire piétiner, qu'en l'achevant au moins on lui prêtât attention… Cependant il continuait, tentait coûte que coûte de rester digne, et fidèle à on ne sait quels idéaux absurdes de probité et d'intégrité que, de toute façon, peu de gens ici auraient pu reconnaître… Il était aux Iris… Mais, épuisé, il dut s'arrêter au bout de la montée, au milieu d'un pont, et prendre appui sur une rambarde qui résonna légèrement au contact de sa chevalière; et ce n'est qu'après de longues minutes que, un peu revigoré par la froideur et la solidité de l'acier, il put considérer cette éternelle vue : la gare au-dessous de lui, les nombreux panaches de fumée, l'étalage désordonné des bâtiments, des rails, des entrepôts, l'horizon trouble, tous semblables à hier, et dont la permanence tenait à sa place le compte des jours passés en assurant la liaison entre les temps si différents de son existence. Toutefois, il décelait aujourd'hui quelque chose de nouveau dans l'air, dans le paysage, dans son propre regard, et l'atmosphère et lui-même s'en trouvaient apaisés. En contrebas, sur les quais, une masse joyeuse et mouvante attendait un train qui l'emmènerait loin, ce vendredi, et la ferait pénétrer à l'est l'or généreux et artificiel du jour finissant. Et, répondant à cet appel qui n'avait nul besoin de se faire entendre, à ces désirs sans cesse répétés de renoncement, les rainures rutilantes d'une locomotive s'extirpèrent de l'ombre projetée du pont et surgirent sous M. Chalaoui, si près de ses pieds qu'il eut l'impression de courir sur son toit ; le train freina, et un crissement lamentable que même lui, pratiquement sourd à tout ce qui n'était pas ses Voix, ne pouvait ignorer, monta dans le ciel et s'y dispersa, absorbé par le beau temps. Puis, après un court arrêt, les wagons s'ébranlèrent d'une secousse et repartirent lentement, et c'était comme si un géant, là-bas, au centre de la ville dressée, attirait les voyageurs à l'aide d'une lourde corde... À son grand étonnement, M. Chalaoui observait tout cela non suivant l'habitude, mais avec intérêt, voyait différemment : une certaine modification de la réalité lui apparaissait, un très léger glissement qui ouvrait des perspectives inédites... Sans doute aurait-il dû en profiter pour acheter un ticket et, sans hâte, descendre les escaliers menant aux voies, attendre patiemment ; ensuite les courants d'air auraient rafraîchi sa tête enflammée, les vêtements des passagers lui auraient semblé de plus en plus insolites à mesure qu'ils se seraient approchés de Paris ; et il aurait vérifié souvent la propreté de ses ongles et de ses bras de veste, regretté le ton trop sombre de son pantalon, tapoté son cabas comme un sac de voyage, se serait inquiété de la conservation de ses fruits pour un si long trajet. Puis ça aurait été un autre train, quelque part, qui l'aurait conduit vers des confins qu'il ne parvenait pas à se représenter. Mais, pensa-t-il, il était bien tard pour espérer prendre une mer qui le ramènerait chez lui – c'est-à-dire dans n'importe quel endroit du vaste monde où il pourrait se sentir chez lui. Alors M. Chalaoui comprit pourquoi tout lui semblait changé : il savait qu'il ne quitterait plus le quartier des Iris. Et il était extraordinairement soulagé de posséder au moins cette assurance, qui n'était certes pas plaisante, mais sur laquelle il pouvait se reposer. C'est alors qu'une Voix prit brièvement le dessus sur les autres, sur le marais de milliers d'autres, et lui souffla à propos : *Tu n'as rien fait de ta vie*

La considérant plus sérieusement qu'il n'aurait dû, il s'en voulut un instant de tourner aussi définitivement le dos à sa jeunesse, à ses rêves encore inassouvis de ports et d'escales – il avait tant redouté cette défection jusqu'alors… Respirant plus à son aise, droit et détendu, il contemplait maintenant les lambeaux de l'ancienne zone industrielle où il avait travaillé durant plus de quarante ans, les cheminées qui persistaient à cracher, les murs éventrés et toujours debout, et les créneaux de l'usine abandonnée qui, jadis, avait été entraînée jusqu'ici, comme lui-même, par une sorte de grand coup de balai donné par la ville, et qui, cet exil commun les ayant rapprochés, l'avait séduit un temps peut-être, peut-être – repensant à cette époque il ne se souvenait plus que de son aspect de plastique et de verre. M. Chalaoui poussa un grand soupir, mais dénué d'accablement ; à chaque seconde, il se sentait plus alerte. Il leva les bras ; il s'étira comme un gymnaste. C'était comme s'il n'avait jamais eu d'attaque, comme s'il n'était plus malade, comme s'il avait été, non pas guéri magiquement par le crépuscule de banlieue, mais mis à l'abri ; et, poussé par sa vigueur nouvelle autant que par le besoin d'en faire la preuve et de l'exercer, il se remit en route.

Une odeur de menthe montait de son cabas, qui lui donna faim. Il prit un paquet de pistaches, en mangea quelques-unes et jeta toutes les coquilles par-dessus son épaule droite, d'un geste superstitieux qui désirait éloigner le mauvais sort encore pour quelque temps. La descente l'entraînait tranquillement jusqu'à une grande avenue où, comme dans un tableau vivant, chacun avait une place assignée, lycéens s'attardant autour du lycée, rares nuages, vendeurs à la sauvette ; et, attendri par ce spectacle familier qu'il aurait pourtant juré ne jamais avoir vu, il lui sembla un instant qu'il pouvait recommencer à vivre, c'est-à-dire participer à nouveau, sans états d'âme, à cette grande représentation qu'il avait sous les yeux et qu'il avait longtemps méprisée, il lui sembla qu'il pourrait maintenant être avalé et se perdre dans la foule qui n'était plus hostile, plus aussi hostile… qui lui indiquerait volontiers son rôle… Et profiter ainsi du regain de sa curiosité, de ses espoirs, pour renouer peut-être avec certaines personnes, si cela était encore possible…

Pas d'échappatoire ni de faux-fuyants avec nous : de toute manière tu n'as jamais rien fait de ta vie

Marchant la tête haute, M. Chalaoui prenait plaisir à observer l'homme de la rue, ses longues enjambées vers des destinations inconnues ou, au contraire, son immobilité parfaite, travaillée, son intérêt pour les événements les plus anodins, penché aux fenêtres des immeubles couleur de suie et de roche qu'on aurait dit naturellement creusés de grottes et de galeries, sur son visage le désir d'une fin – fin des efforts constants, fin des mois difficiles, de l'exploitation, fin de cette époque –, qui ne viendrait jamais. Il observait le quartier des Iris que l'approche de la nuit réveillait et gonflait d'agitation, après les heures du travail qui n'avaient enrichi personne, et les douches froides qui avaient pu passer pour de la tendresse – nulle *société* ici, mais les rues qui rugissaient, les surveillaient tous, et même lui, qui avait passé l'âge...

Les rues étaient la demeure des Voix.

Et l'avenue Marx pareillement : c'était une trouée inutilement large et venteuse qui imposait violemment sa rigidité... À cette heure, une jeunesse innombrable et envahissante s'y pressait spontanément, s'y retrouvait en bandes. Dominant, désapprouvant peut-être ces vagues continues, en tout cas les dissimulant aux cieux et aux drones, de grands arbres pacifiques et inclinés coupaient le trottoir en deux parties à peu près égales, à droite de l'avenue, alors que le côté gauche, dénudé, étroit, laissait s'imposer la route, et les corps massifs des bâtiments qui le bordaient et menaçaient de s'écrouler. Singulière flore, singulière faune des Iris, parentes très éloignées des forêts et des champs : les fleurs courbées qu'on avait plantées d'autorité, ici et là, derrière des arceaux de fer ; les oiseaux qui ne volaient jamais, mais marchaient – ses rues étaient l'hôte de cette fausse nature rejetée partout ailleurs. Toujours étonné de sa bonne forme, et de l'énergie qui persistait à porter son corps, M. Chalaoui choisit de ne pas rentrer chez lui par le chemin le plus court, et resta du côté ombragé de l'avenue – assurément ces ombres qui s'allongeaient seraient capables de préserver son nouveau, son fragile bien-être, ainsi qu'en cette fin de journée, ce moment si propice à la flânerie ! Il lui semblait que ses yeux se dessillaient, et qu'il profitait enfin du bouillonnement continuel de la rue, appréciant justement ce qu'elle avait à offrir : sur ce balcon le long cou d'une jeune femme, que les pans tombant de sa robe bleue, ouverte dans le dos, dotaient de deux ailes ; ces quelques amis qu'il dépassa et qui discutaient sans animation, après de longs intermèdes pendant lesquels aucun d'entre eux ne parlait ni ne regardait les autres, traînant dans un parc qu'on aurait dit leur, buvant, versant de temps à autre de leur bière sur le sol, scène figée, mais parfois animée par des jets épais de fumée et de violents mouvements de bras qu'une apathie précédente empêchait de leur attribuer tout d'abord ; cette femme croisée ce matin, extraordinairement ridée et laide, qui pourtant lui avait paru ressembler à son épouse, à Zahra si elle avait été vivante, s'était gardée de certains sentiments et de certains excès, cette femme qu'il avait regardée passer et disparaître entre les étals rigoureusement identiques du marché finissant ; et le flot des bandes de jeunes gens qui déferlaient constamment face à lui, occupant toute la largeur du trottoir telle une eau, tel un gaz, et qui étaient un des pouvoirs admirables d'ici, semblables aux murs et aux gens d'ici, au quartier même, solides d'aspect et toutefois inconstants, secrètement sensibles, car soumis à des pressions particulières, plus anciennes et plus terribles que les autres… Il pensa que ces bandes étaient d'une sorte très différente de celles de sa propre jeunesse et de leur dispersion au bord de la mer changeante, dont les mille teintes de vert effacées aussitôt qu'apparues leur avaient appris la possibilité, l'extrême probabilité d'un monde encore inconnu mais prometteur, dans lequel ils pourraient être maîtres de leur propre destin… Au contraire, ceux-là qui marchaient avec un air enragé et la moue aux lèvres, même jeunes, savaient déjà ce qui les attendait, ne rêvaient plus.

Cependant une de ces bandes approchait, cinq adolescents qui, en obligeant chacun à s'écarter de leur chemin, avaient conquis la part du monde dont ils se souciaient ; et l'un d'eux, croisant M. Chalaoui, le percuta à l'épaule, le faisant trébucher hors de ses préoccupations élevées et abstraites. M. Chalaoui se retourna : l'adolescent le fixait intensément, légèrement penché vers l'avant, bras en demi-cercles devant lui et poings d'ores et déjà serrés, guettait sa réaction de la même manière que ses quatre amis, espérant l'occasion de s'emporter contre un homme inoffensif, le genre d'homme qui subirait sans un mot la fureur désœuvrée qui clapotait en lui, qui lui réclamait de plus grands espaces. Mais puisque je suis presque un fantôme, je n'ai rien à redouter, se dit gaiement M. Chalaoui. Et il les dévisageait, essayant de se rappeler la crainte qu'il éprouvait en pareil cas et qui aurait dû surgir depuis un moment, l'agaçant même pour la faire venir comme, à travers des barreaux, un animal dangereux et captif; puis il s'avança vers eux sans prudence, il voulait simplement leur confier une ou deux de ses découvertes. Mais ils se mirent à reculer, tandis que leurs regards troublés, qu'on aurait dits remplis de larmes, tentaient d'éviter le sien. Il prit alors conscience, mieux qu'à l'aide d'un miroir, de l'allure qu'il devait avoir, de la folie qui avait prospéré sur son visage, l'effroyable royauté – certes il n'avait pas de couronne, malgré les épis irréductibles de ses cheveux, aucun parterre de lys sous ses pieds, mais, en dépit des traces d'usure de son pantalon prouvant qu'il s'était courbé plus souvent qu'à son tour, il était inexplicablement altier, comme si parcourir les Iris revenait à visiter le plus négligeable de ses domaines, il sentait maintenant dans ses yeux quelque chose de métallique... Et, sans doute frappés par cette noblesse qui était chose peu courante dans le quartier, les cinq garçons tournèrent les talons d'un même mouvement, puis s'éloignèrent comme s'il ne s'était rien passé. Un peu surpris, M. Chalaoui s'inquiéta de l'impression qu'il leur avait faite, avait encore ce souci, bien qu'il ne les connût pas : peut-être méritaient-ils d'avoir eu peur à leur tour, mais peut-être pas... Et il songea qu'ayant moins exprimé de leur colère cette fois, ils seraient probablement moins indulgents ailleurs, plus tard... Quelqu'un d'autre ayant à perdre paierait à sa place... Mais au diable tout cela, se dit-il, et tout ce qui était indigne de ses sensations présentes, que ce sac plein et noué comme ceux qu'on utilise pour noyer les chats aille au diable, sans possibilité de retour... Et il repartit, dans l'avenue, dans une sorte de songe.

Mais il marchait maintenant à pas comptés, rattrapé par une certaine gravité qui le clouait au sol ; et, au tiers de l'avenue environ, juste avant l'entrée d'un rond-point souterrain, une fatigue intense, assez différente de celle qu'il avait éprouvée durant son malaise, le saisit ; il s'écroula sur un banc. À bout de souffle, et surpris par cette défaillance comme un homme de vingt ans, son regard resta longuement fixé sur la route, sur le lissage et les teintes bleutées du goudron, le dessin compliqué des lignes blanches, les hachures jaunes, les bandes et les flèches qui se contredisaient, puis les panneaux de direction et de distance, et tous les caractères d'une civilisation – ce qu'il fallait comprendre pour seulement survivre, de nos jours, pour ne pas mourir par accident, tous ces signes qu'il fallait connaître et déchiffrer avec exactitude, et les sacrifices que cela exigeait mais qui ne donnaient droit à aucun crédit, ne débouchaient jamais sur rien. Et, d'un autre côté, prématurément usées par les sollicitations permanentes de ces détails vagues, de ces à-côtés, les figures affichaient chaque jour davantage de ravages du temps. M. Chalaoui plaça son visage entre ses mains froides, grises, larges et veinées, inspira fort dans cette forteresse ; puis il releva un peu la tête

Plus de joie et plus de peine et plus de paix pour toi, ici, ailleurs

Il trouvait dommage que ses pensées prissent un tour si mélancolique et renfermé – ce soir devait résonner du cri d'une victoire, d'une indépendance ! Les regrets et les Voix pouvaient bien l'accabler, les chants d'oiseaux se taire, et tous les chiens et les chats, il espérait en avoir fini, d'une certaine façon, avec les Iris et une nostalgie bien connue, avec la sensation de déracinement, avec le souci des bruits dont il ne se rappelait qu'à grand-peine et le souvenir des jours déments… Avec ses propres renoncements, depuis un certain matin… Affalé sur son banc, tandis qu'il penchait la tête en arrière pour détendre les muscles de son cou, cela lui revint. Les Voix se turent pendant un moment, reprenant leur souffle acide. M. Chalaoui prit soin de garder les yeux fermés…

Il était parti sans prévenir un dimanche à l'aube, sans explication, il avait quitté la jalousie morne de sa femme et les bras maigres de sa fille, son foyer étouffant ; il espérait quitter les Iris. Il avait attendu un long moment sur le quai, dans le brouillard, comme douché, incapable de se fixer sur une idée simple, sur un souvenir heureux, sur une chanson, observant les cicatrices du gel sur la voie et les Iris au-dessus de lui changés en une pâte dégoulinante ; debout, indécis, attendant l'élévation pour récompense de la souffrance et du vif tranché, de l'action, attendant un don de Lui, qui a toujours reconnu les siens. Qui les éprouve, néanmoins. Qui a eu vent de ses tourments, mais qui se moque des demandes injustifiées et des courbettes, qui se contente d'observer et ne se dérange qu'exceptionnellement. Ça n'avait rien de rassurant. Il attendait un train, au même endroit que d'habitude. Rien ne bougeait à part, sur les bas-côtés, quelques brins d'herbe regroupés en touffes blanchies et frissonnantes, et, çà et là, des tiges de pensées décapitées qui se courbaient humblement, comme si elles avaient trouvé ici, dans cette plate-bande qui longeait un grillage et séparait la gare et la rue, une limite à ne pas franchir. Il ne voulait plus vivre de cette façon.

Frigorifié, il gémissait doucement. Les roulis du train le berçaient, ses yeux capitulaient ; somnolent, les membres détendus, il restait exceptionnellement conscient de lui-même, devinait le profil d'empereur qu'il présentait aux autres voyageurs ; et il lui semblait que le paysage qui défilait rapidement sur sa droite naissait en lui, sortait de lui, expulsé par ses narines puis, dépassé par la vitesse, pris dans les vents qui sifflaient le long du wagon, était abandonné à son sort. Et si sa tristesse demeurait, si son corps lui paraissait insensiblement glisser, ce n'était pas dans l'ouate qu'il avait toujours connue, et favorisée : dans ce nouvel abri, de temps à autre une curieuse joie, une sorte de transport se montrait brièvement puis disparaissait tout aussi vite, l'encourageait à succomber à l'ignorance du mal qu'il faisait. Engagé dans un grand tournant, le train progressait sans qu'il fût besoin d'y penser, et il allait céder au sommeil quand, malgré son regard prudemment rentré et ses paupières mi-closes, il aperçut, remuant sur sa banquette, les sheds familiers, resplendissants malgré la grisaille, de l'usine (Et je n'aurais jamais envisagé d'y travailler, lui vint-il, pendant toutes ces années, pendant cette alternance sans fin de travail et de vacance, plus jeune et plus naïf il est vrai, si je n'avais pas eu l'obligation de me nourrir, puis de nourrir une femme puis toute une famille, si j'avais deviné, pressenti autrement que brièvement, de loin ou de nuit, ou aveuglé par la lumière des temps nouveaux, la mauvaise surprise que renfermaient ces hangars, surchauffés l'été, résonnants l'hiver, surprise qui, pourtant, était franchement annoncée par les deux énormes portes coulissantes de l'entrée, et par la déformation extrême des bâtiments qui indiquait le tour que devait prendre l'esprit afin d'y tenir bon, mais aussi par les gifles de l'air ranci, vicié, corrosif, qui prévenait de l'espèce de lente dégradation que nul ne pourrait éviter à l'intérieur, puis pénétrait résolument par les pores de notre peau, assaillait l'âme et dirigeait notre effroi le long des alignements de machines, des palettes, dans les bacs de matières imputrescibles que nous avions à manier et dont il ressortait intact, et c'était toujours une angoisse invincible qui nous raccompagnait chez nous, favorisait notre dissimulation que nous trouvions si française, puis nous prenait par la main le lendemain pour que nous revenions un jour de plus, la plupart continuant tout de même à humer et à apprécier jusque tard l'odeur de l'usine au petit matin, persistant à aimer cette catastrophe ouvrière comme on aime une terreur qui se répète sans faillir et paraît immortelle, continuant à subir les marées de respect et d'amour et de haine dont les flux et les reflux castraient toute velléité de fuite, rassurés à l'idée que cette internationale de la domesticité se retrouvait, désespérément identique, dans chaque usine de cette planète) ; puis il vit un château d'eau repeint de blanc comme le dernier poste d'une frontière ouverte, et, enfin, de part et d'autre du train, la véritable tangente : la Seine. Se relevant alors et collant son front contre la vitre, son regard plongea avec ferveur dans l'eau qui semblait à la fois reposer dans les vapeurs matinales et filer vers l'ouest : sous ce miroir monumental du ciel bas et des nuages noirs cohabitaient larges nappes et filets tumultueux, toutes les vitesses de courant et tous les écoulements possibles, unis pourtant dans un même cours à peine modifié par les grandes masses de cailloux et de terre, par les hommes, cours se transformant autant de fois qu'il le fallait pour suivre sa nature, imprévisible, car ignorant lui-même les horizons qu'il rejoignait, paraissant s'adapter aux rives mais les rongeant secrètement, les pliant à sa volonté dont on ne savait pas la limite et craignant seulement, sans doute, le plein soleil et l'altération chimique, ce brun qui surmontait l'écume, ces flaques d'huile irisées – la vision n'avait duré que quelques secondes mais, rattachée aux centaines d'impressions antérieures qu'il ne savait même pas avoir éprouvées, elle lui fit l'effet d'une eau vive, d'une source au bout d'un chemin moral facile à emprunter et à retrouver lorsqu'il serait perdu, l'effet d'une grande certitude ; sa peur de vivre était soudain tombée et, avec elle, toutes ses fausses amours. Mais, comme le train pénétrait un énième tunnel, la lumière se réfugia à l'intérieur du wagon et le reflet de son visage lui apparut dans la vitre ; surpris, il eut un mouvement de recul et le masque impressionnant se liquéfia, s'abîma dans une obscurité qu'il croyait avoir laissée aux

Iris; alors une oppression ancienne, l'oppression qui venait tout juste de le laisser en paix reprit sa poitrine, tandis que le train entrait en gare d'Asnières, il était si près, mais ses yeux noyés de larmes ne discernaient plus que des formes vagues. Il se leva à peine le train arrêté, oublia sa valise, courut, tomba sur le quai plus qu'il ne descendit, courut encore dans les couloirs, pressant ses joues encore chaudes ou se tenant les côtes. Une demi-heure plus tard, il monta dans un autre train repartant vers les Iris qu'il eut l'impression de tirer tout du long, si lourd d'acier et de regrets tenaces, un train empli de courants d'air qui accablaient son ouïe d'un bourdonnement incessant...

Ce soir, cependant, et alors que tout en lui paraissait s'être définitivement effondré, il lui semblait pouvoir visiter ses propres catacombes, sans que cette expérience eût rien d'insoutenable : il contemplait sereinement ses plus solides fondations, l'ensemble de ses petites morts et l'empilement des crânes, il faisait le tour des piliers qui avaient soutenu ses années – aujourd'hui une certaine angoisse avait pris fin, et il ne demeurait plus dans le monde haut et figé des valeurs qui ne font que se perpétuer à l'identique et où l'on mourait comme l'on avait vécu, dans la vénération de la pondération, du mérite, de la famille, du sang, et de l'ordre des nations... Ce soir, avec ce qui ressemblait à un retard de la perception, dû à la grande distance à parcourir, d'une lumière déjà morte, M. Chalaoui concevait une façon différente, non pas de sentir et d'observer, mais de se considérer lui-même, une façon de se traiter avec sympathie et bienveillance, pour ce qu'il était. L'entourant, proches, les beautés du crépuscule venaient à lui sans voile, offrandes miraculeuses : seul juge il en délaissait beaucoup, mais aucune de ces mises à l'écart ne l'indisposait puisque ses choix tenaient de l'enchantement. Et il *voyait*.

Sur son banc M. Chalaoui remua un peu, ramena un genou à sa poitrine, lentement. À l'occident, le soleil agonisant persistait, pendant de splendides dernières minutes, à faire donner ses flèches dans la frondaison des arbres, bénissant de rayons certaines branches où étaient accrochés des sacs en plastique blanc, en rejetant d'autres dans l'ombre et dans l'apaisement, radioscopant ainsi une partie du feuillage dont les nervures, l'intimité apparaissaient, mais qui gagnait à cette intrusion un supplément de vigueur, quand les autres feuilles s'éteignaient, anticipant et s'habituant dès à présent aux principes tout différents de la nuit. Une atmosphère de dénouement régnait, mais délestée des apprêts du drame, de l'intérêt pour ce qui suivrait – son charme était celui de la mémoire. D'évidence ce crépuscule était une nouvelle fois dédié au passé, aux morts, et à la matière en putréfaction, que les couleurs inaltérables du soir d'été ramenaient à la conscience. Les coins noirs du ciel faisaient office de crêpe, les sas tamisés entre jour et ténèbres évoquaient autant de passages vers l'autre monde, les balancements des feuilles dans le vent, des mélopées, et du cœur des Iris s'élevait un grondement continu, un bruit sourd de moteur qui figurait la détresse et les pleurs – dans ce temple improvisé, populaire, de la Mort, chaque sensation à laquelle on prêtait attention constituait une leçon pour sa propre fin.

Depuis quelques minutes, comme un corbillard, une voiture de police passait et repassait à petite allure devant M. Chalaoui ; sursautant, il eut l'impression de revenir à lui. L'avenue Marx s'était vidée. Il était huit heures. Les passants accéléraient le pas comme s'ils étaient chassés par l'obscurité – ceux-là n'habitaient pas les Iris, n'avaient pas à les subir. Lui restait recroquevillé, son front touchant ses genoux, une main sur son cœur pour l'empêcher de bondir hors de sa poitrine. Une brise l'avait rattrapé, aiguillonnait ses muscles raidis, portait les Voix

Rentre chez toi

Oui. Il se leva. Le miel du ciel était traversé par ces déchirures pourpres qui précédaient et prévenaient, pendant un intermède trop court de fraîcheur et de tempérance, les menaces de la nuit. Et M. Chalaoui se remit en route sans s'occuper des douleurs qui découpaient à nouveau son corps en parties étrangères les unes aux autres – de toute manière, est-ce que cela cesserait ? Changeant son cabas de main et laissant l'avenue Marx sur sa gauche, il se mit à monter un escalier en s'aidant de la rampe, plié en deux, se hissant à l'aide de ses bras plus que poussant sur ses jambes. Puis, arrivé en haut de l'escalier, il s'arrêta. Cherchant une distraction qui lui fît oublier un instant le retour de la fatigue, son regard s'attarda sur de grands panneaux recouverts d'affiches ; mais ce qu'il pouvait y lire lui parut un peu différer de l'habitude : *Ensemble contre les plus gros profits, pas contre tous, pas contre les petits, pas contre les moyens et les gros raisonnables, Il y a mieux à faire, Réunion le, Réunion pour, Réunion venez nombreux, Réunion : peut-être apercevrez-vous assis au fond de la salle le Temps qui tapote sa montre d'impatience, et peut-être verrez-vous comme au spectacle le bras droit du maire affronter les huées et des protestations pourtant inutiles, Un meilleur habitat pour une meilleure qualité de vie, comme un slogan l'immobilier de demain sera sans surprise, mais ce sera toujours à nous de doter les tas de pierre d'une conscience, Mobilisons-nous, le combat est indispensable, Faites passer le message : la vaccination est indispensable, la sécurité est indispensable, ces produits présentés sur un fond blanc ou bleu ou jaune à la rigueur vous sont indispensables, un ticket de transport valide est indispensable, le civisme est indispensable, la préservation d'un certain environnement est indispensable, Michelle Paul : que font-ils de nos impôts, Michelle Paul : un visage ratatiné et honnête, les rides et les bosses sans fard, des cheveux comme des poils, des oreilles comme des voiles, rien ne paraît à sa place cela au moins peut nous plaire, Vu : l'arrêté n° 2005-20994 accordant l'agrément aux forces de police municipale de contrôler les niveaux sonores sis dans la rue, Vu : l'arrêté n° 2009-297 relatif à la lutte contre les bruits de voisinage et les odeurs intempestives, Alerte ! Disparition inquiétante, possible enlèvement : enfant de cinq ans et demi yeux marron cheveux de jais, et si c'était votre enfant, Toutes les informations de ce panneau vous concernent c'est votre ville débrouillez-vous donc, Nouvel album d'Alba Five strictement de la rue par la rue pour la rue – pourvu qu'il y reste, Dans un autre genre Lily Jordan est en concert à Paris pour deux soirées uniques et chères et si vous aimez l'émotion qui se dégage d'une voix et le rythme de fer de la batterie et les mélodies revêches et la profusion des cuivres et des costumes cette artiste n'est pas pour vous, ne venez pas gâcher la fête ne passez pas par le marché noir car les billets d'entrée ne tombent pas des camions n'est-ce pas, Il a été décidé : 1/ que les nuisances sonores, de causes aussi bien professionnelles que particulières, sont interdites dans les rues de 22 heures jusqu'à 6 heures, sauf si elles répondent à des impératifs de commerce, d'échange, d'entreprise ou de réparation urgente d'un véhicule, 2/ que les cuisines professionnelles ou particulières dont les installations sont non conformes aux normes d'hygiène, et celles dont les émanations constituent une gêne pour le voisinage,*

pourront être inspectées sur simple indication d'un représentant de
l'autorité publique et, le cas échéant, fermées ou condamnées, Je t'M
LINA mais Lina ne l'M pas et le balade et fé sa pute, Vérité et Jus-
tice pour Ali Ziri, Justice pour Amar, nous ne lâcherons pas, vérité
et justice que ces mots sont chétifs désormais qui portaient beaucoup
de nos espoirs mais ils tombent en morceaux et que deviennent alors
nos espoirs qu'ils portaient, Perdu : un chat gris à queue blanche,
une griffe de sa patte gauche est cassée, s'il vous plaît c'est mon der-
nier et seul compagnon –

Pendant un long moment M. Chalaoui ne bougea pas, tout
de même hésitait : devant lui, dans une cuvette, s'étendait une
vaste plate-forme d'un gris bleuté et lisse, qu'habitant aux Iris ou
simplement de passage on ne pouvait éviter, inévitablement pris
dans le filet des rues étroites qui la reliaient, à l'est et à l'ouest, à
une série de petits hexagones identiques, comme autant de rabat-
teurs qu'elle aurait dépêchés. Pourtant cette grande plaque, cette
grande dalle n'avait rien d'engageant : on avait l'impression d'une
construction d'enfant exécutée le plus rapidement possible, le nez
pincé, d'un empilement de fortune cerné par des immeubles dis-
proportionnés, taillés à la va-vite dans un même et gigantesque
bloc de pierre, et alignés selon un plan qui n'avait un sens que vu
du ciel, ou de l'esprit. Tout paraissait avoir été installé à coups de
marteau, les balcons, les barrières trop basses pour s'y appuyer et
mal assorties au décor, les locataires, et même le commissariat qui,
occupant l'un des multiples renfoncements de la grande place,
semblait égaré, abandonné derrière un grillage toujours baissé et
des vitres épaisses et sales. De tous côtés la matière morte domi-
nait le regard, malgré quelques arbrisseaux qui s'obstinaient à ne
pas pousser, quelques fleurs et quelques plantes dont les bacs aux
lampadaires étaient accrochés trop haut et demeuraient largement
invisibles, malgré les saillies artistiques et énigmatiques de gra-
dins qu'on retrouvait partout, mais qui prenaient une apparence
sinistre une fois la nuit tombée et communiquaient une sorte
d'épouvante, malgré quelques drapeaux très colorés dont l'identité restait obscure. On aurait dit que toutes les tensions, toutes
les contradictions humaines s'étaient accumulées là, comme si, un
jour, une catastrophe avait figé ce paysage absurde et irrémédiable,
comme si un tremblement de terre avait fait s'écrouler le centre

de la place et creusé cette énorme béance qui donnait sur la route et dont personne ne comprenait le rôle, comme si une lave avait passé et emporté avec elle une bonne partie des carreaux de verre qui entouraient auparavant une aire de jeu austère, ne laissant que trous et tessons, comme si une inondation avait craquelé les murs et sali les peintures et installé à demeure une odeur de marigot, comme si des dieux avaient exercé leur antique droit de punir en scellant au sol des sièges de fer inutilisables, en sculptant suivant leur caprice un escalier en vis qui débouchait sur un cul-de-sac, et servait de coupe-gorge. Les conditions pour faire des rencontres, même de mauvaises rencontres, manquaient : en été, la chaleur plaquait au sol et empêchait les têtes de se relever; en hiver, un vent glacial prenait possession des lieux pendant des mois, cinglait les reins et renvoyait chacun vers son foyer. On passait par là, et c'était tout; on n'aurait pas songé d'ailleurs à demeurer plus de quelques instants sur cette dalle, dans cette blessure qui ne se refermait pas, sauf pour la fouiller et la rouvrir et faire se soulever cet endroit de souffrance, dans ce lieu qui, bien que monumental, fermé, et gouvernant autoritairement l'espace par lignes et angles droits, était en miettes. La foule, qui faisait partout ailleurs le prestige d'une place, n'en était certes pas absente, physiquement, faisait ses courses, buvait dans le seul bar qui restait ouvert, jouait, et fumait le long des rambardes qui dominaient l'avenue Marx; mais on sentait bien que les gens, toujours sur leurs gardes, s'échappaient au fond, ne s'arrêtaient jamais sans but précis, évitaient de paraître perdus, c'est-à-dire faibles, et incapables de supporter ce que le quartier exigeait d'obéissance à ses principes et de contrôle de soi... Rendu par obligation sur cette terrasse sans agrément, on espérait toujours être ailleurs... Et pourtant l'animation, une agitation plus ou moins importante, y persistait, et les conversations rapides, et les contacts brutaux, comme si la foule attendait encore quelque chose de la place qui peuplait ses rêves, une rétribution, un grand bouleversement dont elle serait le centre et l'actrice, et qui donnerait un sens à tant de dureté. Mais M. Chalaoui n'avait plus de patience... Et arrivé au centre de la place, il se tourna vers le nord.

Il pouvait apercevoir en contrebas une partie du parc des Amandiers et, au-delà, se détachant si nettement qu'ils semblaient avoir comblé une distance de plusieurs kilomètres, les coteaux de Cormeilles, gâteaux sucrés d'un chapelet de pavillons blanc et rouge, enrobés de la pâte d'amande vert et or des champs et surmontés de la crème bleu marine du ciel, comme une ville repue. Prenant cette direction, M. Chalaoui se mit à descendre ; mais, bien avant d'atteindre l'entrée du parc, il tourna à gauche et pénétra un entrelacs dense de courtes allées, puis, obliquant légèrement sur sa droite, s'enfonça dans la rue Berlioz, serpentin assez long flanqué de deux barres interminables aux façades marron et beige, deux gardiens dont la sévérité et le sérieux apparents étaient un peu démentis par l'accumulation des ordures à leurs pieds, par les bric-à-brac invraisemblables débordant des balcons aux volets clos de leurs rez-de-chaussée, et par la mine réjouie de leurs habitants qui discutaient dans la rue par petits groupes, passaient sans cesse d'un trottoir à l'autre, d'un bâtiment à l'autre, ou improvisaient des jeux de ballon compliqués par l'absence de terrain et de règles claires. Plus loin, la suite impressionnante des immeubles était arrêtée par le boulevard de la Résistance, un genre de périphérique qui bouclait les Iris au sud et à l'ouest, et rejoignait les Amandiers au nord et la route de Cormeilles à l'est, limites dont le tracé figurait vaguement, sur une carte, une fleur sans pétales, aux étamines monstrueuses.

Il arrivait au Bocage, une des neuf cités qui composaient les Iris et formaient autant de petits pays, parfois frères, comme La Béria et la minuscule cité Licorne, Clemenceau et Coudray, parfois irréconciliables comme Les Trois Tours et Magritte qui se faisaient face de chaque côté de l'avenue Marx, parfois encore ostracisés comme Les Derrières des Murs de l'Évêché, qui jouxtait le parc ainsi que le parking réservé aux gens du voyage. Pour rentrer aux Musiciens où se situait sa chambre, M. Chalaoui était obligé de passer par cette cité plus enclavée que les autres parce qu'elle se tenait dans un creux, et, d'autre part, à cause des piliers et des hauts murs qui l'encombraient, soutenant la Dalle et une partie de La Béria. Là, il faisait sombre la plus grande partie de la journée, et rien ne paraissait jamais tout à fait assuré, certain : on avait l'impression de tâtonner, même en plein jour, on vérifiait souvent que le sol ne s'était pas dérobé, et les habitants du Bocage poursuivaient dans une obscurité relative les contrôles

d'identité bien avant et bien après la tombée de la nuit et l'arrivée ou le départ de la police... Les attroupements entre lesquels se faufilait à présent M. Chalaoui étaient différents des foules de l'avenue Marx ou de la Dalle, des rassemblements tendus auxquels on assistait de temps à autre, autour des collèges ou du stade Henri-Wallon : il s'agissait plutôt de groupes villageois, vigilants. Et, à son passage, les conversations s'interrompaient un instant, les regards se tournaient vers lui, et des commentaires pleins de méfiance, qu'il n'entendait pas mais qu'il s'imaginait, fleurissaient dans son dos. Vivant à cinq cents mètres de là il demeurait étranger au Bocage, davantage suspect qu'aux Trois Tours où le vent et la proximité de la gare emportaient tout chauvinisme, ou qu'à Magritte, contrôlée en partie par des trafiquants ne demeurant pas sur place et tenue par des guetteurs qui tous le connaissaient, et M. Chalaoui avançait comme une ombre, modeste et courbé, tenant d'une main sa veste fermée afin de garder sa poitrine au chaud. Il frissonnait, ne voyait plus que les bras nus et les jambes nues, puissants, évitait de croiser les yeux qui le jaugeaient ; il essayait seulement de rentrer chez lui. Mais il dut une nouvelle fois s'arrêter après quelques dizaines de mètres pour récupérer un peu, et s'appuya contre un poteau ; sa respiration n'était plus qu'un sifflement, paraissait avoir le don de parole
Bonjour, monsieur Chalaoui. Hé, bonjouur, monsieur. Héé! Hé! Hé!
boonjouur
Tout d'abord il ne prêta pas attention aux Voix aiguës, puis il finit par se retourner : une troupe imposante de gosses l'appelait, lui faisait en riant de grands signes de la main. Mais ils ne venaient pas à lui, restaient à distance, comme s'ils ne souhaitaient pas vraiment qu'il s'approchât, ou, plutôt, comme si c'était à lui de se déplacer pour rendre leur salut, ainsi qu'il était convenable de le faire... Et, même souffrant, M. Chalaoui savait qu'en effet, les ayant vus, il devait les rejoindre et leur concéder un peu du temps qui lui restait. Alors, essuyant sans cesse sur sa manche la sueur qui coulait de son front, toussant beaucoup et cachant mal ses grelottements, il se traîna vers les enfants, et profitant de sa lenteur il identifia la plupart d'entre eux, qu'il aidait bénévolement au centre d'action sociale... Ils pouvaient être quinze ou vingt, dansant dans la rue, courant sur la pelouse, prenant

des poses éphémères, bougeant sans discontinuer, l'attendant patiemment pourtant, l'espérant avec excitation, trop contents de se distraire. À eux tous, ils cachaient un pan de mur grisâtre qui était comme leur repère, cinq ou dix mètres grêlés à gauche du numéro 20B, cabane d'enfant sans fenêtres et sans toit, sans volume, mais pas sans limites, que M. Chalaoui, s'arrêtant prudemment sur le trottoir, se garda de franchir ; et quelques-uns des gosses s'avancèrent. Il vit d'abord Laridson Santos, Michel Sow, Line Géry, seule du Coudray, Laurence Carvalho, Stephen Gaou et Constance de La Béria, le cadet des Camara, trois Sidi de sept, dix et douze ans, derniers d'une grande fratrie normalement interdite de sortie par des parents sévères. Zied, qui balançait ses longs bras en trottinant vers M. Chalaoui, était un géant squelettique qu'on n'avait jamais vu porter autre chose que des pulls à cols roulés stricts serrant son cou comme celui d'un poulet et semblant contraindre sa grosse tête renflée à sortir de ses épaules, comme un bouchon de champagne ; travaillant invariablement affalé sur sa table, une main désolée sur le front, il était proprement incapable de se concentrer, dégoulinant d'application sur les pages gondolées d'un livre de lecture, trouvant toujours, son buste maigre se tordant parfois selon des angles incroyables, un bout de ciel à contempler... Derrière Zied, et fixant avec intensité son dos, il reconnut Neru, un petit garçon olivâtre et taciturne à la voix rare et rocailleuse, que M. Chalaoui n'aurait plus jamais la maladresse de toucher. À leur droite, un peu en retrait, un groupe plus circonspect s'était formé avec Émir, Constance, Allison Efifi, Antoine Heurtaux, dit "Toto", qui avait mauvais caractère, même pour les Iris, un faux diamant à l'oreille droite, et l'accent du Sud. Kimberly Chéri venait, comme lui-même, des Musiciens ; son visage, ses lunettes, ses yeux étaient ronds, et elle savait prendre un certain air étonné, fronçant les sourcils de telle manière que toute colère contre elle tombait ; on l'appelait le plus souvent Kiki, ce qui lui allait bien... Elle portait comme souvent un pantalon rose qui était recouvert de grandes traces de brûlure parce qu'il lui avait servi, disait-on, à étouffer un feu de poubelle qu'elle avait elle-même allumé, chez elle – à ceux qui s'étonnaient qu'elle permît toujours à Kimberly de mettre cette loque, sa mère répondait que ce pantalon était pour elle un genre de pense-bête... Malgré l'effervescence, Dominique Rose s'obstinait à vouloir se faire entendre de Kimberly, et lui frappait de plus en plus violemment l'épaule parce que, sautillant sans discontinuer, elle ne l'écoutait pas. Louis Beaumont, arrivé de Barbès avec sa petite sœur et sa mère il y a quelques mois, dépensait son inépuisable énergie en cris et en roulades. Fixant ce dernier d'un air effrayé, les yeux exorbités, Steve Clertin était pâle et d'apparence fragile... Comme privé d'équilibre, manquant de s'effondrer tous les dix pas, il était à la fois tenu fermement et durement rappelé à l'ordre par le reste du groupe s'il se plaignait; Michel, surtout, contrait chaque moquerie dont Steve faisait l'objet et écartait toutes les menaces, mais exigeait en retour une santé que Steve ne possédait pas; et on n'aurait su dire lequel des deux en concevait le plus de dépit. De tous, Medhi Soudiène était le plus épanoui : toujours quelque chose, dont il faisait largement part, le réjouissait... M. Chalaoui avait travaillé quelque temps à l'usine avec son frère aîné, beaucoup moins bavard, qui avait disparu après qu'on l'eut changé une première fois d'équipe et d'horaire. Trois ou quatre autres enfin se tenaient en arrière, dos au mur, et semblaient hésiter, au bord de la pelouse clairsemée qui séparait l'immeuble de la rue, comme à la lisière d'un pays aux mœurs incompréhensibles : M. Chalaoui pensait discerner le menton et le sourire de Yaya West sous une capuche qui recouvrait amplement sa tête, et les deux éclairs blancs qui brillaient et s'éteignaient au fond de cette caverne... Celui-ci, un peu nerveux, paraissant attendre quelque chose, crachait sans cesse aux pieds d'un garçon tassé sur lui-même et ressemblant à David Kerker, visage anguleux et dépourvu de franchise; mais, après que M. Chalaoui l'eut aperçu, après qu'il eut esquissé dans sa direction un geste qui pouvait passer pour de la crainte ou du respect, Yaya consentit à le saluer d'un hochement de tête discret puis, estimant sans doute avoir été aussi poli que possible, fit signe aux trois autres qui l'accompagnaient, s'éloigna en roulant des épaules et s'engouffra avec eux dans un hall.

Alors tous les enfants qu'il avait reconnus, beaucoup d'autres qu'il n'avait jamais vus mais qui suivaient le mouvement, s'approchèrent de lui et le cernèrent et se manifestèrent plus cordialement, s'accrochèrent même à ses bras qui tremblaient déjà de devoir supporter leur propre poids. Ils ont senti quelque chose, songea-t-il : ils s'assurent, avec la spontanéité et l'impudeur de leur âge, que je suis encore vivant ; *et ils mesurent le danger que tu représentes.* La bouche sèche, l'estomac noué, assailli par les demandes et les questions qui toutes se terminaient par un cri de joie ou de déception, il n'était capable de répondre que par des éclats de rire gâteux épinglés par les piaillements des enfants, insignifiants dans le tourbillon jeune, et, pour se donner une contenance, M. Chalaoui se mit à tapoter de ses doigts raidis la tête d'Anatole, évita de justesse celle de Neru, puis attrapa la nuque d'Abdelhamid qui, à ce contact, dut sentir quelque bizarrerie électrique et s'écarta vivement. À tous ceux-là, et à Lara Lareine, à Mélanie la petite, à Ousmane qui se cognait la tête contre les murs dès qu'il éprouvait un trouble, et à Khar-sand le prisonnier de la tour Thorez, à Sanaa qui appelait ses parents "père" et "mère", baissait les yeux quand elle s'adressait à M. Chalaoui, à Marvédie qui était si gentille et si intelligente mais croyait ferme aux spectres et aux revenants, aux quatre insé-parables dont les noms étaient imprononçables et qui essayaient d'introduire le cricket aux Iris, à quelques-uns, meilleurs ou ostensiblement pires que lui, disparus pour toujours dans la nuit de la rue, M. Chalaoui, coincé entre les bâtiments B et D, ne trouvait rien à dire... Or, qui mieux que lui, ayant triom-phé de la Mort, pouvait s'occuper d'eux, et leur apporter un peu de ses dons et de sa clairvoyance nouvelle ? Qui mieux que lui, mauvais homme, mauvais père et mauvais mari, pouvait les conseiller, les avertir des dangers et des pièges du quartier ? Mais il s'agissait là d'une préoccupation de vieil homme, égo-ïste, une préoccupation d'un autre temps : il pressentait que la Vérité nue habitait un petit appartement au bout de cette rue, et que les Voix avaient de toute éternité hanté la structure de ces grandes barres, et que la lucidité était une voisine déjà ancienne de ces enfants. Et cette promiscuité les rendait suffi-samment graves, la plupart du temps, indifférents aux leçons de l'expérience et aux gens qui, comme lui, songeaient depuis toujours à partir – qui n'étaient pas dévoués aux Iris. *Et toi pour-tant, tu n'iras plus nulle part.* M. Chalaoui sourit ; et ce sourire qui lui parut authentique, enfin, le réchauffa intensément, et les enfants qui virent s'étaler cette détente sur son visage parurent tout à fait rassurés.

Se dégageant avec précaution, mais sans prendre excuse de sa grande faiblesse, écartant les gestes brusques et les sollicitations avec davantage d'habileté, se sentant changé, une dernière fois changé, M. Chalaoui décida de rentrer. Il s'assura tranquillement de la présence de ses clés dans la poche de sa veste, reprit son cabas et donna à Kimberly quelques bonbons qu'il ne lui demanda pas de partager. Enfin il quitta les enfants, l'air absorbé, et on le laissa aller. Il expédia M. Madhour qui était venu à sa rencontre et l'empêchait de passer, qui ne voulait pas se taire, qui avait partie liée avec les Voix pour l'écarter du chemin qu'il avait choisi... Des relents de cuisine flottaient avec insistance autour de lui, descendus des étages comme un nuage bas, et, demeurant à ses côtés, l'accompagnant, aiguisaient son appétit de solitude.

À la moitié de la rue Berlioz, M. Chalaoui pénétra un hall marqué 40B, ouvrit une porte à droite de l'ascenseur, suivit un boyau de cave étroit et humide plein de bribes de souvenirs humides, et ressortit à l'air libre au milieu des poubelles, dans la nasse de trois grands immeubles. Puis il s'engagea sur un petit sentier tracé par l'usage, dont la terre tassée et compacte lui renvoyait ses pieds à la figure comme des choses malpropres. Le bruit assourdissant des assiettes et des couverts emplissait l'air, rebondissait contre les murs, ne l'invitait pas, l'invitait à déguerpir. Mais il s'arrêta, et, du terre-plein sur lequel il avait grimpé, il se mit à contempler le terrain nu, presque paradisiaque, d'une vaste cour intérieure dont le nom était indiqué par une petite plaque bleue à peine lisible : *Carré d'Alger.* Il y avait du sable et des cailloux, il y avait des plantes sauvages et la mauvaise herbe poussait dru, il y avait des senteurs épicées et lancinantes... Il ne manquait que la Méditerranée, de la même façon que, lorsqu'on se trouvait dans les rues des Iris aux noms de communistes morts, de villes normandes, de poètes, le communisme manquait toujours, et les pommiers, et la poésie. Dans cette réalité tronquée des noms d'avenues, de bâtiments, mieux valait dormir... et rêver de voyages possibles, accessibles, en charter... et éviter du regard ces noms qui leur faisaient sentir la France, sa domination sans partage, qui s'alliaient aux Voix pour les provoquer : *Étrangers étrangères étrangers pauvres étrangers...* M. Chalaoui suivit le sentier jusqu'à retrouver la rue, tourna à gauche et marcha un long moment droit devant lui, puis, débouchant enfin dans la rue Satie, il eut devant les yeux le vaste parking en terre battue qu'il contemplait depuis la fenêtre de sa chambre, et il lui sembla soudain qu'il s'apprêtait à regagner une cellule, ou à retrouver un lit d'hôpital – même au cinquième étage, cette vue des ravins creusés par la pluie et des voitures dont les toits figuraient des vagues ne permettait guère de s'échapper. Le soir dégringolait rapidement le long de la façade de son immeuble, dont l'ocre était gagné par un bleu noirci recouvrant déjà uniformément la rue et qui, les lampadaires s'allumant de loin en loin dans un ordre parfait, commençait à s'éclairer dans son bas d'une nébulosité mêlée de rouge et de vert. Comme s'il était déjà rentré, et seul dans sa chambre, M. Chalaoui se mit à murmurer : "Je vais rentrer chez moi. C'est une défaite, si l'on veut, une petite défaite oui, la même que d'habitude en fait. Mais c'est aussi *la marque d'une volonté* : j'émerge de la foule qui m'entoure et qui, pour mémoire, *ne me lâche pas*, je me débarrasse de la foule *ainsi que de la ville et de son soi-disant paysage imitant piteusement les étendues de la mer*, troublant, forçant mon entendement et brouillant mes priorités. Donc il ne s'agit pas du tout d'une fuite ou d'une retraite. Je rentre simplement, *sans hésitation, la tête haute*, parce qu'il n'y a pas d'autre choix." Mais M. Chalaoui restait sur le trottoir, le dos à la rue, débrouillant avec lenteur son trousseau de clés, comme attendant quelque chose ; une tristesse ancienne manquait, qui le prenait toujours à cet instant précis, et lui donnait un certain élan pour grimper les escaliers, une tristesse qui semblait morte... Et, s'il anticipait le plaisir qu'il aurait à passer sans elle le seuil puis à fermer la porte, à pendre sa veste, puis à ranger les légumes dans le petit frigo avec des gestes enfin aérés et calmes, appropriés à un espace réduit, il redoutait également le moment où les Iris resteraient à la porte, il n'aurait plus rien à faire et il devrait se reposer, privé de pensées tristes, il cesserait de respirer...

C'était cela, il n'y avait plus que cela : une fois dans sa chambre il pourrait rester debout une éternité, se raidir et refuser l'évidence, ou bien il pourrait se diriger à pas lents vers la salle de bain, étendre la main pour hâter la fin et saisir une lame de rasoir et inciser doucement son poignet dans le sens de la longueur et regarder épaté la veine s'ouvrir comme un bouton de fleur.

Puis, brusquement, ce fut comme si quelque chose se déchirait devant lui...

DOSTOÏEVSKI

Il ne l'entend pas venir : sortant en trombe du parking la voiture dérape, coupe dans son dos la rue comme un vulgaire terrain vague, comme un espace ouvert, sans règles ni lois... C'est lorsqu'elle monte sur le trottoir à quelques mètres de lui qu'elle s'impose brutalement à sa conscience, avec son capot bosselé et agressif, avec la grille brillante de son moteur, et son gyrophare éteint qui a gardé de son éclat pourtant, elle se soulève dans un fracas de suspension et de ferraille ; et il regarde pétrifié le cahot mal contrôlé qui la cabre un instant, qui la fait ressembler à un monstre dressé, à un dieu vivant, et il a tout juste le temps d'apercevoir trois silhouettes tassées dans l'intérieur sombre.

C'est la chasse qui reprend... La folie l'a rattrapé...

La voiture s'est arrêtée, non de son propre chef, mais rappelée aux principes de la mécanique. Le calme est revenu, qui laisse sa part à la surprise et à l'appréhension, et suscite un malaise imprécis. Puis les portières de la voiture finissent par s'ouvrir et ils débarquent en posant chacun un pied à terre, trois explorateurs sortis d'un mauvais rêve qui, faisant quelques pas, semblent léviter dans une pluie d'or. Ils sont nerveux pourtant, comme ils approchent lentement de lui, tournant de tous côtés des regards en alerte, guettant les projectiles qu'ils savent leur être destinés et toutes les preuves de la haine qu'on leur porte, sans aucun doute... Ils s'avancent avec précaution, sans uniforme mais comme bardés d'armes, dans ce qu'il imagine être un cliquetis d'armure, ils retiennent visiblement leur respiration, redoutant l'air chargé de maladies mortelles contre lesquelles ils ne possèdent pas d'anticorps ; ils avancent et leurs yeux se sont fixés sur lui, mais leurs pensées sont toujours aux complots qui les cernent déjà, bourgeonnant derrière les fenêtres dans les appartements surpeuplés, dans la lascivité, puis passant d'immeuble en immeuble aussi aisément que les ondes, formant pour finir une communion de malfaisance qui tend à abaisser le couvercle oppressant du soir... Cette distance à parcourir dans l'hostilité générale, cette anxiété, c'en est déjà trop pour eux, qui ne parviennent pas jusqu'à lui et s'arrêtent et restent plantés. Puis, de son index frétillant, le plus grand des trois hommes le réclame, qu'il fasse un pas vers eux et leur fournisse pour commencer cette preuve de bonne volonté, qu'il comprenne leur attitude : c'est leur allergie à ce lieu qui parle, à moins qu'il ne s'agisse d'une parade, d'une manœuvre insolite et inavouée de séduction.

Et maintenant ils l'entourent, trois formes d'hommes, trois gargouilles, trois loups. Ils patientent avant de parler, attendent le bon moment sous couvert de procédure, le bon moment pour eux, reniflant fort et crachant par terre. Puis ils se mettent à hurler d'un coup : leurs mâchoires claquent, et leurs voix sont pleines d'un verre pilé qui ne devrait pas se trouver dans une bouche ni jamais être déversée dans une oreille, et leurs langues gonflées et jaunes font faire des tours incroyables à leurs chewing-gums. *Bouge pas! Bouge pas!* Leurs ordres lancinants fouettent l'air, si bien qu'on peut presque les voir, et les sentir à l'estomac. Mais, de son côté, l'air semble leur résister, et M. Chalaoui ne saisit pas immédiatement ce qu'ils veulent, s'ils se sont égarés et lui demandent leur chemin, s'ils exigent de savoir ce qu'il fait ici et s'ils ont le droit d'avoir pareille exigence, ou s'ils désirent en contrôlant ses papiers comparer la photo ancienne à son visage puis revenir à la photo puis à son visage puis encore à la photo – de cette façon simple et commode on parvient, la plupart du temps, à faire douter les honnêtes gens de leur propre identité, et on incite les autres, les hommes dangereux, à se découvrir.

L'homme au crâne rasé et comme poli lui arrache des mains la carte à peine sortie et l'examine avec des yeux réduits à deux meurtrières – ça pourrait être seulement la conséquence d'un manque de sommeil; ça pourrait être aussi une grimace involontaire. Les deux autres se sont légèrement penchés vers lui, attendent la première protestation, ou le plus petit commentaire à propos de leur comportement, bon Dieu, comme s'il était normal de se comporter ainsi… Au fait, ils ont peut-être leurs raisons qu'il faudrait chercher… Mais, des Iris, personne n'essaiera de comprendre… Seul M. Chalaoui aurait aimé comprendre, au moins leur parler… Cependant il ne se sent plus de taille, et il se contente de contempler le ciel par-dessus leurs cheveux courts : à présent, la nuit a tout pris.

Ils sont trois, pour ne pas être seuls, comme des triplés sanglés de cuir et moulés dans leurs jeans, qui se sont partagé les rôles par avance : le premier emporte les papiers de M. Chalaoui et retourne à la voiture puis contacte le commissariat avec la radio de bord, le deuxième le toise et ricane, le dernier préfère fuir son regard, surveille les alentours d'un air détaché qui ne prend pas, puisque tous les quatre sont si esseulés dans un monde vidé et très obscur… À eux trois ils l'ont coincé sans peine et, bien qu'ils ne le serrent pas de trop près, M. Chalaoui sent sa gorge se serrer et, dans sa poitrine, comme une coulée de métal fondu qui s'accumule dans son bas-ventre, menace bientôt les poumons – pourtant ce n'est rien trois hommes, sauf si un système entier marche à leur suite et qu'on est sur le point de sentir son baiser, quelque abomination dégradante. Mais vivant encore, marchant, comment l'éviter ?

Il se rassure en comptant discrètement sur ses doigts le nombre d'embarras semblables dont il s'est sorti sans encombre ; puis il tente de mobiliser la part de lui-même qui se sent à l'aise dans ce genre de situation, et tout le savoir-vivre acquis en passant des barrages autrement terrifiants, en reconnaissant avec méthode les limites et les interdits tus d'un quartier arpenté depuis plus de quarante ans. Et il se rend compte qu'il n'a rien oublié, bien entendu : sa politesse est toujours irréprochable, dépourvue de sous-entendus, ses réponses aux questions des trois hommes sont tellement simplifiées qu'elles sont presque sèches, sortes de rations de survie pour le voyage vers la lune de toute sa génération, l'effacement – d'un certain point de vue ce contrôle d'identité est une apothéose, se dit-il ; et ces trois-là qui croient l'humilier… Mais, s'il avait consacré à cet effort d'invisibilité ce qu'il possédait de meilleur, pour une satisfaction qui passera bien vite, qui ne survivra pas à la fin de cette inspection ridicule ? Cependant sa seconde nature se moque de ses regrets, agit : insensiblement, malgré la réticence de l'échine sèche, éclatée comme du bois mort, son dos s'est redressé. Et il lui semble que ses joues se sont creusées ; il a passé une main froide sur son front et sur ses yeux, et quelque chose de glacé est resté dans son regard. Mais il doit piétiner pour rester debout, et le côté droit de son corps ploie et s'échappe – la fatigue s'est emparée de tant de parties de lui. Il se sent malade ; il se sent ondoyer, passer en un instant d'une raideur absolue à la plus grande mollesse, dormant et ne dormant pas, et il sait bien de quoi il a l'air, ses yeux roulent sans doute bizarrement dans leurs orbites mais, afin de retarder un peu la ruine, s'arrêtent finalement sur le plus petit et le plus jeune des trois hommes, qui justement l'observe.

Celui-ci ressemble à un petit animal, à la version puérile et inaboutie d'un animal, à un rongeur, peut-être. Il le sait. Mais qu'on ne s'avise pas de lui reprocher son jeune âge, dans les vingt-cinq ans, parce qu'il connaît bien ce reproche, et aussi la réponse appropriée : il n'est pas à bout lui, possédé d'un fanatisme qui ne s'éteindra pas après quelques années d'illusions, lui a déjà dégainé et tiré, vu des cadavres, quoique rarement. Et il n'a pas connu d'autre temps que celui-ci, pas connu la guerre où, au moins, les batailles se livrent… Il est né sous le règne de l'*insécurité* – cette seule sujétion le fait déjà valoir des hommes plus âgés et plus forts, l'arrime plus solidement au sol et l'assure de lendemains clairs, illuminés par une *mission*. Il appartient pleinement à son temps : cela, combien d'hommes peuvent honnêtement le prétendre ? Et c'est son sens infaillible de l'époque qui lui a soufflé de ne pas quitter cet homme des yeux, son allure débraillée qui fait étalage de son manque de soin, et cet air déplacé de supériorité qu'il maintient tant bien que mal, un air ambigu qui ne permet pas d'être fixé une fois pour toutes sur le cas de ce coco-là : est-il éméché ? Est-il indifférent, parce qu'il se sait d'ores et déjà coupable ? insensible ? Ou est-ce un de ces grands-pères indignes ? libidineux ? calculateurs ? donneurs de leçons ? Comme ils aiment détourner nos soupçons, et se dissimuler derrière les insultes ou les paroles douceâtres, saturer notre vue et notre intelligence de signaux contradictoires, et ce goût qu'ils ont, depuis une éternité, pour la couardise, goût qui est souvent satisfait puisque nous sommes là, surpuissants, pour les acculer… Et comme ils aiment alors jouer les victimes, répéter : Nous Ne Sommes Pas Comme Eux – évidemment qu'il n'est pas comme eux, pas un héritier comme eux, lui n'a pas reçu à sa naissance leur pauvreté dégoûtante qu'ils exhibent en tous lieux et à tout propos, et leur sens aigu de la jérémiade, et leurs immeubles loqueteux soigneusement dégradés de père en fils, comme autant d'aimants attirant la compassion ; lui est seul depuis toujours. Pensant à ses difficultés passées, présentes, s'apitoyant gentiment sur son sort le petit policier voudrait être chez lui, avec ses amis, avec sa femme, parmi la classe sociale qu'il s'est choisie, gagné par la nuit sur son balcon et fumant cigarette sur cigarette, admirant les lueurs de la ville qui concurrencent les étoiles, ces blancs et ces jaunes pâles qui sont comme les couleurs de la lucidité, veillant par horreur de l'inaction, parce que juste avant qu'il ne cède à un sommeil inutile le monde paraît propre et en ordre et juste comme pendant son enfance, quand il découpait et classait discrètement, en retrait, pour plus tard, séparait et classait les autres gosses de l'école, et aussi la nourriture qui atterrissait dans son assiette, et les heures perdues et les heures profitables, aiguisait ses idées, alors ses idées sur les gens et les choses étaient comme le chrome, et étincelaient… Mais voilà que dans ce vieillard qu'ils contrôlent il ne parvient pas à trancher, l'innocence même : il discerne vaguement de la fierté mal placée et une espèce d'inconscience à les battre froid, eux qui sont malgré tout un genre de famille pour le quartier, de la mauvaise grâce et de la timidité également. Alors, ne pouvant faire la part des choses il le suspecte en bloc, cet homme décrépi, durant les quelques minutes qu'il est obligé de passer sous leurs rayons, il s'épanouit à le soupçonner sans retenue (ce faisant, il pense qu'il n'est que l'écume d'une grande marée, ou un filet de bave à la commissure d'énormes lèvres, et ces images lui plaisent beaucoup). Les deux autres hommes n'ont pas davantage aimé l'air pincé que M. Chalaoui conserve, ni ses petites manières, ni sa façon d'obéir sans paraître complètement convaincu, ni cette surprise qui s'éternise sur son visage, ni son mépris voilé pour leur travail qui est tout de même parmi les plus difficiles, mais qui excuse l'erreur si le repentir est sincère, qui favorise les hommes avisés et méfiants, qui est enfin cet idéal si élevé que sa seule évocation leur fait venir les larmes aux yeux – leurs yeux sont comme des projecteurs fouillant la nuit, et leurs regards tombent presque simultanément sur le cabas qui n'a pas quitté la main gauche de M. Chalaoui, chez eux la vue a remplacé la réflexion : Voilà notre chance d'empoigner cette fumée ; Voilà la preuve certaine de sa duplicité.

À présent quatre mains agrippent les poignées du cabas qui se soulève et tangue et s'agite comme un fanion ; M. Chalaoui s'étonne de ne pas lâcher prise, de ne rien y pouvoir et, même, de protester et de crier un peu, de ne plus sentir grand-chose à vrai dire et de confondre le dedans et le dehors, d'être devenu cette échelle gisant dans les buissons, cette borne du trottoir, ces barreaux de fenêtre tordus, et d'appeler toute la cité et tous les Iris et toute leur noirceur à lui, à l'aide. Déjà il regarde la scène de loin, voit plusieurs fois le jeune policier tirer sur son sac d'un coup sec, jurer le rouge au front, puis lui redonner un peu de mou en jetant des coups d'œil affolés autour de lui, recommencer ; toute sa fermeté restante est venue se masser dans ses mains, tandis que le reste suit docilement la bascule. Ce n'est pas désagréable, de ne plus vivre que pour ces crochets des doigts sur deux poignées fragiles, être secoué… Pour autant qu'il puisse en juger, les trois hommes ont l'air contrariés par son attitude, et il a un sourire amusé, qui s'efface vite : une traction plus vive le déséquilibre brusquement vers l'avant, ses pieds dérapent sur du gravier, le sol se dérobe, il veut le retrouver, et il tombe, longuement… Sa tête finit par heurter violemment le sol et il se sent aspiré, ce qui restait de vivant en lui, dans une immense colonne descendante.

Paralysés devant le corps du vieux agité de spasmes et la flaque de sang qui s'étend rapidement jusqu'à eux, envisageant, pendant une seconde, de fourrer le cadavre dans leur coffre puis de le balancer du pont le plus proche, les trois hommes, relevant tout à coup la tête et échangeant des œillades qui ne réussissent pas à s'extirper du vague, luttent pied à pied avec leur imagination déchaînée qui voudrait galoper… voudrait semer l'épouvante…

… pour les gens de province, pour les jeunes gens inexpéri-
mentés, pour les étrangers… cette foule noire, lente et pressée,
qui va, vient, serpente, tourne, retourne, monte, descend…
n'est pas plus compréhensible que la Bourse…

BALZAC

C'était qui le macchabée, là ?

La nuit : c'est ici une marche forcée à laquelle on ne peut
échapper, un esclavage des plus éprouvants ; c'est une déroute
que le souvenir du jour n'est pas capable d'adoucir. Demeuré
seul, le bruissement étonnant des arbres et de quelques bosquets
étiques remplace pour cette fois les bruits du quartier, le ronron-
nement du four de boulangerie rallumé dès le soir, et dans le mur
les glouglous continuels de la conduite d'eau près de la tête du
lit, les coups au plancher et les coups au plafond, et les moteurs
pétaradants – dans ce calme inhabituel une inquiétude primitive
passe sur les visages. Un fort vent s'est levé, dispersant une terre
ocre, pourtant les yeux ne cillent pas. Nulle part, on ne parvient
à trouver de la fraîcheur. Et on se rappelle les lumières vives et
lancinantes de l'ambulance et des voitures de police qui ont pris
le corps dans leur halo puis l'ont emporté, à leur manière crain-
tive, qui n'ont pas apporté grand réconfort. Elles reviendront, sans
doute. Mais, en attendant, les gens restés sur place se débrouil-
leront dans l'obscurité reparue, puisque tout de même il faudra
vivre, chez soi.

Le vent souffle par rafales, brave la chaleur, mais ne la combat pas. Aux Iris les nouvelles se répandent par rafales et, environ deux heures après les faits, les neuf cités discourent sur le
dégoût, sur la lâcheté toute policière, sur le sang qui a coulé et
semblé une mer, tirent déjà les leçons du drame, mais il est difficile de réfléchir quand on est si constamment et ouvertement
provoqué, et traité pis que des chiens, pis que des bêtes d'abattoir. *Un homme des Iris est mort, violemment* : tout à sa surprise,

41

chacun a tenté d'évaluer l'effet qu'aurait cette information, sur soi et sur les autres, et de se représenter les bouches se rapprochant des oreilles attentives, et les sourcils qui lentement se lèvent, et les crissements d'insecte des conversations recouvrant les toits comme une nuée – les yeux grands ouverts.

Les gens se sont attroupés derrière les cordons rouge et blanc de police qui, déjà détendus ou coupés, se soulèvent puis retombent régulièrement. Il vient toujours plus de curieux, mais il n'y a pas encore de cohue, et la place pour les nouveaux arrivants est inépuisable ; aussi on circule sans difficulté, d'un groupe à l'autre, les mains dans le dos, sans mauvaise conscience. Les plus prompts ont pris toutes les photos possibles sur les lieux, d'abord des gros plans du visage défunt, à demi écrasé, dont on semblait avoir extirpé, comme si ça avait été un pharaon, les organes par sa bouche ouverte, puis des panoramiques d'un paysage d'hémoglobine, des noir et blanc impressionnistes et de mauvais clichés d'une actualité brûlante qu'ils essaieront de monnayer, qu'ils effaceront bientôt. D'autres, venus plus tardivement, ont beaucoup téléphoné. Tous ont commenté leur propre incompréhension du mieux qu'ils ont pu, attrapant au vol des mots qui flottaient à leur portée, dans l'air, mais ne les satisfaisaient pas. Puis ils n'ont plus su quoi faire. Et ils sont nombreux maintenant à partager cet ennui, à s'assembler, sortis des immeubles alentour ou venus d'un autre quartier dans l'espoir de voir un peu de neuf, des amis et de jeunes couples et des veufs et des familles entières faisant mine d'entamer ou de terminer leur promenade du soir mais demeurant dans les parages, tournant en rond ; et on finit par leur indiquer bien volontiers la place consacrée par la Mort, qu'il n'est pas commun de voir dans ses œuvres sans être partie prenante. Malgré la curiosité, il n'y a pas de bousculade autour de la flaque de sang à demi séchée : quelques-uns ne le permettent pas, font bonne garde et repoussent fermement, sans même les regarder, ceux qui pourraient menacer l'intégrité de l'espèce de sanctuaire sans corps et sans dieu que leur cercle délimite en entourant une silhouette grossièrement dessinée à la craie sur le sol et les taches sombres et les embouts et les gants médicaux, préservant tant bien que mal l'emplacement et la mémoire de la tragédie dont ils semblent rechercher l'exclusivité, comme s'ils prenaient en charge le deuil, et, pour ce faire, le rétablissement d'un certain ordre, ou comme si, connaissances, amis, ou simples voisins du mort, ils étaient plus que d'autres capables de comprendre le sens de cette disparition, comme s'ils pouvaient seuls supporter cette idée qu'un homme qu'ils côtoyaient, qui avait respiré le même air qu'eux, qui avait éprouvé les mêmes difficultés et subi la même malchance d'habiter aux Iris, ne reviendrait plus, sans qu'il mérite cette punition définitive – c'est le genre de réflexion que l'on préférerait éviter sa vie durant. Pourtant aucun regard ne se détourne quand il parvient enfin à apercevoir la tache de sang, une flaque d'eau sale, pour ce qu'on en voit ; et la foule grossit toujours, tranquillement mouvante : les hommes, les pères de famille s'approchent pour jeter un coup d'œil qui se veut pudique, se hissent sur la pointe des pieds, se taisent respectueusement, se demandent un instant s'il est convenable ou non de se recueillir, repartent finalement, garde leur fatalisme et leur résignation pour leurs proches ; on tente de démêler les faits des rumeurs, qui font du mort inconnu un membre important de la pègre, un terroriste étranger, un grand séducteur. Mais qui était-il alors ? Ceux qui le connaissaient apparemment ne disent rien, les yeux baissés, et nul passant n'ose les interroger. Et puis le corps a été emporté bien vite malheureusement, et il ne reste plus grand-chose à voir, hormis cette petite mare de liquide visqueux d'où partent de larges traînées, plus claires, et des empreintes de grosses chaussures. De temps à autre, quelqu'un remarque à voix haute que personne n'a pris le soin de verser du sable sur la flaque pour absorber et faire disparaître complètement le sang, ou osé nettoyer à grands seaux d'eau, mais ne s'en étonne pas ; on se dit que le bitume poreux et la chaleur, le temps qui passe, et toutes ces choses qui semblaient inutiles jusqu'à présent, s'en chargeront bien.

La lune se reflète dans le sang altéré et se répand à sa surface qui, animée par cet enchantement, se plisse légèrement, à moins que ce ne soit le vent qui joue quelque nouveau tour. Au bord de ce lac, quelques enfants sont apparus, qui se sont faufilés entre les jambes des adultes, un peu funambules et un peu voleurs, comptant sur l'effet de surprise pour qu'on ne les empêche pas de voir ; penchés, ils contemplent leur reflet obscur dans le liquide troublé, avec cet air simple d'étonnement et d'envie qu'on ne pense pas à dissimuler, à leur âge. Les yeux et la bouche de Medhi et de Yaya se sont arrondis comme les autres, facilitant le passage à toutes sortes de grandes intuitions qui se propagent dans les ténèbres, c'est une de ces occasions, rares, où on peut réellement penser ; mais ils ont du mal à saisir ce qu'ils observent si intensément, ces restes d'entrailles, ce produit d'une vidange dont aucun conte, aucune chanson, aucun récit édifiant qu'ils ont pu entendre ne leur a jamais donné l'idée. Pour autant ils ne parviennent pas à partager la consternation et la douleur qui s'affichent depuis des heures sur la plupart des visages, ils n'ont pas ce pressentiment de leur propre fin qui a frappé les adultes, ils sont plutôt intéressés par le secret que doit renfermer ce sang, par son principe vital qu'ils pourraient récupérer pour leur compte, et aussi par ce qu'on peut ressentir quand on le perd, et par le goût qu'il peut avoir. Alors, sans même se consulter, les deux enfants s'accroupissent et trempent chacun deux doigts dans la masse poisseuse pleine de poussière et de gravillons et les amènent jusqu'à leurs yeux. Ils restent songeurs en frottant lentement leur pouce contre leur majeur, reniflant, essayant pendant quelques instants de s'imprégner de l'odeur… Sortant le premier de sa rêverie, Medhi essuie le sang huileux qui coule le long de sa main et s'en badigeonne le front et les joues, à longs traits, sans précipitation, presque solennel. Admiratif Yaya l'observe replonger trois fois la main dans le sang et s'en couvrir presque entièrement la figure, regarde autour de lui, se décide à l'imiter, plus embarrassé et plus maladroit. Enfin, sales et grimés, ils se montrent du doigt en souriant, surpris de leur transformation comme deux frères se retrouvant après une longue séparation. Ceux qui prêtent attention à leur manège ne réagissent pas, c'est à peine s'ils froncent les sourcils ou hochent la tête de désapprobation – pour beaucoup il est évident que cette nuit ne sera pas ordinaire, et certains même s'usent les yeux à discerner, par-delà les néons, une conjonction de planètes qui expliquerait le bouleversement qu'ils pressentent, une lune pleine, ou le passage d'une comète… Medhi a le temps d'appliquer un peu de sang sur son cou et sur son bras, et d'être déçu par le manque d'effet de ce baume, avant que des mains les attrapent tous deux par le col et les tirent brusquement en arrière. Puis on les voit se remettre debout et disparaître dans la foule.

La nuit est d'une chaleur dense qui paraît imposer un silence étouffé, parfois entrecoupé de cris et de crissements de pneus qui montent et s'éteignent tout d'un coup, mystérieusement, parfois interrompu par une quinte de toux gênée – un silence de repas familial, d'enterrement, lorsqu'on redoute d'aller au-delà du chuchotement. Mais on ne sait comment faire passer cette boule qui noue la gorge et altère la voix, et les divers brouhahas naissant ici ou là cessent d'eux-mêmes, presque aussitôt, comme si quelque chose de considérable refusait de sortir. Peut-être, aussi, ne trouve-t-on rien d'important à dire, rien qui puisse changer quoi que ce soit à sa propre et solitaire tristesse... Et morose on pense déjà à demain, à toutes ces choses qu'on ne pourra pas davantage empêcher... Le vent persiste depuis tout à l'heure, haut, laisse les têtes dans la moiteur, mais dépêche quelques bouffées plus fraîches et plus compréhensives qui font frissonner pendant quelques secondes les dos trempés de sueur; et il amplifie le battement sourd qui résonne aux oreilles : c'est le sang qui s'effraie de la facilité avec laquelle il gicle et se répand par terre, perdant soudain, dans son contact avec la matière inerte, tout son intérêt. Une anxiété passe de proche en proche, mais c'est une anxiété nouvelle, qui ne ressemble pas à celle des jours travaillés, de la rentrée des classes; les gens ne la reconnaissent pas, et aucune comparaison valable ne leur vient, ils sont à court de mots plutôt que volontairement silencieux : c'est sans doute le prix à payer, le mot de passe pour pouvoir se trouver ici, et profiter de ce que cette soirée peut offrir. Ils attendent la suite, de plus en plus nombreux et gauches et timides, et, si rien ne se passe encore, ils craignent malgré tout le moment où il leur faudra se disperser, rentrer, expliquer leur retard. Ils sont une bonne centaine, qui fixent une énième fois la tache de sang au sol afin d'y trouver une grande vérité qu'ils n'auraient pas perçue tout d'abord, tentant de se convaincre de la réalité de ce qu'ils voient; mais ils finissent par lever la tête vers le décor inchangé, et une noirceur de grotte se fait alors dans leurs esprits, qui les maintient vers des rivages familiers... Et il ne se passe rien...

Mais voilà qu'un homme leur vient, différent, qui n'appréhende pas la chaleur et la rudesse des éléments, distingué : on le reconnaît immédiatement le maire, avec son costume froissé et ses cheveux en bataille et son col de chemise en vrac, l'air mal réveillé, comme surgi tout habillé de coulisses ou d'un trou, du néant... Un homme à pouvoir expliquer l'inexplicable, se conforte-t-on, homme de savoir dont l'apparence prospère rassure, à cette heure de la nuit – on ne peut s'empêcher d'admirer le soin apporté à la taille de sa barbe poivre et sel. Et voici, à sa suite, un peu cachés par les larges épaules du maire, les nombreux responsables locaux, tous ceux qu'on a l'impression de porter quotidiennement à bout de bras au-dessus d'eux-mêmes et qui sont si lourds, à la longue, les directeurs d'association désolés, les chefs religieux qui ne savent trop s'ils doivent donner des ordres ou simplement réconforter, trois proviseurs qui habitent les Iris, et deux ou trois jeunes patrons. C'est le maire qui offre en premier sa poignée de main, franche et solide, un véritable étau dont on ne s'échappe que s'il le veut bien – cette poigne signifie quelque chose, par ici. Il passe de groupe en groupe, retrouve des connaissances et quelques-uns de ses relais aux Iris, discute à voix basse, s'éloigne de temps à autre pour téléphoner ou pour regarder ses pieds seulement, les mains dans les poches, ne cherchant pas à dissimuler son désarroi. On remarque que, contrairement à son habitude stricte, il ne porte pas de cravate, mais il est vrai que l'heure est tardive. Quelle heure est-il déjà? Les autres notables continuent de former convoi derrière lui, plus délurés et moins subtils, ont entouré déjà de nombreuses épaules avec leurs bras trop courts et trop gros, argumentent avec des mouvements brusques des mains qui font reculer les enfants jusque derrière les jambes de leurs parents – la piétaille du maire, se dit-on sans sourire. Ils sont calmes, espèrent en imposer par leur calme et leur exemple, parlent doucement en prenant garde d'élever la voix, ils évoquent la dignité, et le respect dû aux morts et la douleur des familles, assènent des raisonnements imparables, menacent à demi-mot, s'employant pour la plupart avec beaucoup de bon sens, de talent, de conviction... On les voit à plusieurs reprises reprendre un geste caractéristique du maire, agitant le plat de sa main droite de haut en bas, tout en s'adressant au profil d'hommes énervés et fiers qui regardent droit devant eux... Mais, tout aux yeux à captiver et aux bouches à garder closes, caquetant sans discontinuer, ils ne remarquent pas les clameurs qui montent plus souvent autour d'eux, ce que leur intervention a provoqué : c'est comme si la foule s'était mise à parler sa langue si particulière, malaisée à comprendre, avec ses répétitions et ses fautes, ses dépressions musicales et ses ornements inutiles, ses longues lamentations, *C'est toujours pareil toujours nous et rien ne change*, ses larmes et sa sentimentalité, *C'était un des nôtres*, et sa mauvaise foi ; cela ressemble à l'une de ces langues mortes qu'on n'apprend plus que par défi, ou à une incantation qui veut faire reparaître un passé glorieux qu'on se désespère de ne pas avoir connu, mais qui, revivifiée, parlée avec naturel, vibrerait de manière insoupçonnée, touchant au fond des passions dangereuses, *Le sang appelle le sang c'est ce qu'ils disent, ce soir, les jeunes*, méprisant une trêve désavantageuse, *Plus de promesses, plus de mensonges, nous voulons savoir ce qui s'est passé*, grossie de propos bravaches, *Ils veulent la guerre eh ben ils vont l'avoir* – le maire connaît les délices promis à ceux de sa condition qui sauront un jour parler cette langue… Il en est presque malade, d'échouer à l'apprendre…

Cependant il ne se résigne pas, lutte avec d'autres mots et d'autres tournures, moins populaires, peut-être plus exacts, mais qui paraissent bien légers, s'épuisant à essayer d'attraper la masse fluide qui l'attaque puis se dérobe puis attaque à nouveau, à repousser indéfiniment les haleines chargées et à éviter les invectives anonymes qui fusent dans le noir – comme cerné il doit se tourner et se retourner régulièrement afin de faire face. Cependant, après qu'un troisième doigt a été pointé sur sa poitrine, il s'échappe un peu, ses pensées se réfugient auprès de sa famille, il retrouve un bonheur domestique qu'il n'a jamais vraiment connu, qu'il s'oblige à inventer, pour son propre équilibre mental. Et cette courte absence, ce petit manque est comme un vide qu'on dirait continuellement comblé par l'afflux des gens qui l'entourent, écument, l'interpellent, par les mains qui attrapent ses poignets et poussent encore gentiment ses épaules, par les poings brandis sous son nez – il s'aperçoit qu'il lui manque pour toucher cette foule son désespoir profond, et sa colère permanente. Alors, en tête la scène épique et vague d'un combat inégal entre la matière et le spirituel, son discours déraille, il finit par se contredire, et un grognement de satisfaction collectif lui répond, il se sent pris au piège ; il fait deux ou trois promesses embrouillées pour s'en sortir, pour pouvoir s'en aller en leur tournant le dos, il ira ensuite s'adresser à d'autres plus loin qui comprendront mieux la difficulté de sa tâche. Et il leur avoue avec la voix fluette qu'il avait trente ans auparavant : *Il n'y a rien à faire pour l'instant, attendons ; s'il y a eu faute, ce n'est pas la mienne ; ce n'est pas ma faute ; je ne vis pas ici, ce ne peut être ma faute.* De cette dérobade il ne conçoit pas de dépit, parce que voulant les adoucir pour un temps il a cru faire le bien, sincèrement, et les soulager de la grande culpabilité qu'il a sentie poindre partout, de ce poids qu'ils semblent volontairement se mettre sur les épaules et de leurs attentes excessives. Puis, s'isolant et déambulant encore quelques instants dans la rue, il lève les yeux vers le ciel et le clignotement d'un avion qu'on entend légèrement gronder, qui n'a aucune idée de ce qui se trame ici-bas ; il imagine le confort relatif des sièges et la clarté simple et pure qui bientôt inondera les hublots, accueillant les voyageurs dans quelque havre du monde ; et il peut presque entendre les soupirs d'aise de la première classe, le tintement des glaçons qui font pétiller le mauvais vin, voir le soleil sur le point de se montrer à ses fils méritants, comme s'il s'était caché tout ce temps, au-dessus de la nuit… Il ne répond plus aux remontrances et aux questions, baisse la tête, souffle, se détache lentement : c'est la fin. Tout passera avec le sommeil, qui a le pouvoir d'oubli – quittant le quartier groupée l'élite des Iris se persuade. Mais lorsque le maire remonte seul dans sa voiture, le bruit mat et neuf que fait la portière en se refermant fait monter en lui le plus grand dégoût.

Le sang a en partie séché sur le trottoir, la plupart des détritus ont été ramassés – les traces du drame s'effacent ; mais, pas plus que tout à l'heure, on n'a trouvé de coupable à poursuivre. Alors la majorité s'en retourne, même si c'est en râlant et en traînant des pieds. Résistant à ce retour piteux, un homme au visage poupin tente de retenir les gens en tapant dans ses mains, sans parvenir à expliquer clairement ses intentions. Un autre, visiblement dérangé, à contresens de l'exode, guigne courbé tous les seins qu'il peut, redoublant de vigilance afin de ne pas rater l'extraordinaire s'il venait à passer. Bien sûr les femmes ont rapidement repéré son manège, mais comme emportées par la foule elles ne s'arrêtent pas pour le faire cesser ou pour le sermonner, contentes si elles ont échappé par hasard à son regard, et lui ne se cache pas du tout, il paraît même apprécier d'agir ouvertement pour une fois, tournant en se frottant les mains, un rictus aux lèvres, se retenant pour ne pas palper les fesses puis glisser jusqu'entre les cuisses où est la chair rose et vraie, fou sans méchanceté défiant l'arrestation et l'opprobre et s'attirant de ce fait un peu de sympathie, mais prenant tout de même beaucoup de coups au passage, parfois repoussé comme une chiffe – on l'appelle vite le *Mateur*, on se passe le mot, on le montre du doigt : *Prenez garde au Mateur!*, on crie d'une voix rauque pour dénoncer sa présence… On hésite à passer sa déception et sa rage sur lui… On reste indulgent pourtant, parce qu'on comprend que c'est sa manière, tordue mais sans calcul, de faire son deuil de ce qui aurait pu se passer cette nuit s'ils étaient restés ensemble, manière de fixer la foule dehors et de maintenir sa cohésion pour quelques instants encore – personne n'a trouvé mieux : si on voit ici et là des mâchoires crispées, si l'on devine que les poings se sont fermés dans les poches et que les jointures des doigts ont blanchi, on craint, plus que la honte de battre ainsi en retraite, de se faire remarquer, d'essuyer un refus en demandant aux autres de rester, et de protester ; et contre quoi, et qui écoutera ? Des odeurs familières de chou, de poulet, de viande grillée et de graisse brûlée, de sauces à la tomate ou à la noix de coco qui bullent encore doucement dans de grandes cocottes familiales, accompagnent la dispersion. Dans le noir, il y a des enfants qui pleurent et des époux à bout de nerfs ; et on croit entendre la promesse irrésistible de la demeure, cette voix d'outre-tombe à peine audible, mais rassurante, qui dit : *Je rentre chez moi*

La foule continue de tergiverser pourtant, pendant un moment, en dépit du bon sens elle tourne en rond, fait mine de partir, revient sur ses pas, un sentiment de culpabilité la retient ; c'est qu'elle ne peut se résoudre tout à fait à rompre le recueillement et cette communion qu'ils ont brièvement ressentie, à les laisser là, à l'encan de la nuit, à la merci de ceux qui préfèrent la nuit. Alors elle guette le moindre incident qui lui donnerait une raison de rester, elle dénombre méthodiquement ses craintes : un orage soudain et prodigieux qui, au matin, aurait effacé toute trace du malheur sur le sol et dans leurs mémoires, la perspective du calme mauvais qui reviendrait après leur départ, signifierait le désintérêt, et puis l'inflation du fer qu'on devine sous les blousons, l'acier aux ceintures et les stocks d'engins incendiaires qu'on sait croupir dans de nombreuses caves. *Encore un peu.*

Encore un peu : ayant une nouvelle fois échappé à leurs parents Yaya et Medhi ne sont pas rentrés eux non plus, ils se sont rapidement débarbouillés et ils trottinent en faisant de grands moulinets avec leurs bras, comme si bougeant sans cesse ils rechargeaient leurs batteries et repoussaient la lassitude – une fin prévisible. Ils cherchent le grand frère de Medhi qui pourra couvrir leur escapade, éventuellement leur éviter une paire de claques quand ils rentreront, à l'aube. Mais ils ne se pressent pas : ça ressemble au temps des vacances, quand on a tout le loisir de débusquer une liberté entière, et préservée. Et au bout d'une demi-heure de bousculades humides et de frottements vaguement répugnants, ils le trouvent enfin, Hakim, planté devant une sandwicherie fermée depuis six mois, un grand gaillard maigre et entièrement vêtu de noir, avec une longue barbiche qui se recourbe vers la glotte – immobile, les bras ballants, dans une posture d'abandon, il est en train d'observer les événements avec un air de fascination accentué par ses traits tirés, louchant presque, ce qui n'est pas l'habitude du gris de ses yeux. Et, comme il ne les a pas vus venir, Yaya et Medhi essaient de lui faire les poches pour rire, mais récoltent simultanément une tape derrière le crâne sans qu'Hakim ait eu besoin de leur jeter un regard, comme si ses mains avaient décidé d'elles-mêmes de protéger ses intérêts. Ils s'esclaffent, se frottent tous les deux la tête en faisant la moue, tâtent les membres d'Hakim comme pour s'assurer qu'il n'est pas devenu mécanique et inhumain – un adulte. Puis, redevenant sérieux brusquement, rattrapés par la fatigue, ils se serrent contre Hakim, chacun plaçant un de ses bras autour de son propre cou comme si c'était une écharpe lourde et molle ; mais, regardant dans la même direction que lui, ils ne comprennent pas ce qu'il fixe depuis si longtemps sans ciller, ne voient qu'un attroupement qui se délite peu à peu, la masse qu'on leur a appris à mépriser ; alors ils plissent les yeux et notent les plus petits détails, pour ne pas s'endormir là, aux marges de l'espèce de grande scène qui leur fait face, cette femme qui sanglote, les mains sur son visage, agenouillée devant ce qui reste de la flaque de sang, cette dispute incongrue provenant d'un appartement aux fenêtres ouvertes, et ces trois ombres affalées là-bas sur le capot d'une voiture blanche garée en travers du trottoir, d'où partent de temps en temps des nuages de fumée dense, blancs et jaunâtres – Yaya les désigne du doigt à Medhi qui fronce les sourcils, puis, ayant doucement écarté le bras toujours inerte d'Hakim, se dirige vers eux ; il les connaît.

Le premier a un sourire en coin qui se change en grimace lorsque Yaya lui saisit la main, puis la retient dans la sienne afin de prouver qu'il ne le craint pas. Ému de saluer familièrement de tels personnages, il les entend à peine demander, chacun à leur tour, sur le même ton : *Ça va, petit ?* Puis leurs yeux, qui se sont ouverts un instant à son passage, redeviennent trois entrebâillements fins et assombris par de longs cils derrière lesquels il croit déceler des profondeurs se refusant toujours à lui, et que les trois hommes (Yaya a treize ans, mais ce soir il n'est plus trop sûr de savoir ce que cela signifie, s'il est encore un enfant ou devenu quelqu'un dont l'opinion et les actes comptent) n'appelleraient pas ainsi, mais plutôt *réalités implacables*. Et Yaya, croyant apprendre d'eux rien qu'en les fréquentant, les observe intensément : sans y toucher leurs regards balayent la rue comme si c'était un écran banal, lisse, se contentant d'enregistrer pour plus tard quantité de motifs et de couleurs, de sons bruts, qui enjoliveront leurs petites réunions sous l'escalier monumental rue du Dôme, et les histoires qui sont les plus représentatives de l'année écoulée et qu'on ne se lasse pas de raconter aux filles de l'été, aux Cerisiers ; ils ne font que préparer le terrain pour la prochaine fois, la prochaine fois où ils se sentiront bien, en confiance, si cela arrive, restent en attendant tout à fait indifférents, mais rien ne dit que ce n'est pas une pose pour épater la galerie. Ils ne font que parler : *Ils découvrent les règles d'ici tiens, et même la seule qui compte qui dit qu'il faut être attentif et prêt à tout pour vivre ici, pour marcher la tête haute fils de pute*

Satisfaits alors, semblant contrôler le nez en l'air la façon dont leur propre morale se diffuse autour d'eux, ils se taisent longuement, jugeant sans doute, comme tous les conservateurs, les événements les plus récents à l'aune de leurs propres souvenirs, se rappelant certains faits de bravoure que chacun aux Iris, sans y avoir participé, s'est appropriés, et Yaya aussi qui en a tiré un enseignement ambigu, marchant seul le long des voies de chemin de fer : tous les barrages forcés, tous les vols minables élevés au rang de mythes parce que les voleurs n'avaient pas eu de chance, et tous ces contrôles d'identité qui avaient dégénéré en pugilats mettant aux prises plusieurs dizaines de personnes. Cette nuit, en comparaison, les trois hommes ne perçoivent qu'une agitation confuse et une dépense d'énergie si vaine qu'elle prête à rire, et cette hypocrisie de n'être révolté que par l'arbitraire du dixième coup plutôt que par celui du premier – ils sont presque contents de les voir souffrir, tous ceux qui, depuis tant d'années, les évitent et les traitent avec dédain, qui, à part ce gamin dont ils ont oublié le nom, refusent par orgueil de profiter de leur expérience et de leur demander conseil, refusent de se tourner résolument vers eux. Tout à coup, chassés par la chaleur qui s'appesantit ou accablés par l'ennui ou bien dérangés par un vacarme dont ils ne sont pas l'origine, les trois hommes se redressent et s'éloignent sans un regard en arrière, comme déplaçant leurs rêves de commerce jusqu'à un coin plus tranquille des Iris, jusqu'à une ruelle aux fenêtres sombres où on les entendra, où ils pourront vendre à la criée. Pris de court par leur brusque départ Yaya leur adresse tout de même un petit signe de main qu'ils ne peuvent voir, puis il revient vers Medhi et Hakim en bombant le torse, dodelinant de la tête, souriant de toutes ses dents ; mais, l'instant d'après, comme il se blottit à nouveau contre Hakim et que Medhi l'interroge du regard, ses épaules s'affaissent et ses yeux se rivent au sol, et son corps paraît pris d'une lourdeur qui doit comprendre un peu d'humiliation et un peu de désespoir de jamais être considéré. Alors la main d'Hakim caresse sa joue, masse sa nuque puis passe lentement dans ses cheveux gras de sueur, et il relève la tête.

À l'horizon deux colonnes de fumée sont apparues, foncent à mesure qu'elles s'élèvent, défiant par leur noirceur la nuit même. On entend dire que ce sont là des voitures qui brûlent, des entrepôts, qu'une vengeance aveugle s'exerce ; qu'il fallait s'y attendre. Effrayés par cette vision, intoxiqués déjà par la fumée que le vent rabat dans leur direction, certains se sont mis à courir et à hurler, d'autres à se rouler par terre : on dirait des acteurs jouant l'impuissance, ou bien un genre de recherche folle d'une chaleur humaine quelconque, un appel à l'affection. Les plus âgés, les familles trop nombreuses pour être en sécurité, les plus faibles sont rentrés maintenant, prétextant le manque de sommeil et la chaleur, ils ne veulent pas risquer des ennuis qui ne manqueront pas d'arriver à une heure aussi tardive, dans la rue ; bientôt assis sur leur lit ils envisageront de faire une ou deux prières avant de se coucher, et un brouillard de bénédictions gonflera et stagnera un moment dans les environs, avant de repartir où il sera plus utile. Et même ceux qui sont restés dehors et ne s'agitent pas en tous sens se tourmentent, à leur façon ; ils sont tous entre deux âges, et on sent qu'ils sont pris entre deux étaux, tâchant de garder dans la brise écœurante qui redouble un équilibre dont le bénéfice est incertain, une pondération dont la jeunesse et la vieillesse se moquent. Parmi eux quelques-uns ont l'habitude de ces situations de deuil et de confusion, disent-ils, où on ne sait qui de la victime ou du quartier est mort ; ils rappellent qu'ils étaient là en 1986, et en 1995, détaillent la marche à suivre – curieusement on ne discerne pas les traits de leurs visages, comme s'ils étaient masqués par les plaques noires et anonymes d'obscurité dispensées par la nuit. Ils proposent de contacter eux-mêmes la famille du mort, puis de l'accompagner lors des pénibles démarches à l'hôpital et aux pompes funèbres, puis d'organiser éventuellement, dans quelques jours, avec l'accord des proches, un défilé silencieux à la mémoire du disparu, qui protestera contre ce qu'on voudra, quand on en saura plus, et pour lequel il faudra trouver des slogans convenables qu'on imprimera sur des t-shirts blancs, en dessous d'une belle photo du mort et de son nom, quand on le connaîtra, et puis il s'agira après ça de reprendre une vie normale, en fait la même qu'avant, ayant fait tout ce qu'il était possible de faire… Cela dit les derniers tenants de la foule curieuse et vivante de tout à l'heure s'en vont à pas rapides, une honte discrète mais tenace en tête, qu'ils ajoutent aux autres et enfouissent profondément. Hakim sursaute, les yeux hors de la tête, lorsqu'une femme qui se charge de recueillir des témoignages de sympathie lui demande s'il connaissait la victime, et s'il a un hommage particulier à lui rendre ; la regardant sans répondre il se met à pousser une courte plainte qui la fait légèrement reculer ; puis il esquisse un pas en avant pour tenter de retenir tout le monde, mais s'écroule presque ; le soutenant avec l'aide de Yaya et de Medhi, puis frottant une main énergique le long de son bras, la femme est prise au dépourvu, s'étonne de voir poindre des larmes dans les yeux du jeune homme, le console rapidement en prenant une voix de mère, elle qui n'a pas d'enfants : *Ce n'est pas grave. Ça ira mieux demain.* Puis elle s'écarte, se débarrasse de l'air grave qui lui est venu en hochant la tête, et poursuit sa besogne dont personne n'a idée.

Cloué sur place par une indécision surprenante aux Iris, qu'on attribue généralement aux drogués, entouré depuis quelques minutes de rôdeurs qui ont déjà repéré sa faiblesse d'un instant, et envisageant vaguement le confort de son lit et la promesse du repos, Hakim cherche du regard, dans la partie haute de la rue Satie, ces motifs qui pourraient rappeler l'union formidable des gens, l'émotion commune formidable, pousser au rassemblement. Et il remarque, à cent mètres environ, l'entrée du grand parking, les cars surmontés de paraboles et les flashs qui embrasent l'air régulièrement puis laissent comme un vide, et ces puissants projecteurs faisant naître des ombres gigantesques sur les façades – cent mètres au cours desquels le mélange de ses impressions, la complexité de la situation paraissent s'étioler, décliner et s'appauvrir, presque disparaître… Puis il voit une ondulation continue de foulards rouges, blancs, bleus, noirs, d'écharpes plus bigarrées encore paraissant des minerves, de capuches tombant sur les yeux et de casquettes, qui cerne, repousse, attire à elle quelques caméras obligées de changer sans cesse de cadre pour continuer à filmer : la meute des acteurs et témoins a compris que, pour ce soir, quoi qu'elle fasse, elle ne pourra être exclue de l'image. Prêtant l'oreille Hakim peut les entendre d'ici hurler des avertissements au pays, des insanités, s'interrompre, marmonner ou parler trop vite, et ce vacarme contrarie les rares passants qui étaient restés dans l'espoir d'une veillée mortuaire, à voir leurs sourcils scandalisés et leurs bouches arrondies ; les voix qui parviennent à Hakim sont toutes excessivement graves, peut-être déformées par la distance, et même il ne comprend pas certains termes ; mais de près ça doit être charmant, et rafraîchissant… À l'arrière-plan, sur les côtés, une majorité brièvement filmée et stupide n'ose pas intervenir, ne sachant si elle pourra crier assez fort ou dire quelque chose de remarquable qui fasse taire les gueulards, reste pourtant dans le coin, tendant le cou et cherchant son reflet dans l'objectif comme dans un miroir, les yeux incertains roulant d'un bord à l'autre de l'orbite – plus tard, pensent-ils déjà, ils se verront à la télévision, et leur existence en sera bouleversée, et ils garderont longtemps, précieusement, cette preuve enregistrée de leur présence durant cette nuit particulière, dont ils pourront alors mesurer l'importance.

Vers deux heures du matin de nouveaux véhicules débouchent dans la rue Satie, interminable défilé, puis tournent à droite dans le parking pourtant déjà bien rempli, et se garent en formant un demi-cercle impeccable. Est-ce la police qui revient ? Est-ce l'armée ? Est-ce à cause de la frayeur que les Iris inspirent partout ailleurs, cette venue ? Ce sont les CRS qui arrivent, pour faire le boulot – ce pourrait être le premier couplet d'une de leurs chansons de caserne. Ils descendent de leurs cars grillagés, se dégourdissent les jambes tout en suivant d'un œil impassible l'évolution d'une situation qui ne semble pas du tout incontrôlable, puis vérifient avec méthode leur équipement antiémeute, chacun d'entre eux ayant conçu sa propre manière depuis l'époque plus ou moins lointaine où il était élève stagiaire, certains passant même, de temps à autre, une main équivoque le long de leurs jambières… Leur sang-froid paraît une chose extraordinaire dans de telles circonstances et en un tel lieu, mais contre ce compliment ils protesteraient avec modestie, évoqueraient leur entraînement et leur ténacité innée, parleraient du sens d'un devoir quotidiennement accompli – de nos jours les gens n'ont d'yeux que pour les Américains et leur décontraction, leur facilité apparente. Et ils poursuivraient, parce que le sujet les passionne, ils confieraient avec regret que leurs préoccupations ne sont plus de cette époque, la défense de l'ordre public, le rétablissement clair des places et des rangs et d'une juste hiérarchie, la protection de la propriété, la protection des instruments de production, mais que leurs convictions sont aussi assurées que leurs gestes rapides pour boucler leurs ceintures et enfiler leurs cuirasses. Parce que l'habitude tient en respect le doute, et les hésitations qui pourraient leur être fatales, ils s'en tiennent strictement à leur routine, bâillent en finissant de se harnacher, certains bavardent à voix basse et on entend un rire ou deux qui sont vite réprimés, pendant que d'autres fument une cigarette qui ne quitte jamais leurs lèvres – on dirait une classe à la fin de l'année scolaire, rodée. Bientôt ils sont casqués, regroupés en rangs, parés. Ils sont prêts, et pas nous, reconnaît Hakim, qui a reculé, remonté la rue avec Medhi que, malgré l'absence de danger immédiat, il a gardé tout du long derrière lui. Ils sont préparés, unis comme nous ne le serons jamais et nous, comment on fait pour les arrêter ?

Désormais il s'agit d'une banale histoire de contrôle d'un territoire, sans morale, sans mérite, sans rien : seulement personne ne devrait traîner dans la rue à cette heure sans honneur de la nuit, dans cette rue notoirement fréquentée par des criminels. Les CRS se mettent en branle, et commencent à frapper leurs boucliers avec leurs matraques, imitation fainéante et dépourvue de rythme de tambours ancestraux, lorsque la société pardonnait moins facilement les écarts, évocation affadie à force de répétitions d'une scène à laquelle tous ces hommes rêvent, où l'état de droit terrifie la terreur elle-même, où une nation s'unit sous les trois couleurs – ce n'est pas très impressionnant mais, d'un autre côté, c'est déjà posséder la rue que d'y faire triompher leur musique. Tout de même il reste des hommes jeunes, quelques jeunes femmes qui les provoquent perchés sur les toits, d'autres qui, passant près d'eux, les mains profondément enfoncées dans leurs poches, crachent par terre et les regardent de travers, et d'autres qui, sans doute, sont secrètement impatients d'en découdre – les CRS prient pour qu'ils le soient. Alors la centaine d'hommes se déploie en rugissant, sur le point de sentir une fois encore l'accélération inouïe des battements d'un cœur commun, et la dilatation machinale des vaisseaux sanguins causée par l'afflux du sang, puis, pareillement pour un Parisien ou un gars du Sud-Ouest, la respiration paraît dégagée, plus profonde, et l'air lui-même semble plus pur, le sucre afflue alors partout dans le corps et une sensation de bien-être nous envahit, nous protège mieux qu'aucune autre carapace que le règlement impose, car c'est alors la pure chimie qui agit – réellement, il ne peut exister d'activités aussi saines, aussi justifiées que celle-là.

Les quatre sections avancent sans se presser, se séparent en deux groupes égaux qui se placent aux extrémités de la rue Satie et s'immobilisent pendant quelques minutes afin que, les regardant sans comprendre, mais décelant une méthode implacable dans leur manœuvre, chacun puisse juger du mauvais pas dans lequel il s'est mis et s'en sortir et déguerpir en slalomant maladroitement entre les voitures et les fourgons du parking, libre à chacun ensuite de noyer sa peur dans quelque lieu clos, à l'abri des regards ; puis ils se rejoignent, se croisent, patrouillant sur la mince bande de la route, écartant sans ménagement ceux qui pourraient croire qu'ils sont encore chez eux. Cependant une petite foule d'une trentaine de personnes s'est reformée, qui observe la patrouille sans mot dire, attentive et respectueuse, au bas d'un grand immeuble dont la façade est découpée en carrés bleus et blancs, et striée de coursives. Pressés, tassés sur un sentier de terre en haut d'une pelouse, ils n'ont pas l'impression de mal agir en restant là ; et le spectacle est prenant. Pourtant ils sont pris d'un doute, se serrent souvent les uns contre les autres, ne bougent pas, ne respirent guère ; si nous demeurons ainsi, raisonnent-ils, si nos peaux font l'effort d'imiter l'aspect du mur qui se trouve derrière nous, ou, à la rigueur, le noir profond de certaines parties de la rue, ils ne nous verront plus et passeront leur chemin, et trouveront ceux qu'ils cherchent, les véritables coupables. Mais, voyant au bout de quatre ou cinq allers-retours les deux groupes de CRS converger vers eux, ils s'aperçoivent qu'ils se sont trompés.

Il y a de molles sommations qu'aucun civil ne serait capable de comprendre ; il y a quelques tirs de fumigènes inutiles. Puis les CRS éventrent facilement le maigre attroupement, se regroupent, recommencent afin de faire un nouveau tri, s'ennuient de l'absence de véritable opposition, désirent une bataille authentique et indécise qui éprouve leur valeur, et les matraques qui se lèvent de temps à autre restent le plus souvent suspendues en l'air, par lassitude. Ils se contentent d'aller, de venir, presque bercés par ce mouvement. Dans cette mêlée, on ne voit pas ce paroxysme des émotions que l'on a pu supposer, la diversité presque infinie des attitudes humaines qui, dit-on, ne s'observe qu'au combat, et il n'y a plus guère que la panique et la haine qui s'affichent sur les visages découverts, plus guère que des gens qui avancent, et d'autres qui reculent

– chacun dans son rôle sait déjà comment tout ceci va finir. Et, à bien y regarder, à contempler autrement qu'en courant, ou que réfugié dans l'embrasure d'une porte ou caché dans un escalier, ce pas de deux absurde, on est horrifié, rendu aux limites de la norme qui s'impose sans explication, aux limites d'une tradition dont on sent qu'elle pourrait être renversée à tout moment, mais qui dure, pourtant.

Assez vite il ne reste plus que quelques petits groupes qui résistent aux charges des CRS en courant sans fuir, en se plaquant au sol ou contre un mur, en se débattant parfois, comme s'ils étaient résolus à ne pas céder ce petit bout de rue, ou à désobéir pour la forme, plutôt, et cet esprit de contradiction sans lendemain a le don d'irriter les hommes en uniforme dont les coups deviennent plus secs, plus violents, et plus cruels. Les pas toujours cadencés des CRS résonnent terriblement dans toute la rue, et jusqu'aux derniers étages des immeubles, mais, ici-bas, quand on est frappé par une fureur qu'on ne savait pas pouvoir provoquer, cela produit de plus curieuses sensations encore, une sorte de haut-le-cœur continu, et on guette comme un rat l'instant où, à terre, vaincu, en prison, tout s'arrêtera. D'autres connaissent tout cela qui se sont éloignés depuis des heures déjà, des petits malins on voit ça tout de suite, se déchaînant à présent aux deux bouts de la rue comme des gamins pris de colère, passant leurs nerfs sur les poteaux, les poubelles, les grilles des rares magasins et toutes les sources lumineuses, faisant certains gestes difficiles à interpréter, et hurlant – *l'appel* qu'on ne peut ignorer. Et, après avoir nettoyé définitivement le milieu de la rue, une partie des CRS rompt les rangs, prend une courte pause vers les fourgons, puis s'assemble en cercle pour se répartir précisément secteurs et tâches ; il s'agit de ressembler un peu à l'adversaire, pas plus qu'il n'est nécessaire, de former de petits groupes qui quadrilleront tout le quartier ; quelques policiers se joignent à eux pour faire le nombre. Puis ils s'en vont se perdre dans les cités, connaître quelques fausses frayeurs, ils en ont sans doute pour la nuit entière. Bientôt on n'entend plus d'eux que des cris, des bruits de cavalcade, des détonations faisant chaque fois l'objet de commentaires avisés aux fenêtres, et même une grosse caisse ou un tam-tam, qui avertit et bat le rappel des Iris.

Rue Satie ils ne sont plus qu'une dizaine, des hommes jeunes pour la plupart, et deux femmes en fureur qui ne veulent pas en démordre, pâles représentants de la foule recueillie de tantôt, de sa tenue déjà dépassée et si bien piétinée qu'on se demande si elle a jamais existé, douze obstinés livrés à eux-mêmes et déportés à gauche de la tache de sang par les poussées et les contre-poussées habiles des CRS, jusqu'au renfoncement de ce qui semble un atelier ou un garage pris entre deux grands immeubles. Songeant à leur situation, ou à d'autres impasses qu'ils ont connues par le passé, un bon tiers d'entre eux pleure de rage. Ils ont l'impression d'être enfermés dans une cage : ils tournent en rond, boxent dans le vide, trépignent, échouent à escalader les parois sans aspérités qui les entourent, se bousculent les uns les autres comme s'ils ne se connaissaient pas, des Iris ; puis, bien plus rapidement que des fauves n'en viendraient à accepter leur captivité, ils se calment et s'adossent à la façade d'une sorte de maison basse comportant six fenêtres à demi cassées et, en son centre, servant apparemment d'entrée, une grande plaque de ferraille à moitié rongée par la rouille dont la partie basse a été soulevée et roulée sur elle-même comme une simple feuille d'aluminium. C'est que les CRS, face à eux, sont restés immobiles à l'entrée du recoin, se contentant de les contenir dans ce réduit au lieu de leur mettre le grappin dessus et d'en finir, et, relevant la tête et constatant la troupe impressionnante qu'on a dépêchée pour les chasser de leur propre rue, les jeunes gens se sentent grandis, en même temps que leur captivité leur paraît changer de nature, comme si elle n'était plus désormais qu'un problème à résoudre, un contretemps qui ne les empêchera pas de poursuivre la lutte plus tard, plus efficacement – avec davantage de vice. Le premier, un petit homme trapu avec les joues grêlées, a l'idée de se faufiler sous la porte et réussit à passer au prix de contorsions pénibles. Et si quelques-uns, plus fiers ou moins confiants, choisissent plutôt de se jeter en avant et d'essayer de franchir les rangs compacts des CRS, la plupart le suivent, et pénètre le bâtiment abandonné.

Il n'y a plus qu'eux dans le recoin et la paix, même tirée par les cheveux, est revenue aux Iris, au moins dans une de ses rues, et les CRS la retrouvent avec soulagement, comme un mur d'enceinte les défendant contre les échos des déflagrations qui s'accrochent aux oreilles, contre les ordres aboyés par leurs supérieurs, aussi. On finit par déposer les jeunes gens qui ont foncé inconsidérément dans le hallier de leurs uniformes et qui, d'abord plaqués brutalement au sol puis soulevés par les jambes et les épaules, ont assisté à l'évasion réussie de leurs camarades en étant débarrassés de l'effort de se tenir debout – le plaisir de ce vol atténuant leur regret de ne pas les avoir suivis, ils ont souri étrangement; puis on les remet aux policiers qui leur tordent le bras et calent leurs genoux contre leurs vertèbres en les menottant avec un air d'indicible satisfaction, et les jettent dans un fourgon sonore et sale. Et le retour du silence est si soudain, si entier, qu'on se prend à écouter la brise qui continue son petit travail de sape dans les branches des arbres et pousse les petits cailloux jonchant le sol, pour se rassurer. Au repos, inassouvie et dispersée, une section entière de CRS s'interroge du regard, fixe le noir devant elle, patiente, tendant parfois une oreille distraite vers le bâtiment délabré. Les boucliers sont posés, les poings toujours gantés frappent contre le plastique des rythmes plus agréables, plus dansants que tout à l'heure, qui donnent une autre opinion de ces hommes; les matraques sont retombées le long des cuisses, et la plupart des visières sont relevées. En se retournant, ils peuvent voir au loin, vers le boulevard, quelques silhouettes noires se détacher d'un fond illuminé, qui revenant sans cesse les narguer font preuve d'une rancœur tenace, mais pas *mortelle* – ils suivent des yeux ce mot qui semble clignoter en l'air, puis passer devant eux comme une bande déroulante. Les hommes finissent par demander : *Qu'est-ce qu'on attend pour s'en aller?*

On ne perçoit plus aucun mouvement à l'intérieur du petit atelier, plus aucun bruit; il doit exister une autre sortie – las, les hommes aux membres alourdis par une incroyable profusion de matériel l'espèrent fort, encouragent silencieusement leurs jeunes adversaires à détaler discrètement, si ce n'est déjà fait, leur adressent même de courts messages de sympathie muette, mansuétude sans laquelle il n'est pas de beau vainqueur. On ne le dirait pas, à les voir, mais ils sont à bout, comme tout le monde ils connaissent des accablements; et puis ils ne veulent pas entrer là-dedans. Les minutes passent donc, sans qu'ils reçoivent plus d'ordres, s'étirent à n'en plus finir, jusqu'à ce qu'une lueur apparaisse dans la bâtisse, laissant voir, derrière les carreaux bosselés des fenêtres, de grandes ombres bondir comme des animaux sauvages surpris par un incendie, avant que cette petite flamme s'éteigne brusquement, comme aspergée d'eau, ou soufflée par un courant d'air. On entend alors des cris réprimés et un début de dispute, puis plus rien. Curieuse et amusée, toute la section attend la suite, lorsque, tout à coup, ayant décrit une courbe à peine accusée, un projectile vomi par le cadre noir d'une fenêtre ouverte à la volée tombe et se brise aux pieds d'un CRS trop avancé, s'enflamme, change son bras en torche, puis, rapidement, le reste du corps en brasier ; sa voix alors écorche la nuit, son hurlement inhumain monte comme une fusée et explose et retombe en débris, cette marginalité de la voix laisse sans protection les hommes en uniforme, même si trois ou quatre d'entre eux tâtent en vain leur équipement pour trouver un bouclier ou une arme adéquate, par réflexe. Plus sourd, mieux entraîné, un des CRS a ramassé une bâche qui traînait par terre, l'a déployée devant lui et s'est jeté sur la torche humaine ; mais lorsqu'il se relève tous peuvent voir une partie du corps brûlé dont la peau ne fait plus qu'une avec l'uniforme, le corps nu et anonyme qui se recroqueville douloureusement, à la façon d'un gardé à vue – la faiblesse qu'il donne à voir à cet instant les fait tous reculer d'horreur. Ils fixent le tas fumant, stupéfaits, ne comprennent pas bien, se bornent à comparer l'avant et l'après, finissent par se tourner vers l'atelier d'où leur parviennent à nouveau des bruits ; venant de l'intérieur, ils entendent des cris de joie et des rires.

Cela fait vingt minutes que le capitaine s'époumone dans un mégaphone qui fonctionne mal, coupe avec régularité. Il a rappelé une section qui s'est massée derrière lui, au total deux sections inutilement entassées dans moins de vingt mètres carrés, à taper du pied et à se frapper les cuisses en attendant une issue qui favorise la violence. Il les sent derrière lui ; et c'est la première fois qu'il les craint. Alors il se creuse la tête, cherche des formules qui convaincront les brutes qui se sont enfermées dans cette baraque et doivent se délecter de leur enfermement, s'y sentir à l'aise, et dont les motivations lui sont en conséquence aussi mystérieuses que celles des anciennes peuplades barbares – à la fin, s'il le faut vraiment, il leur concédera qu'ils ont bien joué, bien résisté cette fois, afin de flatter leur virilité. Il aimerait pouvoir les toucher, pas même pour les blesser mais seulement pour les atteindre, et qu'ils arrêtent de répéter : *Tu as gazé ma famille, Tu as frappé mes voisins et ma famille, jamais on sort, Tu as gazé les miens, Tu es venu chez moi -*

Qu'il est pénible, épuisant de prouver qu'on ne pense pas à mal, qu'en fait on ne veut que faire le bien ! L'impatience a gagné la voix du capitaine qui prend des accents plus aigus, on la sent faiblir, il repense alors à sa responsabilité de gradé et se stimule mentalement, comme on le lui a appris : *Vous permettre de sortir en douceur c'est le mieux que je puisse faire, le mieux pour vous, vu ce que vous avez fait je ne suis pas votre ennemi, votre pire ennemi dans l'histoire.*

Soudain le vieux capitaine abaisse son mégaphone comme si son bras endolori n'en pouvait plus, et l'appareil vient taper contre son flanc. Il baisse les yeux, hoche la tête ; il ne veut plus rien dire, il en a assez. À l'intérieur, les voix poursuivent seules quelques instants, puis paraissent s'éloigner peu à peu et, devenues caverneuses et inaudibles, se taisent enfin. À l'arrière, sur le parking, dans les fourgons et les voitures, la radio ne cesse de crépiter, et la Direction centrale demande : *Pourquoi le problème n'est-il toujours pas réglé ?* ; la Direction centrale prend les choses en main : *Vous vérifiez que l'endroit est bien désaffecté, que ce n'est pas un de ces squats, puis vous entrez, puis vous faites le ménage* ; la Direction centrale ajoute, après une pause : *Pas la peine de demander de la retenue aux gars.*

Ils sont quatre hommes qu'on envoie d'abord comme éclaireurs, un minuscule équipage indifférencié dans l'inconnu des enjeux et de la nuit, simplement muni d'un bélier, une courte file indienne partant au combat pour d'autres, à la place d'autres qui suivent leurs déplacements avec d'autant plus d'intérêt qu'ils ne risquent rien, fixant pour l'éternité dirait-on (des enfants, des femmes ou des hommes âgés pourraient être à leur place) une image de l'humanité participant bon gré mal gré à des luttes qui ne la concernent pas, quatre hommes obéissants avançant sur une ligne parfaite, trottinant pliés en deux le long d'un mur du recoin, comme une vision de l'avenir collectif et de l'homme nouveau, puis s'accroupissant et prenant position de chaque côté de l'étrange porte brune de l'étrange bâtiment, entrée dispensant une certaine magie, pense Malaquy en relevant sa visière, ne serait-ce qu'à cause des tags énigmatiques qui recouvrent son pourtour et semblent les mettre en garde contre la profanation qu'ils sont sur le point de commettre. Comme souvent, Malaquy voudrait être ailleurs, appréhender une limite après laquelle les contraintes qui pèsent sur lui n'existeraient plus, ni les ordres absurdes, comme une ligne rouge qui marquerait le départ d'un voyage sans retour, ici, dans le monde hyperboréen, le début de *l'intégration* – il la connaîtrait, ne la franchirait pas, la désignerait à ses enfants. Mais existent-ils seulement, cet au-delà, cette promesse? Ils sont bientôt huit autour de la porte, puis dix, puis douze, et Malaquy sent un vertige le gagner, menacer de le faire tomber. Est-ce un effet de la surveillance des camarades qui s'impatientent là-bas, les pressent avec de petits gestes de la main qu'il devine plus qu'il ne les voit, se dressent sur la pointe des pieds pour ne rien rater, retiennent leur souffle, pensant: Qu'est-ce qu'ils attendent, moi à leur place – et lui ne met pas de cœur à l'ouvrage, se révèle indigne de cette attente, commence à franchement débloquer. Je n'ai qu'à obéir, se rassure-t-il, et aussi respecter quelques principes, mais il hésite devant la perspective de l'assaut, moitié anxieux moitié incrédule, essaye de ne plus réfléchir du tout, de ne pas penser autrement qu'à grands traits dont on peut éventuellement se moquer, mais pas s'effrayer, de filtrer ce qui parvient tout de même à sa conscience, et même d'apprécier poétiquement l'écume opalescente des gaz... Le bruit du premier coup de bélier contre la porte le fait sursauter, le deuxième lui permet de se concentrer sur la déformation du métal. Il se tasse: à chaque choc la masse noire des uniformes derrière eux esquisse un imperceptible balancement de rein: *Cède, cède donc!* Devant l'évidence Malaquy rentre la tête et se prépare à l'appel d'air. Il est tout à fait normal, se sermonne-t-il, qu'on enfonce cette porte, qu'on la martyrise; et il y en a beaucoup que cela occupe honnêtement pendant des années, de franchir ainsi obstacle après obstacle, jusqu'à la dernière porte; il n'y a pas à hésiter, vraiment – ce n'est qu'une vieille porte.

Hakim et Medhi sont à peine troublés par ce qu'ils sont en train de voir, réfugiés dans une cuve de balcon à l'angle de la rue

Satie et de la rue Maupassant, parmi les mégots et les seringues, les copeaux de feuille et les journaux sales, enlacés et invisibles, embrassant volontiers le fer granuleux et froid de la rambarde ; ils sont à peine surpris, dans leur coin de ténèbres qui ne reculent pas devant la lumière timidement réapparue derrière les rideaux des fenêtres au-dessus d'eux, de voir les CRS tenter d'enfoncer la porte d'entrée d'une mosquée ; et même ils jubilent, peut-être parce que, dans leur abri de fortune, l'esprit du quartier en goguette est venu les visiter et leur a rappelé cette évidence qu'ils n'appartenaient pas à un endroit quelconque en France, mais aux Iris, qui favorisent toujours la part la plus sombre de la nuit, et les bars aux enseignes rouges, le trottoir, la vengeance aveugle et les soupçons, aux Iris, bien loin du ciel épais et de ses étoiles fixes, loin du monde de la bonne foi et des bonnes intentions que l'on peut mesurer, et qui servent d'excuse aux agissements coupables – c'est un démon, le Mal qui possède, qui pousse ces hommes à violer un lieu jusqu'alors préservé. Alors ils sautent à terre sans perdre de temps et se mettent à courir, portés par une urgence délicieuse. Espérant être de retour avant qu'il ne soit trop tard, remués par les coups sourds contre la porte, ils transmettent rapidement la nouvelle à tous ceux qu'ils croisent, les secouent quelquefois d'impatience, s'embrouillent, menacent ; les voyant arriver les traînards, les alcooliques, les couche-tard ont tout d'abord un mouvement de recul, se méfient d'eux comme s'ils étaient fous, puis, dans le doute, ayant déjà été témoins de faits plus extravagants encore, regardent plus attentivement leurs yeux couleur de terre, de caramel, qui ressemble à une pâte d'opium… Il n'y a pas de meilleure preuve que ces garçons disent vrai… Et, bientôt, des colonnes fluettes commencent à remonter la rue Satie à l'est et à l'ouest, enflant ; des grappes d'hommes à la mine décidée débouchent des ruelles au sud, et convergent vers le bout de trottoir sali de sang qu'ils ont cédé tantôt, qu'ils ont l'impression d'avoir bradé, avec le reste. Ils sont jeunes pour la plupart, frais, peu entamés par le travail. On voit des gens surgir de nulle part, se disséminer sur le parking en zigzaguant ; on aperçoit une bande assez importante de femmes ivres qui s'approchent en roulant des épaules, guère plus préoccupées par la soif qui les tiraillait pourtant il y a peu. Rang après rang, une masse compacte se forme tout autour du renfoncement où se trouvent les CRS, et la mosquée assaillie. Ils ne sont pas aussi nombreux qu'il y a quelques heures, mais paraissent armés d'un argument supplémentaire, d'un bon droit qui aurait tardé à venir, qui s'est montré enfin. Cependant les CRS, faisant de grands gestes pour inciter leur groupe d'éclaireurs à utiliser une petite charge explosive pour dégager l'entrée, ne prennent même pas la peine de se retourner pour leur faire face, les prenant pour un autre public avide de sensationnel, le troupeau une nouvelle fois reformé – les braves militaires ne se rendent pas compte que c'est un grand changement pour ceux-là de s'être débarrassés du désir de s'abriter, de regarder la télévision, et de passer lentement une serviette mouillée sur leurs yeux et sur leurs lèvres et sur leurs poitrines pour soulager l'irritation provoquée par les gaz, et de border leurs enfants avec les larmes aux yeux et d'éluder les questions gênantes, et de fuir toujours… C'est comme lorsqu'une hémorragie s'arrête, ou que l'on guérit, et que l'on est soulagé et fier même si la volonté n'y a pris aucune part, et comment dit-on lorsqu'on cesse de faire une chose que l'on a continuée, malgré soi, toute sa vie… On dirait que les lampadaires prêtent un peu de leur incandescence à l'air ambiant, que la nuit s'est animée des éclairs parcourant les visages et de la blancheur des t-shirts et des pantalons de lin. Ils sont revenus sur leurs pas, et ils se sont entendus dire, pour se donner du courage : *Nous sommes aux Iris chez nous après tout, même si nous n'y faisons rien de bon*

Hakim se trouve dans le rassemblement, tout devant ; il a renvoyé Medhi à la maison, ne sait pas s'il a été obéi. Ça n'est plus important, ça ne compte plus, la famille… Hakim se trouve dans le rassemblement comme à l'intérieur d'un cœur, et il sent l'afflux des gens et leur ardeur dans son dos et c'est comme s'il en était augmenté, comme si cette agrégation qu'il ne contrôle pas l'avait particulièrement choisi pour centre, comme s'il était lui-même puissant, et que la sueur ne lui répugnait plus, ni aucun contact ni les bourrades dans les reins. On parle avec animation autour de lui, on crie pour surpasser le tumulte, on a l'intention de régler quelques comptes ; mais lui n'a aucune idée de ce qu'il doit faire. Pour l'instant il ne voit que la bagarre certaine qui s'annonce, où ils auront peut-être l'avantage cette fois – il aperçoit presque cette perspective s'ouvrir devant eux, et dévoiler son fond jaune et rouge. Jouant des coudes, il a gardé sa grande carcasse au premier rang, et suspendu son existence... Qu'interrompt-il d'important, sinon la préparation sans enthousiasme d'un ou deux examens voués à l'échec, et la routine qu'il s'est imposée très jeune et qui assourdit mal le brouhaha continu de sa colère... Tout en répondant par bribes aux uns et aux autres qui exultent, ont déjà atteint leur but, il réfléchit à ce qu'il faudrait montrer pour qu'ils s'en aillent simplement, tous, tous les CRS et toute la police. Mais que dire, et que faire pour appuyer ces dires? Il se demande, observant la centaine de visages qu'il côtoie, recommençant : Qu'avons-nous accompli pour l'instant : Nous faisons face au lieu de fuir : Nous ne courons plus; et il articule à voix basse : *Nous ne courrons plus*; puis il essaie différents rythmes, choisit le plus simple, le plus adapté à sa propre diction, accentue le dernier mot : *Nous ne courrons PLUS*. Enfin il se met à hurler, plongeant tout entier dans l'avenir, et avec lui la foule qui se fige : NOUS NE COURRONS PLUS! Puis il reprend dans un mutisme pesant, répète, pris d'une excitation qui peut passer pour de l'assurance, curieusement dépourvu d'appréhension, il a laissé son appréhension arpenter seule le trottoir – il en faut bien un, le premier.

Et, l'écoutant, personne ne le regarde de travers ou ne songe à mettre une main sur son épaule pour le faire taire, on est seulement étonné; cela ressemble à l'une de ces situations où des gens se connaissant mal ont une même idée au même moment, où le salut public s'incarne un instant, s'incarne dans une expression pleine de justesse, qui signifie : *Nous sommes ensemble, et inséparables*. Dans l'obscurité la phrase pauvre gonfle et s'élève, au-dessus d'eux, au-dessus d'elle-même, et ils n'ont plus qu'à la lire, quelques-uns d'abord murmurant et comme déchiffrant une mauvaise écriture avec une difficulté toute physique, comme brassant une boue à l'intérieur, puis ils se mettent tous à scander, bras croisés, poings levés, sautillant certains se retournent pour s'assurer qu'ils ne sont pas seuls :

nou-ne cour! ron! plu!
nou-ne cour! ron! plu!

nou-ne cour! ron! plu!
nou-ne cour! ron! plu!
nou-ne cour! ron! plu!
nou-ne cour! ron! plu!
nou-ne cour! ron! plu!

Crier ainsi, sans réfléchir! Scander, hurler à la mort! Tant que l'on garde pour soi, jusqu'à la dernière extrémité, ce genre de formules banales et plaintives, tant qu'elles restent bien cachées, telle cette envie bête qui nous prend parfois de tempêter en pleine rue contre le monde indifférent, ou de donner l'accolade à un parfait inconnu; tant que l'on ne tente pas de rallier ceux qui ont appris, souvent bien difficilement, à se contenter de leur solitude; tant que l'on demeure à sa place, dénué du sens pratique nécessaire pour faire des rencontres, n'ayant au fond pas d'autre maxime que celle qui prétend que l'on naît seul et que l'on meurt seul, une telle litanie est supportable. Mais qu'elle s'exprime librement, qu'elle soit reprise dans une unanimité qui dépasse de beaucoup les possibilités de l'individu, et on parlera de culte obtus, mensonger, d'offense à la raison (qui, elle, a le droit de se changer en slogan, et de radoter), puis on pourra conclure au bout d'un long et tortueux discours à l'abrutissement de cette minorité, de cette quantité négligeable, on pourra moquer sa naïveté qui lui fait encore rechercher le changement, et on évoquera l'obscurantisme qui nous menace, et l'insulte faite à la science; on se souviendra alors de l'instinct habituellement carnassier des habitants de ce quartier, de l'horizon lâche de l'impunité qui les inspire, de leur talent inné pour la brutalité; on les plaindra également, sans doute, on se poussera du coude, et on tentera de les séparer d'abord puis de faire le tri entre eux, irrité par leur espèce de solidarité. Mais peut-être répondront-ils, ceux qui sont présents, ceux qui ont assisté au basculement et ont été changés à jamais, ils peuvent déjà répondre : *Rien de ce que nous faisons, de ce que nous pourrons faire, n'a d'avenir ici, dans ce vieux monde, parce que nous sommes les agents de son achèvement, parce que l'âge d'or ne renaît jamais que sur les ruines – il ne s'adapte pas, il ne partage pas.* Et, sollicités à leur tour, le dernier, en tout état de cause, des poètes ressortiront leurs écrits de l'époque, pousseront un certain genre de soupir : *Il y avait un parfum automnal de guerre / Seuls, les arbres, le ciel, savaient / Que ce n'était pas l'automne.*

Cependant la porte de l'atelier cède enfin, tombe, et, comme des ressorts détendus, les CRS lancent des fumigènes dans l'ouverture pratiquée, puis deux groupes masqués bondissent, et Malaquy est davantage emporté qu'il ne se précipite à son tour ; à l'intérieur, où les cris et les faisceaux lumineux balayent le noir comme des lasers, comme la modernité, se croisant, s'éloignant, cherchant l'illumination avec frénésie, éclairant brièvement des étagères de chaussures, des tapis graisseux et des garçons courbés, Malaquy voit des mains qui se lèvent, menottées dans les cercles d'une clarté agressive, qui tentent un instant de protéger des yeux éblouis, mais qui sont aussitôt saisies et abaissées par des gants de cuir noir – sans rien d'extraordinaire cette scène efface pourtant, d'un coup, certains souvenirs dont il pensait ne jamais pouvoir se défaire, les années de formation et de métier, les choix pénibles de l'âge adulte, et, de cette manière singulière il a l'impression de retrouver ses vingt ans. Ballotté et inutile, il s'écroule dans un coin, à l'écart du tumulte ; le menton sur les genoux, il attend d'être sûr ; il vaut mieux être sûr. Puis il se relève, se débarrasse du barda devenu encombrant qui pend à sa ceinture, et sort, les mains sur la tête, se dirige déclassé vers la sortie du renfoncement, espère un peu d'indulgence. Mais bien vite il baisse les bras : ses camarades sont tous retournés vers la rue, et personne ne se préoccupe de lui.

Rue Satie un genre de *no man's land* s'est formé entre la foule et les CRS en position qui grognent, espace à la fois vide et surveillé, à la fois protégé et dangereux. Malaquy est sur le point de commettre l'irréparable, de défaire sa jugulaire et de jeter son casque, exhibant la beauté anormale de son visage, la rondeur parfaite de son crâne piqué de points noirs et ses yeux légèrement bridés, aimables, lorsqu'il voit une femme sortir de la foule et s'avancer et se diriger péniblement vers ses collègues en rangs… Elle veut rentrer, elle habite à proximité, insomniaque et incommodée par la chaleur elle est allée faire un tour et s'est retrouvée là par hasard, maintenant elle a mal aux jambes, et mal au dos, elle est lasse de tout ce désordre et n'a même pas le souci de s'en cacher, privilège de la vieillesse.

Qui est-ce ? Dans la foule on se hisse sur la pointe des pieds. Qui est-ce ? Elle a cette démarche particulière aux femmes âgées des Iris, ce balancement accentué des hanches qui inspire, pour on ne sait quelle raison, le respect, qui ressemble à la marche immuable et prudente de la vertu, et on l'imagine arrêtant net une bagarre d'un seul regard désapprobateur, faisant filer doux les plus irrécupérables... Qu'elle aille donc se reposer... Elle porte une robe ample, va courbée, dans les cohues ses savants coups d'épaule lui dégagent le passage, son foulard noir de travers sur ses cheveux en désordre et trempés de sueur. Elle avance sans hésitation apparente, mais à pas comptés, un peu comme si elle avait un total à ne pas dépasser au-delà duquel elle tomberait, et basculerait dans l'au-delà, dans la décomposition des gens et des choses, elle marche droit vers les hommes en uniforme qui paraissent une masse fondue dans la nuit, un bout de nuit qui abolit la diversité des expressions et les traits du visage. Elle s'est dit : Mieux vaut avoir de mauvaises relations que pas de relations du tout. Elle s'est dit : J'ai besoin de les toucher, de palper sous les protections la peau de ceux qui nous veulent tant de mal, et d'évaluer leur constance par la même occasion, en m'assurant qu'ils ne sont nullement des fantômes s'évanouissant au premier contact. Et elle finit par se poster devant un CRS qui n'ose pas encore la repousser, grand, jeune sans doute, tendre d'une certaine façon mais comment l'affirmer à coup sûr, elle s'arrête en piétinant un peu, puis elle a brusquement l'idée d'un geste magnifique : son bras se lève, s'enroule sur lui-même puis se tend, un doigt tordu et rongé par l'arthrite pointé vers le bout de la rue. Et l'émotion est sensible dans sa voix qui crie alors, mêlée de sanglots : *Ça suffit ! Ça suffit ! Assez de la guerre ! Rentrez chez vous ! Dehors !... Rentrez chez vous !... Pleurez avec nous, ou rentrez chez vous !...* Elle répète sans se lasser, variant peu, finalement portée par les mots – c'est Mme Ouazel, affirme quelqu'un dans la foule qui entend mal, mais finit tout de même par reprendre après elle, soulagée et fière de sa représentante, tandis que Mme Ouazel continue de rugir, s'adressant à chaque regard qui ne se détourne pas, qui ne fixe pas faute de mieux ses pieds ou le lointain, elle porte ses mains en coupe jusqu'à leurs yeux, implore, hurle à nouveau. Puis elle finit par se taire et repartir, brisée, vers la foule et l'énergie revenue – ça ressemble à une brusque montée de température :

ouzom! é! ou!
oussom! é! nou!
noussom! ché! nou!
noussom! ché! nou!
pleuréavecnou! ourentré! ché! vou!
noussom! ché! nou! pa! ché! vou!
noussom! ché! nou! pa! ché! vou!
chévou! oua! vec! nou!
chévou! oua! vec! nou!
chévou! oua! vec! nou!
chévou! oua! vec! nou!
lapoliss! dé! gage!
lapoliss! dé! gage!
lapoliss! dé! gage!
lapoliss! dé! gage!

Cependant, un peu perturbés par cette folie collective (certains croient même reconnaître les symptômes de l'épilepsie, ou l'altération du comportement que provoque le sevrage, en cellule, des grands toxicomanes), les rangs des CRS s'ouvrent légèrement, et par le mince corridor ainsi formé on évacue le plus vite possible les jeunes gens sortis de la mosquée depuis un moment déjà, mais qu'on avait gardés sagement dissimulés, et vus d'ici ces prisonniers ont une mine affreuse sur laquelle les bravades survivent à grand-peine, comme une sale habitude, ils couinent en songeant aux coups qui les attendent au poste, leurs corps sont inertes, traînés, étranglés par des clés de bras, emmenés par le fond du pantalon. Mais réussissant à jeter quelques coups d'œil au rassemblement en délire qui les salue et leur enjoint de tenir bon comme s'il s'agissait de proches, ils semblent plus effrayés encore par cette sollicitude que par la perspective de la prison, et ils tournent rapidement la tête ou ferment les yeux, presque satisfaits d'être bouclés bientôt. Dans la foule on pense à eux pourtant, on s'identifie à eux, et le vacarme redouble qui veut leur donner un peu de cœur au ventre, on se lamente également, une adolescente pleure à chaudes larmes en se passant la main sur le front, un coin de sa bouche empiétant laidement sur sa joue gauche, un homme avec des yeux fous bande ses muscles en hurlant ; beaucoup s'inquiètent, parce que des bouteilles et des pierres commencent à être jetées sur les CRS, et qu'entre les écueils des arrestations arbitraires et d'une extrême violence les choses paraissent reprendre leur cours normal... *On peut pas en rester là hein, recommencer pareil demain on peut pas, non, écoutez, tout le monde le sait...* Tout le monde s'en doute, et c'est pour cette raison qu'on calme brutalement ceux qui sont prêts à en découdre, qu'on persiste à s'égosiller en espérant que les invectives emporteront tout, absolument tout ce qu'on possède de parasites et de sécrétions à l'intérieur de soi – on ne sait pas encore si cette espèce de purge aidera, si les sons secs et clairs qui se font entendre, miraculeusement préservés des relents et de la souillure, impressionnent ceux d'en face ; si leur retenue comptera, à la fin, d'une quelconque façon.

Mme Ouazel a disparu ; quittant le rassemblement elle s'est retirée, refusant les marques d'estime et les félicitations, déclinant l'aide qui s'est proposée, incitant chacun d'un geste las à rester avec les autres, et à poursuivre son œuvre de protestation – elle ne parle pas de son *œuvre*, elle dit : *Mon travail.* Elle a marché, pas longtemps, plus abattue qu'à l'habitude, agacée par une brise poisseuse venant de l'est, dans une féerie de points étincelants et d'égarement de la pensée vers des contrées inhospitalières, elle a marché jusqu'à l'emplacement de la flaque de sang ; puis elle s'est assise avec maladresse sur le sol inégal, a pris sa tête à deux mains, mais n'a trouvé aucun apaisement. À présent la chaleur détache d'elle des parts bouillantes qui tombent comme des écailles, repoussent, retombent. Une jeune fille au visage extrêmement fin, aux longs cheveux châtains, revenant de La Béria où elle est allée se ravitailler en cigarettes et connaissant Mme Ouazel de réputation, l'a vue s'écrouler ; et elle s'est approchée sans bruit, la couvant d'un regard affectueux et désolé, a envie de la consoler mais craint de la déranger : Elle connaissait celui qui est mort, sûrement, et elle invoque ses mânes, et là elle doit se concentrer parce qu'il lui parle à elle, et même à travers elle, et en guettant ses réactions à elle je suis sûre de comprendre ce qu'il veut, d'où il est dans la blancheur et le coton. Bouleversée elle n'ose interrompre la dame murmurante, alors elle rejoint la foule qui s'épuise un peu, et tente timidement de transmettre sa forte impression à ses voisins, demande si quelqu'un ne devrait pas rester avec Mme Ouazel et l'accompagner dans le genre de prière qu'elle est en train de faire pour l'homme mort, elle ne sait pas, mais peut-être ce serait plus utile que ce qu'ils sont en train de faire. Rabrouée, envisagée silencieusement, son idée fait tout de même son chemin parmi la foule et elle peut presque suivre, de proche en proche, sa distorsion, sa déformation, si bien qu'elle finit par ne plus la reconnaître lorsqu'elle revient à elle, et qu'elle se met à douter de ce qu'elle a réellement dit; puis elle entend un homme des premiers rangs s'écrier : *Eh! Venez, écoutez ça! Tous! La dame de tout à l'heure, la dame a eu une bonne idée!*

Ils tracent des lignes de départ grossières, se mettent côte à côte, démarrent presque en même temps, au signal; puis ils commencent à cavaler, comme s'ils étaient poursuivis, s'engouffrent dans les immeubles, participant à leur première chasse au trésor; les gamins montent les escaliers quatre à quatre, sans pester cette fois contre l'ascenseur en panne, frappent aux portes, réveillent le plus de monde possible, entrent sans explication dès qu'on leur ouvre, cherchent frénétiquement de la ficelle, des rouleaux de scotch dans les tiroirs et dans les trousses, du chatterton dans les placards et des draps, des bâtons et des objets lourds, certains brisent même les pieds des tables bancales... Elles sont partout, les petites mains des Iris, appellent l'ensemble de leurs connaissances dans les cités, faisant gargouiller le quartier tout entier. Pendant ce temps, en bas, dans la rue, on attrape tout ce que la troupe des gosses descend ou lance par les fenêtres, on trie et on organise, on commande sans réplique les gens qui viennent tout juste de se relever et se grattent la tête, en short et en robe de chambre. On arrache aussi les grilles d'aération et on s'occupe des portes d'entrée qui protègent certains bâtiments jugés inutiles, on réquisitionne vélos et poubelles dans l'intérêt supérieur des Iris, on transporte des plaques d'égout descellées, des branches d'arbre, et même des tas d'herbe folle que le vent s'amuse à disperser et la transpiration à coller sur les doigts et sur les jambes.

Il y en a qui apportent du sable dans le creux de leurs mains, il y en a qui remplissent d'eau des sacs qui crèvent régulièrement, toutes et tous travaillant afin d'élever, autour de la tâche de sang qu'on ne distingue plus qu'à grand-peine, des barrières qu'on veut infranchissables. Ce spectacle est ahurissant, pour les CRS qui se sont un peu approchés, et pour ceux qui restent prudemment en retrait, cette fièvre qui a saisi la foule tout à coup et la fait visiblement grossir et l'a transformée en masse laborieuse, têtue, appliquée, dont chaque membre est occupé, même à des riens, encore que personne ne soit plus capable de discerner sûrement ce qui est important de ce qui ne l'est pas. Mme Ouazel a cessé de pleurer. Et il existe enfin aux Iris une motivation qui anime les bras, et on voit des gens bondir sans raison particulière, des danses désordonnées, on entend des applaudissements spontanés, des encouragements un peu idiots, et riant on se trouve bien bête de se mettre dans des états pareils. Mais on ne gronde pas les enfants qui sont toujours debout ou qui sont sortis de leur lit, bien qu'il soit quatre ou cinq heures du matin ; on les veut présents, pour qu'ils soient en mesure de raconter plus tard, pour qu'ils puissent faire passer quelques-unes des émotions qu'ils ressentent et qu'on pourrait bien ne plus jamais connaître en cent ans.

Et, peu à peu, une sorte de pyramide s'élève, aussi large que haute, monument hétéroclite dont chaque architecte dirait : C'est un défi et une revanche personnelle, ajoutant aussitôt à voix basse : Dans une longue guerre avec soi-même. Sans cesse ils consolident l'édifice avec ce qui leur reste de pierres, avec des morceaux de vitre entourés de torchons ou de papier-toilette, avec des goulots de bouteille, des emballages, des parpaings, des pavés, des couvertures, des briques, des antennes, des pneus, des sacs de plâtre, des outils rouillés, des couverts, des fauteuils et des sièges auto et des poussettes sans roues, du papier mâché et des serpentins, et des tôles qui semblent provenir d'un toit d'usine. Ils allument des bougies et versent de l'alcool à brûler dans des vases, dans des bacs à fleurs et des poubelles vides qu'ils enflamment puis disposent en cercles concentriques autour de leur mausolée, à eux, dont la base est ronde comme une roue, dont le sommet élevé contemple l'avenir. Et attendez seulement que le soleil se lève ; attendez que sa course fasse flamboyer durablement cette construction de fortune.

D'abord interdits, les CRS finissent par encercler le tas d'ordures qu'ils ont vu grandir avec angoisse, puis chargent, sans ordre, soucieux que l'ombre portée de ce petit bidonville puisse s'étendre jusque chez eux : Ces gens ont perdu la tête, ils ont été habilement manipulés, la preuve : nous chargeons et ils ne bougent même pas ; ils se sont regroupés autour de leurs immondices et ils ne bougent pas ; ils croisent les bras, se contentent de nous regarder comme s'ils étaient sérieux, et aussi décidés que nous. Mais il suffit d'observer quelques secondes leur dépotoir qui s'écroule déjà, et leurs minuscules feux qui s'éteignent constamment pour comprendre qu'ils ne sont pas sérieux. Ils ont l'air amusés, constate Malaquy en courant sans comprendre pourquoi, pour être avec ses camarades, il a eu peur de se retrouver seul, et son corps devient flasque tout à coup, et ses jambes flanchent, et il tombe puis reste à terre sans pouvoir se relever. Les CRS multiplient les charges violentes, balancent des lacrymogènes à tour de bras. Mais si la foule s'écarte à leur passage, elle ne se disperse pas et protège sa petite tour, tentée d'applaudir comme au théâtre : elle voit les CRS ruer dans le vide, puis relever la tête l'air éperdu ; elle voit les matraques bien petites gifler l'air comme si elles n'étaient plus capables de les atteindre, simples accessoires. Puis tout de même la foule s'impatiente, comme si elle assistait à une représentation médiocre, elle n'a pas envie de perdre son temps à s'éparpiller et se regrouper et recommencer, autant de fois qu'il plaira à ces hommes obtus. Et la foule s'inquiète, parce que le monticule qu'elle défend ne cesse de vaciller derrière elle – C'est la peur, se dit Hakim, dont les avant-bras et les joues sont couverts d'écorchures, la peur de l'autorité et du Code civil et de l'État qu'on n'a pas assez profondément enterrée sous les gravats et les ustensiles de cuisine, qui remue encore et menace de faire s'effondrer tout notre travail. Peut-être électrisée par cette même vision, la foule alors se reforme une nouvelle fois, mais elle a ramassé tout ce qui lui tombait sous la main, tous les objets durs qui jonchaient le sol, résolue, non seulement à se protéger, mais à faire mal, à se battre.

Le vent ne les dérange plus, ne brûle plus leurs yeux, les porte, les pénètre presque comme la chaleur, et diffuse sa véhémence. Ils sont nombreux à nouveau, se sentent nombreux en tout cas, et même s'ils peinent à agripper les protections lisses des CRS, même si leurs coups de pied imprécis glissent et touchent rarement une partie sensible du corps ou une faiblesse de la carapace, derrière le genou ou sur l'aine, même s'ils reculent le plus souvent, et se mettent à l'écart parfois en hurlant de douleur, il leur suffit de poser un instant les yeux sur la pyramide qu'ils ont bâtie de leurs propres mains pour retrouver de l'allant – ils voient alors les CRS s'acharner sur des hommes qui lèvent pourtant les mains, repousser violemment des enfants qui pleurent, et les renforts qui ont bouclé la rue, soupirent, poussent un cri et replongent dans la mêlée.

Vue du bout de la longue rue Satie cette furie a quelque chose d'antique, c'est-à-dire qu'un tel déchaînement est à la fois énigmatique et fascinant, les attitudes qu'on peut distinguer d'ici et qui en disent long sur le ressentiment des uns et des autres, et l'élégance de ce chaos, qui le justifie en partie – il est sans doute bon que les raisons véritables d'une telle sauvagerie restent inconnaissables et d'un abord dégoûtant. Trois des quatre journalistes qui sont restés prennent plutôt le parti des habitants du quartier, par amour du faible et des récits qui valorisent les plus pauvres, mais, ayant la conviction que c'est là accomplir toute leur tâche, ils essaient également de comprendre la mauvaise humeur des CRS qui refusent désormais de les laisser approcher ou les empêchent d'interroger les habitants, et ils déambulent, irrités eux aussi, dans leur enclave policière, montent de temps à autre sur une barrière en prenant garde aux jets de pierre sporadiques, s'accroupissent, leurs regards vides fixés sur les jambières devant eux et les jambières derrière eux, se redressent, lèvent la tête vers l'effroi des hauts immeubles, se concentrent un instant sur leur propre fatigue qui n'est pas négligeable, essayant pour l'essentiel de pallier le manque d'informations par le talent et par la ruse. Des officiers les ont prévenus : On ne garantit pas votre sécurité si vous allez trop près ; On ne pourra pas s'occuper d'eux et de vous en même temps. *Encore une nuit de tension, grande nuit, nuit interminable d'émeute, d'insurrection, de provocation, dans le quartier sensible, le ghetto, la cité sensible, la cité pauvre, la banlieue chaude*

des Iris, du Val-d'Iris, il a suffi d'un rien, et les affrontements deve-
nus coutumiers entre les jeunes et les forces de l'ordre, à cinq heures
le calme n'était pas encore revenu, ce sont au matin les traces d'un
véritable champ de bataille, les preuves du déchaînement incontrôlé
de l'émeute, et des problèmes irrésolus. Tout à eux, aux arbitrages
importants à rendre en un temps court, à leur éthique de travail,
ils ne les voient pas arriver, ni les CRS, dans leur dos, d'un peu
partout, des silhouettes courbées qui se détendent brusquement et
lancent sur eux des bouteilles enflammées et des pavés. Et, bous-
culés, pressés par les CRS reculant rapidement pour se mettre en
formation, subissant indirectement une colère dont ils ne sont pas
responsables, ils lâchent leurs appareils photo, entendent des craquements qui pourraient être ceux de leurs os, deux d'entre eux
se retrouvent à quatre pattes et redoutent d'être piétinés, pensant
machinalement aux amorces pour leurs papiers de demain... *Notre*
consœur, notre confrère grièvement blessés sans aucune provocation de
leur part, nous n'insistons pas et quittons les lieux mais sommes pris
en chasse, nous échappons de peu au lynchage, la République recule
avec ses CRS, dans un quartier où nous ne sommes plus libres d'al-
ler et venir, comme dans une zone de guerre où il est risqué d'infor-
mer, où la vérité paraît crue, nue, prostituée, mais bien réelle, sur le
trottoir, il n'y a pas à aller chercher d'explications autres que la dou-
leur et la souffrance qui s'affichent partout, pas à aller dans les coins
sombres, dans l'intimité de la bestialité, car comment en revenir alors
Les charges s'enchaînent à présent au pas de course, sans résultat : les CRS ne sont même pas parvenus à abattre le monticule
et se désespèrent, comme des enfants dont le jouet serait cassé.
Alors le capitaine réclame deux canons à eau ; puis il regroupe ses
hommes pour leur donner son avis, sans plus raconter d'histoires
que d'habitude : Il faut en finir, c'est pas que c'est difficile, c'est
qu'il faut s'adapter ; il est paternel : Nous ne manquons pas de
ressources et de patience ; Vous pourrez constater d'ici peu l'effet
dévastateur de l'eau sur les combats les plus indécis. Et, en effet,
ils savent pour les avoir vus à l'œuvre que les canons plaqueront
facilement les émeutiers à terre, les repousseront comme des fétus
ou les noieront sous des trombes d'eau, et les plus enragés finiront
par être balayés comme les autres, un peu comme si la nature prenait parti et leur envoyait son élément le plus redoutable, lançant

un jet à droite, tournant, lançant un jet à gauche, sapant pour finir l'affreuse construction.

À l'abri du déluge, Hakim s'abîme dans la contemplation d'un gyrophare et des transformations qu'il fait subir à l'espace alentour ; comme ivre, il lui semble tourner avec lui. Tout est perdu : pourquoi s'exposer davantage ? Si seulement, si seulement il était poussé en avant par une de ces convictions qui est une flamme, ou bien protégé par la certitude d'être aimé ; si seulement Clara ne l'avait pas quitté. Hakim s'aplatit prudemment derrière une carcasse de voiture, bien que les deux camions blindés qui inondent la rue soient déjà passés : Leur présence, c'est déjà une victoire pour nous, d'une certaine façon, il tente de se convaincre. De sa cache, tout à fait sec, il mesure mal encore ce qu'il y a d'humiliant et de comique à être soudain trempé jusqu'aux os, au plus fort de la lutte, ce qu'il y a de désespérant à ne pouvoir résister à la pression de l'eau et à devoir continuer de se battre dans des vêtements lourds. Regardant l'ordre se rétablir, il a du mal à ressentir de la haine – il se rend bien compte qu'il ne déteste pas ces camions ni leurs canons, ni les Iris qui sont pourtant un piège de longue date, ni même ces policiers et ces militaires pour lesquels une mosquée n'est rien, un de leurs hommes brûlant vif n'est rien ; alors, il tente de concentrer son peu de rancune sur des détails, sur les vitres teintées des fourgons, des voitures, sur le bleu marine omniprésent et les visières aveugles, sur la duplicité de ces gens, qui affecte jusqu'aux mots qu'ils écrivent à l'envers sur les capots, il essaie de se donner l'élan du départ qui lui restera, alors même que toute cette haine factice qui l'aura porté un temps aura disparu, l'élan pour parvenir aux canons.

Parmi les premiers il s'élance, souple et attentif, ses mouvements étonnamment précis, la scène comme ralentie exprès, pour lui ; il est persuadé d'être dangereux. Et il ne court pas seul : surgis de tous les côtés à la fois ils sont une quinzaine qui se jaugent rapidement du coin de l'œil, et s'entendent d'instinct pour qu'une moitié d'entre eux barrent la route des deux camions et les obligent à piler, tandis que les autres plaquent leurs mains sur les parois sans prise et commencent à les faire tanguer. Ils sont persuadés que leur plan ne peut pas faillir ; et il ne faillit pas, soutenu par d'autres un peu moins audacieux, la majorité en fait, qui grimpent bientôt sur les toits des camions et cherchent à s'emparer des canons, sans parvenir à diriger leurs mouvements toujours commandés de l'intérieur. Et il faut les voir, tous ensemble, entre eux l'hostilité pour l'instant refroidie par l'eau, accorder leurs efforts sans plus réfléchir, et réussir à faire basculer un camion sur le flanc comme un bœuf qu'on veut marquer, ou un cheval qu'on dresse, comme un être qu'on découvre docile et inférieur ; il faut les voir taper à tout rompre contre la tôle du deuxième camion, frapper follement avec leurs pieds et leurs poings et leurs genoux, tenter d'ouvrir les portières fermées, et finir par lancer, en dépit du bon sens, deux ou trois engins incendiaires dont le contenu s'étale sans effet sur les parois mais éclabousse le visage et la poitrine de deux garçons et d'une fille qui reculent alors et hurlent en s'embrasant, mais dont personne ne s'occupe ; il aurait fallu les observer longuement, auparavant, pour comprendre cette absence apparente de logique et d'organisation, et l'énergie stupéfiante qu'ils déploient pour compenser ce manque de logique et d'organisation et rouer de coups les habitacles, si bien que trois policiers finissent par s'extirper avec difficulté du second camion, tombant et se recevant mal à cause de leurs bras qu'ils maintiennent levés, ensuite trébuchant et titubant sous une pluie de bourrades, de gifles et de salive, et regardez-les laisser aux trois hommes, presque malgré eux, un mince passage pour se sortir de leur propre raclée de coups de poing et de coups de pied, et se retenir, ne pas faire voler en éclats leurs protections ni chercher à leur ouvrir le crâne, ni leur trancher la poitrine ni leur rompre les os ni chercher à séparer leur échine de leur dos, ni leur jeter l'âme dehors, parce qu'ils ont l'intuition vague que cela gâcherait leur plaisir. Puis ils se désintéressent brusquement d'eux et les laissent gisant, le souffle court ou inconscients, pour aller rejoindre les autres qui ont investi un des véhicules qui râle, bondit, vibre, s'épouille, avance enfin, et dont les canons se mettent à arroser la rue d'une toute nouvelle manière : de grands jets montent vers le ciel et retombent sur les gosses qui en profitent pour se doucher et rincer leurs yeux, pour boire, ouvrant grands leurs bouches et leurs bras ; d'autres tirs, plus précis, visent tous les hommes en uniforme qui ne se sont pas encore repliés – touchés, ceux-là se sentent trompés au point qu'ils ne pensent même pas à tomber, sauf Malaquy qui, atteint dans le dos, chute lourdement en criant les oreilles remplies d'eau qu'il est en réalité avec eux, en criant un peu vexé qu'il n'a frappé personne ni brutalisé personne, et qu'il se sent de tout cœur avec eux. Bien vite cette rincée lui paraît une bénédiction, comme il redécouvre la sensation d'une averse sur la peau, sur la conscience ; et, dégoulinant, prenant tout à coup la mesure de son épuisement, demeurant à terre en appui sur ses coudes, Malaquy contemple ébahi à travers les grosses gouttes qui perlent à ses sourcils, exagérée de ce fait, la retraite sans gloire des CRS qui rembarquent dans les fourgons restés debout, et, se répandant peu à peu, la joie éclatante des émeutiers qui sautent sur place, lèvent les bras au ciel, se pressent et se bousculent pour faire un tour de manège sur les camions, enfants qui ne savent pas comment exprimer au mieux cette impression nouvelle qui leur est venue et dont ils ignorent le nom, impression ambivalente, loin d'être pure, enfants s'en remettant aux postures qu'ils connaissent déjà, aux accolades et aux tambourinements virils sur la poitrine, aux V formés par deux doigts et qui signifient Victoire, ou Vengeance, ou Vive les Iris libres, aux danses du scalp et aux célébrations de stade, aux rugissements et aux chants populaires faciles à retenir, bientôt repris en chœur. Puis le regard sent bien qu'il peine à embrasser une telle frénésie, que l'événement lui échappe, et, lassé de s'accrocher à tant de choses importantes et d'essayer de leur donner un sens, il capitule, espérant que des caméras ont pris le relais et tournent pour mémoire, il se détourne, presque soulagé, il délaisse les couleurs profondes des feux qui dévorent les voitures et certains étages bas des immeubles, le souffle qui traverse les flammes et les ravive continûment, et l'étincelle qu'il n'a pas trouvée, le regard renonce par nécessité, et une main le couvre pour lui accorder un peu de répit.

Assez : la nuit a donné ce qu'elle pouvait de démocratie – aux Iris. Le vent est complètement tombé, ne persiste que dans les songes. Des volutes de fumée blanche flottent, s'accrochent à la pyramide qui n'a pas encore reçu le baptême, qui a tenu bon, malgré tout, sur ses bases disparates ; près d'elle l'eau stagne dans de grandes flaques qui donnent au sol brasillant un aspect doux et mélancolique, et le chatoyant d'une ville lagunaire, jadis puissante mais désormais oubliée, et d'autant plus orgueilleuse. La fraîcheur est venue. Quelques hommes, armés de bâtons, de barres de fer, de grands couteaux de cuisine passés à leurs ceintures, montent la garde près du monument qu'ils appellent "le grand", réparant avec constance les petits éboulements, consolidant de leur mieux l'œuvre de la nuit finissante, surveillant le voisinage tranquille en braquant leurs torches au hasard, houspillant les gamins qui refusent d'aller dormir. Tout à leur activité excitée et importante ils parlent gaiement, sans pause, poussant de temps à autre de grands cris, comparant et brassant déjà leurs souvenirs, exagérant inconsidérément leurs mérites tout en se moquant d'eux-mêmes, profitant avidement des dernières minutes d'obscurité. À l'horizon, naissant par-delà le sommet des colosses de béton et de verre, par-delà les maisons paisibles et les champs, une lueur verte, dentelle splendide qui impressionnait déjà d'autres temps, annonce l'aube claire et propre, bordée par la pointe des flammes et gagnée par le voile translucide de la chaleur s'élevant de la multitude des brasiers.

II

À moi, en voyance, m'était venu vers la fin de l'enfance un goût pour la cendre, et l'envie de brûler tout ce qui suivrait, par précaution : l'école, les tests, les stages, la précarité… Le sexe obligatoire, le trimard obligatoire… La suite des bureaux et des pièces carrées, les entrées, les sorties, les rapports, la comptabilité… Les nœuds des relations, et les enfants, les parasites… La gamelle trois à quatre fois par jour, et l'interminable digestion… Le passage des modes… Le retour des modes… Et la retraite fleurie… La contemplation vitreuse du goutte-à-goutte… Et pour finir les gifles de la terre sur le ventre du cercueil… C'était insupportable, d'envisager ce défilé complet, brun, de fixer pendant tant d'années les marques de la place à laquelle je devais sagement rester… Alors, j'avais pris sur moi de rallier directement le terme probable, la sagesse et la tranquillité et l'inutilité absolue du dernier âge.

Et voilà qu'on vient me trouver, on me déterre et on me secoue, on m'interroge : c'était comment, ce raccourci, cette traversée de la vie à tombeau ouvert ?…

Mais : je crois que la mémoire me manque pour dire bien, et la profondeur, et la gravité, et un souffle capable de monter en flèche vers les clartés de la pensée pour s'y épanouir, un souffle tonique qui pourrait restituer les gens morts, les choses achevées, les corrigerait un peu et peut-être les rendrait plus intéressants, remarquables – par accord, d'avance je suis excusée. Et si on considère que ce n'est pas moi qui parle ici, pas vraiment, si on n'oublie pas que c'est une part minuscule de mon esprit qui s'impose et restitue un passé tellement lointain et déformé que je ne le reconnais pas moi-même, alors je dirais ceci : C'était la fin des jours anciens, décomposition dont les relents masquaient toutes les odeurs personnelles, tous les parfums... Les gangs, les clochards avaient disparu, et on pouvait être seul, rester seul, quand bien même rien de ce qui valait ne se faisait seul... Que puis-je dire d'autre, sinon que c'était vivant ; ça bruissait de partout ; on espérait pour de bon, on espérait une grande tempête, surtout la nuit, les émeutes s'étaient éteintes, la Grande Marche était parvenue à destination et les rêves se sentaient libres de remplir l'espace – après quelques semaines seulement, la Grande Révolte semblait achevée. Et moi, je ne sentais plus mes jambes en descendant les escaliers du métro, ni mon dos ni mes fesses ni rien du tout, dégringolant vite et plus vite que ça encore, parce que je redoutais toujours d'être reprise – il y avait là des courants d'air qui ressemblaient à des vents, des vents qui ressemblaient à des encouragements, c'était une époque de travestissement... Notre époque avait basculé tout d'un coup dans le futur, dans le véritable troisième millénaire, notre époque, et par notre faute... Pourtant, dans les couloirs du métro, les indices d'un passé récent étaient encore visibles un peu partout, volant les emballages vides de produits qu'on ne pouvait plus trouver, et les publicités, je me rappelle l'affiche qui me fit tourner la tête ce jour-là et m'arrêter, collée de biais au-dessus d'une tache d'humidité verdâtre qui souillait d'un triangle grossier les carreaux blancs du mur. Sur l'affiche, je me souviens de cette fille, conservée pour ainsi dire sous la terre et comme baignant dans l'air putride d'un genre de sépulcre, d'un genre de musée

un genre de flambeau presque éteint d'un temps révolu, un genre d'archive, ni pire ni meilleure qu'une autre, qu'on regardait avec un mélange de curiosité et de détachement

et, étrangement, il semblait bien plus difficile *maintenant* d'ignorer la photo de cette fille, immense, avec sa pose lascive, sa peau satinée, sa minceur conquise de haute lutte, avec ses cheveux longs dont l'écheveau tombait parfaitement et cachait d'une partie en éventail le bras plié qui soutenait sa tête, son genou gauche pointant légèrement dans ma direction, cette fille dont le corps n'était que tension mais qui faisait tout de même passer son bras gauche, posé sur sa hanche, pour un roseau, cette fille que l'on sentait partagée entre l'excitation et la terreur, par ailleurs recouverte de *salope, sale pute, putain, prostitué, va te rabiyer, je te niqueré bien, je te nik*, et à laquelle une bulle placée à côté de ses lèvres fermées et gonflées comme si elles avaient été rouées de coups, faisait dire : *Le corps n'est pas une marchandise.* C'était étrange... Il me semblait que nous partagions quelque chose elle et moi, quelque point commun qu'il m'aurait grandement importé de connaître il y a encore quatre ou cinq semaines de ça, avant les événements je me serais sans doute informée sur elle et sur son existence sans intérêt, évidemment ce qui nous liait n'était pas la beauté

nul besoin de miroir je n'oubliais jamais : mon nez camus et mon menton en galoche et mes dents écartées et pointues et mon front bombé et luisant, et mes cheveux filasse, toute cette foutue hérédité

mais peut-être une certaine souplesse des traits et la santé inaltérable de nos vingt ans, ou bien était-ce l'éclat peu naturel des sous-vêtements de la fille qui avait déclenché en moi une sorte de réaction chimique, une identification primaire que le vendeur avait espérée, et toute une société à présent morte... Ou alors je me reconnaissais dans la fragilité de la culotte qu'elle exhibait, tiraillée entre son rôle de protection et celui d'aimant, ce détail m'avait touchée plus que je ne l'aurais voulu, et puis ces yeux qu'elle avait, ces quarts de billes affolés qui sous leur vernis lumineux semblaient implorer... Priant pour que son cri muet soit perçu elle était demeurée coûte que coûte sur son affiche, pareille malgré les obscénités répétées, l'urine sous son ventre, l'image était toujours intacte et massive, ni déchirée ni lacérée ; et à présent elle s'adressait à moi, nostalgie, elle essayait de me rattraper par la manche et de couper mon élan, je l'avais entendue alors je fus bien obligée de sortir mon couteau

il y a des gens que ça amuse, le vandalisme, qui en font le moteur de leur existence, la destruction, des gens que je connaissais, que j'avais connus, que je détestais ou que j'admirais

je ne me cachais pas, j'étais à peu près sûre que personne sur le quai n'oserait m'interrompre, tout de même j'éprouvais une gêne tandis que je m'escrimais sur la fille, désormais privée de ses yeux et de ses seins... une crainte frétillante qu'un militant quelconque me surprenne et me félicite et me donne du *Ma sœur*, du *C'est bien continue ma sœur*, puis me conseille, par la même occasion, une façon plus convenable de m'habiller, puis me déroule sa liste entière de prescriptions qui sont, chez ces gens-là, innombrables… m'embarque pour me donner une leçon, éventuellement… Mais je poursuivis, inlassable, tandis que des frissons de fierté et de tendresse et d'indulgence pour moi-même me parcouraient de part en part… Car éliminant toute trace des mensonges passés me voilà femme formée, je me disais, malgré mon jeune âge, femme dotée de certaines qualités insoupçonnables en premier lieu, servant entièrement la Vérité et la Justice, prise d'une soif de Liberté incompréhensible pour les fanatiques

à vue d'œil on ne perçoit pourtant pas de différence décisive entre eux et toi

si, parce que je doutais toujours, souvent, plus souvent qu'auparavant… Parfois de manière navrante… Je doutais jusqu'au trouble, jusqu'à trahir mes propres principes. Et la modération, aussi, me parlait beaucoup… Et l'équité, la preuve : au lieu d'effacer simplement les dernières traces de sa présence, je laissais à la fille deux jambes, son bassin et un bras qui pendouillait contre le mur, lui offrant gracieusement une fin bâtarde et dégradée… Une fin dans l'air du temps…

Tonnerre décevant, un de plus, je ne les comptais plus : le métro finit par arriver, hoquetant sous l'habituelle voûte, dans la cave infecte et moite. Par réflexe, malgré l'absence de foule, tout le monde se pressa contre les portes. Nous avions bien de la peine à ne plus bousculer les autres, à céder facilement le passage et la place… Et aussi dans les files d'attente pour un meeting monstre, pour un concert gratuit… Ça n'avait rien d'évident, le changement profond, la révolution… D'apparence peu de choses semblaient changées, et seule l'atmosphère était réelle dans laquelle, tâtonnant comme des aveugles ou des nouveau-nés, nous ignorions les limites et la mesure nouvelles. Il y avait trop de questions en suspens pour demeurer constamment calme… trop de caps incertains… Et pour moi aussi, je n'étais pas parfaite, pas encore, je cédais toujours à la nervosité, et après quatre personnes que je laissai passer sans être remerciée ni regardée, je réagis en bousculant une petite femme entre deux âges, puis entrai dans le wagon.

Enfin assise je relevai mes manches et me mis à contempler la peau de mes bras nus jusqu'aux épaules, de près, et en louchant, je l'admirais sous tous les angles – c'était une vieille habitude, mais aussi une façon de ne plus penser, pendant un moment, à la Révolte et aux idées envahissantes, sanglantes, aventureuses... de ne plus penser à rien, même pas aux projets de mon groupe politique, ma famille désormais, même pas aux luttes qui s'annonçaient féroces aux Iris et ailleurs, pas même à l'amour mais concernant ce sujet c'était plus aisé parce que, de moi-même, j'avais quitté Hakim et c'était comme si j'avais renoncé à l'amour en le quittant... Et puis je ne pensais pas à mal en regardant dans le vide et en tâtant la chair maigre et mes poignets fins, emportée par le métro qui faisait presque tout le travail, et moi seulement de pencher vers la gauche quand ça tournait à droite et de pencher vers la droite quand ça tournait à gauche, je ne pensais plus qu'à la peau, à la surface qui, elle, permet l'évasion. Et puis tout ça... La cuirasse aux reflets changeants de ma superficialité, et les faibles assauts de la culpabilité cognant contre ses parois épaisses... Je les laissai de côté tout à coup parce qu'à cet instant il y eut une coupure de courant

d'une seconde à l'autre le monde rassurant, connu, se pique de galoper pour s'éloigner de toi, ou vacille puis s'écroule à une vitesse impensable, ou se révèle absolument illusoire

les corps plongèrent en avant comme le métro stoppait brutalement et, prises dans le bloc homogène de l'obscurité, toutes les conversations s'interrompirent, embarrassées de n'être plus couvertes par aucun bruit de fond, aucun tumulte. À cause de ce mutisme soudain... On ne voulait plus rien dire, on redoutait les oreilles indiscrètes et le mot de trop... À cause aussi de la chaleur qui paraissait décuplée dans la pénombre, on haletait davantage, on cherchait à respirer autre chose que la nuit artificielle qui s'était imposée, ou que les chocs métalliques et inquiétants qui provenaient du tunnel, et je me sentais moi-même un peu essoufflée. Et l'affolement était palpable, presque incarné : dans ces minutes chacun essayait de se raccrocher à ses souvenirs comme on se promène dans un jardin, au vécu le meilleur, mais bien sûr c'étaient les visages les plus laids, les scènes les plus repoussantes qui venaient à l'esprit, écrasés qu'on était sous la terre

avec la peur de ne jamais reparaître. À l'écart dans un coin de la
rame et prisonnière comme les autres, je me réjouissais pourtant
d'être plus frivole et plus sotte, passant tranquillement en revue,
du bout de mes doigts, les détails d'une peau que je savais lisse
et dorée ; et, à m'entêter, l'été dernier me revint, l'exceptionnel
dernier été dans les herbes hautes du parc des Amandiers, avec
Sarah, Imène qui avait pris cette habitude de toujours jeter la tête
en arrière et de dévoiler sa gorge en riant, Angélique, Chaïma qui
ne me quittait pas d'une semelle, et, malgré les différences consi-
dérables entre nos figures, nos ventres, hanches, cuisses, chevilles,
fesses et seins, ce corps commun que nous avions formé brève-
ment, la petite utopie, cette union qui empêchait les garçons de
rester longtemps auprès de nous, et je me rappelai aussi les taches
de couleur vive des serviettes de bain sur la pelouse, et je me rappelai la certitude que j'avais que tout ça finirait demain, après-
demain, mais que je m'en fichais

tourner le dos oublier tromper négliger tes vraies amies et ton
passé que tu ne convoques qu'en cas d'urgence quelle bassesse

maintenant que ce genre de loisir n'était plus souhaitable parce
qu'il n'y avait plus de temps à perdre, *maintenant* que pour être
à la hauteur des événements et faire ma part il me fallait répéter les efforts, trouer mes heures de dizaines et de centaines d'efforts quotidiens et harassants, harassants pour moi, c'était le vide
qui s'était fait autour de moi, puis, progressivement, en moi, et
dans ce temps de libération je me sentais entravée par tant de
latitude personnelle… Alors j'allais partout en cherchant ce qui
pourrait remplir mon existence, et, en attendant, je feignais, solitaire et contente de l'être, je me pavanais l'air indépendant et je
levais le menton et je souriais puisque nous vivions des jours de
grande gaieté, lumineuse je croyais et dédaignant le type de relations que j'avais pu entretenir autrefois, le fuyant même comme
une mauvaise habitude, tout acquise au bouleversement, et à la
masse – appliquée je me rapprochai du grouillement de retour
dans la rame, des chuchotements, des discussions. Du noir je
tentai de faire émerger quelques visages remarqués avant la coupure, quelques allures, comme si ça m'intéressait, des coiffures,
des vêtements et des âges, mais je ne réussis à restituer que des
contours vagues qui se mêlaient, parant les ténèbres de formes

humaines imprécises et tout juste irisées, tandis que l'image nette, précise de la fille sur l'affiche revenait sans cesse, en transparence, pour brouiller mes tentatives de fraternisation avec le petit peuple du métro. Une partie seulement du décor me revenait par morceaux, comme s'il avait été démonté au hasard : les barres de néons suspendues aux plaques grises du plafond, les portes blindées de tôle, le plancher de plastique, les tissus des sièges à carreaux jaunes, marrons et noirs, les vis brillantes, les lucarnes, et des pieds, des pieds, des pieds détachés de leurs propriétaires, et laissés par terre pour atténuer la monotonie du sol. Puis je me concentrai sur les voix de cinq ou six types situés à quelques sièges de moi, dont le physique m'avait suffisamment marquée, l'un d'entre eux, surtout, qui était monté trois stations plus tôt et dont le regard froid et bleu avait lentement balayé la rame en entrant, comme pour prévenir un danger ou avertir d'une arrivée qui ne ressemblait pas aux autres, puis était resté fixé sur moi d'une curieuse façon, tandis que surprise je tressaillis bêtement et que les picotements d'une confusion que je pensais ne plus jamais éprouver me reprirent

lui aussi peut-être, à l'intérieur, ou peut-être pas possiblement puisqu'il s'était assis avec un air supérieur d'ennui magistral, mais eh! il m'avait quand même dévisagée moi

moi qui mettais *maintenant* tout intérêt me concernant sur le compte de la difformité extrême de mon visage, ou bien sur le compte d'une modification complète de mon apparence depuis qu'elle avait épousé la cause de la Révolte, moi qui me sentais plus constante et plus affirmée et meilleure depuis que j'avais rompu et brûlé les ponts et abattu les passerelles qui m'avaient reliée à lui Hakim mon premier amour, puis détruit la moindre route qui me ramènerait à lui, tous les deux n'étions pas malheureux pourtant

lui et ses amis s'étaient ranimés en même temps que les autres passagers, avaient repris leur conversation à voix haute :

"L'Élysée!... Une prise de choix!... Mais il y avait une odeur de vieux (tu te souviens, petit père?), une odeur d'hospice, comme si des cadavres pourrissaient dans les sous-sols et cherchaient à nous dissuader d'entrer!... Ça m'a arrêté au début, net, je l'avoue, mais même la foule hésitait, devant la porte blindée d'un vert laqué, avec ses rivets gros comme des poings, surmontée de cette statue, là, qui souriait et se moquait de nous, qui était entourée de piques et de lances… Mais j'ai fini par me lancer quand même, je suis entré dans les premiers, et j'ai cogné sur un ou deux gardes qui nous barraient le passage… Ils sont tombés tout de suite, ils étaient tout mous… C'était pas croyable!

— Quelle rigolade, dit un deuxième.

— Mais c'était facile d'entrer, il n'y avait plus personne… Je pensais que ce serait plus difficile… Et nous étions si nombreux… Quand on pense qu'aux Iris…

— Eh bien quoi, les Iris? Tu y étais?" coupa le premier. Il reprit d'une voix plus calme : "L'Élysée c'était plus fort, mets-toi bien ça dans la tête… L'Élysée, putain… Certes ça manquait de femmes…" Il rit fort, seul, rapidement. "Tu vas voir : il suffira de dire que nous y étions et on ne viendra plus jamais nous réclamer de comptes, nous demander à quel groupe nous sommes affiliés, nous traiter pis que des espions…

— Ce n'est pas une fin en soi bien sûr, mais dis-toi qu'on pourra enfin se faire entendre, nos idées passeront mieux… C'est juste un moyen…

— Oui! Parce que nous aurons fait nos preuves! Et personne ne pourra plus nous renvoyer les Iris à la figure dès que l'un de nous ose ouvrir la bouche! On est enfin passé à autre chose…

— D'accord d'accord, mais aux Iris…

— Ta gueule, tu nous emmerdes…"

Évidemment, l'audience s'était terrée, impressionnée, rancunière, et leurs histoires s'étaient fait entendre un moment sans écho… Partout, il restait de ces vantards, de ces bavards impuissants… Comme des scories, des défauts de fabrication… Ils se vendaient en parlant, ils n'avaient que leur parole sur un marché qu'ils appelaient *Grande Révolte*… C'étaient des sortes de cartels fermés, qui prétendaient s'exprimer au nom de tous, des cartels soudés par leurs mensonges… Entourés par des barbelés de mots, des canons de mots qui dégageaient les gens de leur vue… qui dégageaient la vie trop compliquée des gens de leurs pensées… Mais il me sembla soudain que cette bande de beaux parleurs précisément s'était mise à remuer dans mon dos et profitait de la panne pour s'approcher sans bruit de ma place, et qui pouvait savoir, serait-ce la plus avisée des femmes, qui étaient en réalité ces types-là, s'ils avaient vraiment fait tout ce qu'ils racontaient DES MÉCHANTS LIBÉRÉS TOUT COMME LEUR MÉCHANCETÉ IRRÉCUPÉRABLE AUTORISÉS PAR LA LIBERTÉ TOTALE ET INCONTRÔLÉE QUE VOUS AVEZ OFFERTE À TOUS SANS DISTINCTION PASSEZ PASSEZ ALLEZ-Y DES VIOLEURS LIBRES DES ASSASSINS LIBRES DÉSORMAIS DE PASSER À L'ACTE ET PERSONNE NE BOUGERA POUR VOUS PROTÉGER CE QUE VOUS AVEZ ABATTU NE REVIENDRA PAS POUR VOUS PROTÉGER ON VOIT BIEN QUE LIVRÉS À VOUS-MÊMES VOUS NE VOUS EN SORTEZ PAS ET QU'IL VOUS FAUT DES LOIS PRUDENTES ET SAGES ET DES GUIDES PRUDENTS ET SAGES QUI SE MÉFIENT DE VOUS QUI VOUS ENFERMENT POUR VOTRE BIEN RÉQUISITIONNENT UN PEU UNE PART BIEN MINIME DE LA GRANDE LIBERTÉ QUE VOUS AVEZ LÂCHÉE DANS LA NATURE SANS RÉFLÉCHIR lorsque l'électricité revint je me trouvais blottie par terre sous un strapontin, d'où je vis mes six garçons qui se tenaient par l'épaule ou par la taille se presser contre la porte et tenter de l'ouvrir, puis coller leurs visages contre la vitre – j'aurais pu avoir raison ; ma frayeur avait pu avoir raison, d'une manière ou d'une autre. Je me relevai rapidement avant que l'un d'eux ne regarde dans ma direction ; puis je réussis peu à peu à me calmer en faisant lentement gonfler mon ventre, mon front se rafraîchissant contre une barre de maintien ; enfin la providence arriva à ma rescousse avec une mine innocente, comme si elle n'était pour rien dans mon écroulement précédent, et le métro redémarra à temps pour m'empêcher de vomir, et quelques repères m'aidèrent également auxquels je m'accrochai désespérément, comme jadis, à tant de reprises droguées : l'orange dehors, le rouge oscillant, les successions du rouge et du noir, et les secousses, et mon dos qui se bloquait de lui-même pour que je ne verse pas du siège, avec mes jambes croisées j'étais presque rétablie. Aussi, quand toute la bande descendit, quand le type qui m'avait accordé un long regard tout à l'heure mais qui n'était pas aussi beau que dans mon souvenir, se retourna exprès pour juger de l'effet que, durant le trajet, son baratin avait produit sur moi, derrière lui ses amis disparaissant dans un escalier en riant et en levant les bras et le quai gris et la plaque bleue SÈVRES-BABYLONE, je n'eus besoin que d'un doigt pour le faire déguerpir.

Nous progressions à petite vitesse. Déjà dix-huit stations, je les avais comptées, et entre chacune d'elles des déserts interminables de tubes et de fils électriques noués à la va-vite, pendus de câbles et de lumignons, dans lesquels nous nous immobilisions souvent, comme pour une visite d'agrément. Là, il fallait subir la chaleur factice, la chaleur sans caractère du métro, portée par un air passé par des gaines et haché par des centaines de pales et de grilles, une chaleur inerte, percluse de gaz et d'huile – certainement on pouvait ne jamais se déplacer qu'ainsi, et trouver ça franchement normal, hygiénique même, de s'enfouir des journées durant dans ces boyaux… Certainement, on pouvait ne pas chercher à s'en échapper ni à en savoir plus, et s'y promener en connaisseur, en pensant que c'était encore le plus sûr moyen de connaître à fond une cité vaste et confuse, et aussi de comprendre les affaires récentes, si grandes et si confuses, par leurs entrailles, pour des gens qui se seraient habitués aux modalités de cette ville dégénérée et dont la qualité du sang même se serait modifiée au cours des ans, qui leur permettrait de vivre en apnée dans ces sous-sols. Mais moi il me semblait que mes pas résonnant dans les longs couloirs, mes nausées subites et verdâtres dans les immenses salles vidées de ses voleurs à la tire et de ses rôdeurs, suffisaient à me dénoncer comme étrangère, comme venant des Iris

alors même que tu n'as jamais vécu aux Iris mais chez tes parents dans un modeste pavillon situé non loin mais pas vraiment aux Iris, comme te le faisaient remarquer ses authentiques et sauvages défenseurs en ricanant, pour ça baiser avec Hakim qui habitait lui le quartier n'a servi à rien n'a pas servi ton intégration au contraire, l'origine et la distance entre les lieux, quelques centaines de mètres tout au plus, ne peuvent s'effacer, en aucune manière, déterminent toute une existence

si venir des Iris était devenu *maintenant* un gage d'honneur dans tout le pays, à l'air libre, cette provenance demeurait dérisoire dans cette fourmilière où le passé, comme les publicités, comme la timide hostilité des voyageurs, demeurait intact… Avait été empaillé même, devait faire office de divinité pour quelques cultes obscurs, réactionnaires… Voilà pourquoi j'étais impatiente de retrouver mon groupe politique, et ses femmes qui n'en avaient, elles, que pour moi et ma célèbre banlieue voyons : il existe des mensonges par omission et des mensonges par intérêt, des mensonges nuisibles, il y a aussi l'hypocrisie, les omissions et les mensonges en paroles ou en actes, et les péchés véniels et les péchés mortels, mais tu sais bien qu'aucun d'entre eux ne reste jamais ignoré ou impuni

après les réunions, pendant les réunions, ces femmes raisonnables et sages cessaient brusquement de parler pour me demander ce que j'en pensais, si je ne m'ennuyais pas, ce que je disais de leurs idées, et moi, une fois sur quatre ou sur cinq pour la bonne mesure, je hochais la tête d'un air incrédule mais prêt à se laisser convaincre... Et je rayonnais, petite patronne, je ne voulais surtout pas abuser de ma position et que tout se termine, je ne voulais rien laisser paraître... Mais un sourire trop intense pour être contenu m'échappait parfois, un sourire très différent de celui qui avait marqué les commissures de mes lèvres et les coins de mes yeux quand j'étais caissière, dans une autre vie... Il me semblait alors ressentir une tendresse inépuisable...

Avec ces femmes, tout semblait nouveau : aucune du groupe n'était médisante, ni arrogante, ni agressive, de sorte que, si ces dernières étaient dépourvues de caractère, du mauvais caractère de toutes les amies que j'avais pu avoir jusqu'à présent, je n'avais pas eu à me tailler une place parmi elles, la place m'attendait. Cependant, parce que je n'avais pas dû batailler pour m'imposer, j'avais de temps à autre un fort sentiment d'imposture comme lorsque, rebutée par le nom qu'elles s'étaient donné avant mon arrivée, Comité des Femmes Révolutionnaires, et qu'elles citaient toujours, de manière un peu ridicule, intégralement, j'avais voulu tester leur patience et proposé sans réfléchir qu'on dise plutôt : CoFéRé, ou Cofer, me préparant à ne pas en démordre et à les contrarier le plus longtemps possible... Je m'étais fait une tête de circonstance, les dents débordant sur ma lèvre inférieure... Mais, à ma grande surprise, et en dépit des grincheuses objectant qu'il fallait absolument qu'on entende le mot *femmes*, qu'on comprenne bien, elles avaient immédiatement adopté cette abréviation avec enthousiasme... C'était trop cet enthousiasme, ça ne pouvait être réel... Mes préventions étaient trop fortes au début, je n'avais pu profiter d'elles pleinement... Malgré toute leur sollicitude je n'avais pu m'empêcher de soupçonner, dans leur amitié même, un piège, une moquerie au long cours... Cependant, les jours avaient passé, tous riches, et leur intérêt pour moi ne s'était pas démenti, et mes trouvailles les ravissaient infailliblement, à propos d'une formulation que je rendais plus directe, ou de grands principes que je rendais plus conformes à la morale des Iris, que je corrigeais. Et *maintenant* je pensais et repensais sans cesse à nos rencontres, à ces femmes chaleureuses, alors même que je les avais rencontrées par hasard une nuit en sortant d'une rixe assez inouïe avec une fille de vieille mentalité, et de quelques heures à chercher le sommeil allongée sur une couverture, dans la rue... Sur les nerfs, désœuvrée je les avais suivies... C'est une erreur manifeste puisque je n'ai plus l'énergie pour me défendre au cas où, j'avais tout d'abord songé, et je gardais en marchant à leurs côtés les yeux baissés vers mon bas de survêtement déchiré, vers mes baskets encore blanches et préservées, et je me conduisais comme si je leur faisais une politesse qu'elles étaient bien chanceuses de se voir accordée, comme si je savais être une présence incongrue, qui tirerait vengeance de leur charité en crachant sur leurs meubles chers et sur les tissus mauves qui devaient enrober les abat-jours de leurs lampes et sur leur rose, et aussi sur la façon qu'elles auraient de me dévisager quand j'entrerais dans ce que ne savais pas être la chambre de Patricia... Sentant, pressentant mon antipathie et ma rage, ne les considérant pas pour ce qu'elles étaient alors, des postures, et découragées par avance, elles auraient pu en profiter pour se détendre quelques instants et rire de moi, puis m'écarter gentiment en m'indiquant une chaise près du lit, ou même le lit ; moi, j'en aurais profité. Au lieu de ça, elles s'étaient presque toutes présentées poliment dès mon arrivée dans la soupente, quelques-unes enchantées et d'autres moins, avant de se mettre à discuter le plus sérieusement du monde, et c'est de cette manière que je connus Julie Wall, la meilleure d'entre nous, en plus de Patricia, je veux dire ma Patricia, des amies comme jamais je n'en avais eu, si bien que la jalousie de certaines qui ne tarda pas et ne se cachait pas, se supportait comme un charme. Ça ressemblait à la perfection... Elles parlaient dans un langage incompréhensible, mais séduisant, de toute cette liberté qu'elles avaient conquise presque sans le vouloir, et du profit qu'elles désiraient en tirer pour les femmes exclusivement, que le Cofer se proposait d'exalter et d'unir… Elles parlaient comme si la faim et le sommeil, comme si leurs propres existences ne comptaient plus, et c'était plus qu'étrange d'échanger avec un tel détachement, et aussi de se critiquer soi-même, et d'entendre parler de soi aussi froidement, des Iris, de la condition des femmes en banlieue, de sexe, étrange que sans me connaître elles évoquent assez exactement le goût du sexe avec Hakim. J'aimais les écouter, et, peut-être parce que j'étais le plus souvent vautrée sur le lit mou de Patricia, leurs palabres m'entouraient comme des couvertures propres et douces, et je sombrais les heures passant dans un liquide si épais qu'il était impossible de s'y noyer. Après un moment, lorsque je sentais mes yeux durcir au point de ne plus pouvoir se rouvrir, je me rapprochais d'elles, prenais une chaise et m'asseyais, les genoux contre ma poitrine, puis je me berçais imperceptiblement, la tête entre les jambes, mais je ne m'endormais pas. Et cet état de veille qui ressemblait au sommeil m'était à toute heure, en tout lieu, une promesse délicieuse : avant chaque rendez-vous j'anticipais les gestes et les mots et le plaisir, je me réjouissais de revivre ces instants à coup sûr… Je m'imaginais sans peine le bien-être, je le fréquentais enfin… Puis je pouvais également repenser à tout ça après, à mon aise, je me rappelais tout, transportée dans les rues, chaque rencontre cour du Soleil-d'Or, le nom tintant comme un lieu déjà historique, comme un appel vénérable, comme un privilège précieux que j'aurais obtenu après bien des déceptions – comme l'emplacement décent d'une vie décente.

Le métro s'arrêta une fois de plus ; il devait être près de dix heures du matin, et j'étais déjà lasse. Il se disait que les conducteurs pouvaient recevoir chaque heure, émanant de différents partis et syndicats concurrents, bien que tous acquis à la Révolte, jusqu'à dix mots d'ordre d'arrêt immédiat du travail sans motif particulier, et qu'ils en profitaient deux à trois fois par jour pour s'accorder une pause dès que la fatigue des rondes, des assemblées générales et des beuveries de la nuit précédente se faisait sentir. Ils arrêtaient alors la rame dans une station, voire au beau milieu d'un tunnel, quittaient leur cabine de pilotage en laissant les portes des rames fermées, et ne revenaient qu'au bout de quelques heures. C'était vrai, sans doute. Mais, d'autre part, ces derniers jours, la tentation grandissait de traquer et de dénoncer des ennemis intérieurs qu'on s'imaginait, puisque tout n'allait pas parfaitement dans notre Grande Révolte, ennemis qui étaient généralement tous ceux qui perturbaient nos projets, nous gênaient d'une quelconque façon, mais restaient à portée de notre détestation. Bien sûr cet agacement mesquin jurait dans le temps que nous vivions, montait pourtant, et je n'étais pas épargnée par cette frustration que seuls retenaient l'admiration et l'étonnement pour ce que nous avions déjà accompli. Tremblant d'une violence de plus en plus difficile à contenir, je me retrouvais parfois pleine d'une colère qui ne m'était pas inconnue mais qui avait été décuplée, contre les censeurs quotidiens, contre les nouveaux bureaucrates, contre tous les révolutionnaires à demi sincères... Par là j'étais encore trop souvent ramenée à l'insatisfaction d'antan, celle d'après la baise, d'après les soirées d'ivresse, il ne m'en restait jamais rien, ou pendant chacune de mes huit ou neuf heures de travail d'affilée à la merci d'un de ces piliers de l'ordre qui pouvait dire et faire n'importe quoi de vous, pourvu que sa caste le soutienne : Elle a pris dans la caisse, pas grand-chose, mais c'est pour le principe... Elle emploie un de ces tons quand elle s'adresse à moi, et puis ses regards... Elle a eu un geste déplacé... Elle a encore cru que je la harcelais, cette folle... Et elle m'a couvert d'injures, sans raison... C'est un animal... Et encore, soyons justes, un singe serait plus docile, et plus efficace... À l'évocation de ces scènes dont le souvenir me poursuivait, ma mâchoire se serrait invariablement, et ma main droite, malgré la douleur, mais je tâchais de demeurer immobile et paisible afin d'être digne de mes amies du Cofer... Car désormais l'adversité avait ce visage, affirmait Julie, un visage tordu par le désir d'un chaos qui se répandrait dans nos rangs, que l'on se déchire entre nous, et que j'exprime la première réserve concernant les conducteurs de train, et les magasins d'alimentation qui n'ouvraient, faute de provisions, qu'un jour sur trois, et les conseils de district qu'on avait établis en fanfare mais qui ne siégeaient jamais et n'aidaient personne... L'ancien principe d'écrasement social n'avait pas disparu, prévenait souvent Julie Wall, il survivait en chacune d'entre nous, dans nos cicatrices et nos contractures, douleurs qui nous rappelaient les couches sociales sous nous et les couches sociales au-dessus de nous, et tous les couples infernaux qui formaient ces couches, la caissière et le déclassé lui réclamant vainement de la nourriture périmée, le chef de rayon et le responsable du magasin, la jeune cadre ambitieuse et le fonctionnaire usé, le client et la multinationale outre-mer, l'ouvrier et le milliardaire outre-mer, l'épouse et ses beaux-parents, l'enseignant et l'élève, l'actif et le fainéant, l'expert et le commentateur, l'agresseur et la victime, vaste construction d'oppositions qui structurait autrefois toute pensée, recouvrait tout, gâchait les meilleures heures, déviait les méandres de notre fantaisie, interdisait formellement un vagabondage qui aurait pu nous rapprocher un peu des limites du système que, c'était notre chance, son écroulement si soudain avait discrédité, enterré provisoirement dans les consciences

à bien y regarder ces dénis de vérité et ces fausses croyances sacrilèges et cet esclavage sans chaîne visible que je dénonce sans lassitude ressemblent étonnamment à certains de mes mirages personnels.

Ainsi instruite, lucide, je me sentais dorénavant partie prenante d'un combat de tous les instants contre la société précédente, contre son retour, enfin détentrice d'un magistère que l'on m'avait confié parce que je connaissais bien les Iris

parce que je ne leur disais pas toute la vérité sur moi

mais que j'exerçais difficilement au cours de ces réunions épuisantes où nous n'avancions guère, où nous ne décidions rien et tout juste de nous revoir, où, dernièrement, il me semblait regarder le temps s'en aller sans jambes, à plat ventre… Et nous baissions toutes la tête afin de ne pas céder à l'exécration et à la panique, regardions nos pieds tellement nous réfléchissions aux choses qui se produisaient, explosions de revendications confuses et explosions véritables, fraternisations inattendues, louvoiement des loyautés et ébranlement des soutiens et des sens… Mais j'avais beau me rebeller parfois contre cette école, ça partait alors du ventre, me moquer méchamment d'une telle qui avait un défaut d'élocution et ne revenait plus par la suite, j'avais beau les retarder et les entraver dans leur effort moralement impeccable, personne ne songeait à me brider, ne me dissuadait d'être inamicale, ne me suggérait de partir, de rester, ne m'ordonnait de m'asseoir et de me taire. Et, peu à peu, je m'étais sentie tenue par toutes ces rencontres que je faisais, leurs prénoms à toutes curieux et doux, les frottements des veilles et le bonheur simple d'écouter leurs discours, tenue aussi par ces mots que je répétais à l'envi : *Grande Révolte, Révolution du peuple, Grande Marche*, et qui commandaient *maintenant*... Ça ne semblait pas grand-chose, mais aucune d'entre nous n'aurait songé à rompre avec tant d'événements que nous regardions presque avec les yeux de l'amour, et qui impliquaient tant de gens : pour cela il nous aurait fallu inventer un nouvel art de trahir, une nouvelle manière effrayante...

Toutes, tous pourtant ne se rendaient pas à notre servitude volontaire, préféraient retrouver des allégeances plus éprouvées et plus sûres, recommençant leurs trafics, cherchant à ressusciter leurs affaires, entrepreneurs dispersés qui n'avaient pas l'impression de mal faire, chacun de leur côté... Depuis peu un marché noir était apparu, et avec lui s'étaient reconstitués les petits monopoles et les résistances à ces monopoles, les vols et les pillages, c'était à désespérer de jamais faire disparaître le dernier boursicoteur, comme si, ainsi que le suggéraient nos adversaires, notre Révolte n'avait été qu'une simple régression, et même un coup de pouce à une économie saturée qui justement agonisait – une sorte de purge du mauvais sang. Certes, il n'y avait plus grand-chose à prendre ou à accaparer encore, et l'honnêteté faisait de ce fait des progrès encourageants. Mais, divisant un pays déjà affaibli, nous nous

la Révolte avait contribué à isoler les plus faibles, qui se nourrissaient comme ils le pouvaient, fixaient d'un œil terrorisé des présentoirs désespérément vides, cachaient ce qu'ils possédaient de plus que le voisin, et surveillaient celui-ci afin de s'assurer qu'il ne faisait pas de même. De ce que l'on pouvait savoir sûrement, les rancœurs s'accumulaient dangereusement en divers endroits et se répandaient parfois lors d'affrontements ou d'émeutes localisées, comme si l'espoir maladif d'un retour à l'abondance ne pouvait plus se contrôler. Et, trois jours auparavant, flânant boulevard de la Chapelle parmi une foule considérable, mais émiettée et inerte, chacun cherchant discrètement fortune, une alimentation moins ordinaire ou une filière fiable pour fuir à l'étranger, chacun veillant à ne pas être remarqué, habillé comme un dimanche en banlieue, trois jours auparavant j'avais pu assister à un de ces retours, une de ces percées de l'ancien régime qui réapparaissait tout à coup dans un lieu comme s'il en imbibait constamment le sol. Profiteur, génie commercial, un homme d'une quarantaine d'années avait décidé de rouvrir une boutique de vêtements fermée depuis quelques semaines, et les passants n'en avaient pas cru leurs yeux, de voir soudain deux employées inquiètes sortir sur le trottoir des rangées de vestes brunes ou kaki, de pantalons informes, et des cartons remplis de chaussures dépareillées… Mais ils s'étaient vite ressaisis, et, sans se concerter, avaient formé une file impeccable… Appuyée contre un de ces grands arbres lépreux que je détestais mais qui continuaient à infester tous les boulevards, malgré mes réclamations répétées à la Commission urbaine, j'avais regardé la mise en place rapide de toute une organisation presque oubliée, avec son lot de récriminations et de manœuvres sournoises, puis le manège des premiers clients qui s'étaient avancés timidement, avaient incliné imperceptiblement la tête en direction du patron resté devant sa boutique, les bras croisés et le souffle court, un *Bonjour mesdames, monsieur* passant furtivement sur leurs lèvres… Ils avaient palpé longuement les tissus d'un air expert mais coupable, regardant souvent par-dessus leurs épaules vers la file d'attente, se retenant visiblement de conclure une transaction qui les ferait mal voir… Les deux vendeuses n'étaient pas les moins gênées, elles se tortillaient debout, gardaient les mains croisées devant elles ou dans le dos, perplexes, attendant le premier achat pour se détendre tout à fait, un peu agacées par ces tergiversations… À les voir tous aussi nerveux, on aurait dit qu'un vieux couple se redécouvrait et cherchait à recouvrer ses chères habitudes, ainsi que tous les gestes d'une intimité dédaignée autrefois, quand acheter était facile… écœurant de facilité… On hésitait beaucoup ; les vêtements étaient hideux. Mais après qu'une dizaine de clients s'en étaient allés pleins de honte sans avoir rien acheté, s'étant certainement demandé ce qui se passerait s'ils montraient un argent rare qu'on n'était plus censé conserver ou utiliser *maintenant,* une certaine nature avait repris le dessus, et les billets et les pièces et du café et de la viande s'étaient montrés, et une cohue avait remplacé les files sages de tout à l'heure… On aurait dit l'expression d'une espèce d'instinct de survie…

J'avais remarqué que quelques groupes s'étaient formés depuis un moment déjà à divers endroits du boulevard, et étaient en train de converger vers les nippes restantes. Et, comme s'ils s'étaient préparés ensemble et entendus par avance, ils se mirent tout à coup à s'emparer au jugé de tout ce qu'ils étaient capables de porter, des manteaux surtout, plus pratiques à saisir. Voyant médusés ces voleurs détaler dans toutes les directions en marchant comme des crabes, les bras chargés, les clients avides et honnêtes s'étaient trouvés bien bêtes, et, au lieu de se lancer à la poursuite de ceux qui les avaient lésés, ils s'étaient rués sans aucune retenue sur quelques vêtements restants, en criant que le sale propriétaire et ses deux putes n'avaient pas intérêt à bouger, qu'ils n'avaient de toute manière plus le droit de les faire payer *maintenant*, et que ce n'était après tout qu'un juste retour des choses de se servir quand on n'avait plus de moyens... Et toutes les caisses, tous les cartons, trois mannequins et tous les cintres avaient été détroussés, la boutique, qui paraissait pourtant vide, investie et pillée méthodiquement, jusqu'aux lattes du plancher qu'on avait soulevées et arrachées pour vérifier que rien n'avait été caché à la foule en colère... L'humble offrande du petit patron au monde s'était volatilisée sous ses yeux en quelques minutes, et il s'était mis à pleurer... Mal mis, ou dans le besoin, ceux qui se déchaînaient ainsi ne l'étaient pas : on ne voyait sur eux que cols blancs et amidonnés, plis et chiffonnages savants des pantalons, chemises siglées, pulls légers et coûteux, parfois portés à l'envers ou autour du cou, chapeaux enrubannés, cheveux laqués et tirés en arrière, polos de marque, robes à franges, ourlets impeccables, sacs argentés aux coudes, chaussures en toile, jeans qui menaçaient de se déchirer aux fesses et aux cuisses, qui ne leur convenaient pas, qui étaient comme de petites dictatures, écharpes portées autour de la ceinture, chaînes dorées, capuches portées sur le devant... L'indifférence, l'insensibilité et la morgue qu'ils affichaient et qui ne se manifestaient plus guère depuis un mois, paraissaient presque modernes. Et on avait l'impression d'un renversement soudain des valeurs, d'un mouvement de masse tant leurs gestes étaient identiques, comme cette façon, penchant légèrement la tête sur le côté, de replacer tout en la lissant une grande mèche derrière l'oreille afin de mieux voir ce qu'ils avaient dérobé, ou cette autre, lorsqu'ils attendaient leur tour de pillage, de placer leurs mains sur des hanches avancées, ou de les laisser jointes sagement en croix devant leurs ventres, leurs sacrés ventres… Aucun d'entre eux n'aurait l'usage de ce qu'il avait volé, sinon pour combler un manque durant cette période de manque, envisageant peut-être vaguement, à terme, la sobriété, essayant ce traitement par la satiété que l'on disait efficace, par l'excès après une longue privation, ou bien s'amusant seulement à prendre au mot les troubles dont ils étaient restés les spectateurs muets et avaient été, pour la première fois depuis leur naissance, touchés…

Moi, je m'étais avancée et j'avais participé au pillage, en quelque sorte, c'est-à-dire que j'avais arraché des mains blanches et des doigts longs et fins tous les vêtements qui étaient passés à ma portée puis les avais jetés dans le caniveau gros d'une pluie matinale, et j'avais ri de ce bon tour et tapé des mains, mais j'avais éprouvé par ailleurs un malaise surprenant, tout à coup captive de l'agitation que j'avais entretenue je n'avais pu m'empêcher d'intervenir dans cette ridicule mise à sac, comme si j'avais traqué l'exaltation, non moins pitoyable et intoxiquée que ceux que j'avais brimés… Je m'étais réjouie à la vue du courroux et des marques de la détestation de soi… des bagarres éclatant entre amis qui avaient déjà eu l'intuition chez l'autre de cette férocité mais qui, à présent, en étaient épouvantés… Je m'étais réjouie de la frénésie qui s'était emparée de la bourgeoisie, et je crois bien que je m'étais imaginée, contre le bon sens et tous les sens et la décence, être de cette nuit du 20 mai aux Iris qu'on m'avait tant de fois décrite mais que j'avais manquée, m'étant déjà séparée d'Hakim

notons et célébrons également ta défense admirable du petit commerce qui, il faut bien le dire, connaît présentement de graves difficultés

puis, semblant me délivrer d'une hypnose j'avais cessé soudain, et j'étais partie une pèlerine pourpre sous le bras, et, plus je m'éloignais, plus les explications de ces comportements qu'on me soufflait à l'oreille m'avaient paru convaincantes, on m'avait dit : Il faut les comprendre, aussi, c'est intenable, toutes ces perspectives alléchantes dont on ne leur avait jamais parlé, ces possibilités qu'ils n'ont même pas demandées et qui leur tombent dessus un beau matin… Et l'incertitude du lendemain, nouvelle aussi… Il faut bien passer sa fougue et dénouer ses tensions quelque part… Le hasard s'est répandu partout, a tout coloré…

Pour tout il faut deux fois plus d'application qu'auparavant, pour tout, pour trouver de quoi manger et de quoi boire, et même pour penser malgré la chaleur mauvaise... C'est une fournaise cette Révolte... Alors la plupart essaient d'arpenter des chemins balisés, sûrs, voilà tout... On pare à l'imprévu, en attendant le retour à la normale... Et ils ne sont pas minces, les imprévus de ce temps... Telle fille désœuvrée commence par rechercher distraitement une ceinture de faux brillants, qui produira un bel effet en tombant sur le côté d'un pantalon aux coutures mauves acheté pour ses dix-sept ans, la trouve éventuellement, ça console de la perte d'une insouciance qu'elle chérissait, ça détourne ses pensées d'un père pour la première fois chômeur et lâche, d'une mère devenue mutique... Alors elle se met en quête d'une panoplie plus complète, et pourquoi ne pas prendre également ce foulard que lui propose régulièrement un vendeur à la sauvette rue de l'Université? Et ce haut? Ce collier d'ambre?... Mais ce n'est jamais assez, et rien ne leur sied parfaitement, parce qu'elles ont toutes doublé ou triplé, leurs personnalités, sans qu'elles s'en rendent compte... Elles essaient évidemment de s'adapter au mieux, mais crient la nuit et se réveillent, mais maigrissent, ne se reconnaissent plus, leur humeur change sans crier gare, d'un jour à l'autre, d'une minute à l'autre... Elles se réveillent ces jours-ci et ne savent plus où elles sont, luttent pourtant, luttent, abouchent mal leurs vérités partielles, luttent avec leurs petits poings

ainsi de tout temps les petites filles cognent contre les murs et la porte close de leur chambre de poupée et les petits garçons observent par la fenêtre la liberté bleue vaquer sans eux, croulant sous le poids de leurs jouets de garçon

l'époque, l'époque était telle une pièce vaste que j'avais l'impression de parcourir sans relâche mais que je ne pourrais jamais quitter, même courant, même transportée par un métro branlant dont les freins grinçaient comme la porte d'une geôle, et dont les roues mordant la voie figuraient le bruit d'une interminable chute. Et pourtant je craignais la fin de tout ceci, la fin brutale... Je me demandais sans cesse ce qui se produirait lorsque le manège s'immobiliserait, lorsque je relèverais la barre qui me comprimait la poitrine, lorsque, rentrant, je pourrais voir s'éteindre une à une les lumières de la fête, et que la jeunesse et les réjouissances simples ne seraient plus qu'un paysage oublié – serait-ce pareil à l'instant où je m'étais aperçu que je ne contrôlais rien, rien dans ma vie?... Et je ne faisais que me préparer à l'échec, et je n'attendais plus qu'un dernier appel d'air, je voulais être aspirée une petite fois de plus, emportée pour un dernier tour, et que tout autour de moi se confonde dans les cris et les flammes, dans l'authentique émeute

même si cela signifie ruine et malheur est-ce génétique ne peux-tu demeurer en paix, te contenter de ce que tu as

et manquer d'éprouver l'incroyable lassitude d'être moi?

La succession des tunnels, l'intrigue cent fois répétée d'une faible lueur qui fondait sur moi puis gonflait continûment, comme si une étoile était en train de naître, puis la déception, le grondement sous l'arche, la sirène vulgaire et le claquement sec des portes – sous terre, dans l'abdomen cancéreux, dans l'appareil digestif de la Ville. Entière et saine encore je ne raisonnais plus, je ne voulais plus penser, pour de bon cette fois, j'évitais le regard des passagers ballottés, cette reconnaissance et ce risque, sauf celui de cette dame âgée qui me souriait souvent, abîmée le reste du temps dans la contemplation d'une très belle flamme et d'un voyage fabuleux dont nous partagions toutes deux l'accompagnement musical, et certaines paroles :

Passé l'automne méditant
Et les morts de l'hiver, et les deuils du printemps
L'été revient : je suis
Vivante

Sans doute aurais-je dû lui céder complètement cette tristesse périmée, ce pis-aller... Elle trouverait sans peine dans ce wagon, aujourd'hui même, une autre complice... Mais c'était tout de même une satisfaction de savoir et de se répéter ces vers que mon amie Nana avait écrits pour moi et aussi de les apprécier sincèrement, d'avoir quelquefois ce chant au bord des lèvres... D'y revenir dans quelques jours, me les rappelant avec davantage de difficulté, mais trouvant dans cette restitution un plaisir que je n'aurais pas soupçonné, le plaisir de se souvenir et de n'avoir plus rien devant soi... Quatre arrêts encore, plus que quatre arrêts avant de rejoindre les femmes équilibrées et intelligentes du Cofer qui malgré leurs dons étaient inexplicablement concernées par mon avis, et quel avis, des femmes révolutionnaires et bienveillantes et honnêtes et pleines d'une miséricorde dont je manquais cruellement, mais ces femmes je m'aperçus que je les connaissais à peine et que sans doute en vérité elles ne m'aimaient pas, et mon pied se mit à appuyer sur le sol comme sur une pédale pour freiner un peu le déboulé du métro, mais il était trop tard et j'étais arrivée.

Comme une chienne je recherchais l'air frais de la surface, pour que la pompe de ma poitrine reparte, l'air piquant chargé de vitamines et de fer, il me ferait l'effet de grandes giclées qui viendraient s'étaler partout sur moi, comme un baume – il n'y avait que ça, je ne pensais qu'à ça, plus qu'à ça, mais ça m'échappait… D'accord : j'avais paniqué et j'avais pris un petit remontant, deux pilules et un peu d'herbe… D'accord. Une panique somme toute normale. Normale. Depuis ce qui m'avait paru une éternité je cherchais à garder la tête froide ; pour ce faire je la replaçais sans cesse entre mes mains froides ; mais mon crâne était rempli de fumée et je me consumais littéralement, affalée je m'en rendais bien compte dans un de ces coins répugnants qu'offrait le dédale des couloirs du métro. Toujours enfermée. Il n'y a pas de hasard. Certains passants devaient m'enjamber, mais la plupart des gens ne me jetaient même pas un regard, se vengeaient de moi. Je me roulai en boule ; j'étais incapable dans mon état de trouver la sortie, incapable de regrouper mes idées séparées et dispersées l'une en Asie dans la moiteur, l'autre en Amérique, prise dans le trafic, observant la bouche ouverte et l'œil mort le défilé des palmiers et des grands panneaux éclatants, une autre encore dans un lit auprès de lui auprès d'Hakim, évidemment… Fumante mon imagination semblait gonflée, omnipotente, terrible, douée et bien plus douée qu'à l'ordinaire, et elle me persécutait. Impossible donc de lire les panneaux et de suivre correctement leurs indications, je n'avais pas d'habitude ici et plus rien n'allait de soi, ni les muscles à utiliser ni la méthode qui me permettrait de retrouver l'extérieur… Le dehors impitoyable…

Impossible de ne pas m'apitoyer sur mon sort, sur mon ventre dur et l'encombrement de ma gorge, sur mes narines irritées et ma bouche qui laissaient passer trop d'air, et impossible même de ne pas reculer devant le flot des passants et leur charabia, le brouhaha constant et la propagande étalée sur les murs, devant cette tache noire là, au bas de l'escalier, qui ressemblait à une tumeur, et toute l'infernale musique : les portes s'ouvraient, *flap flap*, le mouvement continu de l'escalator, *tinc tinc*, ramenait inexorablement les marches vers leur monde souterrain, moi aussi je pouvais être happée et redescendue n'importe quand

dors ma petite ma chérie dors que te conseiller d'autre à l'instant

tenter de se rétablir était proprement épuisant, alors que la réunion du Cofer commençait dans peu de temps, et je restais allongée inconfortablement, réveillée, rendormie, sursautant et battant l'espace de gestes désordonnés et rageurs afin de l'épurer de ses visions, et d'empêcher à tout prix le retour d'une certaine nuit de novembre, du petit jardin frappé de gel ce soir de novembre un mercredi je crois, et des ténèbres surgit mon frère qui s'approche de moi, ça faisait drôle de ne se souvenir avec certitude que de l'apparence et des détails, mon frère s'assied à côté de moi ses couleurs propres son odeur propre et même sa personnalité pourrait-on dire luttent contre l'obscurité qui est sur le point de l'emporter qui se presse sans se départir de sa suffisance qui va, d'un air détaché, bien plus rapidement que nous, mais la voix de mon frère par contre ne me revenait que par bribes sa voix depuis lors remplacée par d'autres plus puissantes et plus graves sa voix douce s'élève soudain aussi soudainement qu'il m'est apparu il était comme ça, brusque, sa voix donc se fraie un mince passage dans l'atmosphère dense et presque impénétrable de l'hiver et il prononce distinctement : Ouais écoute dans la vie tout passe tu vois, c'est un peu comme un fleuve et même cette tristesse qui paraît ne plus devoir te quitter cédera un jour et sera emportée par ce fleuve, tu vois, et il s'interrompt comme ça en s'arrêtant sur ce mot qui est grotesque puisqu'on n'y voit plus rien, en plein milieu de son putain de sermon et de son putain de fleuve je crois qu'il veut juger à son aise de l'effet produit il était comme ça également, mon frère, et pour tout dire le souffle d'une bombe ne m'aurait pas rejetée plus loin de lui, c'est comme si un corps étranger m'avait pénétrée sans permission de ma part si bien que je suis anéantie; lui voit ça très bien et il se tait un moment, plein d'affection pour moi mais aussi plein de mépris pour moi et pour mes fréquentations des Iris qui sont une autre planète pour lui et mes parents plein de mépris pour ma stupidité et sentant ce combat en lui à mon propos je veux lui faciliter les choses et m'excuser sincèrement pour n'avoir rien à dire et pour le mouvement de recul que je viens d'avoir alors qu'il croit bien faire, alors que sa main a tenté de se poser sur mon épaule, je veux m'excuser surtout pour qu'il ne recommence pas qu'il ne me parle plus de cette façon qu'il ne dise plus rien de son fleuve c'est indécent ça me tue mais, comme à cette époque j'étais assez grossière dès que j'ouvrais la bouche je décide de la fermer par précaution je le surveille du coin de l'œil aux aguets soupçonneuse sur mes gardes j'entends les trains tout aussi précautionneux qui passent au ralenti en contrebas et le silence entre nous s'étire jusqu'à une limite extrême jusqu'à menacer de briser tout lien entre nous présent passé et à venir néanmoins, moi, je ne parviens pas à lui répondre parce que le ridicule de cette situation déteindrait sur moi celle d'un frère qui me parle fraternellement pouah qui me donne sans prévenir des conseils pouah qui se prend pour mon père et puis quoi encore autour de nous tout semble à l'agonie alangui et oppressant et une ultime beauté est peut-être sur le point de se découvrir lorsque mon frère au tempérament d'artiste l'ami de la nature le grand sensible préfère reprendre ses discours et continue et continue mais je n'écoute plus je me sens salie je ne pense plus qu'à me suicider à devenir folle d'abord puis à mourir ensuite à courir jusqu'aux voies à trouver un brasero et à y plonger la tête ou à passer sous une rame ou à me pendre à une branche d'arbre, comme mon frère le ferait le mois suivant, ou bien à monter dans ma chambre et à observer le paysage mort des trottoirs des lampadaires de notre rue morte puis au-delà puis au-delà mais au lieu de ça il parle et je reste près de lui tentant de ne pas l'écouter pourtant j'entends certaines choses et il y a des paroles qu'on prononce et qu'on ne peut plus retirer et dont on ne peut plus modifier le sens ni la portée j'ai essayé, pourtant, immédiatement, parce que rien n'est définitif dit-on à l'âge de seize ans, assise à côté de lui sur une des grandes marches du perron sur un granit aux éclats coupants et glacés je me recroqueville tandis que lui se met à cracher devant lui les jambes écartées ses poignets aux genoux ponctuant le calme enfin revenu entre nous de petits bruits onctueux pour ça je l'imite volontiers le grand prunier n'est plus qu'une ombre crépue et ces minutes passées à cracher ensemble sans parole regrettable sont agréables si on oublie un instant l'abjection de ses discours qui restera je le sais bien peu importe combien de temps je vivrai son fleuve il peut se le garder mais par la suite j'avais changé d'avis, hypocrite, j'aurais aimé en entendre davantage, dans ce même jardin, aujourd'hui j'écouterais bien sûr, je boirais ses paroles mais c'était au tour de mon frère de rester muet pour ma punition, et il ne me restait plus rien de lui que son maigre conseil et, me le donnant, la moue de ses lèvres qui me suggérait de ne pas le prendre trop au sérieux, bien réels, bien réels.

Enfin j'en étais sortie, remontée du métro après quelques heures d'une enfance désarmée, la drogue et la peur provoquaient ça, mes jambes semblaient frêles et parcourues régulièrement de frissons et de légères crampes, la drogue, qui pouvait se prendre en si grande quantité à toute heure de la Grande Révolte, faisait ça. Et j'attendais Julie Wall, au point convenu de notre rendez-vous, sous une de ces hautes horloges que nous aurions dû descendre déjà ou dérégler, coincée dans un bas liquide du temps et ignorant l'heure exacte, Julie avait demandé au Cofer de se réunir… Et le Cofer s'exécutait… Peut-être avait-elle quelque chose d'important à dire, rien qu'à nous, ce serait profitable, peut-être un événement s'était produit que je n'avais pas su ou que mes hallucinations m'avaient fait négliger, mais qui changeait tout… Le cours de notre insurrection, et l'avenir de notre groupe dans ce cours, et mon propre destin dans le groupe… Je n'en pouvais plus, de patienter jusqu'à ce qu'un nouveau bouleversement survienne… qu'une autre vérité nous soit dévoilée, hors des Iris, et qu'on me donne à nouveau une opportunité de me battre pour de bon, jusqu'ici je jouais de malchance… *Maintenant* j'étais prête, presque… Je guettais Julie, comme la dernière des filles perdues, je n'avais pas encore les idées bien solides mais j'étais impatiente de la voir, puisque, la nuit précédente, elle m'avait parlé... s'était confiée à moi...

L'histoire de Julie Wall n'était pas frappée au coin de la démesure, c'était une chute, une longue chute dont, comme nous toutes, Julie n'avait pris conscience que lorsqu'elle s'était terminée, dans un fracas épouvantable... La Grande Révolte était arrivée... La veille vers minuit, revenant d'un affichage de plusieurs heures nous avions été surprises par un orage, et dans l'épaisseur de la pluie... Celle qui semble déchirer le paysage de la ville et révéler son envers en fusion, son enfer, bien que, cette nuit-là, les rues portent un parfum différent, d'agrume... Dans l'obscurité de la pluie, malgré nos appels, nous avions perdu Patricia et nous nous étions retrouvées seules, Julie et moi, réfugiées sous un porche... Elle souriait tout le temps... Nous n'avions pas cherché à rattraper Patricia, et je m'étais accroupie sans réfléchir, j'avais l'expérience de ces situations et de ces endroits, et j'imaginais que Julie, elle, serait mal à l'aise mais elle s'assit par terre carrément, ses grosses bottes plongées dans une flaque et battant un moment la mesure, ne s'arrêtant que parce qu'elle pensait m'avoir éclaboussée... Elle ne cessait pas de sourire, elle était bienveillante avec moi, excitée elle paraissait sur le point d'exploser, d'exploser de joie... Et là, elle m'avait tout raconté, sans préambule, alors que je n'avais jamais parlé que quelques minutes avec elle, accaparée, la plupart du temps, par Patricia sa meilleure amie et ma meilleure amie, accaparée par son groupe qu'elle menait sans discussion et par la politique qui dévorait ses heures, elle m'avait parlé de ce qu'elle pensait être son existence et en premier lieu de son enfance, à sa manière, d'abord hésitante puis pleine d'un enthousiasme que je ne lui connaissais pas, même si de petits haut-le-cœur l'interrompaient parfois, sa voix résonnait, on se serait cru dans un hall, ou dans une chapelle abandonnée... Elle avait évoqué son enfance sans père, et avait tiré immédiatement de son sac une photo gondolée, où un homme barbu, massif, aux cheveux et aux yeux noirs, rabotait une planche, penché en avant sur le bois, le pull parsemé de copeaux et d'éclats, l'air sanguinaire ; puis elle m'avait parlé de sa province d'origine qu'elle se rappelait déserte, non comme un jardin, non comme une forêt, mais comme un champ stérile, puis de son arrivée à Paris pour la première année de lycée et de ses terreurs d'alors, le zéro dont elle était repartie, et les escaliers de la grande gare, la saleté bleue des rues, la pollution piquante, l'odeur d'œuf pourri sous les platanes, la pauvreté dont elle découvrait la pleine vigueur, le souffle brûlant des bouches de métro, il n'était rien qui ne l'avait choquée… Moi aussi… Elle avait exécré les modes du moment et les comportements désinvoltes des gens de son âge, elle s'était sentie très seule jusqu'à ce qu'elle rencontre Patricia, elle était affreusement timide à cette époque, et tout ce qui l'agitait s'affichait sur son visage… Moi aussi moi aussi… Un jour Patricia s'était plantée toute droite devant elle dans la cour du lycée, ça faisait deux mois que Julie l'observait tandis qu'elle tournait sans cesse en rond, comme une taularde, à chaque pause… Sans la connaître elle avait demandé à Julie de la garder auprès d'elle, ainsi elle serait sa bonne amie qui la protégerait toujours… Julie avait alors cessé de fixer l'énorme poitrine et le ventre débordant de Patricia, ses jambes de pantalon qui faisaient de larges cylindres pour dissimuler des cuisses et des mollets extrêmement musclés mais beaucoup plus fins que le reste de son corps, et tout ce qu'elle Julie, n'était pas et ne pourrait jamais être, puis elle avait levé les yeux vers le visage rougeaud de Patricia… Elle avait eu l'impression d'avoir trouvé son âme sœur, ou plutôt que son âme sœur l'avait traquée et capturée… Mais ça, bien sûr, ajouta-t-elle tout de suite, c'était avant de te rencontrer toi… Par la suite, l'enseignement qu'elle dispensa à Patricia (elle avait dit *nos échanges*, mais j'avais pris la liberté de traduire), et qui remplaçait en grande partie, pour cette dernière, celui qu'elle pouvait recevoir au lycée, l'enseignement de Julie fut amer. Elle disait à Patricia, qui était née à Ménilmontant : Paris, c'est la malfaisance à chaque coin de rue. Et la crasse. Le vice crasseux. Systématiquement, et sans jamais paraître s'interroger, Patricia acquiesçait. Mais ce ressentiment, ces dégoûts partagés ne firent qu'exacerber leur mal-être, et leurs attentes, elles voulaient toutes les deux du nouveau… À tout prix du nouveau, d'autres espoirs et d'autres gens… Cette attente… Cette plainte m'était familière…

Cependant cette partie de son passé ne m'intéressait guère, non plus que la comparaison de nos vies respectives, meilleures, pires ;

et puis je ne savais pas qu'on était libre à ce point, libre, désormais, de parler de cette façon à une quasi-inconnue. Aussi, un peu rebutée je regardais la pluie tomber tout le temps du récit banal de Julie, d'un air las, comme s'il était possible de se lasser d'un tel spectacle... Julie m'avait vue détourner le regard et elle finit par se taire : ce n'était pas ce qu'elle voulait dire... Elle allait le dire autrement... Elle me dit que son adolescence avait duré longtemps et qu'elle avait cru ne jamais en finir mais que, lorsqu'elle entendit pour la première fois parler des Iris, cette langueur lui avait paru tout à coup une bénédiction... Elle pourrait en profiter enfin, s'abîmer dans une obsession rien qu'à elle... Elle avait vu et lu en quelques jours tout ce qu'on pouvait trouver sur les Iris, sur Youssef Chalaoui et les héros des neufs cités, elle avait même essayé de se rendre sur place avec Patricia deux jours après la première émeute, mais le quartier était déjà bouclé, des policiers régulièrement attaqués, et elles avaient dû rebrousser chemin, mais, me dit Julie en baissant la tête, le seul fait d'approcher des Iris, de capter peut-être un peu de son atmosphère rebelle, ça avait été pour elles deux comme de parvenir jusqu'à des confins rêvés, des rivages verdoyants... Évidemment, me glissa-t-elle, à toi ça doit paraître bête, tu as vécu tout ce qu'il y avait à vivre, et sans doute tu as bien souffert... Sans les avoir jamais rencontrés il lui semblait connaître Hakim le précurseur, l'homme d'action, et Nouar Arzou aussi, le MDB et tout ce qu'il y avait à savoir, il lui semblait qu'ils l'accompagnaient partout et la conseillaient, et, de ce qu'elle me dit cette nuit-là, je compris qu'elle en savait beaucoup, mais qu'elle manquait l'essentiel, qui est la leçon d'une mémoire vive, d'une mémoire douloureuse, et je baissai à mon tour les yeux, mais je ne détrompai pas Julie sur mon compte, sur le compte des Iris, ça promettait trop de souffrance...

Les jours suivants, fin mai, dans les immeubles anciens de Belleville et de République, elles avaient commencé à se réunir avec quelques filles qui leur ressemblaient, ramassées çà et là dans les manifestations et les rassemblements de soutien aux Iris, et elles s'étaient pour ainsi dire formées politiquement, toutes seules, en discutant entre elles, sans livre et sans théorie, même si Julie était celle qui avait le plus lu et réfléchi sur le sujet... qui voyait le sujet, qui pouvait presque le toucher... Elles s'exaltaient en permanence, il leur suffisait d'un rien... Ces réunions étaient très différentes de celles auxquelles tu as pu assister, me dit Julie, tout ce qui nous passait par la tête paraissait bon à dire, on le disait et on s'en félicitait, on hurlait les fenêtres ouvertes, les idées que nous pouvions avoir n'étaient pas encore sérieuses et graves, comme elles le devinrent juste avant ton arrivée, c'étaient des sortes de bulles, nos bulles... Des idées inutiles auxquelles personne ne s'intéressait, mais qui nous semblaient les choses les plus importantes du monde... Nous étions motivées, il s'agissait d'aider les Iris, voire de venir à leur secours... Julie se mit à rire aux éclats. À cette période elles n'avaient rencontré aucun garçon intéressant, curieusement, ce n'était pas volontaire, mais, au fil des jours, la foule qu'elles côtoyaient lors des actions leur avait paru de plus en plus masculine, vieillie et laide, et même lâche... Les actions des vieux militants étaient lâches, hypocrites, visaient à contrôler le mouvement naissant et à l'étouffer... Aucun de ces hommes maladroits et timorés n'avait jamais rien tenté auparavant pour les réconforter elles, lorsqu'elles désespéraient, n'était venu les chercher elles, et même les plus brillants d'entre eux ignoraient le véritable sens de l'insurrection qui montait, il s'agissait cette fois d'une insurrection féminine... D'ailleurs Julie avait vu une photo floue d'Hakim, il avait les traits fins, il semblait avoir les doigts fins et une peau douce, irradiant d'énergie, c'était pour elle un argument définitif... Moi je ne voulais pas la détromper, pensant ça elle paraissait heureuse...

Et elles continuèrent de se rencontrer et de divaguer, jamais plus d'une dizaine de filles, Julie se sentant chaque jour plus de responsabilités envers toutes ces personnalités originales et magnifiques... Sentant chaque jour un peu plus cette aura qui émanait d'elle, attirait son monde tout en le maintenant à une distance raisonnable... Une fois pris dans cet équilibre, on avait l'impression de flotter... Débarrassé de son propre poids, on demeurait dans son orbite... Mais au bout de quelques nuits blanches supplémentaires, elles voulurent faire davantage que s'amuser et défiler, et elles sortirent sans but précis, une énième bande chantant et poussant des cris d'animaux parmi les moins évidents, des cris de héron, d'antilope... Aucune d'entre elles ne buvait ni ne fumait, et pourtant, la rue et chaque instant qu'elles passaient ensemble étaient incandescents, dans le chaud printemps… Pleins, pleins, pleins, et ne débordant jamais… Elles patrouillaient, elles s'étaient mises tout à coup à apprécier Paris… Elles avaient bombé quelques tags qui se voulaient énigmatiques et frappants, mais elles n'avaient pas le sens de la formule, et cela donnait des slogans plats comme : *Les femmes avec les Iris*, ou bien *Vive l'émeute*… Elles avaient bien essayé de monter elles-mêmes une ou deux barricades dans la nuit, au hasard des rues, mais elles réussirent seulement à dresser des tas informes qui ne dépassaient jamais leur taille, avant que des inconnus, généralement soûls, arrivent et détruisent le fruit de leurs efforts aussi facilement que si ça avait été des châteaux de sable… puis repartent en se moquant d'elles, en vomissant et en les montrant du doigt… Ce qu'elles avaient retiré de ces nuits, me dit Julie le plus sérieusement du monde, ce qu'elles avaient apprécié c'était le travail que ça leur avait réclamé, même en vain, le travail collectif… Elle voulait dire *physique*, à mon avis… Elles soufflaient, ployaient sous le poids de ce qu'elles transportaient, ou lorsqu'elles escaladaient des clôtures, ou lorsqu'elles marchaient trop longtemps, soufflaient comme des chevaux… Elles qui se voulaient dresseuses de chevaux… Et elles avaient changé d'un coup leur façon de s'habiller, en conséquence, plus de jupes et plus de talons et plus de chaussures dont le bout ne serait pas renforcé, la plupart avaient coupé cheveux et ongles… Comment avons-nous réussi à nous réinventer de la sorte ?, se demanda Julie un peu mélancoliquement…

Et puis, un soir, l'adolescence de Julie avait pris fin ; traînant du côté de Saint-Lazare, elle avait eu une idée… Julie se leva, enjamba la rigole d'eau qui nous séparait et s'assit à côté de moi sous le porche, puis se pencha vers mon oreille et se mit à chuchoter… Je l'entendais parfaitement, la pluie s'était calmée… Tout lui avait plu dans la préparation de leur coup, tout, l'odeur fauve de l'essence, la recherche d'un plan détaillé du grand magasin qu'elles avaient repéré puis son examen approfondi, et la bataille pour uniquement comprendre les signes et les cotes, pour parvenir à identifier une conduite d'aération qui leur permettrait éventuellement d'entrer, et la compréhension que ses doigts qui couraient sur le document, sa tête qui organisait calmement, sa voix qui rassurait ses camarades étaient faits pour cela, que tout son être tendait vers cela, comme d'autres sont destinés à soigner, ou à manier une pelle… Certaines se seraient volontiers contentées de jeter quelques cocktails Molotov à travers les vitrines du magasin, mais ça ne suffisait pas à Julie et elles ne furent plus que cinq filles à la fin, qui acceptèrent de participer à l'action telle que Julie la concevait, puis elles s'enfermèrent, Julie Wall, Patricia Manchette, Édith et deux autres aux visages ambigus, ça avait ressemblé à une retraite spirituelle… Patricia était la seule à sortir, pour acheter à manger et dénicher des vêtements sombres et des gants et des cagoules pour toutes. En dehors de ça, elles dormaient ensemble, vivaient ensemble, souvent en petite tenue à cause de la chaleur, sans aucune gêne. Et, enfin, la dernière soirée de son adolescence était venue… À cet instant de son récit j'avais eu envie de l'interrompre et, comme si je pouvais encore changer quoi que ce soit à ce qui s'était déjà produit, de la secouer et de lui faire entrevoir les conséquences de ses actes, comme une mère l'aurait fait… Julie était comme ça, activait des réflexes maternels par ailleurs inexistants… Avec elle, on se sentait différent… Et après elle… Mais elle m'aurait cité un poème certainement, *Pitié pour nous qui combattons toujours aux frontières / De l'illimité et de l'avenir*, parler avec elle consistait à écouter beaucoup et à se ranger de son côté, à sacrifier à sa vision, à l'écouter attentivement comme si elle me faisait découvrir une musique qu'elle trouvait la plus belle au monde et qu'elle connaissait par cœur, en espérant qu'elle conserverait pour moi une part de mystère qu'elle, Julie, pourrait éclaircir peu à peu… En y passant toute la vie, s'il le fallait, une vie de subordination pour moi… Et, plutôt que de la bousculer pour qu'elle reprenne ses esprits, j'étais tout de même celle qui était censée raconter et faire n'importe quoi, je m'étais contentée de ricaner, je lui dis qu'avant de la rejoindre j'avais lu quelque part, c'était une publicité pour un film, ou pour un bar à putes : *Une seule nuit peut changer votre vie*… Alors un voile passa sur le visage de Julie, comme un rideau de pluie qui me cacha un instant son expression, un voile que j'aurais chassé moi-même si je l'avais pu, si j'avais possédé la moitié de la décence et du courage dont elle faisait preuve en toutes circonstances, un voile que Patricia aurait attrapé à deux mains sans doute et m'aurait enfoncé au fond du gosier, si tant est que ces choses immatérielles, la déception et l'embarras, pouvaient s'attraper... Mais Julie poursuivit, seulement un peu moins enjouée, c'était trop important ce qu'elle avait à me dire, comme si j'étais celle qu'elle avait choisie, entre toutes, pour recueillir ses confidences, ses précieuses confidences, comme l'ébauche d'une vie future.

Le temps leur avait paru long, jusqu'à trois heures du matin, dans la chambre de bonne de Patricia qu'elles avaient rebaptisée *Chambre de bien*, d'abord elles avaient attendu le retour de la fraîcheur, et, vers onze heures, la fraîcheur était venue ; puis elles n'avaient plus rien attendu de particulier, seulement attendu. À partir de minuit, elles ne prononcèrent plus un mot, chacune était prisonnière de ses propres angoisses, anciennes, que la perspective de l'attentat qu'elles s'apprêtaient à commettre faisait ressurgir, et flamber... Elles ne pouvaient même plus se voir les unes les autres, voilà pourquoi, peut-être, elles n'avaient pas renoncé... Julie ne s'était pas souciée de ses amies, peut-être leur avait-elle montré un visage serein, elle ne se rappelait plus, elle n'avait qu'une envie, c'était de sortir... Elles suaient toutes abondamment, et elle voulait sortir en courant... Dans la rue, les cinq autres marchèrent tout le temps derrière elle, de temps en temps Patricia remontait à sa hauteur et lui touchait le bras, l'épaule, d'une main moite... Elles redoutaient le très long trajet, elles portaient une échelle télescopique, de gros bidons d'essence qu'elles n'avaient pu fourrer dans des sacs, elles étaient habillées comme pour un braquage, ça n'avait rien de discret... Mais, en avant, Julie s'en moquait, elle estimait réclamer sa juste part de destruction... L'œuvre qu'elle voulait accomplir était un grand incendie... Et il lui semblait que tout ce qui les entourait, la ville, l'éclairage public, les vieilles avenues et les façades blettes, ne survivait que parce que Julie le voulait bien, comme si sa volonté seule propulsait les rares voitures qu'elles croisaient. Parvenues devant le grand magasin, elles s'enfoncèrent dans une ruelle sur la droite du bâtiment, déplièrent l'échelle puis la calèrent contre un mur, et grimpèrent à tour de rôle jusqu'à un vasistas au deuxième étage, que Julie crocheta avec succès de la façon indiquée par une notice pratique qu'elle avait trouvée sur internet, et chacune tenta de se laisser glisser sans bruit jusqu'au sol de la réserve, sans tomber ni buter dans les portants et les mannequins nus… Il fallait faire attention, beaucoup d'enseignes avaient doublé le nombre de leurs vigiles depuis quelques semaines, surtout pour la nuit… Et il y avait des caméras partout… Julie sortit de la réserve la première et se mit à courir, descendit les escalators immobiles sur la pointe des pieds, attendit au rez-de-chaussée que les autres l'aient rejointe, essoufflée… Elle avait pensé aux Iris et à Hakim alors, aussi intensément que moi, j'essayais de les oublier, certainement… Et tout avait marché à la perfection, Julie en restait étonnée, elles n'avaient rencontré personne, il n'y avait eu ni lumière rallumée, ni alerte… Et elles étaient presque déçues, en répandant l'essence aux quatre coins du magasin… Elles avaient une quarantaine de secondes pour quitter les lieux une fois jeté le chiffon enflammé et il fallait prendre garde aux vapeurs, mais ça s'était très bien passé, m'assura Julie, Patricia avait enfoncé la porte d'entrée à l'aide d'un portemanteau en fonte, presque tranquillement, et elles avaient pu sortir sans encombre. Puis elles avaient couru vers l'autre côté de la place, et Julie et les autres avaient soudain senti leurs corps, les douleurs étaient différentes, plus instructives, c'était nouveau… Sous le joug de l'Idée, ajouta-t-elle, grâce à l'Idée, je voyais bien qu'elle ne comprendrait jamais… Ses complices avaient continué de courir tant bien que mal, surtout pour évacuer leur peur, et elles avaient déjà disparu, deux d'entre elles durent même courir longtemps puisqu'on ne les revit plus jamais. Mais Julie était restée à proximité du magasin, elle devait passer son appel pour prévenir le poste de sécurité, puis revendiquer leur action auprès de divers médias, au nom du Comité des Femmes Révolutionnaires. Cela fait, elle s'attarda encore… Peu lui importait l'arrestation à présent, son esprit l'avait convaincue à un moment ou à un autre qu'elle déciderait de ça aussi, librement… Les flammes s'étaient montrées, d'abord timides, puis avaient révélé leur puissance… consommaient l'air en maîtresses, décimaient l'environnement ou le rabaissait, retourné à la cendre, au charbon… Et elles étaient montées à l'assaut du ciel, et dans ces flammes on se perdait et on se reconnaissait, comme aux Iris, songea-t-elle… Des sirènes avaient commencé à hurler… Mais elle ne savait toujours pas ce que c'était, les Iris, malgré toute sa bonne volonté, elle avait agi sans savoir, et à cet instant je lui demandai Pourquoi, pourquoi elles avaient fait ça qui ne servait personne et surtout pas la cause des Iris, et Julie me fixa alors comme si, pour la première fois, elle voyait clair en moi et doutait de moi, elle me répondit d'une voix blanche : La périphérie grondait, l'emprise au sol du capitalisme était telle que nous nous sentions exclues partout et toujours, on ne nous laissait donc que le ciel, et la fumée noire occupant le ciel, les nuages noirs des idées et des actions en accord total avec ces idées atteignant les hauteurs des constellations les plus brillantes, en cette fin de printemps, changeant notre conception même du printemps... Elles voulaient être comme les nuages... Ou plutôt elle, elle seule pouvait entreprendre et agir, puis regarder en face le spectacle grandiose... Patricia n'aurait pas compris, et si elle était restée à ses côtés sa graisse aurait fondu et elle aurait brûlé vive, me dit Julie sans sourciller, cette image me remua... D'elle seule, Julie Wall, ils entendraient parler aux Iris...

Une fois cette chose faite qu'elles n'avaient jamais évoquée entre elles à nouveau, dont elles ne se vantaient jamais (sauf auprès de toi ce soir, me dit Julie comme pour s'excuser), l'existence du petit groupe changea du tout au tout. Mystérieusement mises au courant par des rumeurs et des murmures, de nombreuses femmes de tous âges et de toutes conditions se présentèrent à elles, recherchant un parti pris, une boussole, un foyer. C'était au début de juin, quand l'ébullition commençait à gagner Paris, mais de façon toujours indirecte, détournée, clandestine, comme si les motifs de la révolte ne pouvaient encore se nommer... se placer explicitement dans le sillage d'un coin de banlieue parmi les plus pauvres de France... Des gamines sonnaient à sa porte, passaient chez elle à l'improviste, lui demandaient : Julie, c'est quoi la révolution ? Elle réfléchissait un instant, puis leur disait : Des idées, rien que des idées saugrenues et déplacées. Les gamines la questionnaient encore : La vie, comment elle marche pour toi, Julie ? Elle disait alors en riant : Tout simplement, il suffit de répondre à l'appel... Et elle adorait ça, être devenue quelqu'un sans trahir aucun des engagements terrifiants qu'elle s'était elle-même donnés, sans avoir exploité ou grugé quiconque, même s'il lui traversait l'esprit parfois que, peut-être, elle se trompait, et qu'elle trompait les plus jeunes... La révolution, c'était pour elle une simple sensation qu'elle cherchait à expliquer et à décrire, puis à sublimer en actes, un sentiment si personnel qu'il s'évanouissait dès lors qu'elle cherchait à le partager, mais qu'elle n'avait pas renoncé à faire sentir... Alors Julie s'était tue et s'était accroupie devant moi, sa tête s'était approchée de ma tête et elle avait glissé son genou entre mes cuisses écartées et endolories, je pouvais voir son sein gauche palpiter doucement, puis elle m'avait embrassée, d'un baiser léger et amical, amicalement, elle était encore dans l'adolescence finalement, ses derniers feux... Elle avait laissé sur mes lèvres comme un goût d'essence, et je palpai mes lèvres sèches sous l'horloge, prête à partir et à oublier mon rendez-vous avec elle et la réunion du Cofer pour aller cuver quelque part, profiter de mes souvenirs sous un autre porche, lorsque Julie fit son apparition, de loin elle semblait peu amène... À la lumière du jour, tout semblait différent évidemment, et l'ombre qui barrait les lèvres de Julie plaquait sur son visage une grimace qui la défigurait d'une joue à l'autre... qui m'effraya, ou était-ce mon ivresse de tout à l'heure qui s'entêtait, sous le soleil de la Révolte...

Arrivée devant moi Julie me fit un signe de la tête mais s'arrêta à peine, peut-être étions-nous en retard pour la réunion et je dus me secouer et me mettre rapidement en train derrière elle, l'heure n'était plus aux bavardages... encore moins aux baisers... En effet, Julie semblait fâchée. Et je la suivis sans un mot, fantassin marchant à ses côtés, sans pensée ni arrière-pensée, je réussissais difficilement à rester près d'elle, elle qui paraissait si vivante, elle et sa vibration de fraîcheur dans l'air trouble et ondulé. Il était certain que, sans elle, je n'aurais pas été capable de trouver le lieu de la réunion, je comptais somme toute peu de véritables amies au Cofer et personne n'aurait accepté de me renseigner. Mais, encore fragile, évacuant comme je le pouvais les derniers effets de la drogue, je ne pouvais m'empêcher de repenser à l'effusion de la veille, et je me demandais ce que Julie en disait, tout bien considéré, à présent... Je craignais que son être ne résonne, me voyant courir péniblement après elle, d'un rire abominable et calfeutré, et qu'elle ne se délecte en ce moment même de l'image que je lui donnais en pâture, celle d'un petit animal abandonné qui traînant la patte souffrait tant, et n'avait qu'elle au monde pour l'aider à survivre… Et comme j'aurais voulu, à cet instant, l'arrêter et lui faire cracher le morceau, ce qu'elle pensait de moi et de nous, et pour cela lui faire goûter un peu la méthode des Iris et la frapper d'un coup sec au visage, puis, une fois à terre, dans le ventre, indéfiniment, à grands coups de pied, pour qu'elle m'avoue le but de la réunion à laquelle nous nous rendions avec tant d'empressement, planifier un autre attentat, organiser une orgie, puis qu'elle éclate comme une outre et dégorge toute la méchanceté qu'elle me destinait ! Je devenais folle… Quelque panique poussait en moi et menaçait de prendre le contrôle, que je réussis à contenir provisoirement à l'aide d'un mélange de fausses promesses et d'injures

crois-tu vraiment que je suis dupe, que je ne retiens pas volontairement ma fureur, pour le moment

non car je connais hélas ta règle et la part de moi que je dois te céder, encore *maintenant*

et puis je n'eus pas le loisir de donner plus de gages à ma propre malveillance, puisque nous étions arrivées sur une place qui interrompait heureusement les alignements monotones du boulevard et nous offrit à nouveau le ciel, au fond de laquelle une grande roue, arrêtée depuis fin mai, fonctionnait à nouveau. Superbes, les aubes tournaient lentement comme si elles étaient freinées par des crans, ou plongées un instant dans l'eau solaire puis, une fois émergées, renvoyaient vers nous les rayons d'une lumière crue et grandie par l'écume surmontant les fontaines rallumées, messagers nous rappelant l'importance d'un astre vers lequel nous ne prenions plus le temps de lever les yeux, et dont je me demandais, quelquefois, s'il se levait et se couchait toujours… Encore assez peu solide je détournai rapidement les yeux de l'éclat agressif qui s'en prenait à moi, avant de penser à utiliser ma main comme paravent. À cette distance, et malgré l'absence totale de circulation, on n'entendait presque rien des bruits de la fête foraine, de l'horrible musique provenant des baraques, des souffles et des chocs habituels, que des sons déformés, qu'un chuchotement irréel, comme si les attractions placées sous une grande cloche de verre et proposées à l'édification des passants cherchaient à attirer notre attention en nous proposant une certaine image de l'avenir. Que disaient-elles ? Une queue immense partait du bas de la roue : tous ces gens n'avaient probablement rien de mieux à faire

alors que toi et quelques autres martyrs

alors même que le cours des événements, ralentissant enfin ces derniers jours, avait offert un peu de répit, un divertissement aux familles. J'étais émoustillée par la vue de cette grande détente, de cet immense soupir qui me réconfortait sans que j'en connaisse la raison, et j'écarquillai les yeux pour ne rien rater : les ballons attaquant le ciel ou coincés dans les grands arbres en sueur, alors devenus les gants colorés des branches et les petits réveils des feuillages trop sombres, et tous ces gens téméraires, sortis en dépit des menaces, et leurs enfants qui couraient et tremblaient presque en jouant, ne se sentaient plus de bonheur. De la Grande Révolte, qui pouvait supporter cette interprétation tordue, cet ensemble grouillant avait retenu l'insouciance et le goût de l'immédiat qui suffisaient à rendre leur vue grandiose, et je ne pus m'empêcher de pousser un fort, un long cri de joie... Je me mis à applaudir... Puis je me retournai vers Julie et, ne sachant que dire pour lui faire partager mon enthousiasme soudain, je lui désignai ce qui me semblait une réussite magnifique, pointant du doigt la ruée invraisemblable vers la maison fantôme, vers les stands de tir et les autos tamponneuses, et, dans les nacelles surchargées au sommet de leur rotation les amoureux qui hurlaient ensemble, il devait bien se trouver quelques couples de femmes... Mais les sourcils de Julie restèrent froncés, et ses lèvres se tordirent... Il faut dire que le soleil tapait fort... Et elle avait peut-être compris de travers, croyait que je voulais faire un tour de grande roue pour lui arracher un autre baiser alors qu'il s'agissait, la veille, d'un de ces moments d'intimité qui ne reviennent jamais, pour lui arracher dix autres baisers et lui faire perdre plus de temps encore et la détourner de ce qui lui importait plus que tout et qui aurait dû m'importer plus que tout, de son groupe de véritables amies, afin de la prendre dans les filets de ma propre passion... Aux Iris ils doivent être des bêtes de sexe, se disait certainement Julie, ils ne doivent penser qu'à ça... Julie croyait que j'étais devenue frivole, que je l'avais toujours été peut-être et que je lui avais menti mais alors quel air langoureux avait bien pu s'afficher sans permission sur mon visage, quel croassement lubrique avais-je pris pour un cri de joie

et elle eut, au bout de quelques instants où je restai pétrifiée et pâle devant elle, ce hochement de tête particulier qui la prenait parfois, à la fois désapprobateur et indulgent, comme si, finalement, la véracité de cette duplicité qu'elle me prêtait n'avait que peu d'importance... Comme si, planant à des kilomètres au-dessus de mes préoccupations terre à terre, elle ne serait jamais émue par ma détresse d'amante éconduite... Mais moi je ne pensais pas du tout à ça, je ne voulais pas dire ça, je ne pensais pas que ce soit réel... Julie finit par me tourner le dos et repartit, regardant à nouveau droit devant elle, sur ses lèvres une moue dubitative que je me voyais mal lui demander d'expliquer. Étonnée puis soucieuse puis courant à nouveau derrière Julie, je cherchai un moment la meilleure façon de me justifier et de me faire comprendre, mais il n'y avait pas d'ordre dans mes idées, et rien ne me vint, j'étais si fatiguée ; je laissai tomber

moi je suis ce genre de fille et elle est ce genre de fille, et nous partageons peu de choses si ce n'est une confession qui forme *maintenant* une frontière tout à fait étanche entre nous, voilà.

Mais Julie ne dit rien de son éventuelle contrariété lorsque nous retrouvâmes Patricia, et son sourire bienveillant était de retour, entier. Elle soufflait bruyamment à cause de la côte que nous venions de grimper, et, tentant de reprendre le contrôle de sa respiration, elle nous regardait toutes les deux, à tour de rôle, comme si elle voulait me dénoncer sans mot dire à Patricia, ou comme si, gazée au cours d'une longue guerre et réchappée, elle était surprise de nous revoir en bonne santé et pareilles, très belle avec ses reins cambrés et ses mains sur les hanches, sans apprêt, elle semblait hésiter à parler de moi en mauvais termes, prise de la pudeur muette qu'on éprouve devant des êtres fragiles que la moindre critique est susceptible de briser, et que l'on préserve prudemment de tout choc – qui sont, comme le cristal, transparents. Lorsque Julie nous laissa pour préparer son intervention, j'évitai de lui souhaiter bonne chance en tournant ostensiblement la tête dans une autre direction... Il s'agissait de reprendre la main, j'avais compris le truc... Patricia me fixa alors d'un drôle d'air, d'un air de reproche que je trouvai injuste : depuis si longtemps qu'elles se côtoyaient et qu'elles se comprenaient d'un simple regard, j'étais condamnée d'avance, malgré les Iris, malgré l'influence qu'elles voulaient bien m'attribuer. Et tant de leurs liens m'échappaient encore, et la manière décisive de plaire à ces femmes et d'être acceptée pour ce que j'étais, qui j'étais à cette heure, et leurs règles implicites qu'elles n'auraient su me détailler, même avec la meilleure volonté... Et ça ne me plaisait plus qu'à moitié pour tout dire, l'observation attentive de leurs mœurs qui aurait facilité mon intégration... Quelque chose s'était brisé, j'avais bien reconnu le bruit... Les compromis à faire et les ronds de jambe qui m'auraient trop coûté, je le savais... Et puis ça voulait dire continuer comme avant, comme au siècle dernier... Et ça n'en finirait jamais cette observation, j'étais au courant, ça finirait mal... Ruisselante de sueur, dans le cœur un petit reste d'éclat de la grande roue, je laissai Patricia s'occuper de tout pour l'instant, me prendre par les épaules et me pousser devant elle, assez brutalement, vers l'intérieur.

Pénétrant dans le grand hangar où, plus nombreuses qu'au commencement et manquant de place, les femmes du Cofer avaient décidé de se retrouver dorénavant, on était assailli par une odeur infecte. Celles qui, bravement, ne se bouchaient pas le nez pouvaient alors discerner des effluves de linge sale, de moisi, de tabac froid, de désinfectant industriel ; écœurée comme la plupart, je retrouvai pourtant là quelque chose de familier, qui aiguisa ma curiosité : ce mélange malodorant et qu'on aurait pensé unique ressemblait, à s'y méprendre, à celui qui m'agressait invariablement lorsqu'autrefois je sortais à l'aube de la plus haute des Trois Tours, chassée sans ménagement par Hakim et irritée de devoir rentrer chez moi, et que la tête me tournait après une nouvelle nuit sans beaucoup de sommeil, ces odeurs de chien et de poubelle me sautaient à la figure dès la sortie de l'ascenseur, dans le hall, me poursuivaient dehors, si bien que je devais presque courir pour y échapper, mordue par le froid allié de la puanteur, dans les allées qui tortillaient en descendant vers la gare, et le visage à demi fourré dans mon blouson je me disais : Heureusement que je n'habite pas là, vivre ici une partie et la plus grande partie de mon temps d'accord mais habiter là m'est impossible

impossible oui malgré tes efforts de jamais appartenir aux Iris non plus qu'au monde de ces filles à l'univers très distingué de Julie, et c'est tant mieux, je t'ai prévenue tant de fois déjà : non mais est-ce que tu t'es bien regardée

en cet endroit je ne me sentais donc pas tout à fait étrangère, de simples odeurs réussissaient à bâtir des ponts improbables entre les Iris et ce hangar, entre mes souvenirs d'Hakim et ce hangar, amenaient près de moi des lieux connus et tout un passé rassurant, friture baignant comme de l'encens le grand centre commercial, javel de la piscine, partout l'odeur des pauvretés, l'école et son odeur de joujou, consolée par ces retrouvailles inespérées je me mis à rire tout à coup – voilà que je connaissais un de mes transports drogués, coupables : cette inconstance de la volonté, qui lâchement détournait le regard lorsque j'allumais un joint entre deux courants d'air du métro, puis vous le faisait regretter des heures durant, et, se débattant, bien-pensante, tentait d'en limiter les effets les plus visibles, me rendant du même coup malade ; ces va-et-vient pathétiques de ma volonté qui me faisaient paraître bien différente de celle que j'étais en réalité...

Comme je m'assis autour de moi les choses cessèrent de tournoyer inconsidérément, et je pus fixer un pied de chaise, puis un autre, puis un autre, puis leurs ombres, en attendant que passe mon ravissement stupide. Et, bientôt, les choses parurent reprendre leur place, relativement, celle qu'elles devaient avoir avant mon arrivée, avant de paniquer à notre arrivée et moi, respectueuse parmi elles, je leur fis signe de retourner à leurs occupations et je relevai enfin la tête, soulagée. Mais je m'aperçus que Patricia, qui s'était assise à côté de moi, était en train de me fixer à nouveau, l'air dubitative et presque choquée par mes tremblements et mes marmonnements, alors qu'à moi aussi elle avait promis sa protection et de ne pas me juger et de m'aimer, au sens amical du terme, comme j'étais au fond et pas autrement... Je préférai en fin de compte éviter son regard et poursuivre ma désintoxication tête baissée, appliquée à compter au sol les carreaux d'une couleur unie par la saleté, puis à étudier les épaves de moteur dans les coins et les bouts de tissu d'un rouge délavé un peu partout, qui ressemblaient à des morceaux de viande. Toutefois, il faut avouer que cette humilité feinte n'était plus très efficace et il me semblait sentir sur ma nuque la désapprobation de Patricia et j'entendais déjà son discours sur l'ivresse de la Révolte qui devrait me suffire et quel besoin avais-je de me droguer au moindre début d'ennui ou de panique aussi, au bout de quelques minutes, je décidai de prendre le parti exactement inverse et de m'ouvrir, les oreilles, la bouche et le reste, à tous les vents, et de laisser pénétrer le bourdonnement continu des conversations que je n'avais même pas remarqué jusqu'à présent. Et, alors que celui-ci commençait tout juste à se répandre en moi et à m'apaiser, il s'évanouit brusquement, me laissant éperdue pour quelques secondes, et vacante, où était-il donc passé ? Enfin je compris qu'on se taisait parce que le premier d'une longue série de discours était sur le point de commencer, prononcé derrière un alignement de tables bancales. Alors mon assourdissant vide personnel cessa, et des mots déformés me parvinrent, puis je forçai la confidence et tendis l'oreille, alors des morceaux de phrase se formèrent – mais avant que le son s'accole à l'image, je les soupçonnai férocement de me prendre pour cible évidemment :

"… contre toute vraisemblance, et compte tenu de son audience, du retentissement de ses prises de position et de ses actions depuis le début de la crise, il apparaît aujourd'hui que notre CFR, pourtant le premier des groupes exclusivement composés de femmes, ne pèse pas d'un grand poids comparé au MDB, à Grand-Est, à l'UR, et à d'autres rassemblements semblables, parfois moins anciens et moins importants, mais qui ont l'avantage d'être constitués d'hommes dans une proportion écrasante. Et il n'est pas utile de rappeler de quelle manière les femmes sont généralement considérées dans ces partis, ni que certains d'entre eux poussent purement et simplement dans le sens de régressions dramatiques concernant notre statut et nos droits, nos libertés élémentaires. Bien entendu nous vivons un beau printemps, nous nous le rappelons sans cesse : notre mouvement dure contre toute attente, et certaines d'entre nous voudraient, non sans raison, faire de notre groupe une sorte d'avant-garde féminine qui demeurerait au niveau de la rue et s'y renforcerait, trouvant une légitimité indéniable comme porte-voix de tous ces gens, pionniers de la

Révolte, qui ont été bien vite oubliés et mis de côté par les nouveaux pouvoirs. Mais ne voyez-vous pas que, dans cette course au "peuple", à l'agitation permanente et outrancière, mal soutenue par une violence que, déjà, nous ne contrôlons plus nous ne gagnerons rien, hormis de nouveaux ennemis? Les printemps qui fleurissent tôt sont ceux qui passent le plus rapidement : nous devons donc nous hâter, et d'abord cesser nos tergiversations et délaisser nos fausses pudeurs, non pour nous salir prétendument et perdre notre âme au contact et à l'intérieur des institutions, comme beaucoup d'entre vous le croient et le proclament, mais pour investir en nombre les organes de décision récemment créés, jeunes et malléables, encore trop peu démocratiques, cette Commission urbaine composée de dix membres cooptés, ou ces comités de district qui prétendent tout régenter sans que nul ne leur en ait concédé le droit, de la composition des repas collectifs dans les cantines populaires à l'organisation de milices armées, jusqu'à un décret récent qui impose aux femmes de sortir par groupes de trois après vingt-deux heures... Oui, il faut les investir sans hésitation, c'est notre devoir, puis les faire évoluer afin de les tourner finalement à notre avantage, si nous restons unies le résultat est certain..."

Patricia m'avait vue venir, me surveillait certainement, c'était vexant et flatteur, en parts égales : elle me retint sur ma chaise avant que je ne réussisse à me lever et à jeter quelque objet lourd sur l'oratrice, une chaise, ou même un pupitre, parce qu'il me semblait que c'était Julie et les idées de Julie et notre appétit de feu et les Iris qu'elle insultait... Puis Patricia plaqua une main sur ma bouche avant que je ne me mette à huer... Sous sa bonne grosse pogne je me mis à baver involontairement, elle sentait bon le savon de grand-mère, et j'eus l'idée de feindre un fou rire en fermant les yeux et en remuant les épaules afin qu'elle laisse sa main quelques secondes de plus sur mes lèvres et sur mon nez, et je pus me rassasier de l'odeur douce, d'amande, de rose, d'un bois exotique – c'était extraordinaire, la douceur. Mais lorsque, m'estimant calmée, Patricia retira sa main puis, après s'être essuyé la paume sur sa manche, recroisa les bras sur son ventre gonflé en me regardant d'un air scandalisé, un doute me vint, et confuse j'espérai ne pas l'avoir léchée par mégarde.

"… notre ambition dernière ne peut pas être, ne doit pas être de demeurer dans la rue pour y promouvoir l'émeute permanente, le grand bouleversement des identités, l'avènement hypothétique de la femme nouvelle, et autres désirs minoritaires et incompréhensibles, parce que des mesures générales et immédiates exigent désormais d'être prises afin de soulager la majorité, le petit peuple des femmes dont on parle tant mais dont jamais on ne s'occupe : endiguer l'insécurité qui augmente follement, mettre fin le plus rapidement possible au rationnement et au marché noir qui se développent ces derniers jours de façon exponentielle, et, dans ce cadre, si j'ose dire grâce à la publicité que nous ferons des résultats concrets, promouvoir nos idées féministes avancées. Car si nous nous retirons sur une Olympe de vertu, de radicalité, si nous nous drapons dans je ne sais quelle pureté révolutionnaire dont la poursuite fanatique causera notre perte, si nous laissons aux hommes la direction quasi exclusive de tous les organes de décision, aussi imparfaits soient-ils, non seulement nous n'obtiendrons rien de plus que des restes, mais encore nous favoriserons le retour ou le maintien des plus durables discriminations et des pires idées reçues concernant les femmes – ces êtres que l'on dit inoffensifs, innocents. Cessons donc de courir à droite et à gauche, cessons de nous disperser. Accordons-nous immédiatement sur un programme concret, pragmatique, que nous chercherons alors sans relâche à mettre en œuvre. Nous pouvons d'ores et déjà proposer quelques noms pour siéger à la Commission urbaine, qui ne souffriront aucune contestation, celui de Julie Wall que nous connaissons et que nous estimons toutes, ou celui de Fatima Ouazel, qui n'a pu être présente aujourd'hui, mais dont on se souvient qu'elle a, entre autres choses commodément négligées, pratiquement initié cette Révolte, aux Iris. Ces personnalités et d'autres, beaucoup d'autres suivront, leur présence auprès des bureaucrates et des pantins de la Commission n'est-elle pas la garantie de tracer une voie d'égalité, celle que notre mouvement appelle de ses vœux, une voie propre? Profondément je le crois…"

Alignant avec une constance admirable les légers mensonges, les bêtises adorables, les oublis, c'est-à-dire des idées générales, elle souriait avec non moins d'acharnement que les autres membres du Cofer, cette femme dont le nom ne me revenait pas, non plus que son teint mat et sa jupe blanche à fleurs roses… Elles possédaient presque toutes, comme une règle apprise dans leur plus tendre enfance, cette façon cordiale de sourire, cette façon d'ouvrir à tout propos le rideau de leurs bouches et de montrer leurs dents avec affectation, comme si, ayant fréquenté l'amusement et la gaieté sans les avoir jamais éprouvés, elles voulaient plaquer sur leurs visages la preuve de leur faculté d'adaptation et de leurs dons d'imitation, mais ce masque était généralement mal ajusté, pas tout à fait réussi, dégénérait de temps à autre en rictus, et elles ressemblaient alors à ces animaux auxquels on prête des sensations et des pensées humaines et que nous croyons avoir soumis, tandis que leurs yeux tiennent un tout autre discours, de revanche et de ruse. Les coins des lèvres de celle-ci ne parvenaient pas à monter et, souriant trop, elle semblait défigurée par des cicatrices blanches qui traversaient presque invisiblement ses joues, tendaient sa peau, et l'enfermaient dans une adolescence qui ne savait comment se faire aimer… Par là elle ressemblait à Julie, qui ressemblait à Édith, qui ne me ressemblait pas du tout, je me tenais en dehors de leurs simagrées… Tournant la tête vers les moqueries et les apostrophes qu'on entendait venir de la salle, je me rendis compte que les autres n'étaient pas de cet avis, ne la considéraient pas comme une des leurs. Mais elle avait la parole et continuait coûte que coûte, prétendait ne s'apercevoir de rien, comme si elle était soûle d'elle-même :

"… alors, pour apaiser notre mécontentement, on nous accordera dans quelque temps, trop tard, un poste subalterne qu'on viendra tout juste d'inventer : Commissaire à la voirie!… Commissaire aux mœurs!… Commissaire à la famille et à l'enfance!… Mais, il est vrai que nous ne sommes que des femmes, furieuses, insatiables, hystériques. Des frères, bien entendu, nous en avons, mais ils ne comprennent que le langage de la fermeté ; des amis, nous pensons en avoir, mais, s'ils étaient sincères, ils ne nous traiteraient jamais de cette manière… Alors, je vous le dis : il est temps de les détromper, tous… Il est temps que l'UR nous entende, il est temps que Grand-Est nous entende, temps que le MDB nous entende… Il est temps que la Commission nous entende… Il est temps que les femmes encore timorées, nostalgiques d'un passé que nous avons magnifiquement balayé, nous entendent… Il est temps que, dans leur fuite ou de leur cache, préparant un retour qui ne saurait être pacifique, le président, le gouvernement et tous les mâles politiciens nous entendent… Il est temps d'affronter le grand jour, et que le pays entier nous entende!"

Cette femme ne croyait plus être seulement une militante parmi nous, plus *maintenant*, ne pensait pas être née pour un autre destin que celui de chef des femmes puis des hommes, ne pouvait que mépriser une femme de ménage comme Mme Ouazel, dont elle utilisait le nom comme un mot de passe mal compris – et elle le montrait ouvertement, c'était sa grande erreur ici, elle n'avait plus envie de se cacher… Elle brûlait de se découvrir, elle avait assez modelé son comportement sur l'image qu'elle avait des femmes du Cofer, des femmes modestes, des héros de la Révolte, assez des idées et des palabres tout faits, assez de cette caricature de nous… Elle voulait exprimer le fond de sa pensée… C'était à moi qu'elle ressemblait le plus, finalement… Et, comme il est naturel en ce cas, je me mis à la détester… Parlant trop fort elle semblait me dénoncer… C'était une peste que ces discours détachés de soi, je me dis, ces plaintes qu'on poussait mais qui ne nous appartenaient pas, discours existant dans un monde différent de celui qui abritait notre corps, désincarnés, n'ajoutant que du malheur au malheur. Et les mots qui partaient, désertaient notre bouche, tombaient immédiatement ou voletaient, puis, revenant après un long voyage, ne nous reconnaissaient pas plus que nous ne les reconnaissions… Ils s'étiolaient alors… Je me sentais dériver loin, plus loin, je m'en rendais compte, une partie de mon visage et de mon ventre surnageant tout juste, dans une mer de déréliction et de stupéfiants.

Son intervention terminée elle se leva et quitta l'estrade, absolument droite, emportant avec elle sa jupe étroite et son chemisier saumon ; le calme revint et quelques applaudissements éclatèrent, s'effrayèrent de leur isolement, s'arrêtèrent aussitôt. Puis elle se mit à remonter rapidement les rangées de l'audience et, passant près de moi, me jeta un regard courroucé qui me prit de court. J'hésitai pendant quelques secondes à la rattraper, parce que c'était l'occasion de passer mes nerfs sur quelqu'un qui, assurément, le méritait, mais je savais par ailleurs que si je la rejoignais, puis lui demandais discrètement, très poliment, ce qu'elle avait à me reprocher, ce qu'elle savait, elle prétendrait ne pas comprendre, ne pas me connaître – elle hausserait idéalement les sourcils : Mais, ma petite chérie, je ne t'avais même pas vue, et je ne savais pas que tu étais là ! Et je n'aurais rien à lui répondre, pas plus *maintenant* qu'hier, et elle obligerait de cette manière, comme tant d'autres auparavant, ma mansuétude. Mais peut-être devais-je plutôt m'inspirer de l'exemple de Patricia qui, à ma gauche, rongeait ses ongles, remuait de temps en temps la tête en faisant onduler les plis de son cou, ses yeux dans le vague considérant soigneusement tous les arguments précédents, sans exception, et les soupesant comme des pierres précieuses, contemplant sans doute ces réalités que je n'avais pas le droit d'entrevoir encore, ces considérations élevées qui m'échappaient, parce que mon mauvais caractère et aussi la drogue et mes mensonges me maintenaient dans l'espace d'un cercle bien petit. Curieuse et un peu jalouse, j'étais sur le point de demander à Patricia ce que c'était que cette considération qu'elle conservait en toutes circonstances et qui n'était même pas, chez elle, dépourvue de tendresse, puisqu'elle m'avait regardée avec de tels yeux exempts de méfiance et presque épris lorsque j'avais prétendu pour la première fois venir des Iris, mais Chuut, me fit-elle : Julie s'était avancée à son tour, bras et épaules nues, en débardeur d'un joli rouge sang, osseuse, sa peau saturée, comme malade de blancheur, nez busqué et menton en pointe. Je ne la reconnus pas tout de suite : elle tremblait formidablement, le feu au front et aux joues, farfouillant longuement dans les papiers qu'elle avait apportés ; puis elle renonça et les repoussa sur le côté, s'assit, se releva, se mit à chercher ostensiblement le regard de Patricia, le mien peut-être, et il me parut qu'un personnage important là-bas, sur l'estrade, réclamait notre approbation à toutes deux, et seulement la nôtre. Patricia leva alors la main, lui fit avec deux de ses doigts un signe que je ne compris pas ; l'apercevant, Julie sembla cesser de respirer, et son buste se figea ; à partir de cet instant sa personnalité changea nettement, je le vis, elle n'avait pas encore dit un mot pourtant, mais c'était comme si elle s'était haussée sur la pointe des pieds – même l'attente de sa parole possédait une qualité inhabituelle, un intérêt en soi. N'y tenant plus je me levai ; Patricia se tourna vivement vers moi, inquiète, prise de cette extrême inquiétude que j'avais surprise déjà dans le regard de mes professeurs au collège lorsque je m'approchais d'eux, dans celui de mes parents lorsque je me mettais à hurler sans raison au milieu d'un repas

il n'y a pas lieu d'exagérer allons ni de déformer la vérité, de se flageller à tort puisque personne ne te prête attention : je me souviens d'une jeune fille plutôt tranquille

embarrassée je me raclai la gorge et me rassis. Puis je mis la main sur l'épaule de Patricia, lui fis mon plus joli sourire, de l'espèce chaude et rassurante et trompeuse des leurs, mais enrichi d'un supplément de sincérité venu d'un fond obscur : *Heye*, regarde-moi, ce que j'arrive à faire moi, comme je partage ton adoration, et qui l'eût cru : Moi je suis avec vous, et je me tais.

Nous avons abattu la précédente domination sociale, économique, sexuelle... Il est temps de donner aux hommes une dernière leçon... Le gouvernement est humilié et en fuite, mais il tentera un retour, par la force... Le Cofer doit maintenant se préparer à cette éventualité et prendre les armes, contre les hommes si nécessaire... Trouvons des armes et utilisons-les... Et vous verrez alors la terreur dans les yeux des hommes qui espéraient le statu quo, dans les yeux des conservatrices... Égalité et concorde, égalité et concorde : voilà notre mot d'ordre... Aux armes... Car, si nous refusons cette responsabilité, qui d'autre l'endossera ?...

Et puis un silence total se fit dans mes pensées, sous-marin, spatial, silence dont les confins étaient hérissés des habituelles interrogations que j'ignorais de mon mieux, Suis-je une femme finalement, Suis-je amoureuse de Julie, Est-ce moi qui déraille ou est-ce plutôt mon groupe ou est-ce le monde, mais qui restaient pourtant dressées comme des monolithes menaçants, à mon horizon ; et le silence persista, se répandit au-dehors et m'entoura, phénomène à la signification floue, dont on ne sait trop que dire, brume dont on s'accommode, persuadé qu'elle ne se lèvera plus jamais – c'était le genre de silence qui plaisait à mes nouvelles amies, Julie, Patricia, Édith, aux autres aussi... Elles en appréciaient pour elles l'ambiguïté, il leur appartenait pour ainsi dire, elles s'en débrouillaient et le tournaient toujours à leur avantage, et moi… J'étais bien embarrassée de tout ce silence. Et du décor je ne comprenais rien, tandis que je descendais la longue rue d'Orchampt, ni la succession des murs éclaboussés de peinture, ni le calme des gens accoudés aux fenêtres, torses nus sur le trottoir, coinçant des mains sûres sous leurs aisselles ou se grattant la poitrine, ni la grisaille inégale des pavés, ni la préoccupation qui m'avait prise sous son aile. C'était curieux, oui, la façon dont tout s'était visiblement accéléré, et les images, et ma respiration, curieux de constater à quel point j'avais honte, et à quel point je n'avais aucune idée des raisons de cette honte – cette amertume redoublée sur la langue. Pour m'y retrouver un peu j'examinais de temps à autre les dos si différents de Julie et de Patricia, qui marchaient devant moi. Je les suivais en traînant les pieds, boudeuse, comme je le faisais quand les gens me plaisaient trop et que j'étais trop visiblement prête à tout leur pardonner… Je les suivais comme si elles faisaient partie de ma famille et que je ne pouvais plus m'en détacher, pour sauver la face il ne me restait plus qu'à bouder, revêche… bouder comme avec mes parents autrefois, en voiture surtout, sur le chemin de l'école… Liens du sang, liens de la Révolte… Ces derniers semblaient les plus solides, puisque la seule vue de Patricia et de Julie me suffisait, et mon plaisir de les connaître, et même mon angoisse de dépendre d'elles… de les suivre alors qu'elles semblaient fâchées, encore… Elles boudaient aussi, seulement elles marchaient devant et paraissaient ne me prêter aucune attention… n'avaient pas besoin de moi, je les avais contrariées une fois de trop… Et j'avais bien du travail pour ne pas les rejoindre tout en ne les perdant pas de vue, bien du mal pour qu'elles ne sentent pas trop ma présence mais ne m'oublient pas complètement, je ne voulais pas les déranger, elles qui cheminant se touchaient sans arrêt, le bras, l'épaule, la main, la nuque, et ces parties si intimes du visage que sont le menton et la joue, à chaque minute se donnaient du "Ma sœur", chaque minute renforçant leurs liens et m'excluant, moi, davantage. *Égalité et concorde* : je suivais l'idée sans en être capable, suivais mes amies sans en être digne, et je me dis que les choses étaient tout de même plus simples avant la Grande Révolte

simple la simplicité violente des relations, simple la violence qui réglait un certain nombre de problèmes évidents, intérieurs et extérieurs comme dirait l'autre, qui les faisait disparaître un instant de la surface de la Terre, une riposte suivant une riposte, mécanique implacable comme si nous allions toujours par des rues sans coudes et sans fin

tandis que toutes les trois nous enfilions sans nous presser des rues étroites qui tournicotaient, qui débouchaient sur des impasses et nous obligeaient à rebrousser chemin souvent, mes pensées suivaient un tracé similaire, faisaient surgir des soucis de toutes parts. Privée de soleil, de lumière franche, je me débattais dans une confiture de mots, dans une soupe abondante, dans des nappes d'intuitions indifférenciées ; car, de ce temps, si l'on voulait résoudre un problème ou simplement éclaircir un point, si l'on tirait quelque chose à soi et qu'on insistait un peu, tout venait d'une pièce, et vous restait dans les mains : un type en veste trouée jouant au violon un air slave nous apportait toute l'Europe de l'Est, avec les fleuves et la neige, la rudesse et les fêtes ; si quelqu'un déclamait à un carrefour, c'était la Poésie qui apparaissait, et les rares balayeurs et éboueurs qu'on croisait nous donnaient à voir l'envers de la vie collective. Et mes amies révolutionnaires, quand bien même elles ne m'adressaient plus la parole, elles charriaient donc devant moi toute la révolution, entière – tout était brouillé, le paysage de l'idée et des sentiments chamboulé, à ne plus rien distinguer de mes opinions d'avant et des nouvelles, des leurs, à ne plus pouvoir m'en sortir. Alors j'avançais dans la rue seulement pour ne pas chuter, attentive aux choses les plus petites, qui n'intéressaient personne mais qui me soutenaient, se présentaient aimables et humbles, le charme d'un couple d'amoureux enlacés, un toit percé en son centre ou mon reflet dans une vitrine brisée, ces détails qui m'accrochaient comme des ronces, *maintenant,* trop tard. Trop tard : une fois qu'on avait parlé, ce n'était plus la peine de faire des histoires ; le mieux comme toujours aurait été de la fermer, de ne pas m'en mêler, de les écouter l'une après l'autre pendant cette réunion puis de repartir calmement de mon côté… Peut-être de médire un moment d'elles dans mon coin, plus tard, puis de leur revenir soulagée… Mais je n'avais pas pu résister au plaisir de les contredire tout de suite, Julie surtout, juste après son discours, et toutes les autres par procuration mais surtout Julie, l'usage abusif de drogue fait ça… J'avais envie de les décevoir et d'être un peu méchante aussi

de redevenir cette douleur térébrante n'est-ce pas, cette pique dont on se sert pour aiguillonner le bétail, puis de te laisser guider par cette pointe, de redevenir fine, affûtée, dangereuse, et belle probablement avec ton visage en lame

après la réunion fiévreuse où le Cofer, pour une fois à peu près unanime, avait proclamé à la suite des propositions de Julie qu'il fallait se procurer des armes à n'importe quel prix, assise et les jambes coupées par la tension nerveuse j'attendais Patricia pour rentrer, lorsque Julie s'était approchée et m'avait demandé, sans témoin : Alors Clara, qu'est-ce que tu en dis ? Ça n'appelait pas de réponse évidemment, j'étais censée me taire, comme sous le porche… Radieuse, elle avait ensuite étalé devant moi une carte craquante qui lui était apparemment précieuse, sur laquelle étaient tracées des centaines de croix qui représentaient autant de barricades et de points de contrôle et de défense divers qu'elle pensait possible d'installer, dans tout Paris ; évidemment, j'aurais dû seulement hocher la tête et me pincer les lèvres très fort en approuvant mais non, parce que j'étais enfin réconciliée avec moi-même je le croyais fermement, la drogue et l'ivresse qui s'ensuit nous convainquent de ça

trou noir qui chante les ténèbres dès lors que quelqu'un s'avise de célébrer la clarté

il avait fallu que j'interroge Julie, cette confrontation entre nous, au fond, était inévitable : Pourquoi aucune de tes croix n'est placée en dehors de Paris, en banlieue, et elle : Mais enfin Clara c'est évident, nous devons nous contenter de défendre un espace cohérent et compact, déjà immense… Il s'agit de Paris quand même… L'intérêt stratégique… Et Julie avait poursuivi sur ce sujet pendant de longues minutes… Elle m'avait expliqué tout ça très patiemment d'abord, puis de plus en plus sèchement, au fur et à mesure que les autres femmes du groupe nous rejoignaient et comprenaient que, d'une façon ou d'une autre, j'avais contredit l'idole, outrées et cherchant à me le faire savoir, par des interruptions grossières, par des gémissements et des doigts pointés sur leurs tempes. Et puis Julie s'était tue, passablement énervée… Je n'aurais pas dû lui parler ainsi en public, mais il me fallait répondre, je sentais les Iris peser sur mes épaules, un monde entier… Je lui dis : Tu parles sans cesse de protéger et de préserver la flamme de la Révolte afin qu'elle s'étende, comme si tu pouvais savoir ce qu'est une flamme, et un feu, après avoir vu de loin un incendie, comme si tu t'étais brûlée toi-même, j'ai donc supposé que tu commencerais par défendre son lieu de naissance aux Iris, sans discussion, son foyer en quelque sorte et son centre en quelque sorte

j'ai supposé que machinant, continuant tes petits arrangements avec les faits qui permettent les exposés généraux de grandes idées tu pensais tout de même à nous, un peu, le soir, celles du brouillard des banlieues, qui ont fait advenir la Révolte que vous récupérez à votre profit ; sincèrement j'ai cru que tu gardais cette dernière attache avec la réalité de songer à nous, femmes et hommes, qui avons organisé, coordonné et exécuté, pour l'égalité et la concorde, la Grande Marche des banlieues vers les centres des villes de France, menace telle pour le gouvernement qu'il a fui Paris avant même notre arrivée, j'ai cru que ça t'impressionnerait suffisamment, cet acte, quand votre Comité de femmes n'était encore qu'un groupuscule, que ça nous hisserait au moins à la hauteur de vos prétentions, et que nous pourrions être toutes les deux de véritables sœurs et nous aimer d'un amour vrai et sans mélange

alors, liées par quelque chose qui ne soit pas un amour vulgaire j'aurais pu te confier ce que j'ai vu aux Iris et m'en décharger sur toi bonne madone, par la même occasion te confier les raisons profondes de notre révolution, la nôtre, que vous ne soupçonnez pas, ce que j'ai vu aux Iris, la ressemblance entre les veines parsemées de trous et les fissures qui courent dans le plâtre des appartements, cet effort surhumain que nous devons faire pour nous montrer absolument digne du décor, ce que j'ai entendu, les détonations qui abaissent et détruisent si facilement la vie proche, le ronron lancinant du frigo et le goutte-à-goutte des radiateurs baveux qui rythment la moindre de nos convulsions, et ce que j'ai senti, la poisse au sol des cours qui ne peut plus être nettoyée, l'absence d'élévation qui ne soit battue de vents, puis ne vacille, et l'humiliation d'être né qui rend un parfum âcre et entêtant, qu'il faut bien faire payer d'une façon ou d'une autre, ce que j'ai vu, les enfants de douze ans que l'on redoute déjà pour leurs reproches et leur volonté, que l'on redoute même désarmés

ça déborde de ma bouche et ça dégoutte de mes lèvres, coule sur mon menton et forme une flaque par terre, et cette perte liquide explique sans doute ma voix éraillée et la chaleur qui me monte à la tête tandis que je parle, même si je me dis tout en parlant qu'on ne peut donner tort à Julie, d'un autre côté, d'un certain côté, puisque son point de vue se défend aussi et je devrais m'arrêter mais je n'y arrive pas, et ça sort et ça sort à gros bouillons, je le constate impuissante et je suis tentée de m'excuser courbée

je vais te dire où mènent, aux Iris, les recettes du succès qu'on vante partout ailleurs et dont vos esprits sont emplis, le dépassement de soi, l'arrogance et l'égoïsme, le profit qu'on tire de l'amitié et de la gentillesse, la recherche désespérée d'un domaine dont on soit le souverain exclusif : elles provoquent les tremblements stellaires des fous, l'alcool n'est jamais qu'un moyen de transport, ne font qu'encourager des cultes naissants adressés à l'assurance mâle, à la spontanéité pure, à la bonté intéressée, à la cruauté gratuite. Là-bas les yeux levés au ciel laissent seulement voir dans l'orbite un blanc inquiétant, il y a des visions qui nous prennent et qu'on n'arrête pas, l'insouciance et la brutalité sont des mots d'ordre propagés à notre insu, et l'excitation qui nous dirige parfois et que nous repoussons au prix d'un travail impossible sur nous-mêmes, qui nous dirige et que nous repoussons, qui nous dirige et que nous finissons par balancer du haut d'un toit mais qui reste vivace bien sûr, et l'absolue exécration d'un ordre qui ne soit pas nôtre, qui ne nous ressemble pas, cette boulangère qui a vainement exigé de moi, chaque jour, pendant dix ans : Dis merci !, la place excessive que prennent les fins dernières dans nos esprits, le terme, la fin qui nous obsède et colore la moindre de nos pensées, quand certains calibres de balle ne se contentent pas de pénétrer le corps mais emportent os et muscle, et la petite monnaie de la trahison circule partout, la peur suit les voies mystérieuses du sang, du cœur au foie aux jambes aux bras au cerveau, les éclaboussures de la peur, la peur à grands jets de foutre, la peur au réveil avant chaque nouvelle journée, les peurs innombrables dans la rue, et la nuit qui ramène le souvenir de mes peurs passées : les poignées chromées du cercueil ce jour de janvier, les fleurs ayant, semble-t-il par mégarde, égaré leur éclat, qu'un membre de la famille retournant dans sa province après l'enterrement a emporté avec lui peut-être, la banalité des raclements de gorge, des battements de paupières, de toutes les poses et de toutes les attitudes du deuil, la litanie des consolantes et les pleurs plus ou moins forcés, remèdes qui ne sont pas les plus efficaces mais les plus connus, ma propre respiration diminuée mais pas arrêtée pour toujours, la colique qui me prend et qu'il n'aura plus jamais la chance d'avoir, le soleil d'apparat drapé de sombre, je regarde les gens passer devant le parvis sans même tourner la tête vers le crêpe noir et cette indifférence est à la fois insultante et rassurante, mes parents ne savent plus où se mettre, et ensuite la route jusqu'au cimetière qui tente de me rendre malade mais ne sait pas, sous mes yeux l'extraordinaire netteté du paysage comme lavé de toute considération superflue, de tout ajout de la réflexion, les parcmètres, les logos des stations-service, l'ardoise, cette casquette rouge sur la tête d'un géant, cette tache verte sur le côté de ma jupe bleu marine, la seule que je mettrais jamais, les larmes toujours bloquées quelque part en moi, je suppose, puis le grand cimetière en pente, clôturé, moderne, ressemblant à une banque, et sa grille qui bat, qui ne veut pas rester ouverte pour le passage du corps, le bracelet de montre argenté et féminin et l'embonpoint du croque-mort, ses chaussures bon marché, le caveau qui de l'extérieur paraît imposant mais qui, une fois ouvert, n'est rien de plus qu'un toit recouvrant un fossé même pas profond, même pas récent, et la descente dernière dernière, cordes enlaçant le cercueil de manière obscène et grotesque et le cercueil qui tangue, heurte les parois du trou, et qui, touchant le fond et frottant contre les autres cercueils, paraît s'installer inconfortablement dans l'après, dans le rien-du-tout, la terre et le sable crissent sous le poids de la mort, puis, soudain, on ne voit ni n'entend plus rien, parce qu'une dalle tartinée de ciment a scellé le tombeau, j'espère qu'en bas il ne manquera de rien, puis vous laissez votre frère se débrouiller seul dans le noir, vous finissez par lui tourner le dos, pour quelle excellente raison, pour aller boire un verre… pour manger, dormir, pour chier un nombre plus ou moins important de fois avant de le rejoindre enfin… pour échouer dans un groupe de militantes qui ne comprennent rien, qui n'écoutent personne, même pas cette femme qui avait fui les Iris et qui était venue nous parler l'autre jour, une heure durant, de ses douleurs de dos qu'aucun médecin n'avait pu faire cesser ni rendre tolérables, pendant un débat sur les moyens de la domination masculine, ces femmes qui ont accusé le MDB de couvrir systématiquement les infidélités de leurs maris et à qui vous avez dit avec humeur ne rien pouvoir faire, parce que vous ne vouliez pas vous fâcher avec Nouar Arzou sur lequel vous comptiez encore, ou ces autres qui n'ont fait que se plaindre d'une Révolte à laquelle elles avaient pourtant contribué, de leurs enfants devenus incontrôlables, du manque d'argent, des pénuries, ou encore ces furies qui sont venues à nous hors d'elles, ont bredouillé quelques insultes, puis ont fini par s'asseoir sagement pour nous écouter pontifier, et j'ai pris sur moi de former à vos pratiques que je connaissais mal ces femmes que je connaissais mieux, je les ai grondées, puis encouragées à revenir et à parler de manière moins confuse et plus rapide une prochaine fois, mais la parole coupée ne repousse pas et aucune n'est jamais revenue bien sûr, leurs langues étaient arrachées pour de bon je le savais, comme je savais avant de vous rencontrer ce qui importait et ce qui n'importait pas, si seulement on les avait écoutées sans impatience, jusqu'à la lie, de quelle armée formidable disposerions-nous *maintenant*

oh pardon mais ces points noirs qui montent et descendent devant mes yeux, qui flottent, me troublent et parsèment vos visages que la fatigue fait pâlir, ou est-ce mon esclandre, ou bien la vue de mes tripes se répandant sur la table devant vous, qui sait

votre crainte du changement, de ce qui ne peut être prédit, est si grande, que vous devez espérer secrètement que les Iris et tous les quartiers irrécupérables soient touchés de plein fouet par la répression qui ne peut manquer de venir, quelle importance que des kilomètres et des kilomètres de béton dressé soient détruits, tandis que vous comptez de votre côté conserver pendant des siècles encore tout votre patrimoine, vos tableaux, vos châteaux et votre architecture élancée, votre Paris rêvé, pauvresses écrasées et réduites dès le départ par votre ascendance qui dicte toujours votre comportement, parce que vous n'avez toujours pas osé détruire une seule de vos églises ni incendier un seul de vos monuments préférés, ni tenter quoi que ce soit contre les meubles de vos parents, qui puisse vraiment vous coûter, parce que vous ne pouvez vivre et voir comme tout le monde, comme le peuple qui ne possède rien et dont le nom uniquement vous hante, et vous êtes devenues froides, indifférentes au sort des précurseurs têtus des Iris, du Bois d'Argent, du Val d'Estrées, de Pontivy, de Passant, de Marcy, des Vignets, des Bosquets, de Livry et de Beauval, de la Ricamarie, du Téléphérique et des Cévennes, du Ridour, de Mandela, des Saignées, des Huit Mille, tous noms enchantés qui vous ont fait rêver un temps, rêver à une amitié profonde et durable avec leurs héros, avant que ne vous préoccupe uniquement le secret de leur vigueur, et le moyen de le leur soutirer, puis vous avez pensé : Ils tenteront de repousser la contre-attaque du gouvernement, ils n'ont pas le choix, et la fureur des hommes qui viennent pour nous, qui nous en veulent particulièrement puisque nous avons trahi notre propre classe, se concentrera provisoirement sur eux, assez longuement pour s'affaiblir considérablement si nous avons de la chance, et par la suite nous aurons la partie plus facile, nous négocierons dans le pire des cas, et –

Enfin, peut-être que, je l'espérais si fort, les yeux fermés et les mains jointes, je n'avais pas dit exactement ça à Julie, et même rien de tout ça, et c'était seulement *maintenant* que l'air libre et la solitude la plus parfaite avaient embrasé mon imagination – mort d'ennui, délirant, mon esprit se figurait avoir tenu tout ce discours rebelle et incohérent, murmuré une confession qui m'avait soulagée et que j'avais oubliée aussitôt, comme une page ratée, déchirée et jetée d'un journal intime… Ou alors je m'étais exprimée, mais pas aussi nettement ni aussi abondamment, et Julie et Patricia avaient pu mettre cette attaque frontale sur le compte d'une folie brouillonne et passagère. Néanmoins il me semblait que j'avais exprimé à peu près ces idées-là, qu'elles me boudaient à cause d'une ou deux de ces idées-là, de ces éruptions intérieures dont on se réserve habituellement la chaleur mais qui, en l'occurrence, devaient avoir provoqué à ma surface quelques petits remous… Et, en proie au malaise et au doute, j'étais sur le point de m'arrêter et de renoncer à suivre mes deux camarades et de revenir sur mes pas vers je ne sais quel point de départ, lorsque, quelque part, une cloche tinta. Je sursautai d'abord, comme si c'était un coup de feu que j'avais entendu, puis, progressivement, je sentis mon corps s'amollir et s'alléger, comme l'atmosphère paraissait altérée par la suite des modulations lentes et vibrantes qui dénouaient tout, le paysage, mon esprit, et me transportaient facilement ailleurs, en un refuge que je connaissais bien autrefois mais que j'avais oublié, prise dans l'instant... Et je me mis à secouer la tête, et j'agitai les bras et les jambes en tous sens, pour me réveiller et m'échauffer et me préparer au mieux ; je repris ma marche. J'avais compté les coups de tympan, il devait être quatre heures ; nous avions du temps encore, jusqu'à la fin du jour.

Julie et Patricia étaient devenues de petites taches sautillantes au loin, mais je ne me pressais plus pour les rattraper, car c'était *maintenant* une sorte de défaite de se dépêcher, et la vitesse une disgrâce – et si fonçant je manquais quelque chose, quelque chose qui compte pour moi ? Je tâchais d'avancer sur la pointe des pieds, les mains dans le dos. Dans l'oreille droite : Ding. Et dans l'oreille gauche : Dong. C'était presque un soulagement de savoir qu'il existait encore des cloches massives et tranquilles... et des clochers mordorés... et des églises d'où rayonnaient des allées droites de gravier plantées de chênes qui appelaient au regret, même risquant l'accusation de complot et de contre-révolution, risquant la destruction... qui tentaient discrètement de nous convaincre qu'il était impossible de changer et que nous resterions tels que nous étions, sauvages et inaptes, parce que le sang des millénaires de sauvagerie courait dans nos veines, et que, enfants s'entêtant à prouver le contraire, nous négligions dangereusement l'invisible... Et la contrition, et l'obéissance... Mais, de cet appel, nous entendions seulement ce qui nous intéressait, ce qui nous servait, puisque nous nous dirigions désormais sans aide, et les certitudes qui en étaient l'origine ne nous atteignaient pas, ne se répandaient pas. C'était comme si Dieu nous avait quittés, comme si un incommensurable poids commun s'était envolé, puis dissous dans le ciel immense et calme ; j'aurais pu me baigner dans ce ciel. Et, profitant de cette paix extraordinaire, je n'avais plus le cœur à lutter soudain... Je tentai de respirer un peu le bleu des fenêtres, et les nuages ; l'air était goûteux, léger et plus adapté à mon souffle court de fumeuse, de meilleure qualité pour tout dire, et, si c'était vrai, si ce n'était pas une autre de mes inventions, je me dis que c'était là une victoire déjà et que personne ne pourrait plus revenir sur cet acquis, je tenais déjà la formule : *Une Révolte plus pure pour un air plus pur…*

J'esquissai quelques pas de danse ; je prenais tout mon temps : Julie et Patricia s'étaient arrêtées, m'attendaient peut-être. Mais, sortie tout à coup de leurs affaires assommantes par la grâce d'un tintement, je me sentais guérie d'elles, propre, et même la mémoire m'était revenue : profondément, les dotant d'un éclat inédit et d'une raison d'être supérieure, une insouciance contagieuse habitait les jours que nous vivions, et il suffisait d'oser un pas dans la chaleur des rues, il suffisait d'un son de cloche pour qu'elle s'empare de vous. C'était notre revanche et notre triomphe, rien d'autre : la désinvolture qu'on affichait, masque à moitié rieur, à moitié incrédule, rarement déposé, même dans la solitude, une cire de bonheur avait rigidifié nos expressions qui rendaient fous de rage les gens nous voulant du mal. Et on allait *maintenant* sous cette apparence rapidement devenue une seconde peau, paradant partout dans ce costume confortable on essayait de tout visiter du royaume retrouvé de l'enfance. À cet instant, par cette sorte de coïncidence frappante qui abolissait les frontières habituelles entre la réalité et la fantaisie, une nuée de gosses à vélo dévala la pente derrière moi en zigzaguant habilement et en fendant la foule, ralentissant à peine, freina tard avant un coude de la rue, puis, mettant pied à terre et s'écartant, se retourna pour observer un second groupe faire de même, remonta enfin en courant, se remit en selle et redescendit. D'autres enfants, plus jeunes, dessinaient à la craie sur le trottoir, non plus des maisons et des soleils et des animaux, mais des revolvers et des bombes à mèche, des figures bandées et en sang, des fusils dans leurs moindres détails et des assauts de barricade, ignorant les compliments des femmes en fichu qui étaient près d'eux, consentant d'imperceptibles hochements de tête et quelques grognements qui, si l'on insistait trop, se changeaient tout à coup en protestations stridentes. D'autres enfin, la plupart, couraient autour des manèges de chevaux de bois installés sur un bout de place suspendue dans le haut de la colline, dont je ne percevais qu'un son d'orgue famélique, faisaient des rondes, jouaient au ballon, entouraient ici un cadavre de chat sur lequel ils avaient versé un pot entier de fourmis qu'ils asticotaient avec un bâton fourchu, ou considéraient simplement comme moi-même l'incroyable remue-ménage, une main couvrant leur bouche ouverte et les jambes croisées, perplexes et ravis – ces scènes édifiantes je les avais précisément fuies en fuyant les Iris il y avait plusieurs jours de ça, parce j'avais décidé de ne plus perdre mon temps dans cette contemplation qui m'avait toujours attirée mais était restée stérile ; comme je croyais désormais aux idées, que j'avais de grands projets, je m'étais interdit ces petits spectacles de la vie afin de tenir d'aplomb, de rester concernée par les événements, de ne plus penser à Hakim… Mais les Iris avaient une fois de plus investi Paris, par les enfants, et, malgré une légère retenue qui demeurait, pleine de leur gaieté je les regardai faire, tous, sans conseil à leur donner ni réprimande, je les observai pendant un long moment qui fut désintéressé de ce que voulaient Julie et Patricia, et du monde en général… Puis, repue à la fin, et rattrapée par un devoir que je m'imposais toute seule, je repris mon chemin… Je continuai de suivre mes deux militantes, sans réfléchir, je n'avais rien de mieux à faire pour l'instant…

Cependant, malgré moi, je m'avançais à présent dans le chant et la musique ; marcher même m'était une hygiène, comme si j'avais un but, je découvrais partout des bouts de tableau pleins d'intérêt et comme irradiés de signes ; j'avais conscience du moindre de mes mouvements, comme une athlète, ou une artiste peut-être bien ; j'observais avec bienveillance l'allant de mes jambes et la trajectoire de mes pieds, et tout mon corps porté par un mouvement inconnu, Julie et Patricia devant et moi derrière, elles bifurquant et moi bifurquant pareillement, sans que j'en ressente la moindre gêne puisque, dorénavant, personne n'aurait su dire qui obéissait et qui commandait… Je me retrouvais enfin, en quelque sorte, retrouvant certaines sensations refoulées je les avais réunies en un tout qui ne m'était pas désagréable, et j'avais rendu supportable le souvenir de mes vols des maquillages hors de prix, des vêtements, de l'accessoire, le souvenir des nuits passées auprès d'Hakim, je le regardais souvent dormir d'un air sceptique, de notre rupture, c'était moi qui avais fait ça, je me souvenais de mes balades interminables chaque samedi, qui finissaient mal la plupart du temps – comme si, contre toute attente, mes excès fournissaient le ciment qui me constituait, moi, une des filles chéries de la Grande Révolte, et que je n'avais plus rien à craindre, tandis que les inquiètes comme mes deux amies en étaient réduites à courir en tous sens comme des poulets sans tête, tendant l'oreille pour entendre la voix grave de l'Histoire.

Nous marchions depuis des heures, pourtant nous ne trouvions jamais de lieux désertés, vidés de gens ou d'importance, d'endroit où il soit interdit d'exprimer impudiquement son désarroi ou son exaltation, en un mot ses tréfonds ; je voyais *maintenant* toute cette liberté qui s'incarnait, et les choses autour de nous s'en trouvaient totalement modifiées, comment le dire : la coloration du monde que nous avions appelé de nos vœux était éblouissante, sautait aux yeux, giclait comme la pulpe d'un fruit tropical, et nos paupières battaient souvent ; comme soumis à une autre pesanteur on chutait parfois, mais sans jamais se blesser ; et les plus imperceptibles odeurs étaient devenues évocatrices, celles de la nourriture particulièrement, pizzas, riz, restes de viande agglomérée séchant sur les plaques ou sur les tourne-broches près de quelques patates noircies, l'eau gouttant des pâtes, les simples sauces, même l'ordinaire se signalait. Et tout m'était devenu remarquable, les fresques peintes à la va-vite, les fumées, les incendies qui se multipliaient et qu'on ne parvenait plus à contenir dans certains quartiers, mais qu'on regardait jeter leurs grandes flammes avec une fascination nouvelle, et le soir qui venait après avoir harcelé le jour tout au long de son tour de garde, et traçait des losanges crémeux sur le sommet des façades. Encouragée, soulevée par cette haie d'honneur, je ne l'avais pas fait exprès : j'avais rattrapé Julie et Patricia. Mais, comme elles me virent parvenir à leur hauteur, plus confiante que tout à l'heure, elles accélérèrent sans un regard, sans seulement paraître remarquer ma transformation en bien, en mal. Elles ne se retournaient sur rien du reste, ne faisaient de halte que pour retrouver leur chemin, ne voyaient ni n'appréciaient rien, peu concernées par le spectacle qu'offrait la révolution dont elles aimaient pourtant parer la moindre de leurs paroles, dont elles n'avaient jamais assez, à s'en marteler mutuellement l'esprit, et qui les préoccupait jusqu'au délire, jusqu'au désir incontrôlable de sa possession exclusive – en toutes circonstances le vague possédait leurs yeux, comme s'ils restaient fixés sur l'horizon, ou sur le mystère insoluble d'une forme spectrale, des véritables contours de l'avenir ; et j'eus envie de leur montrer, de glisser près d'elles et de leur expliquer combien levant simplement la tête il était facile *maintenant* de se débarrasser de ces apparitions, puis je me dis que leur anticipation devait bien valoir mon extase présente, qu'elle était même préférable, sans doute, plus diffuse, et cependant plus durable.

Elles cherchaient des armes dans toute la ville... Elles voulaient se battre pour de bon... Mais je savais qu'elles ne trouveraient rien par ici, parce que personne ne leur céderait des armes pour ce qu'elles comptaient en faire, à part aux Iris et dans quelques autres quartiers auxquels elles n'avaient pas accès... Je les suivais depuis des heures, mais je ne leur avais rien dit... J'attendais qu'elles me demandent, sans doute qu'elles me supplient... Mais pourquoi je les aiderais, pour une cause qui serait ma perte, alors même qu'à aucun prix je ne voulais retourner aux Iris, si ce n'est par fidélité à des femmes qui m'avaient bien accueillie, par culpabilité et peut-être bien par respect pour un amour mort-né, alors que je trouvais leur soudain appétit de violence stupide, et indécent? Pourquoi je persistais à les suivre, à attendre la preuve qu'elles me respectaient, même par intérêt, et que j'avais changé de monde en devenant proche d'elles?...

Je ralentis, je renonçai, tandis qu'elles remontaient une rue et que je les avais une nouvelle fois perdues de vue, je les laissai tenter d'étreindre leur dernier fantasme, d'adresse douteuse en adresse douteuse. Et je descendis la colline, puis je me rendis près de la Seine dans laquelle couleraient mes ultimes rancunes, place de l'Hôtel-de-Ville, où étaient d'autres camarades, de nombreuses camarades désœuvrées et prêtes à l'action que mes visions pourraient guider.

"À nous des Iris la réalité n'accordait aucun répit, et nous étions beaucoup que l'animosité banale et la lassitude d'être comme dépossédés avaient transformés en déserts, prêts à accueillir le premier événement, le premier bouleversement venu; je ne dis pas que nous étions les meilleurs, que nous étions les plus purs – ni les plus béats, ni les plus pauvres, ni les plus honnêtes, ni les plus durs, ni les plus acharnés. Seulement, le succès de la première émeute, tombé du ciel mais enfin nous étions bien méritants quelque part, avait modifié quelque chose en nous, on ne savait trop quoi, c'était constamment une clameur qui montait en nous et nous emplissait, montait sans cesse, nous décidions de tout, comme des adultes pas trop tôt, comme ces gens qu'on imaginait avant dans d'importants conciliabules, ensemble, ensemble nous vivions mieux, et puis nous avions pris le goût de commander, ensemble nous réussissions tout ce que nous entreprenions, nous étions un véritable déluge, pour ainsi dire, nous étions pris ensemble, retenus, agrégés – la grande crue de la Grande Marche c'était nous, et personne d'autre, des Iris et de quelques quartiers en plus. Oubliez les racontars, les histoires de fiers-à-bras. On pensait : Qui pourra nous arrêter *maintenant*, hein ? Ça a tout changé : réussir, et ça nous arrivait, à nous."

Je parlais et je parlais, puisque j'échouais à agir, puisque j'avais échoué à mobiliser qui que ce soit devant l'Hôtel de Ville. Mais je ne plaisantais pas ; je disais la vérité. Comme témoin privilégié et oracle : voilà pourquoi elles m'écoutaient attentivement leur révéler le Secret de la Grande Révolte, qu'elles transmettraient tel quel et perpétueraient, qui illuminerait les années qui leur restaient, une quinzaine de femmes en cercle dont la plus âgée pouvait avoir vingt ans de plus que moi ; elles m'écoutaient sans m'interrompre, et se gavaient des airs que je me donnais, depuis une heure déjà. De temps à autre, certaines m'adressaient des sourires modestes ou échangeaient quelques mots entre elles qui ne concernaient pas notre sujet, mais, comme ce genre de comportement n'était pas toléré, je fronçais alors les sourcils ou pointais un doigt mou vers les fautives, qui arrêtaient immédiatement – constatant ce pouvoir, aimant ce pouvoir ma voix s'était considérablement raffermie, dans ma bouche un souvenir agréable en entraînait un autre, et il me semblait que je pouvais bien leur raconter n'importe quoi pourvu que les mots continuent de couler et leur fassent oublier, par le bruit de leur déferlement, leurs propres tumultes.

Cette espèce d'adoration ne me surprenait pas tellement, puisque j'étais si parfaitement bien, pour toujours hors de la cage commune, et qu'elles devaient m'admirer derrière leurs barreaux, même si, pour tout dire, cette adoration semblait se perdre dans le vague, ne m'était certainement pas vouée. Qu'on juge de la situation : fumant leurs joints, avalant leurs comprimés bleus, blancs, roses, reniflant leurs poudres que j'aurais crues moins foncées, mangeant à satiété, buvant, pleines comme des outres, elles faisaient sagement semblant de m'écouter et d'y comprendre quelque chose, elles essayaient même sans doute, de tout leur corps et de toute leur résolution, mais leur volonté était occupée ailleurs, où mon propos ne formait jamais qu'un bruit de fond, un murmure sans importance. Et moi, dégoisant, je pouvais me ménager sans difficulté pendant de longues pauses, et admirer le spectacle des centaines de flammes de briquet éclairant brièvement des mines défaites aux fronts en sueur, visiblement éprouvées par le voyage sans fin dans l'hallucination qui moi ne me tentait plus, des visages tendus par la culpabilité de s'absenter lâchement comme elles le faisaient, de manquer à la Révolte ne serait-ce que quelques heures, de fuir bien contentes vers un nulle part sans intérêt dont, une fois de plus, elles n'avaient pas eu le cran, suivant mon exemple, de se détourner. Ensemble, nous ne faisions au fond qu'attendre la nuit noire, parlant pour ne rien dire, surtout… Et tout en causant je caressais d'un mouvement léger un renflement précis du canapé en cuir sur lequel je m'étais vautrée, craignant de m'endormir, ma main redoutant de manière irrationnelle de se poser. Ce soir, il y avait une fête chez Julie, que j'avais sue par hasard et où j'étais venue sans invitation ; à tout prendre ça ressemblait à des adieux : on sentait bien qu'une pesanteur avait fait son retour, qui lestait l'entrejambe, et les lèvres ne donnaient plus que des baisers superficiels, et la mélancolie se tapissait aussi bien derrière les tentures rouges qu'entre les lames du parquet, sous le grand lustre de cristal, et de mille manières nous faisait douloureusement payer son retour.

Tout à l'heure, Julie et Patricia m'avaient aperçue près du bar et, au lieu de faire un esclandre et de me chasser, comme je m'y attendais, elles étaient venues vers moi en sautillant presque et en souriant à nouveau, comme si de rien n'était, comme si elles n'avaient jamais été en rogne et que je m'étais imaginé des choses… Puis Julie m'avoua qu'elle avait un service à me demander, mais qu'on discuterait de ça plus tard, au calme… qu'il fallait avant tout que je profite de la fête. Et elles s'étaient éloignées sans même me laisser le temps de répondre, s'étaient rendues dans la cuisine, ou dans une des nombreuses chambres du grand appartement. Mais je ne me débrouillais pas mal sans elles, aidée de ma nouvelle peau épaisse, et de nouvelles perspectives ; et je ne pouvais pas les suivre éternellement ; et j'étais devenue leur égale puisqu'elles réclamaient mon aide, je savais pourquoi. Indépendante donc, j'interrompis une nouvelle fois ma conférence et m'allongeai tout à fait, les mains croisées derrière la tête, chassant à coups de pied deux filles qui voulaient s'installer sur mon canapé et qui grimacèrent, mais ne protestèrent pas, puis je détaillai paresseusement les contours irréguliers et les trous des feuilles, les branches tordues et les branches mortes, et la verdeur générale de plantes que je discernais mal, pourtant. M'était donnée, pour récompense de mes grands efforts, pour mes intentions louables même si elles étaient suivies de peu d'effet, la compréhension de toute chose, se dissimulerait-elle dans l'ombre. Je repris ma leçon, sans y penser plus que ça.

"Mais le plus beau, je le sais *maintenant*, le plus beau ça a été de découvrir qu'un de nos rêves pouvait se réaliser vraiment, même un rêve des plus inconscients… Je veux dire : nous n'étions pas sûrs de la façon dont l'émeute s'était propagée hors des Iris mais le fait est que ça avait été comme une traînée de poudre, nous n'étions pas très bien organisés ni renseignés, que début juin les principaux leaders du MDB et Grand-Est, voulant pousser leur avantage, menaçaient dans une vidéo le gouvernement d'organiser une marche des banlieues vers les centres de toutes les villes de France, en prenant soin de ne pas exprimer de revendication particulière. Seulement, aussitôt après ils ont été effrayés par leur propre audace, notamment Nouar Arzou qui avait pris la tête du MDB, et Samira Kamèche à Grand-Est, j'étais proche d'eux alors, parce qu'ils ont craint de ne plus être suivis, leur audience était encore assez faible à ce moment-là, même aux Iris, ils croyaient avoir tout gâché par vantardise. Et ils redoutaient probablement la confusion engendrée par un tel déplacement de population, et l'image qu'ils donneraient, ils se demandaient : Est-ce que ça peut vraiment marcher ? Est-ce que ça ne sera pas la pire des choses si ça marche ? Et puis ils ont eu cette idée de diffuser partout aux Iris l'appel suivant, durant deux jours, les 10 et 11 juin : Si vous êtes d'accord avec cette idée de Grande Marche qu'on propose,

si vous voulez en être et qu'on leur montre une bonne fois, pen-
dez un chiffon rouge à votre fenêtre à partir de midi, le 13 juin
– je me rappelle que nous avions eu du mal à nous accorder sur
la couleur à exiger, sur la taille minimale du chiffon, et que nous
avions même hésité sur l'heure. Et j'avoue que, pour ma part, je
n'y croyais pas trop : j'étais persuadée que les gens trouveraient
ça excessif, et gamin, qu'ils s'étaient lassés déjà, comme d'habitude, comme avant. Mais quelle surprise le treize, à midi!, ce fut
magnifique, d'abord évidemment cette anxiété folle qui avait
disparu comme si elle n'avait jamais existé (à cet instant j'ai vu
Nouar soupirer, c'était la première fois que je le voyais soupirer),
puis on s'est promenés pendant des heures, on a parcouru les
Iris de long en large pour ne rien rater de ces façades sans fin,
gigantesques, qui toutes avaient décidé d'envoyer un message au
ciel, un message composé de milliers de rectangles rutilants, de
fanions, de haillons, de chemises même, et des drapeaux rouges,
et on ne pouvait s'arrêter de les dévorer des yeux, de lever la tête
pour s'en nourrir, parce que c'était comme la transformation
irrémédiable de la vie grâce à nous, et aussi comme si une armée
soutenait notre ambition à nous petite minorité petite avant-
garde, comme si nous étions renforcés et encouragés par chaque
approbation colorée – plus tard on m'a raconté que Nouar avait
cherché à faire décoller un avion de tourisme pour admirer ça
d'en haut, au matin du 14 juin, mais je ne pense pas que ce soit
vrai. Voilà donc notre réelle découverte, le sommet dont on ne
cesse depuis de faire le tour, grandiose, surhumain – mais comment, comment pourrait-il se trouver pour nous quelque chose
de meilleur, *maintenant*?"

Il y avait désormais un monde impressionnant chez Julie; et,
si l'appartement était grand à s'y égarer, on réfléchissait tout de
même deux fois avant de céder une place aussi confortable que la
mienne. Mais j'en avais assez des mêmes rengaines, face aux têtes
qui dodelinaient toujours davantage, assez aussi des yeux torves
et des regards envieux que je surprenais parfois, et des mains en
paravent autour de bouches sentant la vinasse et des lèvres gercées qui devaient médire de moi, de mon influence supposée
sur Julie, qui se demandaient pour qui je roulais vraiment, si
j'en étais, et pour quelle raison inavouée je lui avais fourré dans

la tête cette obsession des armes – je me sentais trop bien pour souhaiter déchoir et perdre l'acuité enfin retrouvée de la plupart de mes sens, je m'étais élevée trop haut pour répondre à leurs calomnies, alors je me levai et me mis à la recherche d'une ou deux connaissances ; à quoi je pensais ce faisant, je l'ignore. Dans la pénombre, la fête s'était parée d'un air de cérémonie interdite, vaudou, baptiste, aveu par une classe privilégiée des véritables sentiments qu'elle éprouvait vis-à-vis des événements récents, si noirs, si maléfiques, si profondément étrangers à ses traditions qu'elle ne pouvait les conjurer que par des rites anciens, censés faire surgir une puissante protection contre le présent ou leur faire don d'une violence sans limites qui, de son point de vue, signifiait le pouvoir, violence qu'elle voyait apparaître spontanément dans d'autres milieux moins instruits et moins bien nés, et qui leur manquait. Les rideaux tirés et la faible clarté dispensée par les bougies renforçaient cette impression de culte secret, d'un mystère qui tentait de repousser la fureur se déchaînant indistinctement au-dehors, adaptation bancale aux temps actuels, adaptation rassurante pour l'élite déboussolée qui s'était rassemblée là, mais qui me faisait l'effet d'une dépravation, au même titre que les voix basses et les rires forcés occupant les demi-ténèbres ; et une envie me prit de mettre le feu ici puis de m'en aller, de retrouver la rue, pure et intacte. Mais j'aurais été seule à fuir ce lieu, décidément : personne ne songeait à partir, ne bougeait plus que de raison ; on demeurait assis ou étendu, comme se reposant d'une grande fatigue, ou d'un long périple ; on ne voyait plus le sol, et il était presque impossible avançant, et pour ainsi dire défiant cette masse étendue, de ne pas marcher sur quelqu'un. Mais je ne pouvais plus rester en place, du moins dans cette pièce. Et je me déplaçai tant bien que mal, foulai une caste rétive buvant plus que de raison, engloutissant ses tourments avec cette même lucidité désespérée, cette même incapacité à trouver l'apaisement, qu'après un enterrement – le bois sombre qui brillait et surgissait tout à coup du noir sous la forme de meubles lisses et anguleux, de poutres apparentes, les bras pâles pendant par-dessus les accoudoirs, les objets et la chair paraissaient avoir eu commerce avec la mort et me remplissaient d'une appréhension superstitieuse. Parvenue dans le vaste hall d'entrée, au début d'un long couloir distribuant au moins six ou sept pièces, j'aperçus Julie qui claquait une porte derrière elle et venait dans ma direction, tête baissée et longue frange en pare-chocs. Elle s'était changée comme après une journée de travail et ce fut, malgré moi, sa tenue que je remarquai tout d'abord et que je détaillai comme si c'était un indice essentiel de son caractère, tandis qu'elle passait devant l'éclairage chaud et vert d'une lampe de bureau : son haut était légèrement galbé aux flancs, la coupe en V bordée de dentelles marron laissant apparaître la jointure et la naissance de deux seins laiteux, arrondis comme des balles par la rigidité des bonnets, et les cent fleurs qui y étaient imprimées, largement épanouies et ondulantes, sautaient au visage dans un envol tourbillonnant de lys extravagants sans aucun équivalent dans la flore, langues rouge feu et violettes se détachant avec fougue d'un fond ocre uni ; le bas de ce chemisier délicat, ne rejoignant pas tout à fait la ceinture du pantalon de toile kaki trop court qui découvrait ses chevilles, laissait voir une noirceur au milieu de la bande de peau blanche qui débordait et donnait à son ventre un peu bombé un aspect paysan et sympathique. Elle marchait à pas prudents, pieds nus, chez elle, mais où ne se sentirait-elle pas chez elle, suivant une ligne droite imaginaire, ayant troqué ses grandes enjambées de tout à l'heure contre des petits pas mignons et intimes, d'intérieur japonais, le talon s'assurant d'abord du sol puis, une fois installé solidement, basculant avec confiance pour permettre au pied de s'abattre et à l'éventail des orteils de s'égrainer, de se poser délicatement et d'épouser le plancher, non par nécessité, mais par amour, avant que le talon se soulève et que, par une démonstra-tion de force que l'on n'aurait pas crue possible en premier lieu, l'ensemble du corps prenne appui sur ces frêles extrémités et réus-sisse à progresser d'une démarche légère, somme de minuscules écroulements imperceptibles en temps normal, rattrapés et maî-trisés au moyen d'une formidable volonté – comme elle arrivait à ma hauteur en évitant avec brio, possédée d'une crainte religieuse du contact comparable à la mienne, le plus petit frôlement, je réussis à entrevoir, malgré les cheveux de jais qui s'emmêlaient en broussaille devant son nez, le bas cramoisi de son visage, et, me voyant soudain, sur ses lèvres carmin se forma un petit sourire qui coula vers moi, qui s'excusa de ne pouvoir s'arrêter pour me parler et m'en dire plus, ou bien la situation avait changé et elle n'avait plus rien à me demander, et n'avait plus besoin de moi et avait complètement oublié notre conversation et son baiser, et elle se moquait de moi… À peine avait-elle disparu dans une pièce que, à l'autre bout du couloir, Patricia tentait péniblement d'attirer mon attention en bondissant et en faisant de grands mouvements de bras ; j'hésitai à rattraper Julie pour lui demander pardon, m'excuser, pour tout et pour le reste, et lui promettre que nous pourrions être de tendres amies en fin de compte, avec des efforts – si je faisais des efforts, si je faisais tout ce qu'elle voulait… Mais je ne fis pas un geste, par paresse, par orgueil, et je n'eus pour moi que le temps du regret, comme souvent.

Ayant progressé lentement, bousculé, écarté du coude beaucoup et marché sur maints pieds qui me barraient la route, qui sûrement essayaient de me prévenir, rejoint Patricia enfin, puis entrant dans une chambre à sa suite, brutalement séparée de Julie et baignée par la lumière salissante déversée chichement par une ampoule sans abat-jour, je me consolai en songeant qu'avec une amie comme Patricia au moins, c'était facile, je veux dire que c'était moi presque entièrement qui lui faisais face ; mais, d'un autre côté, c'en était fini de tout le travail des nerfs et de l'intelligence suscité par Julie : fini, ce paternalisme teinté de cruauté qui m'obligeait à me tenir sur mes gardes et à vivre plus intensément en quelque sorte, ce don de me faire souffrir elle n'avait pas eu besoin de le voler aux Iris – la tranquillité triomphait, l'épuisement également. Aussi, tout à fait détendue, je m'écroulai sur le lit en désordre que Patricia m'indiqua et, m'étalant plus que de raison, me relâchant un instant, il me sembla que, par défaut, la vieille Clara faisait son retour

une revenante toquant à la porte par une nuit d'hiver et de vent

et pour cette raison, affaiblie et plus sensible aux défauts des autres, je vis Patricia avec d'autres yeux, laide autant qu'on pouvait l'être, contrainte par ses formes à faire preuve d'un caractère rond, d'une certaine manière prisonnière, davantage qu'aucune autre femme, de son apparence, dévorée par son habituelle salopette bouffante. Elle n'avait pas la voix de son corps et là, dans cette chambre aux murs fuchsia mais inexplicablement terne, elle parlait comme une petite fille qui, de sa cellule, n'aurait pu s'informer des changements récents ; muette je la critiquai : Mais pourquoi ne cherchait-elle pas à s'évader ? J'étais vidée, ne me restait plus que l'épiderme une fois de plus, je cherchais un coin où me blottir, un asile où demeurer ; j'avais perdu quelque chose, qui me permettrait de revenir à ma sérénité précédente, à mon cher détachement. J'attendais sans patience que Patricia en finisse avec ses hésitations et qu'elle me dise ce qu'elle voulait, ce que je savais déjà. Je me maintenais sur le lit mou en évitant de poser les mains à plat sur le matelas chaud et poisseux, et je me tortillais, coincée par les innombrables flatteries de Patricia qui ne prenaient pas évidemment, mais m'encerclaient, et me piégeaient plus sûrement que la pitié qu'il était chrétien d'éprouver pour ses bourrelets, sa voix fluette, ses mimiques... Et je me dis que pour parler à quelqu'un, et le toucher, oh, rien que la peau, même si ce quelqu'un ressemblait à une bonne amie, Révolte ou pas il faudrait toujours livrer une invraisemblable bataille, subir les mêmes fièvres que lorsqu'on tentait de convaincre et d'entraîner avec soi une parfaite inconnue, et c'était tout comme se battre dans la boue, contre la boue, et ne jamais réussir à rien saisir pour de bon, rien de certain, ni idée, ni amitié. Bien plus tard il me sembla que, puisque je savais ça, puisque alors je n'étais sûre que de ça, j'aurais dû me démarquer pour cette fois d'une passivité et d'un fatalisme qui devaient dater de la fin de mon enfance et de la mort de mon frère, en somme que je n'aurais pas dû, pour toute réponse à l'absurdité évidente de ce qu'elle finit par me proposer, me contenter de hausser les épaules.

Où se cachait donc la vie normale ?...

La vie normale se dissimulait à l'intérieur du monde normal, atone, auprès de ce qu'on nommait la réalité, auprès des valeurs communes des gens communs... auprès de l'économie des sociétés bien établies, bien portantes, avec leurs épargnes de sincérité, leurs folies tendancières, leurs marchés où l'on peut quotidiennement tout vendre et tout acheter, avec leurs douanes qui me refoulaient sans faillir : futilité, obéissance aveugle, conviction, arrogance déplacée, médiocrité fondamentale, pusillanimité, bon sens surtout... Et ce monde normal était lui-même calfeutré dans

le monde d'avant, vieux galet poli jusqu'à sa matière la plus inaltérable par la marche cadencée de milliards d'individus, morts,
vivants, noir caillou érodé par le temps normal, seul peut-être à
exister, divin… Le temps d'avant, le temps ennemi dont on devait
s'emparer ou que l'on devait payer au prix fort pour pouvoir s'occuper de son propre sort, et éviter de justesse l'écrasement… Le
temps frénétique… Le temps que je regrettais. Et, si j'avais accepté
de trouver rapidement des armes pour le Cofer, si j'avais accepté
imprudemment de retourner aux Iris en transportant un paquet
d'argent et de bijoux, je ne pouvais m'empêcher pourtant d'invoquer ce temps perdu, fidélité à un premier béguin qui n'avait
plus de signification, en rechignant, en renâclant, en retardant
l'inévitable et en me soûlant de détails inutiles dont j'ignorais le
nom et que je baptisais à ma façon, tel élément d'architecture, tel
habit, tel rongeur : "rebordines", "colonnade", "armétis", "panton-
nailles", "ras-du-cou", "passarats", je n'en avais jamais assez. Gas-
pillant ainsi un temps précieux j'espérais trahir mes engagements,
non volontairement, mais par frivolité ; de cette façon, j'espérais
puérilement redevenir sauvage et sans lien. Et je calculais aussi,
de manière un peu sordide, ce que pourrait me rapporter le succès de ma mission, j'évaluais mes chances et les risques avant de
me lancer franchement, c'était dans mon caractère épicier, tournant en rond lentement, équipée cette fois de bonnes chaussures
de marche et munie d'une petite bouteille d'eau propre, toutefois
encombrée par l'énorme sac à dos que Patricia m'avait donné ; je
flânais près de la Seine

comme toujours te détournant de tes priorités pour contempler émerveillée les roues qui tournent, le travail minutieux des
insectes, le passage des gens, essayant d'échapper à ta promesse
jusqu'à ce qu'il ne soit plus temps de la tenir, mettant ainsi en
danger les camarades réclamant ces armes que toi seule peux
leur fournir, mettant Patricia en danger, mettant Édith en danger, mettant Julie

les mains dans le dos, je me mis à racler mes semelles sur une
espèce de sable blanc dont l'éclat était heureusement tombé, et ce
contact dur et râpeux me fit tout à fait sortir de mes considérations
somnolentes. Rivoli. Rivée sur place je regardais un vaste fossé
et, par-delà, le Louvre, l'alignement parfait et épouvantable des

colonnes, la qualité de la pierre, la prestance de la façade, l'épaisseur des murs, ces vestiges que nous n'avions pas réutilisés encore, et qui nous dominaient encore – tout un savoir de sortie scolaire formait ici une défense inexpugnable contre notre Révolte, contre le chaos que nous tentions de propager. Mais certains d'entre nous, soif de gloriole ou revanche personnelle, avaient pourtant passé le vaste porche, puis avaient pénétré le musée en priant pour que rien de néfaste ne leur arrive. Et ils avaient fini par ressortir en trimballant des tableaux qui leur avaient paru suspects, ou admirables et d'autant plus suspects, en plus de quelques sculptures parmi les moins encombrantes ; puis ils les avaient alignés à terre, le long du muret qui entourait les douves, comme pour une exposition en plein air, ou une exécution. À présent toutes ces œuvres d'art, ayant réappris l'humilité au cours d'interminables jours de chaleur et d'orages, semblaient appartenir au décor, et interpellaient les passants d'une expression, d'un sourire, saluaient de la main comme cet Enfant Jésus, proposaient des reliefs et des éclairages invraisemblables au soleil qu'ils ne combattaient pas, mais complétaient, accomplissant en quelque sorte cette impitoyable clarté qui les coupait en travers, pointaient du doigt inexplicablement, comme pour notre édification, des fils électriques ou des poubelles débordantes, fixaient agenouillés avec une intensité non feinte le ciel dégagé et rosissant, supportaient stoïquement, comme s'ils se retenaient orgueilleusement de trembler, les bourrasques qui manquaient souvent de les jeter au sol, s'animaient brièvement dans le métal fondu d'un instant puis perdaient brusquement leur brillance, mais cette perte les laissait indifférentes, et elles accueillaient tout aussi amicalement la pénombre que la lumière la plus violente – immobiles dans l'obscurité, d'une patience d'objet qu'on ne détruirait jamais qu'une fois, on aurait dit qu'elles voulaient nous infliger une leçon… Mais puisqu'elles étaient *maintenant* à ma merci je me mis à les regarder une par une, évaluant leurs mérites respectifs selon qu'elles avaient résisté ou non aux intempéries, selon leur adaptation à l'air du temps. Des traces d'urine séchée striaient les joues, le cou et la poitrine de la Joconde, visibles au point que les rayons du soleil, pris dans ces filets, s'étalaient sur elle comme une purée de pommes qui n'était trouée que par l'œil gauche poché de noir et la bouche cerclée d'un rouge grossier. Devenue femme connue et respectée moi-même, depuis quelques heures au moins, j'essayai de me mettre à sa place : je fermai le même œil qu'elle, investis promptement son regard, me figurai inondée ; j'en reculai de dégoût. Alors je saisis le cadre et fis basculer le tableau par-dessus le muret, dans le fossé, afin que la chute l'achève, c'était le meilleur service à lui rendre, ce faisant j'espérais aussi, croyant vaguement à la transmigration, m'approprier un peu de l'âme du tableau, une âme lavée par la destruction et le ravage.

Ainsi consacrée spectatrice d'un genre nouveau, j'évoluais artistement parmi les œuvres, inspectant, grattant du doigt un vert craquelé, tournant vers le mur une figure hollandaise qui ne me plaisait pas, enfilant un casque de bronze, tentant d'enlever des traces noires sur une moulure de plâtre. Mais je sentais bien que le grand triangle au-dessus de l'entrée devant laquelle je passais et repassais, qui ordonnait au vent de s'engouffrer sous la voûte et de me faire frémir et de me gifler, me dévisageait toujours et me jugeait sévèrement, ainsi que les nombreux monogrammes de la façade, LN, HDB, HC ou JL, LLMT, AL, RF, N : il était possible que ce soient des initiales d'architectes, ou de grandes dames, ou des couples jadis fiers de leur réussite qui n'avaient pu se contenter d'un tronc d'arbre, ou bien le rappel codé de maximes conseillant la Vertu et la Prudence, vantant les principes de Justice et de Liberté, la Loi et la Nation, ou encore des avertissements terribles, fanatiques, qui rappelaient au petit peuple qu'il fallait craindre Dieu et ses envoyés sur Terre. Mais la curiosité des mystères historiques, de ces anciens accords et de ces anciens équilibres sociaux, m'avait quittée, la satisfaction que me procurait la possession d'un fait sûr et vérifié ne me paraissait plus aussi forte, et même le charme que le passé avait exercé sur moi n'opérait plus – je vivais dans l'avenir, j'avais fait une promesse et j'étais prisonnière d'une vision d'avenir. Alors, ce soir, restée seule devant cet alphabet énigmatique, seule dans cette partie de la ville où la mousse et le lierre prenaient toute la place, seule parmi les guêpes et les pigeons, je laissai derrière moi ces bâtisses changées en ruines par le seul fait que, partant, je les privais de mon regard, je laissai ces chefs-d'œuvre condamnés, irrésistiblement poussée en avant je décidai de me tourner tout entière vers le fleuve et me dirigeai à pas comptés vers lui, vers un plaisir certain et trop longtemps différé, anticipant nos retrouvailles, l'eau profonde qui engloutirait mes pensées.

Marchant les yeux constamment levés, comme attendant la becquée, je scrutais le ciel dans l'espoir d'un vol quelconque d'oiseaux noirs, mon insigne de l'instant, ma très personnelle nourriture spirituelle, mon soutien. Les rues ressemblaient à des couloirs d'aéroport, les toits bombés à des hangars d'avion, et les silhouettes que je croyais apercevoir aux fenêtres à des clandestins m'épiant de leur hauteur, des émigrés de l'intérieur se cachant au dernier étage, dans les chambres de bonne sous les combles, des célébrités d'hier devenues épaves barbues et chevelues ; ils devaient surveiller les faits et gestes de la rue, qui leur étaient tout aussi incompréhensibles que si ça avait été ceux de fourmis, derrière leurs fenêtres opaques, guettant sûrement une certaine heure d'un certain jour, et, correspondant à ce jour et à cette heure, une certaine ombre qui s'allongerait et couperait en deux un H sur la façade du Louvre, pour former un A approximatif qui signifierait : "À l'attaque !" Et quelles bombes se fabriquaient là que je pourrais dérober pour le compte du Cofer, quels complots se préparaient et n'aboutiraient jamais, ne passeraient même pas les lourdes portes à battants des beaux immeubles ? Mais personne ne se montrait franchement aux balcons, pour confirmer ou infirmer, personne ne sortait pour manifester ouvertement une haine qui m'aurait été un repère utile, au moins une motivation pour me rendre dès *maintenant* aux Iris, et j'eus l'impression que tout ce qui m'entourait n'était que la matière d'un rêve, d'un rêve inabouti et malade et dépourvu de sens, et que, d'autre part, il s'agissait là sans doute de la matière même de la vie libre, cet ordre hasardeux des images et des idées qui, en l'amenant bien au-delà de leur quotidien étriqué, fait vaciller la raison… Cependant j'étais parvenue aux berges, un peu hagarde, les immeubles disparurent, et tout, mes préoccupations firent de même, emportées par une coulée.

Néanmoins le fleuve se méritait, n'attendait pas particulièrement ma venue, n'accueillait pas dans sa grâce la première venue. En tout cas, ayant traversé des âges et des âges, il n'aurait pas dû s'arrêter pour moi, et stagner ainsi comme une eau lourde et morte que les dernières lueurs du jour finissant baignaient, mais ne pénétraient pas ; je ne me le rappelais pas aussi sournois, quand bien même il mentait et trompait souvent, nageurs naïfs, rêveurs rêvant d'ailleurs, et les jeunes femmes désabusées également. Et me voici pourtant, longeant son cours comme on caresse un bras, avec la pulpe de mes doigts, c'est-à-dire avec l'extrémité la moins pesante et la plus délicate de mon être, bientôt retenue dans ma dérive par un pont, la sentinelle du fleuve, même si celui-ci n'avait rien d'imposant : il disparaissait presque dans le soleil couchant, dans le soleil enflé, il avait l'air fragile, avec sa fine armature d'acier peint en vert et tacheté de rouille, son plancher d'hôtel de bain de mer, souffreteux comme un rejeton maladif de la noblesse, et cambré comme un chat qui s'étire, ou qui fait le gros dos devant une étendue d'eau. Mais ses piles massives démentaient cette impression hâtive, en bravant résolument le courant pour trouver un ancrage dans les siècles, et se nourrir d'un sel qui le garderait d'un lit toujours mouillé, une amertume décisive qui fondait son intransigeance. Aussi, le traversant, et sentant sous nos pieds cette consistance et nous figurant son endurance, on pensait à lui sans manquer une fois, on le remerciait rapidement, d'une petite génuflexion mentale, de nous faire passer de l'autre côté, quand bien même le fleuve était calme, et le temps paisible, on le bénissait presque d'accomplir ce petit miracle entre deux berges, d'être ce symbole compréhensible d'une idée dont on ne pouvait trouver aucune autre réalisation aussi concrète et aussi évidente ; et, négligeant cette dévotion par hasard, par étourderie ou par défi, on avait immédiatement l'impression d'être malpoli et bête, et nous admirions de plus belle cet effort qui nous soutenait dans nos tentatives de rejoindre un autre bord, inconnu et hostile, comme le signe d'une amitié véritable – cette suprême indifférence à nos querelles et à nos défauts.

Et puis, quel point de vue il devait avoir sur le désespoir, sur les femmes et les hommes jeunes qui échouaient ici, et sur les heures qui s'enflammaient alors, sur les pauvres gens qui se décidaient enfin à sauter, qui n'avaient plus d'autre désir que le vide et l'appel du fleuve, cette voix grondante rendant aimable le saut et la lame d'eau glacée qui mettraient un terme à leurs sensations insupportables ; sur quelques corps inanimés de mariniers qu'il avait décapités par le passé, sur quelques prostituées abattues… Toutes, tous exagéraient leur malheur ou leur bonheur en sa présence, trouvant avec lui le dernier moyen d'échapper à leur malédiction personnelle, de se grandir, de maudire l'horizon, et de se tenir pour un moment au cœur des choses, vivants – le pont acceptait tout, compensait tout, faiblesse ou fermeté, tout juste tremblant tandis que, autrefois, les armées de cadres, de touristes, de mauvais musiciens et de manifestants lui passaient dessus, s'étirant à peine au plus fort de l'été. On n'aurait pu se priver de son sens de la mesure, et, par reconnaissance, pour lui qui avait tant d'obligations, les quais bétonnés, les bateaux parfumés venus de province ou de pays éloignés, la maçonnerie noircie, la grande coupole de verre palatine, les rangées d'arbres difformes, les galeries, la gare, la cathédrale, le musée, les soupiraux des sous-sols, les boutiques de mode, les vitrines éclairées jour et nuit, l'université, consentaient à perdre de leur superbe, et transmettaient une nostalgie puissante que le pont besogneux goûtait en regrettant de ne pouvoir la connaître lui-même et la partager.

Je m'étais penchée trop longuement et de manière excessive par-dessus le parapet : certainement, le sang avait gonflé mon imagination ; certainement, mon humeur ne pouvait être à ce point influencée par une simple passerelle, et ce pont devenir mon emblème, plus *maintenant* – j'avais déjà choisi mon groupe et mon appartenance. Aussi j'essayai de revenir à la réalité, au pont que tout le monde pouvait voir, et, dans le soleil rasant, aux couleurs fauves de la multitude de drapeaux plantés sur toute sa longueur. Dès le 17 juin, jour de la Grande Marche, ayant appris que le gouvernement avait, à la suite du président, quitté Paris au matin, beaucoup de petits groupes, groupes politiques, groupes d'amis surtout, souvent formés depuis quelques heures à peine, s'étaient mis en quête d'un moyen rapide de se faire connaître, considérant que, désormais, la ville leur appartenait. Et, sans se consulter, comme influencés par la propagation dans les rues des mêmes thèmes, des mêmes intuitions, tous ces partis avaient pareillement conclu qu'ils devaient se doter de couleurs et d'un drapeau, puis leur trouver des emplacements où ils pourraient être vus par le plus grand nombre. L'inventivité pour concevoir les étendards nouveaux n'avait pas fait défaut ; mais les bons emplacements étaient rares déjà, dans Paris recouvert, sub-mergé depuis quelque temps par la prose de la Révolte. Cette dif-ficulté n'avait découragé personne pourtant : du point de vue de ces minorités très jeunes l'enjeu était considérable, comme étaient devenues essentielles toutes les choses qu'on pouvait changer, voire détruire, tout de suite. Alors, quelques-uns avaient com-mencé à grimper avec exaltation les façades des mairies, d'autres celles des églises, d'autres encore celles des musées les plus éle-vés, et la plupart celles des monuments les plus anciens et les plus courus encore, afin de hisser leurs couleurs. Pendant trois jours on avait donc pu voir un peu partout des acrobates encombrés d'une hampe et d'un grand bout de tissu, qui cherchaient une prise sous les grandes fenêtres et dans les défauts de la maçonne-rie, avaient une confiance inébranlable dans la solidité des balus-trades, et qui, manquant de tomber cent fois, auraient pourtant préféré, sous l'effet d'un patriotisme neuf donc exagéré, mourir de manière affreuse plutôt que de lâcher l'étendard qu'ils s'étaient donné. Toutefois, à partir du 19 juin, des rumeurs contribuèrent à refroidir leur enthousiasme grimpant : coincé, l'un d'entre eux était resté debout pendant plus de seize heures, disait-on, sur un rebord de dix centimètres de large, avant d'être secouru ; on rap-porta également deux cas de chute mortelle, et un d'empalement. Ainsi effarouchée, la conquête des hauteurs avait cessé brusque-ment ; et on trouva plus commode d'installer fanions et drapeaux sur les ponts, comme si on avait atteint en quelques jours seule-ment un âge de raison qui réhabilitait des moyens de propagande éprouvés. Et certains groupes qui n'avaient pris aucune part dans les émeutes ni dans la Grande Marche, et dont personne n'avait jamais entendu parler, se firent ainsi connaître grâce à l'origi-nalité de leurs seules bannières. Mais une nouvelle compétition entre les partis avait commencé alors, plus rude encore que les précédentes, et la plupart des drapeaux ne restaient pas en place plus de quelques heures. Comme dans d'autres domaines, les organisations les plus structurées avaient l'avantage : leurs mili-tants, qui connaissaient déjà parfaitement la part de l'ennui et de la répétition dans leurs travaux, s'étaient résolus à faire chaque nuit la tournée des ponts, remplaçaient, redressaient leurs dra-peaux, abattaient les couleurs concurrentes – il valait mieux être

157

détesté qu'inconnu. Le vandalisme avait délaissé les murs, de toute façon surchargés, les vitrines des banques, les marques de richesse et de prestige, et tous ces symboles qu'on trouvait bien fragiles et dénués d'intérêt soudain, pour se concentrer sur les drapeaux ; les agressions contre leurs porteurs étaient courantes, certains ponts se changeant périodiquement en véritables champs de bataille, en territoires que l'on gagnait, perdait, regagnait ; l'étendard pris à l'ennemi semblait devenu le plus précieux des trophées. Et il se disait que l'intégrité des drapeaux était devenue d'une telle importance qu'elle constituait la raison essentielle des conflits entre des groupes dont les lignes politiques étaient par ailleurs à peu près identiques, quand elles existaient.

Aussi, déambulant sur n'importe quel pont, il était difficile d'apercevoir le fleuve ; l'idée même qu'on en avait auparavant, le simple fait de le franchir s'en trouvaient profondément modifiés. Et, la vue bouchée, je ne me trouvais plus guère d'excuses pour demeurer ici, pressée par le claquement des dizaines et des dizaines de minuscules identités qui recouvraient complètement les tourbillons de l'eau et ses milliers de mondes possibles – il me semblait *maintenant* que la vraie révolution gisait là. Mais, par esprit de contradiction peut-être, et bien que cette contradiction ne me soit apportée par personne d'autre que moi-même, je retardais mon départ afin d'examiner de plus près ces drapeaux. Il fallait reconnaître qu'ils ne flottaient pas sans une certaine majesté. Et, à l'observer attentivement, je parvenais à lire dans cette farandole de couleurs vives et de dessins criards les événements récents plus clairement que dans les innombrables journaux qui paraissaient et se ressemblaient, de ton, d'allant, d'honnêteté. J'apprenais qui, par sa présence, imposait ses vues pour aujourd'hui, qui simplement plaisantait, qui ambitionnait de devenir, par son esthétique recherchée et sincère, l'un des moteurs de la jeune Révolte, et quelle tendance politique demeurait médiocrement appréciée, qui enfin espérait la renommée avant toute autre chose. Le drapeau le plus imposant était indéniablement celui du MDB, un fond noir occupé dans sa partie gauche par un poing serré et penchant sur sa droite vers un damier figurant une tour, que le regard parait de vertus extraordinaires, tandis que celui de l'UR n'était plus visible que sous la forme de napperons modestement posés sur les rambardes. La composition du drapeau de Grand-Est, une grande clé et une épée ou un cimeterre croisés sur fond vert, était ambiguë, mais marquante. Une fois assurés de la tenue de ces trois-là, mes yeux errèrent et se laissèrent attirer au hasard. Le rouge et le noir étaient majoritaires, couleurs qu'on redécouvrait, et je me demandais ce qu'elles pouvaient représenter *maintenant*, lorsque des rayons de soleil réussirent à percer les amas de nuages fainéants qui s'étaient accumulés à l'ouest, et vinrent précisément frapper ces rouges et ces noirs, les traverser, et allumer dans leurs tissus un jaune imperceptible jusqu'alors, qui se mit à éclairer l'air alentour. Le bleu marine en revanche, certains verts hideux, tous les dégradés de marron, l'orange et le rose d'ordinaire éclatants, restèrent en berne, et il m'aurait fallu approcher très près à cet instant pour en discerner les sigles, les emblèmes et les slogans.

Sans doute conscients des limites d'une simple couleur, même originale, beaucoup avaient orné leurs drapeaux de dessins et de figures, tel ce profil féminin aux cheveux longs et au buste élancé, un bandeau sur l'œil gauche, qui représentait un "ORF" que je ne connaissais pas. Certains, rares, maniaient l'humour, essayaient, d'autres bannissaient toute ironie, tout recul : c'étaient les drapeaux qui, arborant le plus souvent un noir profond et nu, tout au plus agrémentés d'un ou deux traits, de quelques lignes claires traçant souvent les lettres W et M, semblaient vouloir se suffire à eux-mêmes, et ne voyaient dans la Révolte que l'ascèse démente qu'elle permettait, et aucun but valable, hormis la pureté – ceux-là, semblables à Julie, me dis-je, séduisaient et effrayaient en même temps… Par comparaison, celui du Cofer me semblait le plus beau, le plus chaleureux et le plus équilibré, son fond classiquement noir étant idéalement adouci par cinq triangles d'un rouge doux, placés dans chaque coin et au centre ; c'était celui que, jeune garçon ou fille débarquée la veille, et découvrant cette explosion et cette fragmentation politiques, j'aurais pris pour objet de rêverie, puis choisi comme bannière, puis comme linceul – c'était celui pour lequel j'allais mourir

à l'avenir n'ayons pas peur des mots, ni de la déflagration provoquée par ces mots pas même prononcés à voix haute

ne pouvant m'accouder aux rambardes et laisser mes pensées nager et se rafraîchir un instant, je continuais de parcourir le pont de long en large à la recherche de nouveaux drapeaux mais, soit parce que j'avais trop longuement levé les yeux vers l'avalanche de lettres et de violet, d'émeraude et de vert-de-gris qui prétendaient se mesurer au crépuscule, soit parce que, ma volonté galopant très en avant de mes moyens physiques, j'avais oublié une nouvelle fois de manger et de prendre du repos, l'équilibre commença à me faire défaut, et je dus m'asseoir. Ainsi stabilisé, mon regard, perçant le coutil des banderoles et des tissus déchirés se disputant mon attention, put se fixer, par une petite ouverture, sur le fleuve, sur son cours qui avait repris depuis tout à l'heure ; semblable à ce cours, la Grande Marche m'avait menée jusqu'ici, le souvenir que j'en avais naviguant entre le triomphe de notre arrivée, l'impression de victoire définitive que nous avions ensemble ressentie et fait flamber avec la foule immense sur les trottoirs, aux fenêtres et sur les toits, l'impression de former un peuple uni et invincible, et la désolation d'en avoir fini avec ces minutes fameuses, et de devoir bientôt laisser la place, disparaître, me mouiller, plonger, puis toucher un fond à ma mesure... Maudissant ce futur probable, proche, et la nuit survenant que je n'empêchais pas, je jetai un coup d'œil vers l'est, me répétant peu convaincue qu'être ici, rester ici, c'était bien à tout prendre, c'était ne pas retourner encore, là-bas : là-bas, c'était l'horizon où le fleuve tournait et se perdait, les panaches de fumée qui venaient frapper le dôme de la Terre, et la lueur orangée pénétrée de blancheur mauvaise... C'était la place assourdissante et frémissante et délirante qui me réclamait à cor et à cri... C'était chez moi.

Scène du retour : dans le soir glauque les vagues des feuillages animés de vent, à chacun par décret sa petite conscience désormais, devant moi puis derrière puis devant, je suivais ma pente, je quittais la ville anguleuse, la ville curieusement déserte et organisant et favorisant l'amour non partagé, dans laquelle pourtant il m'avait semblé m'épanouir et craquer de toute part et me disperser à l'envi et me libérer des carcans, il n'y en avait pas qu'un, et moi titubant plus que marchant, me consumant plus que titubant, au cœur une inquiétude sans nom qui combattait fort bien les effets de la drogue contre laquelle, d'habitude, ne tenaient ni les phobies, ni le souci du regard des autres… Parce qu'il n'y avait plus d'échappatoire, je me dépêchais. Et le monstre finit par m'apparaître une fois de plus, si seulement ce pouvait être la dernière, sa bouche profonde, et l'antre frappé au front d'une horloge gigantesque qui en soumit plus d'une ; passant je courbai la tête. Je pénétrai le monstre et, bien sûr, il me laissa aller ; je parcourus ses entrailles, et il me laissa encore aller ; sans réfléchir je choisis une voie qui m'avait l'air solide, et le monstre tentaculaire me laissa sortir à l'air libre, ou peut-être que cette toiture de verre n'était rien d'autre que son squelette, et les nuages empourprés ses cellules sanguines, le ciel sa chair séchée, les sifflements stridents dans mon dos ceux de sa respiration, et cette voie ferrée l'os d'une queue prodigieuse – peut-être il n'y avait aucun moyen d'en sortir, même en une année, il valait mieux renoncer

et de toute manière, qui se soucierait de ta disparition et de tes cris dans cette baleine ?

Inévitable retour. Émergeant je ne parvins pas à savoir le temps que j'avais passé sur le quai le menton humide, à pencher comme un arbre mort vers le sol brûlant qui évaporait les gouttes de bave comme autant de preuves m'incriminant, ni le nombre de trains que je manquais. Pour sûr la nuit noire était arrivée. Et aussi je luttais. Enfin je réussis à sauter dans un train juste avant la fermeture des portes ; puis je m'écroulai sur une banquette dans un wagon vide et me laissai transporter, lissant mes cheveux des deux mains, lissant mes cheveux des deux mains

ressentant intensément la fatalité comme autrefois et même davantage qu'autrefois c'est trop

au début le déplacement ne paraissait qu'un jeu, et les chocs sourds contre les rails des coups de gong, mais bientôt le passage répété des aiguillages fit naître des secousses qui s'emparèrent du wagon pour ne plus le lâcher, et ranimèrent des restes de peur en moi, des morceaux de peur qui se déplaçant à nouveau me cisaillaient le ventre, me coupaient presque en deux, puis remontaient lentement en calculs par les veines de mon flanc et de mon cou. Je sentais aussi la merde s'accumuler dans mon bas-ventre et hésiter à sortir, vieux tas craquelé et connu, je contractai mon anus – vraiment c'était toute une nouvelle jeunesse… Et certains réflexes de survie me revinrent, et je me roulai en boule pour supporter tout ça, essayant de discerner par la fenêtre les changements du paysage, essayant de confronter ma Grande Peur à l'ancrage concret et solide d'une cité de béton, puis à mon récent statut d'icône de la Révolte, puis à ce que j'avais accompli ces dernières semaines, essayant ensuite de l'assommer par surprise puis de la larguer sur le ballast, sans succès. Heureusement, de l'air tiède remontait le long de mes jambes, me rappelant vaguement un hiver chauffé et tranquille, et, après avoir roulé un long moment au pas, le train prit sa vitesse de croisière, qui faisait tout passer. J'eus un peu de répit. Je ne me sentais plus tout à fait seule. La vue ne changerait plus : le fleuve était franchi, dernière figure amicale, nous entrions résolument dans une sorte d'étendue sacrée où je m'étais promis pourtant de ne jamais revenir, et je m'attendais presque à être foudroyée comme parjure. Nous traversions la banlieue, franchissant méthodiquement les tunnels, côtoyant les ruines du désastre industriel. Faisant halte à la hauteur de minuscules cuisines où des familles entières, en débardeurs bouffants, étaient en train de bâfrer têtes baissées, tentant de déchiffrer le nom des bars, contemplant les graffitis qu'on ne devinait plus qu'à peine à travers les ténèbres installées, mille réhabilitations que je connaissais par cœur mais dont la pleine vision, ainsi que celle de la furtive armée de nuit qui les avait initiées sans en tirer le moindre profit, m'aurait rétablie, complètement guérie même, en m'amenant en un lieu où mes affections n'auraient plus cours, une scène d'éclairs durables dépourvue des ombres de la misère et de la mort, un lieu de couleurs profondes où je pourrais m'interroger en toute quiétude, tels ces voyageurs pressés de toutes parts qui de cette façon originale se distrayaient, avant, s'évadaient : qui pouvaient bien être ce YAZI, et ce BEZEK, et ce BRA90, et ce PRINCE 2, à quoi pouvaient ressembler leurs journées, ce dernier était-il vraiment de sang royal, et au prix de quels efforts avait-il accédé à ce coin perché là, au-dessus des spirales de barbelé, était-il exact que la couleur qu'il avait utilisée pour le I était appelée jaune canari, et que le P et les vaguelettes entourant son nom étaient d'un bleu dit électrique, était-il bien raisonnable de se multiplier pour recouvrir toute la ville d'un BALKO écrit en lettres baveuses, au risque d'être arrêté ou de passer sous un train ou d'être abattu par la police ferroviaire, et qu'est-ce qu'il penserait d'eux, de leurs vies passées dans les trains, dans les bureaux, chassés puis repris puis chassés par des courants d'air de recommandations et d'ordres, ce jeune homme (il devait être jeune, ce devait être un homme) qui perdait son temps à dégrader l'apparence du système auquel ils ne croyaient pas, qu'ils acceptaient tout juste, et pour quelle raison employait-il un K et pas un C, comment avait-il su un jour que c'était celui-là le bon pseudonyme, BALKO, et pas SISTA S ou LE HITITE, pourquoi avait-il choisi des lettres rondes plutôt que le *Wildstyle* qui faisait fureur alors, pour quelle raison mystérieuse ce nom de BALKO leur faisait irrésistiblement penser au sexe, l'exsudait presque, comme si BALKO en avait effectivement une grosse, veinée et gonflée comme un biceps, plaisait-elle aux femmes ou bien aux hommes – bercée comme autrefois par ces évocations mes yeux auraient pu se fermer peu à peu, et mon âme ma douce, au lieu d'être brûlés au tison, et j'aurais pu descendre pesamment, à moitié endormie, repoussant au terminus de tout cela l'examen de ces questions importantes qui attendaient leurs réponses

oui oui, nous le voulons.

Cependant, comme le train montait légèrement, de part et d'autre les perspectives s'ouvrirent, et je me redressai malgré moi : les contours des usines, décombres des chantiers, anciennes places de peine, pris dans une lueur à l'assaut du ciel, comme un incendie, ou un soleil nucléaire ; la tuyauterie auparavant immense et complexe, sifflante, glouglouttante, fumante, éructante, rejetant ici et recueillant là, de l'économie libre, dont ne restaient dans ces plaines que les formes d'un entassement absurde. Et, d'autre part, en vainqueur, la nuit d'été et ses milliers de lumignons, une nuit étrange : on aurait dit l'enlèvement et l'assassinat du jour. Le train contourna la colline des Fêtes, crâne planté de trois arbres tordus ; puis il commença à longer lentement un escarpement couronné d'une suite interminable de pavillons identiques, qui semblaient avoir emprunté à la zone industrielle désaffectée située de l'autre côté de la voie ses teintes ferrugineuses. Alors je me mis à guetter le passage sous un certain pont délabré, puis l'apparition d'une cheminée à laquelle manquait une brique, l'antenne déprimée qui penchait du côté des rails ses cousins, enfin une certaine maison qui m'était plus familière que bien des visages, la maison de mes parents. Et je finis par apercevoir l'œil-de-bœuf luisant de la façade qui m'épia un instant, les montants de sa croisée qui semblaient un viseur, mais tout cela fut rapidement englouti derrière moi – les souvenirs uniquement m'accompagnaient dans mon voyage et me soutenaient, et il me revint que, fillette, juchée sur une caisse dans le grenier, de l'autre côté de cette même lucarne, mes journées étaient occupées à regarder les trains passer, tonnerres grondants au pied de la maison, au bas de la descente, puis halètements dans la montée suivante, gémissements embarrassants enfin, même pour une enfant, lorsqu'ils basculaient hors de vue vers l'inconnu, comme des jouets. Et de mon index tendu, le pouce levé, je visais soigneusement les passagers, c'est-à-dire ce que j'en voyais, les pardessus, les sacs et les valises, les jambes croisées et les jambes étendues et les collants noirs ou gris, les forts caractères des lèvres. Je ne faisais feu qu'à coup sûr… Je me jurais de ne jamais frayer avec ces monstrueux assemblages de têtes coupées et de troncs amputés, dont je comprenais mal la raison d'être, et la destination. Il y a quelques secondes peut-être, une fillette qui me ressemblait, un peu plus expressive, un peu plus joufflue, réfugiée dans un grenier et regardant la vie passer, m'avait mise en joue, avait visé l'arrière touffu de ma tête, avait fait feu, ou m'avait graciée – Lui avais-je inspiré du dégoût ? Proche de l'arrivée je cessai de chercher, de me battre, et ma peur se redressa d'un coup, j'étais comme exposée à l'acide de l'air et mes yeux à la vue écrasante des Trois Tours, grandioses, et mon cœur bondit à un point tel que pendant un instant je le crus arrêté, mais ce n'était que l'écoulement de mon sang qui avait ralenti, remplacé, je supposai, par un mélange d'acier et de poussière, ce n'était qu'un étranglement et la confusion extrême du sens de l'orientation – ça ressemblait à des retrouvailles d'amour. Cent mètres, cinquante mètres de la gare, je sortis de ma torpeur, remuai. Je descendis ; j'entendis de faibles appels à l'aide, puis une sirène d'alerte. Sur le quai je secouai discrètement les bras et les jambes ; j'assouplis mon cou et mes poignets ; je sentis mes prunelles prendre d'elles-mêmes une fixité artificielle, preuve truquée d'une dureté qui m'avait pourtant abandonnée depuis peu. Puis je passai en revue les attitudes qu'il convenait d'adopter aux Iris, et que ma mémoire avait apparemment conservées intactes : pose exténuante de ballerine pour les longues stations debout, pieds écartés et quasiment alignés l'un derrière l'autre et mains jointes devant le ventre, discret hochement de tête qui approuvait en toutes circonstances, au cas où, figure d'innocence rusée qui m'avait évité bien des ennuis, les yeux au ciel et la bouche ouverte et ma langue gonflant une joue, et tout le jeu des rictus et de la démarche que je ne retrouvais pas entièrement, parce que des sentiments profonds me manquaient. Mais après un entraînement sérieux pendant lequel je craignais d'être observée et dénoncée comme plagiaire, quittant rapidement la gare et tournant le dos à l'avenue Marx et aux Iris, je décidai de m'accorder un peu plus de temps avant mon grand retour dans le vieux quartier ; et, inconsciemment, je me dirigeai vers la zone pavillonnaire jouxtant les Trois Tours au bout de laquelle, avec ma famille, j'avais vécu toute ma vie

ici les mensonges quant à tes origines ne prennent plus.

Je marchai un moment ; je ne rencontrai personne ; et les immeubles finirent par s'abaisser, devinrent moins nombreux, et les maisons se montrèrent, s'alignant de part et d'autre de rues sans courbe, des petites choses étroites et décrépites construites exprès pour des un peu moins pauvres, ayant banni tout caprice et toute excentricité de leur giron sec. Je parvins devant la maison de mes parents ; je la détaillai longuement, faisant craquer mes doigts, et ma mâchoire. Elle avait *maintenant* un air sinistre, cerclée de noir, sous les néons : nue et ridée, grise. Puis je me rappelai qu'elle avait tout à fait la même allure auparavant, de jour, la même. Le cri métallique du portail ; on aurait dit une supplication. Devais-je entrer ? Pas ? Puisque j'étais là. L'allée, ah : l'allée. La quatrième dalle en partant du perron était toujours branlante. La clé pendue à mon cou frappait mes seins ; le cliquetis de la serrure. Une découverte ? Le hall minuscule. L'ombre démesurée. Le porte-parapluies renversé. La patère à laquelle rentrant j'avais tant de fois accroché avec brusquerie mon manteau lourd, et même un soir une culotte rouge qui était restée pendue là deux jours, après avoir claqué la porte parce que j'espérais réveiller mon père ; parce que j'espérais aussi ne pas le réveiller, qu'il ait attendu mon retour pour se coucher. Mais il n'y avait plus de manteau ici ; il n'y avait plus de famille non plus. Tout de même l'appel enfantin, vain, résonnant curieusement dans le couloir, ne portant pas bien loin, ni très haut : Maman ? Papa ? L'absence de réponse, et le soulagement ; et la déception. La contemplation chagrine des pièces inertes dans le noir, sous la lune, pas même propice à l'émerveillement, achevant plutôt une part de moi qui aurait dû être la dernière à mourir. Le salon aménagé selon un goût provincial qui était la norme du voisinage ; la grande glace et ses fausses dorures, devant lequel passant je vis un visage noirci en cinq endroits, cerné, balafré, trop ignoré, difforme depuis l'adolescence. L'anse des cheveux aux mèches colorées ne rend pas si mal... Tiens : le mascara coulé ; les yeux marron mêlé de gris, bridés, deux pastilles de miel difficilement rentrées dans des enclaves en forme d'amande, et qui avaient gardé de cette maltraitance un genre d'effroi, et puis le regard triste, en plein milieu, le regret de n'être ni d'ici ni d'ailleurs – ni tout à fait de ce malheur, ni complètement de celui des Iris. La grande glace : je traitai Clara de tous les noms, de lâche et de pute et de parjure, je ne faisais que lui dire la vérité dans ce temple de la vérité, de l'honnêteté, et de toutes les valeurs imaginables, puis j'observai sa réaction. Le canapé : le cuir moite et déformé qui me faisait honte quand un étranger venait chez nous, la fainéantise qui ne me reposait pas hier, autrefois, qui mettait même mes nerfs à rude épreuve, l'odeur évocatrice de colle, d'interdit aussi : la queue de ce type longuement passée entre mes deux lèvres, par jeu, et la mauvaise réputation qui me poursuivit depuis lors, aux Iris, dont Hakim se moquait ; qu'il combattit dans la rue ; que, même dans l'intimité, il me défendit d'honorer. La télévision : le souvenir d'une lumière bleue qui indurait mes joues et mon front, qui momifiait le visage de mes parents. Le papier peint rayé. Et l'escalier grinçant. La chambre : trop de souvenirs m'en interdisaient l'entrée. L'armoire de ma mère : les piles impeccables de vêtements propres. Je fis couler un bain ; le robinet cracha pendant quelques minutes un liquide rouge. Je fermai la porte à clé, par habitude. Je pénétrai l'eau brûlante. Je réfléchis : des affiches à la gare annonçaient pour cette nuit une grande fête au P52, ce serait ma chance d'approcher Nouar. Je pourrais tenter de le séduire d'abord, on ne savait jamais avec lui ; puis je pourrais lui réclamer des armes à un bon prix ; je pourrais lui expliquer au passage, sans insister, encore une fois, pour

Hakim et moi, limiter pour ainsi dire le champ de la négociation, et les reproches puisque j'avais quitté si brusquement son meilleur ami, puis les Iris. Il ne faudrait pas oublier de ravaler carrément ma fierté, et de lui faire part devant témoins de mes regrets d'être partie et d'avoir inexplicablement choisi une autre forme de lutte, mais il était inutile de pleurer, Nouar n'aimait pas les scènes. Sans doute il se méfierait, mais son entourage ne verrait plus que ça : moi qui revenais et implorais, à leur merci, c'en était fini de jouer à la Parisienne. Sûrement, Hakim serait là, à sa droite. Mais ma gêne alors ne serait pas grand-chose comparée à ce grand écœurement de l'existence que je ne savais plus par quel bout prendre : *maintenant* la nausée venait au hasard, quand elle le voulait. Ces questions réglées, les yeux clos, j'entamai alors un long voyage. La main posée sur mon genou glissa le long de ma cuisse. Je découvris un arc électrique partant du ventre et rejoignant mes jugulaires, dont la chaleur terrassa toutes mes craintes, un moment. Encore. Je commençai à caresser doucement mon bouton. Puis, ne reconquérant pas la sensation précédente je finis par procéder brutalement, presque par devoir. Je ne pensai pas à Hakim. Hem. Je pensai au corps de Julie surmonté par la figure de Patricia. Hem. Puis me terminant de façon assez sordide je ne pensai plus à personne en particulier.

L'oasis des cheveux mouillés. Heure incomparable : seule comptait la surface des choses, balayée par une très légère brise. Les lèvres et les yeux au naturel, les pieds nus dans l'herbe du jardin j'étais tranquille, tout comme avant une tragédie. Les mottes des taupes, leurs terriers qui devaient être un monde sûr sous le monde. Disparaître d'un simple bond : c'était une idée. Les petits carrés blancs des fenêtres dans le gouffre de la nuit étaient des repères, et des signaux. Quelles armes précisément devrais-je demander ? Ne pas passer pour une idiote. Passer pour un homme, plutôt, excessif et fulminant, retrousser mes babines et montrer mes dents comme un loup, puis me radoucir tout à coup, sans raison. Me couper les cheveux à la garçonne ? Être crédible : leur prouver combien j'avais changé en dedans, appris, compris. Et aussi : ne proposer l'argent qu'à la fin. Ne pas en proposer du tout, même. Ne pas leur laisser le loisir de se vexer ; ne pas leur permettre de jouer aux vertueux. Regarder Nouar dans les yeux,

calmement, ignorer tout du long ses sous-fifres. Lui faire l'article :
et la dette qu'il pourrait faire payer au Cofer comme bon lui sem-
blerait, et comment, chassé de Paris comme un malpropre par la
Commission urbaine deux jours auparavant, il pourrait de cette
manière y revenir en majesté. Il apprécierait l'image. Ou alors,
renoncer à changer et rester aux Iris et en payer le prix probablement, simple la violence connue la violence, supporter Nouar,
Hakim, certaines résurgences d'un passé censé avoir été balayé
– comme disparaître sous terre. J'avais pris un livre dans la bibliothèque de ma mère, un livre qu'elle aimait, j'en examinais la couverture que je l'avais vue caresser de temps à autre comme si c'était
la joue de son enfant : une main cuivrée tenait un masque noir
entouré de papier crépon, ça n'était guère engageant. Et j'hésitais
à lire, en soupesant le livre gravement, puis je finis par l'ouvrir
puisque les livres savaient, aidaient à résoudre les dilemmes. Après
l'avoir feuilleté, je commençai le sixième chapitre, et cette histoire
d'un garçon qui me ressemblait, qui ressemblait encore plus à
mon frère, mais à présent tous les hommes se ressemblaient pour
moi, m'absorba une bonne heure, et, faisant fugacement exister
un monde si évident et lumineux, mais inaccessible, le fameux
monde souterrain, me fit souffrir plus qu'autre chose ; je laissai
tomber. La fumée du joint ceignait mon front, jouait aux fume-
rolles sur mes épaules, pénétrait la racine de mes cheveux, me
donnait une odeur identifiable, finissait par s'envoler haut dans
l'air à peine rafraîchi. J'entendais des roulis proches, comme des
convois de déserteurs qui devaient s'enfuir au Mexique, suivant
une route qui ne rejoignait aucun camp, ma route préférée… Je
me rendis compte que j'étais libre de la suivre… Qu'ici et *maintenant* j'étais libre, d'une liberté répugnante…
    À cet instant m'apparut ce qu'il convenait de faire. J'écrasai
le mégot qui prit la couleur de la cendre, me levai. Il restait des
allumettes dans un tiroir. Je vidai le bar de mon père. Je formai
des flaques d'alcool de tailles rigoureusement égales dans chaque
pièce du rez-de-chaussée. Puis je me lavai les mains en frottant
méticuleusement chaque doigt, l'un après l'autre ; je pendis soigneusement la serviette mouillée. J'inspectai une dernière fois l'ensemble, tentée de renoncer à cet instant, mais il n'existait plus de
telles possibilités, de retour en arrière. J'écrivis un mot pour mes

parents que je plaçai dans la boîte aux lettres devant le portail, puis je cherchai de quoi manger dans la cuisine, mais je ne trouvai qu'un morceau de pain rassi que je posai sur la table et dont la forme étrange m'arrêta un moment.

III

1

"Il fuit", proclamaient-ils : il n'appréciait guère d'être réduit à ce terme, au prétexte des apparences, qu'on ne le perçût plus que selon cette vulgarité, ce raccourci, caillou tombé de la bouche que n'importe quelle populace pouvait ramasser puis lui lancer au front... Il n'aimait pas que, sans aucune considération pour ses mérites passés, on l'obligeât à faire face à cette image appauvrie de lui-même, à cette image de pauvre, qu'il eût à l'examiner de si près qu'il finissait par en être ébranlé, il n'aimait pas avoir affaire aux autres de cette façon – être jugé petitement. "Il fuit" : qu'il était commun d'affirmer ça, inutilement méchant de l'étouffer avec ce chiffon sale, alors même que, dans les livres d'histoire qu'on ne lisait plus, se trouveraient tous les surnoms, même moqueurs, toutes les expressions consacrées qui lui rendraient justice... Oh oui... Il savait bien ce qu'on disait de lui, comme s'il était un enfant solitaire, un soldat abandonnant ses camarades, un délinquant, un animal, un immigré : il fuit, il s'enfuit... Il déplorait à présent le vague désastreux de sa propre langue. Mais, au fond, il se défendait mal contre cette accusation, qui contenait peut-être une part de vérité plus grande qu'il ne l'aurait voulu : fuyait-il, ne fuyait-il pas, vraiment il ne savait plus... C'était à cause de la manière dont tout se ressemblait ; c'était la faute à cette confusion dans laquelle il se débattait. Après réflexion, "Il est entraîné dans un vaste mouvement de débâcle", diminuant sa propre responsabilité, lui paraissait plus exact, plus décent. Mais le Président Henri Dumont sentait par ailleurs que les mots les plus aimables ne pourraient atténuer le sentiment de perdition qu'il éprouvait.

Et il tentait de rester maître de ses nerfs, délaissé et souverain, dans une voiture qui s'éloignait à grande vitesse de Paris. Mais, peut-être parce qu'il ne conduisait pas, tout ce qui se passait autour de lui, les vrombissements au-dehors, et les petits clignotements électroniques du tableau de bord et des portières, le décor quitté aussitôt qu'aperçu, s'obstinaient à n'avoir aucun sens qu'il eût pu tourner à son avantage... à n'avoir qu'un sens, massif, unique, qui instillait la panique en lui... De bonne foi, il ignorait de quelle façon il s'était coupé du monde, comme changé en île aux rivages hostiles, et pour quelle raison la réalité se présentait désormais à lui sous la forme de bateaux à la dérive, ces voiles déchirées qui étaient autant d'énigmes insolubles à l'horizon, il ne savait plus s'il s'agissait de l'une de ses machinations ingénieuses et oubliées qui, l'ayant servi un temps, persistait à fonctionner malgré lui, ou si ses années de pouvoir s'étaient simplement accumulées sur lui comme des couches de terre et l'avaient peu à peu oblitéré, son passé qu'il ne comprenait plus, ce qu'il avait été. Et il se retrouvait fuyant, sans comprendre comment la sensibilité de ses mains, de son bassin, de ses jambes lui était revenue, sans parvenir à se rappeler précisément comment il en était arrivé là. Il ne reconnaissait plus son corps, le corps qui avait remplacé celui de sa naissance, et l'esprit étranger qui était venu le posséder... Il n'éprouvait plus de joie et plus d'ivresse, que de l'usure... Il regarda par la vitre et se demanda à quel point ce qu'il voyait était réel, tangible, inévitable comme la route sans but qu'il suivait parmi un long cortège de voitures semblables. Tout à coup la panique redoubla : il s'était rendu compte que jamais un homme occupant sa fonction n'avait détalé de la sorte, sans explication satisfaisante à donner – Fuyard, se répétait-il, je ne suis plus qu'un fuyard. Il était bien tard pour s'en désoler. Le Président essuya discrètement les quelques larmes qui coulaient depuis un moment sur sa joue droite, et gouttaient sur son poignet, et agaçaient les débris de sa virilité.

Fossile rencogné sur la banquette, il ressemblait à ces coquillages que l'on ramasse creux et lisses, persuadé qu'ils ont toujours été ainsi – où étaient passés son cœur et son sang ? Où étaient ceux qui auraient pu l'aider ? Des passagers qu'on lui avait imposés, nul n'était affligé de sa peau de nacre, de ses creux cadavériques, de sa curieuse immobilité : sur son flanc gauche était un homme moyen de taille moyenne, habillé de couleurs vives, un jeune adulte aux mains délicates et au crâne dégarni devant lui, et, au volant, un homme entre deux âges et à l'aspect débraillé – tout roses, tout palpitants, tout juteux du cours des choses. Où était-il emmené ? Les machinations du Premier ministre Damas, qui profitait de la crise pour s'approprier pratiquement la plupart de ses prérogatives… profitait lâchement de sa crise personnelle… Le complot marchait bien, il ne savait rien de la suite, sinon qu'il fuyait… Et il n'osait interroger les autres passagers sur leur destination, parce qu'une ancienne habitude de prudence l'empêchait de révéler ses ignorances. Alors, la gorge en feu, les lèvres tremblantes, il forçait sa bouche à demeurer fermée ; pour l'instant, ses yeux seuls s'affolaient.

Sorti d'une longue léthargie, il pouvait sentir à nouveau, il souffrait comme un vieil homme doit souffrir, non plus seulement de ses pensées, mais dans sa chair, luttant afin de regagner une surface et surnager dans l'eau des idées franches et du peuple, après un rêve de coton merveilleux pendant lequel ses membres s'étaient comme détachés de lui et dispersés sur toute la surface de la Terre, sa tête proprement coupée et posée face au ciel espagnol, son abdomen gris laissé en Chine, ses pieds perdus lors d'une visite des catacombes de Rome – fuyant il lui semblait s'être regroupé, péniblement ramené sur une autoroute déserte et rectiligne qui ressemblait à un passage vers l'enfer des sensations humaines. Bien sûr, comme pour tout passage, il y avait un prix à payer : les douleurs variées, et le déshonneur solide de fuir. Ils arrivaient dans un paysage de collines et de forêts ; cela le soulagea un peu. Par jeu, ou pour rappeler le sommeil et l'oubli, il lui prit de compter cinq par cinq les bandes blanches de la route que la voiture avalait, et ses paupières se mirent à cligner en mesure, et ses pieds se mirent à battre un rythme à cinq temps. Mais cela ne le calma guère, et il cessa pour commencer d'écrire machinalement sur la couverture d'un dossier azur posé depuis des heures sur ses genoux : *Pour moi qui déteste les paysages plats, qui m'ennuie, qui suis poussé à l'inaction lorsque je contemple une mer huileuse ; pour moi qui, au contraire, tire profit et envie de la vue des montagnes dans le matin bleu, imaginant les désirs secrets enfouis au creux des vallées, dans leurs entrailles, et les rêves des Français qui en montent comme la brume, les plaines que nous traversons par le sillon cuisant de l'autoroute sont l'un de ces paysages où la pensée, profitant de l'étendue morne, part au loin et ne revient qu'impuissante, fixée maladivement sur quelque pressentiment sombre. Ce n'est que lorsque nous abordons les collines de Touraine que je sors de ma torpeur. Étranges instants. À cette heure, nul ne peut dire si je suis encore, dans les faits, le Président de la France. Par deux fois, le peuple m'a accordé ses suffrages et sa confiance afin que je le guide. Mais, depuis quelques semaines, celui-ci se dérobe à son devoir, et paraît vouloir suivre d'autres voies que celle de la légalité et de la légitimité républicaines. Chassé par la révolte, une angoisse m'étreint : je sens soudain combien le départ de tous les principaux dirigeants du pays hors de la capitale, s'il garantit pour l'heure la sécurité du gouvernement et la continuité de l'État, est un terrible aveu de faiblesse de ma part.*

S'il avait dû faire à cette heure un bilan de ses huit années au pouvoir, il aurait retenu ceci… Montées sur les cicatrices terreuses des bords de l'autoroute, les cimes des arbres piquaient vainement un ciel de mort : plus blanc, plus bas et plus enflé que jamais… Tandis qu'il fuyait Paris, qu'il tournait le dos à la vitalité de Paris, des hordes envahissaient sa capitale, flots boueux qui effaceraient jusqu'au dernier souvenir de lui, tout ce qu'il avait voulu, et accompli… Tout ce qu'il voulait encore, c'était peu de chose… Quelles traces laisserait ce Président, quelle silhouette ? Sur les photos de groupe, sur les portraits, parmi les ouvriers torturés et pourtant exemplaires qui, depuis longtemps, ressemblaient à des natures mortes et à des chiffres, on le reconnaissait d'abord à son ventre tellement rebondi qu'on avait l'impression d'un postiche, d'une manœuvre politique, quand c'était là son véritable horizon et le fardeau qui pesait sur ses jambes et ralentissait ses déplacements ; mais marchant entre les stands, dans les travées d'un stade, dans le fumier, zigzaguant plutôt habilement entre les machines de précision, c'était sa claudication qui s'imposait à la vue de tous, puis, à l'esprit, la pitié qu'on réserve aux chiens à trois pattes ou aux vieux chevaux trottant tristement le long de leur enclos. Au cours de sa carrière, les animaux auxquels on l'avait comparé étaient les suivants : carpe, lapin, rat, anguille, phénix, tigre, lion, guépard, tous les félins vraiment, aigle, vautour, éléphant, fourmi, cafard, serpent, abeille. Clapier des mots, clapier d'une voiture, clapier du corps : il ne voyait plus que des pièges – la vision de deux yeux rouges brillant derrière une grille le saisit. Passant une main sur son visage il tenta d'ignorer pendant un instant ces représentations auxquelles il avait fini par croire, et se demanda quelle sorte d'être il était devenu. Qui ? Qui ? Assis, debout, ou cherchant le sommeil, il s'appuyait invariablement sur son côté gauche, et creusait de cette manière inégale chaque fauteuil un peu tendre, chaque matelas un peu mou : c'était sa postérité, semblable à celle d'un malade… Se succédant, toutes ses petites douleurs ne lui accordaient pas le bénéfice d'une souffrance dont il pourrait se vanter, qu'il pourrait *vendre*, néanmoins le changeaient : quelque chose comme de la pierre s'était incrusté dans son corps. Et il se rassurait en se disant que c'était là peut-être la dernière part incorruptible de lui, ce qu'il possédait de plus et qui le distinguait… Contraint, il avait adopté la réserve de la pierre. Mais personne, pas même lui, n'avait perçu que sous les couches dures, une très légère vibration persistait. Et maintenant il voulait sortir de lui-même, de cette prison où mille explosions de répugnance, mille vagues à l'âme l'assaillaient constamment ; il voulut sortir tout à coup, quitter la voiture où il suffoquait et, d'un discret signe de la main, ordonna au chauffeur de s'arrêter… de tout arrêter, le convoi présidentiel, cette histoire… Le chauffeur ne remarqua pas son geste, ne voulait pas le voir, et sa main retomba mollement. C'était, se dit-il, que personne n'était dupe de ses envies d'air frais ; c'était que cet ordre était ridicule, et qu'il ne parviendrait plus jamais à se faire obéir. Il avait *soixante-trois ans, l'âge de la plus grande maturité, de la plus grande objectivité, du plus grand détachement. Il aurait été dommage de* mourir. Selon toute vraisemblance, il était arrivé à la fin d'un cycle… La France, saccagée par une révolte générale, était parvenue à la fin d'un cycle… Il n'avait jamais fonctionné que par cycles, pendant lesquels tout ce qu'il apprenait était lié à une seule et même idée lancinante, qui souvent demeurait inconnue… Cette pensée le soutenait toujours : un cycle finissait, un autre était sur le point de commencer… Encore un autre, n'importe lequel, le dernier… Aujourd'hui, parvenu au bout d'un autre cycle, cette

177

idée uniquement le poussait à continuer, et l'empêchait d'ouvrir sa portière pour se jeter sur la route.

Quoi qu'il fît encore de bon, de mauvais, les enfants nés depuis huit ans n'avaient connu d'autre Président que lui, et beaucoup d'hommes et de femmes avaient passé leur adolescence à ses côtés – avaient été définitivement marqués par le seul fait qu'il existait. Et, à l'âge adulte, ceux-là se souviendraient de lui avec indulgence, comme de leurs meilleures années, après un documentaire retraçant son parcours et son action, ses ressorts psychologiques, lui concéderaient quelquefois une pensée, même fugace, formeraient la plus convaincue des milices privées ; et ils le jugeraient avec mesure, à la longue, considérant un interminable passé, considérant l'avenir… Il plissa les yeux de fatigue. Il posa son menton dans la paume de sa main, et ce changement de position peu convenable lui fit du bien. À droite de la voiture les forêts défilaient, armées vert et marron au garde-à-vous, groupées par unités égales, dans un ordre impeccable. Mais comment utiliser cette grandeur qui se proposait ? À quoi bon ? Au centre du pouvoir, au centre du pays, au centre de toutes choses, il était enfermé, et soumis aux règles et au bon vouloir d'autres que lui. Et, pas plus qu'hier, il ne pouvait se permettre de n'en faire qu'à sa tête : il ne pouvait, par exemple, dévisager le journaliste à sa gauche. Ou bien, en fuite, libéré de sa charge, pouvait-il désormais agir à sa guise ? Ses devoirs et ses droits ne lui apparaissaient plus aussi clairement qu'auparavant… Tâtant le terrain ses yeux se mirent à rouler jusqu'aux limites extrêmes de leurs orbites tandis que sa tête restait immobile. Puis son regard se fixa devant lui sur le visage émacié d'Audel, à demi caché par l'appuie-tête, sur ses cheveux coupés court dans la nuque et aux tempes, sur sa main fine et osseuse timidement posée sur l'accoudoir, comme effrayée par le luxe intérieur du véhicule – même dans la situation catastrophique où il se trouvait, il ne comprenait pas qu'un serviteur fidèle comme Audel pût le désapprouver aussi ouvertement en ne lui adressant plus la parole, en ne se retournant pas de temps à autre pour s'assurer que tout allait bien. Mais, le Premier ministre s'étant approprié la plus grande partie de son pouvoir, peut-être n'était-il plus Président déjà, peut-être ne lui revenait-il plus de prévenir les intentions des gens qui l'entouraient, de décoder le langage subtil des gestes et des postures les plus affectées, de *voir*... Il se rappelait ces soirées où, autrefois, le bras libéré de sa femme, il furetait les mains dans le dos, avec l'air d'en savoir un peu plus long que tout le monde, anxieux pourtant... Et l'air de folie qu'il affichait était révéré par tous, tout comme son front ceint de soucis qui touchait presque le sol... Il dut s'avouer que cette supériorité incontestable, cette aura lui manqueraient... lui manquaient déjà...

C'était compliqué, l'existence d'un Président, hautement compliqué, cette attirance mêlée de répulsion pour le pouvoir, et pour les autres qui n'avaient pas sa position, tous les autres... Le peuple, ses proches... Le premier cercle, le deuxième cercle... Il se rappelait l'énergie qu'il avait déployée, une fois élu, pour échapper aux inconvénients d'une fonction qu'il avait tant voulu exercer. Puis il était tombé follement amoureux des contraintes que lui seul subissait, toutes les contraintes du protocole et du langage et du temps, s'était lancé dans le processus de sa propre domestication avec la foi d'un converti, se disant : Jamais plus, jamais plus je ne connaîtrai une telle passion. Désormais il avait tout perdu, le pouvoir, les autres, sans reconquérir la légèreté, et cet autre pouvoir de pénétrer partout, anonyme, sans dommage et sans bruit. Mais un Président nouvellement élu, un ancien Président, un Président déchu ne pouvait jamais plus s'échapper, à cause des millions d'yeux en embuscade, partout où il se rendait : des yeux des yeux des yeux. Comment faire cesser ces regards, maintenant ? Il aurait commencé par Damas : ayant coupé exprès ses ongles il aurait posé ses pouces sur ses deux yeux, puis il aurait appuyé vers l'arrière du crâne, sans brusquerie, en tournant doucement autour de l'iris pour ne pas crever l'œil et en répandre le blanc, parce qu'en toutes choses ce qu'il désirait le plus était de ne pas se montrer cruel... Décidément un coup d'État réussi le libérerait, au moins pour un temps, comme une volée de balles qui, pénétrant son dos sans prévenir, l'aurait rendu flasque, aurait détendu ses muscles et apaisé ses nerfs et ramené sa raison – qu'ils le prennent, et qu'ils le dépouillent, et qu'ils n'oublient rien.

Il acceptait cette fuite et, plus largement, son écroulement récent, comme la punition justifiée d'une faute qu'il discernait mal, et qui devait être d'autant plus grande qu'il ne la comprenait pas ; mais il cachait tout de même cette profonde satisfaction qu'il avait de se voir châtié, conservant invariablement un visage égal et grave pour ceux de l'Élysée, pour ceux de Matignon, pour ceux de la voiture… Il fallait tout cacher, tout… *Pendant ces heures de doute, maints regrets, maints débuts de panique m'assaillent. Je suis isolé, sans nouvelles. Il est bien vrai que le silence est le plus grand supplice du peuple pour ceux qui le dirigent.* Il parcourut une nouvelle fois les possibilités qu'il avait de rompre de belle manière le calme hostile de la voiture, et d'occuper plus agréablement son calvaire ; puis se décidant il demanda au chauffeur d'allumer la radio, d'une voix qui manqua de se briser mais se reprit de justesse, sa propre voix, jadis forte… sa voix censément faite pour commander… *Voglio far il gentiluomo, e non voglio più servir.* Dans tout ce qui aurait dû le réjouir se nichait toujours un petit peu de peine. Comme il serait douloureux, tout de même, de ne plus être Président, et même d'éviter les grands drames ! Il ne savait plus aucun autre métier ; il redoutait la retraite forcée, et l'affaissement complet, et les troubles plus sérieux du corps et de la mémoire qui suivraient. Déjà, depuis sa réélection, souvent un geste précis, une technique simple qu'un enfant de trois ans maîtrisait disparaissait sans raison, et il devait réapprendre à tendre spontanément son bras afin de serrer une main, à tenir ses couverts, ou à passer rapidement entre les nombreux fauteuils bas du salon des Ambassadeurs, sans trébucher. Il s'était affaibli… Et, de manière surprenante, huit années de mandat ne lui avaient rien appris, rien d'important… Il se sentait moins savant, moins autoritaire, moins actif qu'avant… moins vivant, tout simplement… Et il ne voyait pas quel tour de passe-passe, quelle rhétorique pouvait le rendre tout à coup plus brillant et plus clairvoyant qu'il n'était – pouvait empêcher le coup d'État en cours. Fuyant la crise à soixante-trois ans révolus, en crise, il se contentait de nommer les choses qu'il voyait sur la route, dans la nature proche, ces choses qu'il fréquentait de longue date dans les livres, ces miettes… Cela n'était certes pas d'une grande aide dans sa situation, mais il continuait tout de même à dresser ses listes : l'air martial, les traits tirés, il saluait chênes, charmes, noisetiers, alisiers, canards, vanneaux, hérons, aigrettes, mésanges, cétoines, tritons, vers et grenouilles, primevères et daturas, anémones, glaïeuls, asphalte, bas-côtés, piquets et glissières. Cela ne lui était d'aucun secours. *Aujourd'hui, grâce au malheur, on pourra me juger à nu.*

Qui ? Il y a quelques jours, ce journaliste qui se tenait à côté de lui avait évoqué "L'homme d'action dans la paix et le confort, rigide et acharné dans la prospérité, impitoyable, et le politique exécrable dans la tourmente, rapetissant quand d'autres, il est vrai fort rares, prennent de l'envergure". Il feignait de ne pas entendre ce que les huissiers et le personnel et ses électeurs disaient dans son dos : "Fantôme du palais" ; "Ombre de lui-même". Il regardait pendant des heures son portrait officiel jusqu'à en voir seulement les défauts, ses paupières enflées, les plis et les replis des joues, les cheveux filasse et clairsemés, et l'avachissement général du corps qu'il compensait en prenant des allures de piquet, de colosse de foire... de soldat de fantaisie, d'effigie de carton... Ce que la France contemplait, l'image qu'elle avait de cet homme de soixante-trois ans, grand, assez imposant, la jambe droite raide et traînante comme une patte folle, les traits épais, le nez busqué, le front effacé, la bedaine démesurée, il ne parvenait plus à le saisir, et à l'utiliser en sa faveur. Comment avaient fait ses prédécesseurs, pour endurer et surpasser leurs propres crises ? Durant sa présidence les livres d'histoire s'étaient peu à peu transformés en vastes galeries de portraits familiaux, en quelque vestibule orné de tableaux médiocres, représentatifs d'un art qui le touchait d'une étrange façon. La nuit, certains de ces regards célèbres le hantaient, qu'il tentait de chasser en plaquant les deux mains sur son visage, le bruit de ses sanglots étouffés semblant alors celui de pets ; mais les yeux qui souhaitaient tant le voir, qui voulaient tant le jauger, étincelaient dans l'obscurité, venaient de l'au-delà, lui apportaient un message de Pères courroucés par la couardise de leur Fils... Pourtant, attachant une grande valeur à son legs politique, lui avait cherché une grande guerre à livrer ; il avait rêvé de fer, de crachats, de muscles tétanisés, à ses pieds de flaques de sang telles qu'on ne pourrait pas manquer de les voir et que la terre ne pourrait jamais les boire entièrement, de triomphe et de véritable solitude aussi ; il s'était longtemps imaginé, debout et pantelant, en dernier combattant sur un champ de bataille, se comparant au visage de l'aube. Mais l'épopée n'avait pas paru... ne lui était pas apparue, plutôt... Il avait été ému par le sort de

Youssef Chalaoui, mais il n'avait pu s'empêcher de déplorer son manque de retenue face à la police, on ne devait pas provoquer la police, c'était le Président qui pensait ainsi… Et il n'avait vu dans les émeutes soulevant les banlieues ces dernières semaines qu'une agitation négligeable. *L'adversité manquait à ma carrière.* Souvent il s'était interrogé sur sa place entre ascendance et descendance, au bout de la liste interminable des noms dorés et bénis de la République ; s'il était d'une race, ou d'une autre, d'une branche ou d'une autre, d'une famille ou d'un type indigne ; s'il était un grand Président. Mais il n'était plus capable de discerner ce qui, dans son travail, dans son service de l'intérêt général, relevait d'une ambition personnelle – parfois il semblait ne rester plus qu'elle, d'autres fois elle semblait s'être évanouie. *La présidence nécessite du caractère, ou, plutôt, un caractère spécifique qui ne peut s'apprendre d'avance, qu'on ne peut saisir tout à fait de l'extérieur, et qui, épousant les exigences de la fonction, consiste dans le mépris de l'intrigue et de l'air du temps.* En fuite ce 17 juin, des douleurs indicibles de renaissance chevillées au corps, il ne se souciait pas plus aujourd'hui que le mois dernier de cette révolte généralisée, de cette crise passagère qu'il ne parvenait pas à prendre au sérieux, considérant qu'elle manquait de la brillance d'argent des légendes passées, et de l'inéluctabilité qu'on prête aux grands événements, *aux catastrophes imprévues, aux circonstances forcées* – à parler franchement, qu'est-ce que c'était que ça, la banlieue ? Il lui avait bien dit, ce jour-là, qu'il ne parviendrait jamais à se pencher assez sur le quotidien des Français et sur leurs petits tracas, le lui avait répété une heure durant tout en taillant un rosier, tandis que le vice-président de son parti continuait à l'appâter grossièrement en lui faisant miroiter une situation qui pût enfin combler ses appétits, et apaiser son besoin de réussir : "Vous devez vous présenter ; la France a besoin de vous, comme d'un père." *Ma première pensée fut pour la famille de Youssef Chalaoui. J'écrivis immédiatement à sa fille : Madame, la France vient de perdre un de ses enfants.* Mais enfin, avait-il ensuite songé, que pouvait faire la fin misérable d'un Algérien, une mort de plus à un pays qui en avait connu plusieurs milliards déjà ? Il voyait le passé comme un monument battu de vent aux confins d'une lande déserte, au sol de terre jonché d'images et aux murs recouverts uniquement de prodiges et de grands principes, de principes vrais. Il n'osait pénétrer franchement et refermer la porte derrière lui, au risque de se perdre ; il se tenait sur le seuil, discernant dans les ténèbres de l'intérieur quelques vivacités, quelques éclairages doux, sentant aussi des vapeurs méphitiques qui, déjà, le faisaient suffoquer.

Transformer l'air en instrument de meurtre, cette idée était bien dans les manières de son Premier ministre. Mais il était Président encore, desserrant peu à peu l'étau, il le sentait venir, innocente et respectable victime d'une tentative de coup d'État ourdie par son plus proche collaborateur, et son meilleur ennemi. Il avait besoin d'un air nouveau ; il ouvrit sa vitre, et, si les trois hommes dans la voiture tournèrent rapidement la tête vers lui, aucun d'entre eux n'osa protester. Une bouffée de fraîcheur qui guettait son passage lui sauta alors au visage. Sur la route, les arbres plaquaient des ombres qui ondulaient de manière charmante. Il fuyait par l'autoroute, dans cette ornière imputrescible, jusqu'à son terme, jusqu'à ce qu'une boucle fût bouclée – jusqu'à la Révélation. Ils arriveraient dans quelques heures ; ils se gareraient devant l'un de ces bâtiments bâtards, mairie de style Renaissance ou établissement thermal, qui pourrait passer provisoirement pour un palais de la République ; et il devrait sortir de la voiture, essayerait tout de même de bien se tenir, éviterait les questions des journalistes qui les suivaient partout en troupeau, irait s'allonger quelques instants. Et après… Et après… Peut-être sa nature prédatrice…

Malgré l'inertie dont il faisait preuve dernièrement, il savait être redouté encore pour son inflexibilité, et la rudesse de ses réactions formait la trame de fables dont il était le protagoniste, bon, méchant. Quelques années plus tôt, il s'était choisi une figure de gardien des lois qu'on ne pourrait comparer qu'à l'airain, qui ne se contenterait pas de jouer les façades pour d'autres. Il était l'initiateur salué de huit lois essentielles, cinq proposées au vote des assemblées, trois prises par décret : sur l'actionnariat, sur le code pénal, sur l'organisation et le commandement des armées, sur les édifices publics et religieux, sur la décentralisation, sur les associations et les syndicats, sur les salaires et la fiscalité, sur la fonction publique. Chaque décret, il l'avait signé un sourire mauvais aux lèvres, savourant la revanche personnelle d'un accomplissement. Mais maintenant il se demandait ce que pouvait encore signifier son titre, Président de la République française : la pointe de la pyramide sociale tournée vers le dehors, vers l'étranger... Le cap face à la mer... Le sommet dominant les autres reliefs... Même déçu, et plein d'aigreur, il était impensable pour lui de banaliser sa fonction : il était responsable de l'intégrité du territoire ; il possédait un droit supérieur de grâce, comme on possède un stylo cher, ou une voiture de collection ; il nommait le Premier ministre et mettait fin à ses fonctions, dans la mesure du possible ; il veillait au respect de la Constitution. Il était en première ligne, en avant de tous, négociant dans les bureaux de l'avenir ; et il avait été amené à traiter directement avec vices et vertus, dans leurs versions les moins altérées, les plus retorses, les moins tolérables ; il avait tenté de maintenir un équilibre acceptable pour le plus grand nombre. Sincèrement il n'avait rien voulu pour lui, malgré l'envie qui le tiraillait sans cesse d'accorder tout à tous, de se rendre insensible aux subtilités des accords, à l'infinie diversité des leviers et des manœuvres, à la séduction du chaos. Mais quelqu'un, en bout de chaîne... Quelqu'un de bien renseigné dans les bas-fonds avait dû sentir qu'il n'y était plus, appeler à la révolte contre lui, affirmer qu'il était près de vaciller et que le résultat importait peu, au fond, pourvu qu'à la fin il fût parti.

Pourtant il se sentait toujours Président, d'un certain point de vue, fuyait en tous les cas de façon présidentielle, malgré cette sueur répugnante à la poitrine et dans le bas du dos... Cette expression irréfutable d'un pourrissement intérieur... Ses mains moites échappaient tout désormais, ne pouvaient plus rien tenir de lourd ; son dos se raidissait contre l'effort ; les jours coulaient entre ses doigts. Seuls demeuraient l'écrasement et le regret des amis qui l'avaient trahi, et sa haine envers le Premier ministre François Damas, qui l'utilisait. Il attendait, c'était ce qu'il savait faire de mieux, désormais, il patientait jusqu'au dénouement de leur périple comme on espère se désaltérer à une onde pure. À cet instant sa voiture se rapprocha dangereusement de celle qui précédait, ralentit brusquement, évita de peu le choc. Et, comme jailli d'une sablière ou d'une cabane dans les arbres, il put à nouveau entendre distinctement le son des sirènes, le son mat des pneus, les cliquetis de la mécanique, et tous les bruits qui élevaient des murs autour de lui pour les abattre aussitôt. Effrayé, et essayant de fermer rapidement sa vitre son doigt glissa sur le bouton qui la commandait électriquement, et le claquement qui suivit l'arrêt brusque de la vitre s'empressa de dénoncer sa maladresse ; il fut pris à cet instant d'une rage folle qu'il maîtrisa difficilement, qui se débattait pour sortir et saccager méthodiquement les étendues avoisinantes.

Rien de plus facile que d'invoquer la violence, que d'écarter d'un revers de main des générations d'efforts, d'entente et de compréhension, rien de plus facile que de céder à la facilité des coups. Cependant, une fois déclenchée, la violence consiste en spirales qu'on arrête difficilement, qui opposent sans but l'homme à l'homme et paralysent la démocratie, la ramènent vers les ténèbres des origines où elle finit par mourir sans un bruit. Il se sentait paralysé depuis quelque temps, par les enjeux, par le défilé accéléré des années, par la peur de passer pour un imbécile ; cela rendait les choses plus aisées pour les agitateurs et comploteurs de toutes sortes. Et, contrairement à Damas l'agité, Damas le sanguinaire, il était toujours demeuré sans réaction face aux déchaînements de la sauvagerie qu'un Président avait parfois à combattre, et à dénoncer, ne sachant où se mettre, se tortillant ou reculant horrifié puis, une fois le danger passé, s'approchant comme un quidam afin de contempler les dégâts ; il était épouvanté par le contact des gens que l'exercice de la domination, fût-ce la sienne, réclamait. Mais, fuyant dans sa berline, il se surprenait à désirer n'importe quelle rencontre de la peau, celle d'un mercenaire ou d'un dictateur africain – même la bosse rouge et desquamée à la base du cou d'Audel, il l'aurait caressée avec plaisir... Il aimait la douceur chez les autres ; il aimait être attendu, et réclamé par les gens. Mais son pouvoir ne consistait pas en cela, à toucher des êtres humains : c'était plutôt comme s'il avait à réparer sans cesse une trop vieille et trop grande maison. Un jour, il avait arrêté le ravalement, et il s'était mis à tourner entre les murs dans la chaleur poussiéreuse, percevant confusément les grondements au-dehors... Et les murs s'étaient rapprochés... Que de découvertes tardives et de déconvenues, que d'échecs malgré ses prérogatives, le pouvoir qu'on lui avait confié sans réticence, les espoirs qui devaient lui donner un élan, malgré plus de vingt millions de voix qui devaient lui permettre de réussir.

Il pouvait voir le résultat : le pays était divisé et exsangue ; et il n'avait pu guérir sa femme Béatrice.

Sa fonction l'avait comme sauvé, lui, l'avait choisi, lui, l'avait enlacé au cours de maintes nuits solitaires, tandis que, pendant les mois interminables de l'agonie de sa femme, il fuyait, remplissait son calendrier d'obligations qui pourraient lui éviter d'assister à ses dernières minutes, fuyait, fuyait, fuyait en avion et se réfugiait dans les palaces. Au funérarium, il avait laissé un long moment sa main posée sous le sein droit de Béatrice, comme s'il s'acquittait d'une dette, puis avait baisé son front bombé au goût de bonbon, lisse, rigide, glacial et gris ; il avait caressé sa joue de momie, creusée et élastique, attendant quelque chose qui s'obstinait à ne pas se produire. Depuis il n'avait plus rien fait d'autre que s'observer, guettant l'émotion qu'il aurait dû ressentir dans la chambre mortuaire, croyant ferme tenir là l'énigme dont, non pas la résolution, mais la découverte même, et le simple examen donneraient un sens à tout le reste de sa vie… Il serait veuf, bon père de famille pour la France, seulement appliqué à sa tâche…

Supportable, insupportable : il ne voyait plus à quoi ces mots se rapportaient. Depuis huit ans il essayait de faire la part des douleurs d'État et des douleurs personnelles ; il essayait à tout prix de recouvrer la santé, combattant une maladie appelée *don de soi*, qui gagnait du terrain – ayant pris le problème sous tous les angles il ne voyait plus de quelle façon s'en sortir : la médecine l'avait si souvent abusé… *Un chef d'État doit considérer la réalité comme une fresque trompeuse qui, tel le tableau d'Holbein appelé* Les Ambassadeurs, *ne montre que "confusion regardé de face, et formes distinctes vu de biais".* Des formes d'ossuaires et de crânes, il en voyait partout : ces buissons au bord de l'autoroute, au bas des filets qui retenaient les éboulis, ces fagots de bois mort sur les hauteurs, ces boules de gui qui le suivaient des yeux. Il ne lui restait plus qu'à attendre l'éternité ; il pouvait presque l'apercevoir déjà lui tendre les bras, puis claquer des mains pour le faire presser. Ce n'était qu'à moitié une boutade. Béatrice lui avait demandé un jour, se penchant sur son épaule et pinçant sa joue, feignant un grand sérieux : "Mais à quoi peuvent bien ressembler les mains de l'éternité ?"

À la vérité il ne fuyait pas pour la première fois, ce Président qui n'avait cessé de parcourir le monde depuis huit ans ; il ne retrouvait un peu de sa jovialité que durant ses voyages. Et ces désertions répétées n'avaient rien arrangé : il s'était peu à peu désintéressé de la France ; il s'était passionné pour les affaires internationales, leur imbrication, leur complexité qui ne réclamait pas vraiment qu'il agît, qui se suffisait à elle-même. Et il appréciait les cultures très éloignées de la sienne, tant qu'elles demeuraient chez elles, les folklores insensés dont le sens lui échappait, les sociétés fermées et repoussantes. À l'étranger, un lit ne paraissait jamais vide ; les échanges étaient souvent futiles et légers, pleins d'un éphémère luxueux dont tous ses confrères entendaient profiter ; gyrophares hurlants il traversait les bidonvilles à une vitesse grisante, semant immanquablement le dragon de la misère, et les rancunes qu'il attisait. Depuis son temps de collège, jamais l'antipathie qu'il suscitait ne lui avait paru démesurée, ni extraordinaire, ni injustifiée. Il avait échappé à cinq tentatives d'agression au total, à mains nues ou à l'arme blanche. Après la dernière, la plus grave, il avait écrit sur son lit d'hôpital au Val-de-Grâce : *Souvent la haine qu'on nous porte est un bon indicateur de la justesse de ce que nous faisons.* Au fait, peut-être n'était-il pas tant détesté par des hommes que par certaines idées qui demeuraient dans leurs parages et les guettaient, puis s'emparaient d'eux ; peut-être la Dignité, l'Honneur, la Puissance, la Grandeur le méprisaient-ils et, s'étant une fois pour toutes détournés de lui, l'imposteur, attendaient patiemment son successeur, désertant ses rêves ; à présent ses rêves étaient peuplés de créatures, de crocs et de serpents. Il se réveillait en sursaut deux à trois fois par nuit, se tâtait frénétiquement le torse, parvenait à dormir environ cinq heures au total. Il se levait chaque matin à six heures, plus rarement à cinq heures trente. Il travaillait chaque jour pendant dix à douze heures, le plus souvent à son vaste bureau en bois précieux, la lumière délavée par les rideaux se déversant sur sa gauche et le séparant de l'entrée par un halo pâle. Il commençait par fixer longuement la pile des dossiers entassés sur son bureau, les couvertures bleues, les couvertures roses, les couvertures vert pomme ; mais il n'osait allonger le bras pour les consulter, craignait comme un étouffement de lire les premières lignes qui, à elles seules, le plongeraient dans une angoisse profonde ; il n'en pouvait plus de vivre penché. Puis, s'étant tout de même mis au travail, il levait la tête de temps à autre pour parcourir l'ordonnance de la pièce, tendait l'oreille : c'était comme si une autre existence cognait aux carreaux sans pouvoir entrer ; ses orteils se rétractaient alors dans ses chaussures et, plaçant une main entre ses cuisses, il en savourait la chaleur. Certains jours il parcourait le parc de l'Élysée pendant des heures, encombré par la canne sur laquelle il s'appuyait mais satisfait tout de même de l'image qu'il donnait de sa fonction ; il aurait pu se trouver en Champagne, parmi les sangliers, ou dans le Limousin, parmi les vaches ; de grandes bandes d'oiseaux s'envolaient à son approche. Ses habitudes ne variaient presque jamais, coulaient ses semaines et ses mois dans une stèle de bronze monumentale ; ses habitudes l'avaient aidé, puis trahi ; il n'en voulait plus ; il en voulait de nouvelles. Et il essaya à nouveau de compter cinq par cinq les bandes blanches de la route, essaya de ne penser qu'aux chiffres, de tenir le rythme, de s'affermir : cela aurait pu devenir en peu de temps une sorte de religion personnelle – ses rites, sa propre ascèse, sa propre Église. Il aurait dû depuis longtemps procéder à ce dépouillement de soi, à cette rupture.

Le brouillard matinal se levait peu à peu, et il devinait maintenant dans le ciel quelques traces d'été... Quelques indications d'un autre monde que le sien, éternel et immuable... En ce matin du 17 juin, il tentait de se rappeler d'un jour de grand soleil. Le cortège avançait toujours, vers Poitiers, Limoges, ou Bordeaux. Il supposait un complot par voiture, sans doute davantage. De quelle manière arrêter cette fuite en avant ? Il en était capable... Ce n'était pas la première fois... Ce n'était pas la première fois qu'il sortait d'une dépression profonde, du trou... Il pouvait réagir encore... Il pourrait profiter d'une halte pour tenter de s'esquiver à travers bois, trouver une clairière et s'étendre là, retrouvant la pulsation de la Terre en attendant du secours ; mais il se demanda quelle espèce d'aide viendrait. Et il ne pourrait aller vite. Il boitait depuis ses treize ans ; chaque jour il marchait moins facilement que la veille, perdant à la fin la longue guerre d'usure contre sa jambe droite. Après son accident, il avait d'abord essayé de cacher sa claudication, avant de changer radicalement d'idée, à vingt ans,

puis, afin d'être élu, de monter en épingle la moindre des conséquences psychologiques de son handicap : tempérance, persévé-
rance, sensibilité au sort des plus faibles… Il boitait, et prétendait
comprendre tous les boiteux. Mais en vérité il admirait la pleine
santé, la grande respiration du corps sain. Il vouait une admiration discrète à son Premier ministre, à sa grossièreté bon enfant, à
la connaissance dénuée de regrets qu'il avait de ses atouts et de ses
faiblesses, à son sens pratique dont lui-même était dépourvu, et à
l'assurance tranquille avec laquelle il assumait les ambitions que
sa classe sociale avait formées pour lui, bien avant sa naissance, et
qu'elle avait placées d'autorité dans son berceau comme un trousseau sur lequel on aurait cousu un unique mot : *Président.* Qui
pouvait ignorer que Damas n'était qu'un instrument forgé pour
l'atteindre, lui ? Qui ? Il boitait sans ostentation, en vrai notable de
province, ni empereur ni traîne-la-patte ; pourtant il avait remarqué que, en sa présence, son entourage était affecté d'une légère
claudication. Damas lui marchait vite, se gardait ainsi de son
influence ; il se déplaçait toujours par petits pas rapides, comme
s'il se retenait constamment de courir ou de sauter à la gorge de
quelqu'un, appliquant à cette retenue toute sa volonté. Et, en permanence, n'étant rien de plus que lui-même, son Premier ministre
le défiait. Les discussions qui suivaient chacun des coups d'éclat de
Damas étaient de ce fait particulières : agréables, courtes, arran-
gées, sans portée, sans échange, modernes ; et il finissait toujours
par sourire timidement. Cela l'étonnait : à une époque où les mots
lui venaient aisément, ses adversaires étaient pris dans une ronde
que lui seul menait – son sourire pouvait alors se retirer à volonté
de son visage pour n'y laisser que ses yeux. Mais il était devenu
plus conciliant, avec le temps ; Président, il passait l'essentiel de
ses journées à faciliter les rencontres, à faire prospérer les affaires,
à garantir le bon fonctionnement de la machine et, plus exceptionnellement, sa survie, mais il payait un lourd tribut à cet effort
peu naturel… Négociant, son Premier ministre n'avait jamais à
s'appliquer ou à refréner ses penchants ; il avait tout du commercial. Et il en était venu à envier ce qu'il détestait auparavant chez
d'autres, l'aplomb de Damas, ses dents bien alignées, l'arrangement
étudié de ses cheveux, ses coûteux costumes rayés, invariablement
bleus ou gris perle, sa gourmette ; il avait cherché à s'approprier

un peu de sa détermination et de ses façons rugueuses. Il avait même, pendant quelques mois, envisagé un pacte qui leur serait profitable à tous deux, et à la France. Mais un tel arrangement n'avait jamais été possible qu'en lui, entre telle et telle part de lui-même – simplement, il avait voulu réagir… Il savait maintenant, il sentait que le pire n'était jamais le résultat de la volonté, mais de l'inertie, comme il savait par ailleurs que, émeutier ou Président, on ne modifiait que très peu le cours des choses – alors quoi?

Il se souleva un peu : les voitures avaient franchi la Vienne, et arrivaient à la hauteur de la petite ville de La Haye; ils approchaient. Il avait eu besoin de quatre années pour réunir les fonds nécessaires au rachat des Églantines, le domaine néanmoins amputé des deux tiers. Dans la presse, on l'appelait la "Maison de campagne du Président"; c'était si peu juste. Il avait fait nettoyer et restaurer l'essentiel : le portail, la terrasse donnant sur le parc, la cuisine, le grenier, les chambres. Il se réfugiait là une fois par mois; il s'allongeait et fermait les yeux, écoutait les craquements de la maison et les mulots grattant contre les gaines de chauffage; ses cauchemars cessaient brusquement, et il pouvait retourner à ses penchants : amorphe, indécis, colérique et désespéré, prétentieux. Il se demanda si Damas avait prémédité de faire passer le cortège près des lieux de son enfance, ou si cette cruauté lui était apparue comme une satisfaction supplémentaire, ou bien s'il s'en souciait. Ainsi proche d'Argenton, de Crevant, d'Aigurande, de Saint-Gaultier, il ne ressentait rien de la présence d'un passé qui pût lui appartenir et être redécouvert, d'un refuge : dans ses souvenirs d'hiver, il croisait les bras autour de ses genoux au pied d'un grand fauteuil, doucement échevelé par la main moite de son père; dans ses souvenirs d'été, un soleil épatant rayonnait dans le haut de sa poitrine – c'était tout; cela avait suffi pendant des années. Mais quelques banlieusards, quelques voyous ayant recouvré leur goût pour les tables rases s'étaient mis en tête de détruire tout ce qui avait précédé, et il lui semblait que ses propres souvenirs avaient subi le même sort. Peut-être était-il seul responsable de la perte de sa mémoire, de ces émeutes : qu'il eût été incapable, armé de la prospérité et des lois, de se protéger en protégeant le pays le blessait profondément. S'adapter à la modernité! Une nouvelle ère! On ne parlait plus que de cela…

Des termes démodés que l'on n'employait plus pour évoquer les grands personnages et le monde ancien, il regrettait ceux-ci : *dignitaire*; *hôtes de marque*; *agapes*; *toast*; *déférence*.

Venant de l'ouest et du sud, des nuages s'agrégeaient au-dessus d'eux, formant une sorte de moutonnement compact qui l'empêchait de prévoir l'aspect qu'aurait le soir; percer cette masse, autrement qu'à coups aveugles, paraissait impossible. Audel reçut un appel, écouta penché sur le téléphone, puis écrivit un mot qu'il lui fit passer : *Des milliers de personnes se sont rassemblées depuis ce matin autour du palais de l'Élysée afin d'en forcer les portes et de le débusquer, lui.* La froideur du mot était évidente. Certainement, comme le chauffeur et le journaliste dans la voiture, Audel se sentait délaissé, comme la France; le Président s'en moquait pourtant, de leur détresse, du quartier des Iris et des autres, de la chienlit; il ne parvenait plus à faire la part de l'émotion et de la raison, de l'accablement et de la délivrance, de la proximité et de l'éloignement, du gain et de la perte. Ballotté il avait l'impression d'avoir abandonné les plus humbles, les plus fragiles derrière des lignes ennemies – si seulement le terrain lui était familier, si seulement il savait quels camps étaient en présence, quelle sorte de combat ils se livraient, et quelle direction il pourrait prendre pour véritablement fuir une crise qu'il ne comprenait pas. *Le désordre est toujours une défaite pour le peuple, car il ne le maîtrise pas plus qu'il ne l'organise; il ne fait que le subir. Seuls ceux qui ne le subissent pas ont le loisir d'en donner une théorie séduisante; seuls ceux qui n'en ont rien à craindre poussent les plus démunis en avant; seuls ceux-là m'inspirent du dégoût.* Sa crainte de l'échec avait pris des dimensions effrayantes, éteignant en lui toute sollicitude, le rongeant, gâchant tout, ses rares répits, et la minute la plus douce et la plus simple; ses peurs macéraient, fermentaient, se transformaient en fautes, puis en péchés dont il avait trouvé le moyen de s'enivrer sordidement.

À présent, la haie des arbres s'élargissait et découvrait la suite bosselée de l'autoroute qui retournait dans la plaine, la fin des collines – le déversement. Un courant d'air plus froid que les autres le surprit et le fit trembler de tous ses membres; mais, cette fois, il réussit à fermer sa fenêtre sans heurt. Comme ses frissons le vieillissaient, le rapprochaient de la mort alors que ses cinquante ans n'étaient pas si loin, donc ses quarante ans… donc ses trente ans… Et la brutalité dont il pouvait faire preuve alors, s'il se rappelait bien… Président, il était entre autres le chef des armées – mais rien de trop voyant. Il aurait dû probablement envoyer un message discret et énergique à l'état-major : "Tenez-vous prêts à agir sur mon ordre."; il en avait le droit du moins; mais, doutant qu'on lui obéît, doutant même que le général Boisdêfre prît la peine de lire son message, il ne tentait rien pour l'instant, préférait manigancer, solitaire, comme toujours… De toute façon, Boisdêfre discuterait la mise en œuvre pratique des ordres, perdrait du temps, puis s'indignerait de ce qu'on pût remettre en question ses compétences militaires, puis prétendrait ne pas pouvoir faire couler du sang français, puis menacerait de démissionner, tout en consultant ouvertement Damas, qu'il avait décidé de favoriser. *Le pouvoir repose, dans sa pratique, sur une acceptation quotidiennement renouvelée de sa légitimité par le plus grand nombre, c'est-à-dire, au fond, sur l'idée simple que les choses seraient pires si, pour une raison ou pour une autre, il venait à disparaître dans la forme qu'il avait prise. Le temps, la stabilité, ainsi qu'une défense déterminée des grandes lois qui la fondent, sont donc les meilleurs gages de sa perpétuation.* L'armée ne reconnaissait que la fermeté, la buvait et la mangeait, dormait avec elle, sa réflexion en était tout embuée; combien différente était la police, et comme il la préférait, et le souffle qu'elle conférait à ses lois, et la portée de ce souffle. Mais celle-ci était désorganisée, et le temps jouait contre lui. Il peinait pourtant à former un plan puis à prendre des décisions définitives, à se presser, à considérer que la vitesse ne fût pas une trahison de ce qu'il était devenu, et même de l'Histoire. Et il ne voulait pas faire de choix; il voulait savoir par avance qu'il ne pourrait se tromper; mais, comme revenu à lui depuis une heure, il paraissait de plus en plus évident qu'il ne pourrait plus laisser faire s'il voulait reconquérir sa place, qu'il devrait, à son tour, se révolter – cette perspective l'effrayait. Alors pour tromper ses réticences il se remit à écrire frénétiquement, ratura, replaça : *voilà l'ennemi un groupe d'officiers partisans ambitieux et fanatiques avec l'honneur pour bouclier et la générosité pour rempart la République est en danger le pouvoir est vacant cependant tous se ruaient à la servitude chacun renonçant à l'égalité les yeux fixés sur le prince attendait ses ordres si nombreux qu'on aurait dit des sauterelles* mais *moi ou le chaos soyez à mes côtés le combat reste le même point de place faible là où il y a des gens de cœur restez soumis à ceux qui sont bons et même à ceux qui ne le sont pas et s'il n'en reste qu'un je serai celui-là je fais la guerre je fais toujours la guerre de l'audace je cherche un sabre je fais don de ma personne pour atténuer la force des baïonnettes chose trop grave pour la confier à des militaires il faut une guerre civile c'est légal parce que je le veux nul n'atteint si haut que celui qui ignore où il va et s'il faut violer la loi que ce soit pour régner qu'on la viole ta carcasse tremble qui m'aime me suive si je recule tuez-moi si j'avance suivez-moi si je meurs vengez-moi malheur aux vaincus un mort ne mord pas tuez-les tous et Dieu reconnaîtra les siens nous vaincrons car nous sommes les plus forts souvenez-vous je ne peux pas mentir personne n'aime les missionnaires armés* mais *chacun se bat pour ce qui lui manque une renaissance de la liberté et le gouvernement du peuple par le peuple pour le peuple.*

Les discours, la parole, voilà tout ce qui semblait lui rester… Faire croire… Mettre en branle un invraisemblable système de cordes, de rideaux et de poulies pour chaque sourire et pour chaque moue… Et ne plus réussir à s'extirper de cette roue… Devoir persuader à tout prix… Il en était convaincu : *Le monde est un théâtre. Dans ce jeu de masques, il importe de savoir où se situe le véritable pouvoir, et les véritables enjeux* ; il se disait : *Qui, s'avisant de cela, décidera une bonne fois de tout brûler, acteurs, audience et décor ?* Qui donc ? Ces derniers temps, il était devenu aux yeux de l'opinion publique, à ses propres yeux, tout ce que son Premier ministre n'était pas, l'un et l'autre foyers d'une ellipse tellement aplatie qu'elle paraissait une ligne, l'un et l'autre parallèlement lancés sur une même trajectoire d'autoroute, se complétant, se suivant sans pouvoir sérieusement se singer, chacun recelant un petit mystère qui marquait comme une limite de la compréhension de l'autre, une limite insupportable de leurs capacités respectives. Et l'existence même de Damas le renvoyait dans bien des impasses qu'il voulait éviter, l'accusait : profiteur, chichiteux, pantouflard, élitiste, myope, sournois, provincial. Mais il n'était pas ainsi, plutôt : habile, bienveillant et attentionné, grave, intelligent, simple, maladroit, bon vivant, handicapé, prudent, déférent, expérimenté. Il observa un moment le tumulte des oiseaux qui se détachaient du fond blanc et crémeux du ciel, les centaines de V qui s'éloignaient d'eux, prenaient des virages foudroyants, puis revenaient. Comme tous les vrais campagnards, il détestait la campagne, sur laquelle son départ pour Paris avait autrefois jeté une lumière crue ; et, depuis lors, il alimentait volontiers sa légende noire, donnait à détester ses champs gras, son avarice ordinaire, le froid perpétuel qui s'emparait des joues et des mains, et la lourdeur permanente que sa fréquentation induisait, comme si la terre restait collée au corps et le lestait et entravait le moindre mouvement... Mais, véritable citadin, né en ville, par conséquent plus léger, Damas le devançait partout, finissant par le surpasser en toutes choses, gouvernant pratiquement à sa place, l'obligeant à fuir.

Il fuyait, bel et bien, et une étrange soumission à la situation le faisait pareillement fuir tout ce qui agitait son propre esprit... En vain... Il continuait sans relâche de se demander ce qu'il pouvait encore, mais d'une manière un peu différente de tout à l'heure, commençant à entrevoir en lui une base sur laquelle il pourrait se reposer, et rebâtir. Et, par curiosité, il demanda à Audel d'une voix forte et neutre s'il était possible de faire ralentir le convoi, puis se radossa rapidement, les mains posées à plat sur la banquette, en proie à un vertige. La voiture ralentit peu après ; il savoura ce fait que, même pour des banalités, c'était toujours des éclairs qui jaillissaient de sa bouche. Ordonner, commander étaient pour lui les choses les moins normales du monde. Et il avait dû apprendre à articuler et à placer sa voix afin de la faire croire venue d'ailleurs, d'un panthéon serein, comme il avait dû apprendre à donner des ordres, et à classer hommes et femmes en fonction de leur plus ou moins grande obéissance à ces ordres ; il avait été déçu en fin de compte par le petit nombre de catégories qu'on obtenait de cette façon, d'autant plus persuadé que *la façon d'ordonner est plus importante que l'ordre lui-même. C'est que personne n'aime donner des ordres, encore moins en recevoir. Aussi, la voix qui ordonne doit atteindre à une efficacité, à un naturel qui ne soit ni une imploration ni une satisfaction* qu'il ne pouvait manquer d'éprouver à ses débuts, quand il ne se doutait pas que l'obéissance était l'arme principale des faibles, le grand lac où ils avaient fini par l'entraîner et où ils l'avaient laissé couler lorsque, avec cet instinct propre aux serviteurs, ils avaient perçu chez lui, avant lui, l'extinction de toute conviction, et un abattement durable.

Il était possible qu'un espoir subsistât, que la lassitude fît refluer l'agitation, que la minorité agissante qui la dirigeait se mît à tergiverser après s'être défoulée, que la majorité silencieuse le fût de moins en moins. Par réflexe, il se gronda d'entretenir de telles illusions, et d'espérer mesquinement la ruine d'un mouvement d'une tenue magnifique finalement, remarquable… Et cette Grande Marche, se dit-il : Admirable défilé, considérablement plus digne que notre présente parade. Alors, pourquoi le parti de l'émeute devrait se débander, et fuir à son tour, aussi lâchement que lui ? Il songea une nouvelle fois à Youssef Chalaoui, et à sa tête qui avait éclaté sur le sol… Le Président ne devait-il pas réparer ses torts envers les victimes, en premier lieu ? Il aurait dû le rencontrer et l'aider avant sa mort, cet homme qui à présent lui semblait, bien plus que Damas, être son double, son mauvais rêve… L'envers de sa vie, s'il n'avait été aussi revanchard, aussi conquérant… S'il avait été immigré et plus pauvre… S'il avait apprécié certaines joies simples, pour commencer la compagnie des autres… Mais il avait trop couru de réunion en réunion, de réforme en réforme, de déplacement en déplacement, pour aimer les gens encore, et retrouver cet amour qu'il avait eu, et qui à l'époque lui paraissait sincère, et tenace, du peuple – même s'il avait appartenu au peuple, un temps. Visitant des usines, visitant des centrales, visitant chaque fleuron de l'industrie, il y rencontrait des Français de nouvelle souche, de basse extraction, il leur parlait ; mais alors il cachait mal son dégoût de ce qu'ils devaient faire pour vivre. Et ses visites et sa parole publique s'étaient faites rares, sans y gagner une valeur qu'il savait de toute façon ne pas être capable de leur conférer ; il gérait ses apparitions et son expression comme un boutiquier. Et, ainsi privés de sa direction, ils n'étaient plus nombreux autour de lui à conserver l'idée qu'il pût être encore utile : on s'exprimait beaucoup en son nom, tel Audel, l'azur de ses yeux couvrant d'assez de vague ses propres pensées pour qu'on lui obéît comme à lui-même, mieux qu'à lui-même ; on s'exprimait à sa place, comme Damas ; on parlait de lui à voix basse, de façon allusive, comme d'un mort. Mais voilà que, contre toute attente, il se sentait de retour dans l'épaisseur des choses, dans ses empêchements, parmi les mots, mesurant ce qui le séparait du peuple qui l'avait élu deux fois, mesurant les obstacles de la mauvaise foi, des tares, du mal ordinaire et des folies qui empêcheraient son alliance renouvelée avec le pays. Il cherchait sincèrement une raison pour agir et affronter une dernière fois le monde bille en tête, une plainte, puis une autre, puis une autre... Et après? Il se souvint avoir lu, ou avoir dit, ou entendu : *Ce n'est pas le tout de reprendre son rang. Encore faut-il être capable de le tenir.* Il lui semblait qu'une foule fantomatique, le dévisageant sans discontinuer, patientait en contrebas de sa grandeur; il n'aurait su dire si un sursaut de sa part, ou un simple signe de connivence, les contenterait.

Président : cela ressemblait à une condamnation, à un couperet s'abattant, rebondissant sur le billot puis retombant, hachant les tendons et la peau, ou bien au long couloir menant à l'abattoir, à une balade continuelle et dangereuse sur une crête d'écume, à un paysage indistinct : un jour chassait l'autre, une rencontre l'autre. Les plaines de Russie et l'incroyable senteur de la supposée riche terre retournée; puis le chatoiement des herbes hautes balayées par le vent sur une colline au Japon. La poussière d'Afrique et la poussière d'Amérique du Sud. Le foisonnement clinique du Nord-Est des États-Unis. Cependant il avait conservé quelques havres, pas tant des lieux que certaines images mentales et certaines formes et certains mouvements, comme la petite boucle que traçait son poignet lorsqu'il achevait sa signature au bas des accords, certains regards complices des autres chefs d'État, ses camarades, tandis qu'il représentait la France, soit un membre de la confrérie un peu extravagant, un peu bougon, mais poli, spirituel et quelquefois lucide, certains gestes qu'il pouvait se permettre avec eux, une main sur l'épaule, son oreille approchée de leurs bouches, les tapes sur le ventre... Le temps passait vite durant les sommets; il était amusant de deviner ce que l'hôte voulait à tout prix cacher de son pays dans ces grandes occasions. Mais en France, à l'intérieur, ici où on ne s'adressait jamais à lui directement, où les intermédiaires fleurissaient spontanément si on cherchait à le joindre, si on s'était mis en tête de le toucher, il se sentait en exil. Il était, isolé fatalement, à la tête d'une Organisation. Cela lui permettait de traiter également les victimes, d'appréhender facilement les chiffres démesurés : un milliard d'euros;

cent milliards d'euros ; mille ouvriers ; cent mille employés. Et ainsi les êtres qui parvenaient jusqu'à lui, dans la dernière salle du Pouvoir, dans le donjon où il était reclus, étaient eux-mêmes devenus des abstractions. Et puis, un jour, dans une banlieue oubliée de tous, un homme était mort…

Aujourd'hui en fuite, plus rapide que son désarroi lui-même, ayant définitivement perdu le sens de l'humain, il lui semblait traverser une de ces épreuves obligées dont la sortie victorieuse uniquement contribuait à sacraliser certains hommes aux yeux des autres ; et peut-être de cette façon allait-il retrouver la masse grouillante qui le vénérerait à nouveau, abolir la distance qui était son dieu, retourner à sa malédiction personnelle, aux attentes délirantes, aux éclairages violents, à ce culte ignorant et mensonger qu'on lui rendait il y a peu de temps… Mais Béatrice ne serait plus là, par laquelle uniquement il avait réussi à empoigner le monde, à le secouer un moment, et les allées du ciel et de la terre ne se déroulaient plus à ses pieds depuis bien des années – la tâche était au-dessus de ses forces. Par où commencer ? Irrésolu dans cette voiture, proche du renoncement, offrant imperceptiblement sa poitrine à l'inattendu dans l'attente d'un choc qui ressemblât à une volée de balles et le fît sortir de ses atermoiements, il s'était dénudé sans qu'aucun s'en aperçût, délesté de sa voix de pacotille, *de sa voix entendue par toutes les nations*, de la fièvre d'agir seulement pour agir, de l'intransigeance dont on fait preuve envers soi-même, de l'ambition ; Président balayé par sa première crise majeure à soixante-trois ans, absorbé, il tentait de déchirer un tissu de sentiments artificiels si serré qu'il étranglait son cœur. Après cela, quelle goulée d'air il prendrait ! Sobre et rené, il pourrait secourir le pays avant de partir volontairement, sa dette effacée. Ou alors il pourrait se venger, tout de suite… Il souffrait, c'était sa chance de redevenir lui-même, par la douleur puisqu'il n'y avait que cela de vrai, qu'elle constituait la véritable mémoire et le véritable changement… On souffrait et on s'en souvenait, on ne faisait plus jamais comme avant… Il souffrait à nouveau, il avait souffert plus que les autres, comment expliquer autrement sa marche vers la présidence, son destin ? Il avait souffert plus que tous les séditieux que comptait ce pays… Une vie de douleur… C'était la France qui avait une dette envers lui… Et cette dette ne demeurerait pas impayée… Il fallait éviter de tout perdre une nouvelle fois, de retourner au confort ; cette fois, il ne la laisserait pas perdre, disparaître par il ne savait quel trou de souris : il se retira en lui-même, entraînant la souffrance avec lui. Puis, dans ce sein, il tenta de la vivifier ; il regarda avidement tout autour de lui, cherchant davantage de motifs d'insatisfaction. Et, ainsi suspendu, comme en équilibre, guettant et repoussant chaque sensation qui aurait pu l'apaiser, il sentit une chaleur passer sur sa poitrine, et ce fut comme si un sommeil moelleux, un sommeil de sieste, l'avait enfin trouvé après une longue quête, et s'était emparé de lui. Fermant les yeux il eut l'impression de franchir le seuil de cette pièce qu'il avait souvent entrevue, de le passer sans possibilité de retour ; bien sûr il était hésitant et gauche, comme souvent, envahi par cette peur considérable qui avait constitué le centre noir de sa vie, le corps noir qui bannissait son propre corps ; mais il finit par pénétrer le carré obscur, au nez des odeurs surprenantes d'huile, ou de marais. Intimidé, et poussé par une vigueur qu'il ne se connaissait pas, il sourit et referma tranquillement la porte derrière lui. *Fuyant mais dispensé de rendre des comptes, j'étais libre d'être moi-même.* Il était libre puisqu'il souffrait, libre de se rappeler ce que c'était, une vie de douleur… Et comment on la surmontait par la *volonté*…

2

Je souffrais, je souffrais… Comme dans un rêve… Henri Dumont a tout au plus dix ans, et la lueur de la veilleuse lui est un soleil bienfaisant et fidèle au travers du drap élimé qui recouvre son visage, que son souffle soulève avec régularité et gonfle comme un chapiteau, puis laisse retomber sur sa peau empoisonnée d'une humidité lourde. Les rideaux sont tirés, la nuit a été bannie de la chambre, et maman n'est pas là, mais il a dû faire erreur car la voilà maintenant assise de trois quarts sur le bord de son lit, son regard dépourvu d'inquiétude fixé, non sur lui, le centre de son amour, mais sur le mur derrière lui, sur un pan juste au-dessus de sa tête qui semble l'intriguer, elle que rien ne surprend jamais. Elle est assise à la façon d'une châtelaine, hautaine et cambrée, ses mains semblant tenir des rênes, et il remarque pour la première fois la longueur du cou et l'ovale disgracieux du visage légèrement penché sur le côté, la peau tendue, les orbites évasées et sombres et effondrées sur elles-mêmes, le regard morne s'allumant tout de même de temps à autre, curieux de son agitation enfiévrée comme on peut l'être d'une coutume exotique ou d'une émotion qu'on n'éprouvera jamais – *ces découvertes majeures, ma conscience les mêlait immédiatement dans un écheveau pesant de visions étirées qui faisait replonger ma tête dans la mer de l'oreiller… Et elles se perdaient sur la mer… Et je me mis à détester la mer…* Un peu plus tard la douleur est moins vive, et il se relâche, il étend ses jambes et ses pieds cherchent à s'échapper des draps en désordre. Par des bonds épuisants sa tête évite les parties de l'oreiller trempées par la sueur. Et il flaire les odeurs de lessive restantes, des vestiges de propreté qu'il ne trouve pas, tandis que maman est en train de le border gaiement, fredonnant un air léger qui paraît se moquer de sa respiration haletante et de sa fièvre qui persiste, du bandage traversé d'un zigzag rouge qui enserre son mollet et forme comme une excroissance de sa jambe droite, comme une vision immonde de son propre avenir. Soudain c'est le soulagement du matin : maman achève d'enlever délicatement son pansement, découvrant la plaie droite et nette laissée en guise de souvenir par le tranchant des cisailles, le rouge et le jaunâtre festonné de blanc, tirant sur le vert. Une fois seul, il se redresse et, encore engourdi mais comme délivré d'une grande peine, à nouveau lui mais un autre lui, *il est vrai que le petit matin peut provoquer de tels dédoublements*, il commence à agacer les boursouflures de sa blessure avec son index afin qu'elle ne cicatrise pas trop vite ; l'odeur surtout, l'odeur de la plaie purulente lui manquerait trop. Assis à côté du lit Henri Dumont est seul dans sa chambre et, d'après sa taille, il doit avoir huit ou neuf ans. Il a un regard de défi pour les poutres de la charpente qui sont plus imposantes que lui, plus vieilles aussi ; il essaie de prouver aux imposants meubles de chêne qu'il peut rester longuement immobile et fâché, et qu'il mérite par là d'appartenir à leur monde inanimé. Il boude, mais il ne sait déjà plus pourquoi, sa colère est partie… Il tente de se rappeler… *J'aimais bien la couleur de mes pensées lorsque j'étais fâché*… Il feint de bouder, procède par morceaux, la moue des lèvres d'abord, les froncements de sourcils et le ton plaintif ensuite, espère que la conviction suivra, recommence. Sans miroir, il ne peut qu'imaginer les plis qui apparaissent au coin des yeux et de la bouche et sur le haut du crâne, près de la naissance des cheveux, imaginer la transformation, mais son humeur reste si enjouée… Il continue néanmoins, avec l'entêtement et la foi d'un enfant, en s'excusant de nombreuses fois auprès de la fenêtre et du ciel (c'est la même chose), auprès du parc et de cent trésors du printemps de ne pas les rejoindre tout de suite. Certainement, se dit-il, tous les enfants doivent se comporter ainsi, aimer être fâchés sans raison et aimer s'excuser, et parler aux arbres et aux plantes et aux gens, comme s'ils étaient là. Un nuage pénètre le cadre de la fenêtre, se ramasse sur lui-même et, s'ouvrant comme une bouche, l'interpelle : As-tu songé à ces enfants dehors dans le froid et dans la chaleur qui n'ont rien et doivent mendier ou travailler et n'ont pas de temps à perdre comme toi, ni jouets ni maman? Oui, répond-il. Et pour aider ces enfants plus tard, je voudrais être un président toujours de mauvaise humeur avec tout le monde, sauf avec les enfants. *Ou alors un policier, un pompier, un cosmonaute... Un paysan...* Il n'a pas plus de douze ans, mais on devine à son maintien que quelque chose en lui s'est modifié depuis peu, a enflé, et qu'une première grande tristesse lui est venue. Il se tient debout devant la fenêtre, entièrement appuyé sur sa jambe gauche, enveloppé dans un rideau de mousseline, agacé toutefois dans cette retraite par un courant d'air qui trace une bande froide sur sa poitrine, tourbillonne sur son abdomen et remonte le long de son dos jusqu'à son cou. *Je laissais volontiers le froid pénétrer ma chair alors, je ne résistais pas, et mon corps appartenait à la nature...* Il s'absorbe dans le spectacle de l'immobilité printanière du grand parc, cette conque qui possède un on-ne-sait-quoi de vibrant – il s'inquiète, pourtant, de savoir si ce jardin lui appartient pleinement, ou s'il s'agit d'une portion de la Terre si grande et si embellie qu'il serait plus juste de l'ouvrir et de la partager avec une foule dont les loisirs sont rares? Il lui semble tout de même qu'il peut garder pour lui toute la pelouse, et aussi la petite mare entourée de joncs et les branches mortes, à condition peut-être de tolérer les promeneurs qui s'égarent régulièrement dans le petit bois finissant à deux cents mètres de la maison, ou coupent discrètement par le fond du parc pour rejoindre le croisement d'Antigny. Les surprenant, la prochaine fois, il n'aura qu'à bénir ces dos courbés de sa vigie, étendant la main d'un geste gracieux et sûr, chuchotant : "À moi, mon domaine et mon héritage." Nanti, il suit à présent du regard le muret qui entoure une partie de sa propriété, fait mine de le perdre derrière la suite des acacias, des pivoines, des cerisiers, derrière le grand lilas, le retrouvant par endroits, ruines ocre s'extirpant des feuillages ou surgissant, comme un rempart détruit, à droite de la balançoire. Puis il essaie de remplir de ses souvenirs le demi-bassin ainsi délimité, d'imprimer pour toujours sa marque sur ces pierres dont les petites éruptions ressemblent à des griffes, sur cette butte d'herbes hautes où il a été mordu par un lézard quand il avait cinq ans, sur cette charmille où il se cache et se déshabille entièrement quelquefois, sur ce trou tapissé d'aiguilles de pin dans lequel il est tombé et s'est cassé le bras l'année dernière – *tant de jours et d'événements remarquables valaient possession.* Et il se sent alors capable de dépasser ces frontières, songeant à ce qu'il serait possible d'acquérir par-delà le muret, enviant les rangs serrés des arbres immenses qui, contemplant sans restriction la route qui part des Églantines, et les champs au sud, et les collines à l'est, et partout l'horizon, doivent constamment frémir, pris d'une étourdissante sensation d'infini ; il frémit un moment avec eux. Mais, son imagination dérivant dans l'univers vaste et unicolore des pays étrangers, des lointains qu'il ne connaît pas et qui lui évoquent un peu douloureusement son amoureuse Marie, il ne remarque pas tout de suite que sur le fond vert du parc vient d'apparaître une tache noire : c'est le peignoir de soie de papa qui flotte lentement, bâillant aux épaules et ouvert sur le torse, seulement retenu à sa maigreur par une ceinture si serrée autour des reins que ceux-ci ne semblent plus que deux trous. Comme un intrus, papa s'avance dans la verdure d'avril, à pas timides, ou plutôt c'est sa robe de chambre qui paraît marcher, qui l'entraîne dans l'air doux, et, un instant, éprouvant un malaise indéfinissable, lui doit se détourner pour échapper au spectacle de ce fantôme courbé, confus d'épier cette faiblesse manifeste de son perchoir, lui qui est si bien caché, protégé, et en chair. *À présent je ne détournerais pas le regard… J'en profiterais plutôt… J'apprendrais davantage de la vision de mon père, parce qu'en toutes choses c'est l'angoisse de la mort qui doit nous guider… La vision morbide…* Il baisse la tête, palpe le gras de ses bras, palpe son ventre. Puis il se dit que ce ne peut être papa qu'il voit naviguer entre les bosquets, puisque celui-là ne garde pas la chambre comme papa en a l'habitude, ne reste pas couché tout le jour tandis que le soleil empoisonne le monde comme à son habitude, et qu'aussi bien, puisqu'il se laisse mener par une robe de chambre frêle, il s'agit d'un sosie, d'un homme remplaçant papa depuis des mois, étrange homme qui accepte de subir, à la place d'un autre, une maladie dont il ignore le nom et la nourriture, et les points faibles et l'issue, homme puni à la place d'un autre et pour quelle récompense, ratatiné, mal rasé, peinant à s'asseoir dans son propre lit, fixant avec étonnement sa femme (maman) et son fils comme s'il ne les reconnaissait pas, puis la table de chevet, s'arrêtant longuement sur la dizaine de fioles et le nécessaire de soins qui entourent une lampe à abat-jour en laine rouge, caressant songeur l'étiquette du médicament qu'il vient d'avaler, sa moue de dégoût dissimulée en passant sur ses lèvres le dos de sa main, homme perdu dans le bouillon des odeurs acides, pieds gonflés et jambes réduites à leurs os et taches brunes grossissant sur les pommettes et sur l'omoplate dont on l'oblige à se rapprocher parfois, comme s'il devait pratiquer un exorcisme ou donner une bénédiction, et alors la main dégingandée qui se pose sur sa tête et glisse par à-coups pour saisir sa nuque et l'attirer vers lui, étau surprenant secondé par maman qui le maintient fermement aux épaules et l'empêche de se défiler, et il craint que l'homme ne vole quelque chose de lui et ne le contamine et qu'ils n'échangent leurs places alors qu'il est encore trop jeune pour ça mais, finalement, le bras de l'homme s'amollit brusquement et retombe dans le vide, comme dégonflé, juste comme son zizi commence à être piqué à travers sa braguette par une écharde du sommier. Il se dégage alors doucement de l'emprise de maman et recule de deux grands pas, sans se presser, sans se presser surtout. Il ne dit pas, pourtant, cet homme n'est pas dépourvu d'intérêt, qu'il voit flâner sans gêne dans un parc où il n'a pas été invité à entrer en fumant une cigarette, et qui, s'étant arrêté devant les houppiers du lilas, se plie en deux assez habilement pour pénétrer le bouillonnement crénelé et disparaît à demi, cherchant peut-être à enjamber le muret et à s'enfuir discrètement pour reprendre sa vie d'avant, ou bien à découvrir l'une des cachettes de son soi-disant fils dans les buissons afin de mieux le connaître, se transformant en tout cas sous ses yeux pour la deuxième fois, devenant une noirceur plus qu'un homme, une silhouette amincie par le soir qui choisit une tige du lilas à sa hauteur, la plus fournie, et, ses lèvres semblant remuer doucement, dispense des paroles d'apaisement et de charme, ses doigts flattant longuement les fleurs comme s'il s'agissait d'une joue, sa bouche se penchant pour déposer un baiser sur un des cônes mauves. Puis il repart sur la pointe des pieds, la poitrine sans doute gonflée, le nez et le palais emplis pour leurs derniers jours de la senteur exfoliante et âcre du lilas. *Et moi, que me reste-t-il pour ma propre fin ?... Une mauvaise fumée dans les narines, un goût d'huile dans la bouche, d'huile de moteur, et la sensation de l'huile dans mes paumes et entre mes jambes… Il y a longtemps que je n'ai plus senti le lilas… Que je me prive de mes propres souvenirs…* Il a onze ans et il contemple le cadavre de papa… *Non non, pas celui-là rien appris de celui-là…* Il n'est plus un enfant. Il essaie de se rappeler précisément ce que maman lui a dit tout à l'heure : "Tu es grand maintenant", ou "Tu es un homme maintenant", ou bien "Tu es devenu l'homme de cette famille". Il a tremblé sans le vouloir. Il a demandé : "Pourquoi je suis grand aujourd'hui ? Pourquoi aujourd'hui ?" Et maman n'a pas fait preuve d'impatience en lui répondant : "Depuis que papa est parti quelque chose a changé, ce qui fait qu'à partir d'aujourd'hui, tu dois être grand, plus grand que ton âge ; et puis tu dois aussi t'occuper de ta pauvre maman…" Il n'a eu aucune envie de pleurer comme elle, avec elle, maladroitement ; il a eu envie d'être inflexible plutôt, et ses yeux suivant sa résolution sont restés secs jusqu'à présent. À présent il déjeune dans la cuisine, au rez-de-chaussée de la grande maison des Églantines, ce matin ressemble à un matin de grand départ, vaguement nauséeux. Sur une moitié de la table épaisse et vaste, il y a un pain énorme, doré et croûteux, de la gelée de confiture vermillon et de la gelée de confiture orange dans des bocaux à légumes, une motte de beurre au-dessus de laquelle tourne une nuée de mouches qui l'ignore complètement, et son petit couteau à pointe cassée ; sur l'autre moitié se trouvent des tas de torchons raides et sales, des collines de farine, des mares de liquide gluant, des bouts de poireaux séchés, des pelures diverses, et un quartier de bœuf rouge qui lui rappelle quelqu'un, mais il ne saurait dire qui. Aux fourneaux, le dos tourné, Rose prépare le repas de midi. Ses bras font des mouvements brusques et heurtés qui montrent assez sa mauvaise humeur, ou son désarroi, et tandis que ses épaules et son dos bossu et tout son être tressautent sans discontinuer il lui semble que c'est la campagne même qui parle, qui explique ce qu'il faut penser du malheur qui arrive, sagesse ancienne dont il ferait sûrement son profit – lui qui voudrait tant, au lendemain de la mort de son papa, éprouver des sentiments comme il faut. Ce doit être à cause de son manque de décence, de son défaut d'assimilation que Rose le déteste, Rose la paysanne, et aussi parce qu'elle se trompe sur son compte et qu'elle ne veut pas voir tous les efforts qu'il fait pour devenir un véritable enfant du pays... *J'aurais survécu pendant des années dans les bois, dans une cabane, j'aurais échappé au moins à tout ce qui suivrait... Les cortèges, les fuites répétées, les intrigues... À cette époque, le mal-être des villes, la banlieue n'existaient pas pour moi...* Rose a certainement de vilaines pensées le concernant, en ce moment même, coupant et tranchant la viande et les os : Tu fais ta bonne mine, tu profites que tu as une bonne tête de déguisement mais une tête de fripouille oui, tu serres la langue quand tu veux et tout le monde trouve ça adorable c'est si mignon comme dit sa mère qui ne vaut pas mieux et qui est une belle garce en passant, mais je te vois clair comme tu es, petit bâtard ingrat, je te foutrais une rouste merdeux, si je le pouvais sans perdre ma place, je te démembrerais moi petit crapaud bouffi d'ingratitude qui profite de tout et de tous, et en ce jour de grand malheur tout devrait être pardonné les années à exploiter les pauvres gens et leur peine eh bien non pas de ça lisette, profite donc mais pas de moi, dure de peau, du genre de femmes qui ne sont pas facilement trompées par les enfants trouvés dans la merde, mal élevés et ingrats et sournois – tout cela signifié simplement en attendrissant son bœuf, ou, d'un geste impatient, en lui enlevant des mains son couteau qu'il plante et retire de la table depuis cinq minutes, ou bien en coupant du pain et en beurrant avec rudesse des tartines qu'elle laisse tomber à côté de son bol. Intimidé, il trouve admirable cette manière muette de tant exprimer... *de se changer soi-même, à volonté, en message...* Jour après jour, afin de découvrir le secret de Rose, il a observé discrètement ses mimiques, et son visage typique de la région, anguleux, rétréci, aride, presque beau lorsqu'elle est assoupie et que ses traits, autrement en alerte et en lutte permanente, se détendent, le roux antique de ses cheveux réapparaissant alors dans une mèche enfuie de son chignon serré et rallumée par les reflets du feu de cheminée, ou lorsqu'elle en a seulement chassé les plaques laissées par la sueur et la terre, mais laid, cependant, la plupart du temps, depuis le réveil jusqu'au coucher, en fin de journée surtout, gâté par l'impassibilité forcée, les silences crispés, le travail. Peut-être, ayant perçu cette éclaircie, cette petite brèche creusée par une source de bonté dans le calcaire hostile dont la servante est constituée, il aurait dû oser lui parler, réclamer son aide pour mieux comprendre le pays et s'imposer au pays, enfin... Mais, d'un autre côté, il connaît sa propre frivolité... Et il sait que, le plus souvent, devant dire d'où il vient, il n'aurait pas proclamé fièrement son appartenance au marais de la Brenne ou aux environs de Boischaut, ou au triangle formé par les trois pointes des Loges Brûlées, de la Minière et de la Châtre, mais que, tendant le bras en direction du toit rouge et or, il aurait répondu d'un air détaché : "Non madame, je suis des Églantines... J'habite la grande maison, là-bas, celle avec le parc... C'est à ma famille..." Immanquablement prévenue de cette trahison par les vents mabouls qui soufflent le long des sentiers entourant les Églantines, Rose, pour qui l'identité et l'origine primaient, aurait été folle de rage ; et ç'aurait été alors la rupture définitive avec le savoir de Rose, puis avec les puissances naturelles elles-mêmes, que la servante fréquente et amadoue depuis sa naissance. L'échec lui paraissant certain de ce côté il a donc continué à épier Rose jusqu'à aujourd'hui, espérant lui dérober un peu de sa science, attendant de gagner en âge et en audace pour recevoir l'enseignement direct des forêts et des bocages, de la nuit grondante et de la chouette, de la pluie cinglante de novembre et de la boue. Et il a commencé à éprouver depuis quelque temps un plaisir inattendu, en voyant Rose s'éteindre peu à peu, éreintée par son service, fatiguée de posséder tant de secrets qu'elle refuse de partager, *Comme si la Justice me servait... Comme si j'incarnais la Justice, au-dessus des classes et des partis... Mais cela n'allait pas sans mal, cette élection... Sans une immense souffrance... Il y avait un prix à payer, que je ne connaissais pas encore...* Mais voilà qu'ils partent tout à l'heure, avec maman, pour une destination inconnue, voilà que toutes ses machinations sont devenues inutiles et que tout est à recommencer ailleurs avec d'autres domestiques, qui auront d'autres caractères, et d'autres méchancetés... Alors, détournant ses pensées de Rose qui s'affaire toujours en soupirant à chaque geste, il appelle à l'aide ses souvenirs de papa pour qu'ils le protègent. Mais lui reviennent également en mémoire l'amour entier que la servante vouait visiblement au chef déchu de la famille, et les noms affectueux que celui-ci lui donnait avec une grandiloquence de théâtre, "Rosie", ou "ma petite Rose", ou "parfumée et tendre

Rose", et les sourires soumis que Rose lui retournait alors, et leur complicité anormale qui favorisait la rumeur et la médisance – M. Dumont est si gentil et sa femme si horripilante et si vénale, qui a fait un mariage d'argent comme chacun le sait, et son fils évite son propre père quand il a tant besoin de soutien, ne l'embrasse que contraint avec de ces airs de s'empoisonner et d'avoir à se laver ensuite sans attendre une seconde, et puis il y a la bonté excessive de Monsieur si on doit vraiment lui trouver un défaut… Rose parlait ainsi depuis des semaines sans se cacher, chaque dimanche, entourée et protégée par sa classe sociale, quand eux deux sortaient seuls, Rose à l'abri derrière l'attroupement des hommes vieux et des hommes moins vieux en costume qui gardaient les mains dans le dos et penchaient la tête en avant pour mieux entendre et regardaient leurs pieds, Rose haussant la voix exprès lorsqu'elle les voyait passer près d'eux, descendant le parvis de l'église. Ils n'avaient jamais répliqué, ne l'avaient jamais affrontée publiquement et traitée de menteuse ; seulement, maman pressait à chaque fois le pas. Et lui a décidé depuis lors de ne plus parler à Rose, sauf pour la saluer et la remercier… *Et je me taisais fanatiquement, comme un enfant ou un président savent le faire, et je me tenais complètement immobile, respirant le moins bruyamment possible, ne remuant qu'intérieurement… Mais je pouvais balancer sous la table mes jambes que Rose ne pouvait voir elle qui voyait tant de choses et apprenait tant des choses invisibles, attendant que neuf heures sonnent et que la pauvre servante se retire pour étendre le linge, attendant que le temps se retire vaincu, attendant, attendant, observant ma vie passer devant moi et me sourire… Je lui souriais en retour, je triomphais ainsi… Sans audace, bien obéissant…* Une fois Rose partie, il profite quelques instants du calme revenu, puis descend sans précipitation de sa chaise, un pied à terre puis l'autre, contient délicieusement la joie qu'il sent monter et, posté solidement pour résister à la cuisine qui tournoie et l'entraîne, il s'élance comme jamais vers le rectangle lumineux de la porte, vers le jardin, pense fugacement à son père, sent son cœur s'arrêter, et pleure. À dix ans, il prétend être un descendant direct de Charlemagne, se bat même pour ce mensonge. L'année suivante, il clame partout qu'un jour il sera président de la République – curieusement, il évite d'ajouter "française" afin de rester crédible. L'entendant, les autres enfants font des yeux ronds puis, sans attendre son départ, se touchent la tempe avec leur index… Qui, se demande-t-il, faisant l'effort de le comprendre, réussira à s'élever à sa hauteur? *Le résultat de mon ambition, ça a été la douleur, constante… Et puis, grandissant, davantage de douleur… Mais à quelle époque ai-je commencé à retenir sa leçon, à quel moment a-t-elle commencé à me servir, moi, plus que tout autre?…* À quinze ans il procède à toutes sortes d'ajustements dans sa vie, il modifie sensiblement sa démarche et sa façon de parler, changements hasardeux puisqu'un vent mauvais se lève immédiatement contre lui : tout ce qui existe, jusqu'à la moindre particule, semble conspirer contre lui. Il ne comprend pas en quoi il a mal agi, et de quelle façon il a pu les offenser, et pour quelle raison, chaque jour ou presque, au collège, dans la masse qui quitte la cour et afflue vers les portes et le ramène en classe, les coups pleuvent sur lui, si nombreux, sur sa tête, sur ses jambes et dans son dos, dans le creux de son épaule, des coups l'atteignant de plein fouet et des coups qui le manquent de justesse et des coups perfides qu'il ne croit pas mériter, pas autant, qu'il dénonce une fois rentré chez lui aux meubles dans le salon vide – il s'interroge. Le problème, ce n'est pas tellement la douleur : il feint de ne pas ressentir la douleur; il feint de ne pas être humilié. Tabassé il réussit même à interroger ses agresseurs anonymes du regard, tournant la tête en tous sens et redressant le menton : "C'est tout? C'est tout?" Mais il craint à chaque fois d'avoir seulement rougi, et qu'ils aient pu déceler l'infernale peur qui, lorsque la sonnerie retentit, le réduit et l'étrangle et arrache des parties entières de son ventre puis, peu à peu, barbouille chaque recoin du collège et toutes les heures de classe d'une affreuse couleur de terre. Jamais, à ce propos, il ne se confie : les confessions paraissent toujours si peu satisfaisantes. Et des mois passent ainsi, pendant lesquels il ne crie pas et ne parle plus, ne rend jamais les coups, s'accrochant aux espoirs de son enfance, qui récompensaient la mesure, et louaient la vertu qui se cache, et promettaient le paradis aux boiteux. Ne parvenant plus à trouver le sommeil la nuit, il envisage toutes les réactions qu'il pourrait avoir et qu'il n'a jamais pourtant, il revit surtout les passages à tabac, revoit certains des poings épais, certains des visages qui semblent se résumer à des dents serrées, il cherche un détail qui l'aiderait à comprendre… Des sensations riches qu'il éprouvait encore il y a peu, il n'a plus la moindre idée, comme l'un de ces hommes ensachés et bastonnés des pièces de Molière, mais après le baisser de rideau, une fois que l'hilarité s'est tue, quand, frottant ses bleus, il ne lui reste plus que *l'impression d'avoir provoqué une haine implacable, en d'autres termes d'être coupable.* Il ne réagit pas. Il finit par tomber malade. Mais, un jour de juin tout se termine sans explication. Et il peut de nouveau aller librement, un peu encombré par le monde en grand et le paysage monumental retrouvé, par les bruits de la circulation reparus sur le chemin de l'école, *par les voitures qui soudain s'arrêtaient toutes pour me laisser traverser la route et par les mines hypocrites des gens qui n'avaient rien fait pour me venir en aide et qui, maintenant, se préoccupaient de mon sort…* Six mois après, devenu froid et dur d'apparence, il se met à fréquenter par le hasard de ses connaissances le petit groupe qui le persécutait, rit avec eux sans jamais évoquer le passé, choisit avec eux leur nouveau souffre-douleur : c'est un enfant immigré, effacé et perdu… Il a seize ans lorsque l'infirmière du lycée passe lentement une main froide sur sa colonne vertébrale arrondie, de la base jusqu'à la naissance du cou, puis lui explique, lunettes sur le bout du nez, les raisons de sa claudication : "C'est de ta faute : ta blessure est guérie depuis des années, mais à force de t'appuyer paresseusement sur ton autre jambe, le côté gauche de ton dos s'est beaucoup plus musclé que le côté droit, et il n'y aura bientôt plus rien à faire." Le mot qu'elle emploie pour l'effrayer est : "dissymétrie". *Ou bien était-ce "bientôt"?…* Il a vingt ans, il pense entrer dans cette décennie qui voit les plus belles âmes se révéler. L'insomnie débute quelques jours après son anniversaire : pendant les heures qu'il devrait consacrer au sommeil il suçote une espèce d'horreur froide au pied de son lit. Quasiment ruinés ils ont quitté leur campagne, la mère et le fils. Ils sont en exil : ce dernier mot semble inscrit partout, le long des allées, des contre-allées, sur les petits panneaux verts des parcs, sur l'épaisseur des nuages de poussière qui se lèvent après leur passage, sur les troncs des platanes qui offrent aux citadins de tels exemples de droiture, le long des parterres à la française, sur les figures des gens croisés et observés obliquement, dans leur absence assez révoltante de politesse lorsque leurs épaules heurtent d'autres épaules, sur le front et sur le ventre de Paris. Et pourtant ils sont bien au centre de la superbe Histoire de France, au cœur des choses, sur quelque voie les menant sans aucun doute à la gloire : cela brille, et ils pensent à *tous les Louis et à tous les commis qui ont tant fait pour l'État et à la Convention et à Balzac*, et leurs espoirs éclatent, et ils doivent se recroqueviller pour éviter d'être brûlés par toutes ces étoiles qui, passant des yeux au cœur aux jambes, tendent entre elles des fils enflammés qui illuminent la ville. Nouveaux dans cette pleine clarté, ils vivent discrètement ; dehors ils gardent la tête baissée. Ils n'ont pas l'impression de vivre réellement mais, ils ne savent pas, peut-être est-ce la manière dont on procède ici, en ne prenant qu'une respiration sur trois… Ils se promènent chaque dimanche sans saluer qui que ce soit, c'est le principe égalitaire qu'ils revendiquent, plus arrogants qu'ils ne l'auraient jamais été chez eux, et à mauvais escient, davantage roitelets, d'une certaine manière, ou bien, dans une hypothèse moins agréable, conscients d'être arrivés parmi les derniers et d'offrir donc moins d'intérêt, moins de qualités remarquables que la plus insignifiante pierre de Cluny, à ce point lavés de leur importance provinciale après avoir passé la porte d'Orléans qu'ils semblent transparents, tels qu'aucun Parisien digne de ce nom ne les abordera jamais spontanément, deux carcasses se mouvant au petit bonheur, sans but et sans stratégie et sans empressement qui seuls permettent de sortir de la masse, attirent ici le respect, *je regardais la masse et déjà sa vue me dégoûtait et me soulevait le cœur et je ne voulais pas en faire partie mais la dominer et lui faire payer sa morgue au centuple…* Depuis qu'il habite à Paris, Henri Dumont conçoit un certain nombre de regrets : celui de n'avoir pas fait la guerre ; celui de n'avoir rien accompli encore ; celui de ne pas être d'ici ; celui de plier déjà devant cette évidence : tout ce qui vaut s'accomplit ici. Il est difficile de vivre avec de tels regrets… Mais, bras dessus bras dessous, le fils et la mère poursuivent vaille que vaille leurs promenades, rejoignent le boulevard ou tournent le dos au muséum et se dirigent, suivant un pas de danse qu'on dirait de leur pays, vers la roseraie. Maman a pris l'habitude de mettre des lunettes de soleil pour sortir, ce qui lui donne un air de débauche ; elle avance à son bras la bouche entrouverte, les lèvres gercées, tente de suivre son bon pas, obligée pour cela de faire l'économie la plus rigoureuse de son énergie puis de l'utiliser entièrement pendant une heure, son cerveau ordonnant le bond pour que son corps puisse seulement se lever, la course pour grimper quelques marches, et l'indifférence à la douleur pour qu'elle puisse sans grimacer serrer de temps à autre son propre fils dans ses bras – un ossuaire cognant et frottant qui survit par obstination, *un poids mort, un déchet qu'on ne se décidait pas à jeter.* Pour la première fois, il se sent orphelin de père… Il se sent orphelin… Posté à sa fenêtre il a repoussé le rideau qui le dissimulait, une fois pour toutes, et il attend papa qui fait toujours à cette heure-ci quelques pas dans le parc, qui appelle à lui les secrets nocturnes consolant, offrant une rémission durable à leurs fidèles… Il attend, comme pour un rendez-vous amoureux, prêt à ne renoncer qu'après de longues heures d'espérance violette, mais il n'a pas à patienter longtemps : bientôt papa arrive, comme poussé dans le dos. Son teint cendré, que ne parvient pas à rehausser la luminescence des frondaisons, impressionne la nature, combat la nature verte et grise. Il observe les pieds de son père, qui frappent au sol une sorte de pas de l'oie extrêmement raide, révélant un aspect grotesque et inconnu de sa personnalité, un trait de caractère libre de s'exprimer à présent que les barrières de la dignité et du jugement sont tombées, un être à part entière, capable de remettre en question, hélas trop tardivement, le sens et la valeur d'une existence presque achevée. La caméra de ses yeux le suivant attentivement, il lui tarde que papa s'effondre sans prévenir, en tournant sur lui-même, les bras en l'air, terrassé, comme dans certains films qu'il a vus ; mais rien de tel ne se produit, et papa oblique vers le muret, puis reprend avec le lilas une conversation interrompue la veille par la toux et les râles. C'est un jour écrasé par un ciel bas et disloqué, où percent çà et là quelques lueurs tombant en larmes pesantes, pressées de toucher terre et d'en finir. Écroulé sur un banc au petit jour il paraît méditer, la tête basse, les mains entre ses cuisses, se balançant imperceptiblement d'avant en arrière dans les maelströms d'air glacé, ses muscles gelés, ne pouvant songer à rien d'autre qu'à lui-même, à sa dépression, dans le ronflement des voitures et du monde qui va, dans les bruits éternels de la distraction. Il sent sa chair se rétracter comme s'il s'apprêtait à plonger dans l'eau froide de la Seine non loin, et battre, dans le même temps, à la façon d'une centaine de cœurs, comme si elle tentait de former un rempart vivant contre ces terreurs qui rôdent partout et le harcèlent, armure vivante qui appelle vainement l'esprit à son aide, forteresse de peau qui sait sa fragilité et peut seulement opposer aux peurs effilées qui l'entourent une image trompeuse de sérénité, d'or, une figure impassible. Mais ce subterfuge n'est plus guère efficace ; et, alors que le corps d'Henri Dumont est sur le point de céder, son esprit étouffé et quasiment délirant lui enjoint d'observer une fois encore l'Hôtel de Ville face à lui. Il lève péniblement les yeux… Et il se rappelle tout à coup cette chose qu'il avait oubliée, *ce goût secret partagé par les politiciens et les grands édifices municipaux, que seuls les révoltes et les incendies, brisant les fenêtres, léchant les murs et ne laissant que décombres, s'étaient chargés de révéler au peuple, inclination la plupart du temps soigneusement dissimulée sous de faux airs austères, de grande demeure bourgeoise endormie ou d'église de province : l'amour du pouvoir, attirance qui nous vient quand nous nous sommes lassés de tout, des joies extrêmes… des tristesses extrêmes…* Il finit par l'admettre un jour, il est dans sa vingt-cinquième année : non seulement il n'est pas insensé de vivre, mais il faut essayer de survivre à tout prix, *de surmonter chaque coup du sort, de se battre avec le plus doux des airs…* Et, d'un seul coup, cette idée simple s'infiltre partout en lui, formant quantité de poches d'eau stagnante dont il sent bien qu'elles ne sont pas moins trompeuses que le feu mutilant qu'elles prétendent prévenir, l'appétit de suicide et de mort, mais qui servent plus efficacement ses intérêts de l'heure. Pendant l'espèce de longue transition qui suit il devient adulte, se modèle patiemment en fonction de son idée, s'endurcit, fait preuve de discernement, compartimente et hiérarchise ses multiples affections : maux de ventre, maux de tête, maux musculaires, maux inconnus, remords. Il se maîtrise, obtient une licence de lettres (le fatras des textes pourtant, de l'ancien français !), puis devient avocat sans vocation, par devoir, est élu député à trente ans, puis président du conseil général de l'Indre. Il mange un nombre incalculable de fois, par devoir, souffrant souvent d'indigestion, il écrit plus souvent encore, à en être dégoûté, à vider les mots de toute substance, il a l'impression de rester debout interminablement, il fait gonfler sa voix fluette, il voyage tant, il dort quand il le peut, mais le profit qu'il tirait des sommes courts a disparu. La phrase qu'il prononce le plus souvent pendant ces années-là est : "Comment allez-vous ?" Il rit rarement en groupe. Observant la faune politique il choisit d'adopter sa *retenue, s'astreignant au calme, au calme, au calme écœurant.* Il voit avec intérêt ses proches vieillir. Maman meurt. Bon débarras, est sa première pensée. Trente années durant, occupé ou non il joue à cache-cache avec les enterrements – ces événements sont si brefs et si décevants. Puis Béatrice meurt. À quand remontent ses derniers moments de liesse, se demande-t-il devant la plaque mortuaire de sa femme posée à même la terre ? Et quel glacier, loin derrière dans le sillage de sa vie, les retient prisonniers ? On ne plaisante plus : maman le poussant dans les études il est prié d'acquérir une excellente éducation à l'internat du lycée, autant dire sur la lune, sur une lune usée que ses prédécesseurs déjà devaient arpenter d'un air las… L'argent jauni et froid, l'œil d'argent les surveillant avec constance, le carton argenté masquant un trou dans la nuit… Il se réveille souvent en regrettant la veille, les disputes et les beuveries de la veille et ce temps perdu pendant lequel d'autres élèves plus sérieux travaillent… Il a tant de retard, et il lui reste tant de choses à expérimenter… En se débarbouillant lui revient douloureusement, comme un coup que le sommeil aurait provisoirement soulagé, la hiérarchie dans laquelle il doit reprendre place dès sa sortie du dortoir, et qu'à son arrivée au lycée on n'avait même pas pris le soin de dissimuler, ou de lui expliquer, ou de justifier sérieusement par le service d'un idéal, au moins d'une cause illusoire, comme la nation ou l'intelligence, qui aurait, à cause de l'isolement, halluciné son importance – cette hiérarchie était imposée par la tradition seule : proviseur, proviseur adjoint, administration, doyens des professeurs, professeurs, anciens élèves devenus célèbres, anciens élèves ayant réussi, anciens élèves ayant fait du chemin depuis leur temps de lycée, élèves de la classe supérieure, meilleurs élèves, élèves méritants, élèves parisiens, internes. Et descendant à la même heure chaque matin l'escalier qui mène au rez-de-chaussée des classes, il se fait la leçon, il se promet d'apprendre les bonnes manières d'une avidité polie, et de contourner les nombreux privilèges qui multiplient murs et impasses devant lui, et de ne plus jamais évoquer le monde hors de l'enceinte du lycée qu'il connaissait davantage et qu'il avait cru pouvoir amener à lui pour briller à son tour – la misère, les grandes guerres, le terroir comme la modernité ont refusé de se rendre présentables pour entrer. Il ne sait plus que penser. Comme tombé dans un trou aux parois indistinctes, il ne voit plus à quel dessein grandiose il voulait s'appliquer tout d'abord, en acceptant d'être enfermé dans un prestigieux lycée parisien, et c'est comme s'il n'apercevait plus de clarté que celle du ciel immense et impassible. Il semble faire nuit, constamment. Et il doit avancer au jugé, reconnaissant çà et là les monstruosités du décor : les bancs scellés au sol et curieusement abouchés deux par deux ; les piliers verts soutenant l'auvent des galeries qui se confondent avec les canalisations apparentes courant le long des murs des salles de classe ; les lignes blanches qui tracent les limites complexes de terrains dont on ne peut dire quels sports ils sont censés accueillir – un genre de bagne changé en lycée changé en hôpital changé en caserne qui dans sa paralysie attend quelque chose, un grand bouleversement... C'est une nuit de décembre... Il croit entendre des coups affaiblis contre le couvercle du tombeau... Il déambule le long des galeries, maudissant une nouvelle fois l'architecture militaire, passant sous les arcades devant les bustes de plâtre alignés, personnages dont les regards blancs le jugent, ou se détournent de lui, ou, aussi bien, ne fixent rien en particulier. Pensif, il tapote le nez de Victor Hugo, le bras enroulé autour de son crâne, puis se met à caresser les cheveux de Jules Ferry. Ceux-là sont du meilleur conseil, se dit-il en tendant l'oreille pour percevoir leurs voix d'outre-tombe, et la famille la plus aimable qu'on puisse trouver, soudée par l'ambition qui procède du tourment et par l'entêtement au travail et la plus grande indifférence pour tout ce qui n'est pas du domaine de l'esprit, tout ce qui n'est pas pâle, suant, difficile... *Difficile...* Il travaille, autant qu'il le peut et plus encore, même en mangeant et en dormant... Il lui semble naître à l'univers de l'efficacité. Peu de ses principes antérieurs survivent, qui le ralentissaient. Il choisit ses modèles, Auguste, Ovide, se voit en Jaurès maigre ; il choisit son personnage, se prend d'amour pour sa claudication, cesse net ses exercices de rééducation, se met à traîner exagérément la jambe droite. Et il se choisit un uniforme : écharpe à carreaux, chemise blanche, veste beige, mocassins par tous les temps. Cependant sa peau sèche et se tend, enrobe de plus près le squelette, l'essentiel de lui, probablement. Il rogne avec acharnement les morceaux de lui qui ne conviennent plus, les discours adolescents de révolte en premier lieu, et son accent flottant et risible, mais aussi une manière bien à lui de se laver, de passer le gant de toilette le long de son flanc ou de se tenir simplement en retrait, les mains dans les poches, l'air ironique – parties jetées d'un coup, par gros paquets, afin d'atténuer le déchirement. Il perd ceux de ses amis qui ne possèdent pas ce surcroît d'ardeur par lequel il se distingue ; à vrai dire, il perd ses rares amis. Il apprend à tenir ses couverts de façon convenable. Et il travaille dur : une heure pour le latin, une heure pour l'allemand. Une ou deux heures pour les lettres et la philosophie. Minuit sonne toujours trop tôt. Autoritairement il se prive du décompte des semaines et des mois et invente son propre calendrier ; il naît à l'univers des délais courts et de l'empressement. Il lit articles, thèses et extraits, plus que de raison – c'est un peu comme s'il mâchait sans discontinuer le papier imprimé ; c'est un peu comme si le papier passé et repassé sur sa peau l'avait écorché vif. Il lit quelque part cette phrase de Napoléon : Grâce au malheur on pourra me juger à nu... *Souvent, je me mettais nu dans ma petite chambre à l'internat, et j'avais froid et je me pinçais la peau en divers endroits de la poitrine et des bras pour rester éveillé et travailler... Souffrir... Puis travailler encore...* Hors de là ! Libéré pour quatre jours entiers, hors de la cave, libéré de la sévérité dont il fait preuve envers lui-même, il prend son élan et saute les quelques marches du perron, puis longe la façade morne du lycée, passe craintivement devant les barreaux des fenêtres du rez-de-chaussée, tourne enfin le dos aux cimes des arbres embastillés dans la cour qui pointent comme des miradors et lui crient : *Imposteur... Imposteur...* Un moment encore dans cette attraction il grimace d'effort, puis il atteint enfin le carrefour, le jour et l'animation qui repoussent facilement la grisaille l'accompagnant toujours, et c'est Paris qui l'accueille alors, un peu rancunière : *Boiteux... Imposteur... Tu fuis et démissionnes ?...* Il rentre chez lui. La plupart du temps, il s'arrête quelques instants sur le seuil avant de pénétrer l'appartement, comme s'il reprenait son souffle. Derrière la porte, il sait que maman l'attend, immobile depuis des heures, des jours peut-être, assise dans le petit salon, les yeux fixés sur son prochain retour, emmitouflée dans l'odeur des meubles hérités et dans l'embâcle des tapis, de l'argenterie, juste au-dessous du grand lustre, le dos tourné à la fenêtre et au vacarme à peine assourdi de la rue. Son apparition dans l'entrée n'arrache pas un mouvement à maman toutefois, pas une parole ; elle n'esquisse pas un geste vers lui, ne bougeant pas plus que tous les objets encombrant la grande table de la salle à manger, ses bibelots, ses colifichets, ses nombreuses crèmes, son miroir à ampoules, qu'elle a réunis ici plutôt que dans sa chambre, où ne restent plus qu'un crucifix et un lit bancal. Et il appréhende de s'avancer dans une pièce ainsi remplie d'elle, de ne pouvoir en sortir avant des heures, retenu par la pitié et par la nostalgie, et par la crainte qu'elle ne découvre la répulsion qu'elle lui inspire désormais. Il l'appelle, et ne reçoit aucune réponse. Dans la pénombre, elle ressemble à ces mannequins que des soldats ingénieux utilisent pour tromper l'ennemi... *Et moi, j'avais besoin d'ennemis alors, en chair et en os...* Pourtant, elle doit bien tressaillir lorsqu'elle entend la porte s'ouvrir, et être piquée quelque part au milieu des reins par la surprise et l'émotion, et l'animation revenant dans sa poitrine à nouveau libre de tout carcan doit certainement faire remuer ses lèvres. Mais il ne surprend jamais rien de cette mise en branle, et elle ne semble réellement consciente de sa présence que lorsqu'il s'agenouille près d'elle, et qu'il caresse ses bras et son dos glacés ; alors seulement elle baisse les yeux vers lui et, évitant son regard, elle entrevoit quelque chose de lui qui lui plaît et lui procure une sorte d'extase prenant possession d'un sourire vide. À la fin de sa première année d'internat, il ne supporte plus ce cérémonial des retrouvailles, ne veut plus rien avoir à faire avec elle, ne la touche plus, ne la recoiffe plus, ne prend plus la peine de la rassurer quand, sortant tout à coup de sa torpeur, elle ne sait plus où elle se trouve, ou de rabattre un pan remonté de sa robe noire dévoilant des dessous qu'il n'a pu s'empêcher de lorgner pendant quelques secondes. Il refuse de répéter quand elle n'entend ou ne comprend pas. Puis il commence à lui parler sèchement, pontifie sans se laisser interrompre. Il emploie avec elle un langage ordurier, inhabituel pour lui… *Il fallait m'imposer…* En sa présence, il ne peut rester en place un instant, consumé d'impatience. Et il la rudoie sans cesse, quand elle ne l'entend pas, quand elle hésite sur un mot, excédé par la moindre de ses maladresses… *Il fallait m'imposer…* Il l'imagine sournoise, entamant une tout autre existence dès qu'il quitte l'appartement, une existence malfaisante, tandis que lui ressasse chaque jour ce qu'il croit subir à cause d'elle, en partie, pour elle, en partie. Il la pense même un peu espionne quand, enfermé dans sa chambre, suant sur un autre travail à rendre dont l'intitulé ressemble à s'y méprendre au précédent, et jetant des regards d'envie vers la couverture recouverte de papier crépon d'un exemplaire clandestin du *Voyage* qu'il ne serait pas tenté de lire s'il était libre de le faire, il l'entend se déplacer à toute heure de la nuit dans le couloir et passer devant sa porte et s'arrêter de temps à autre, aller de sa chambre au salon et du salon à sa chambre, ses chaussons frottant de façon dégoûtante contre le parquet. Il ne sent pas, à cette époque, le temps procéder par petites ablations, ne sent pas que maman vieillit et s'affaisse ; il est persuadé que c'est la rancœur qui la maintient entière et lui permet de cuisiner pour lui, l'intérêt et l'espoir d'une situation future qui lui font laver et repasser son linge, l'aigreur et la déception qui, la plupart du temps, lui scellent la bouche – heureusement pour elle. Toujours pimpante, plus coquette même que par le passé, elle a pourtant des gestes déplacés, des tics, de longs moments d'absence qui l'embarrassent en public. Et il arrive que, rentrant à la maison après deux mois d'absence qui ont adouci ses griefs, un seul coup d'œil à l'élégante potiche qui s'y morfond lui fasse traverser le salon sans un regard pour elle et s'enfermer dans sa chambre, puis que, réapparaissant enfin après une heure ou deux, il l'embrasse joyeusement, manquant de la faire tomber, et ressorte aussitôt en claquant la porte. Dévalant l'escalier il se sent soulagé, songeant qu'elle n'a pas esquissé un geste pour le retenir, et que ce manque de tendresse doit probablement signifier qu'il n'est pas dans son tort. Mais, sorti enfin, du lycée, de l'appartement, dans la rue, il ne sait que faire. Parfois, il suit des femmes en robe prune ou en long pardessus beige, qu'il tente ensuite de frôler à leur insu. Parfois il se contente d'apprécier la simple vue des avenues bondées, ses bousculades, du monde adulte, et les soucis et les songes qui se matérialisent presque devant lui et dans lesquels il ne prend aucune part. Il voudrait s'imposer à la foule, par ses qualités seules, sans avoir à se battre, par la pensée... Restant à l'écart, il ne rejoint jamais les manifestations qu'il croise souvent et qui réalisent sur les boulevards ce dont il ne fait que rêver, évite les manifestants qui disent souffrir intolérablement et transformment cette souffrance en un merveilleux spectacle, en une force impressionnante, il ne fait qu'observer les rassemblements, redoutant, s'il venait à les côtoyer, la réaction des vrais hommes, des nationalistes, des ouvriers, des infirmières inflexibles qui désirent par-dessus tout ne plus souffrir, ne pas changer, qui verraient clair en lui et l'interpelleraient un jour : Va jeune planqué futur bourgeois, ni grand ennemi ni digne de haine ça non, tout de même on t'a vu nous tous, les honorables camarades manifestants, l'œil clair et le poing lourd, passe encore quand ceux-ci ou ceux-là de nos adversaires nous dévisagent et nous sifflent, avec leurs cravates qui les étranglent, leurs langues chargées et leurs aboiements, quand ils nous jettent dessus bouteilles et détritus parce qu'ils nous craignent tellement, on peut trier parmi eux et désigner des cibles sans trop de risque, mais quant à lui... Ce genre de petit gars, c'est le pire, c'est la merde, une fesse à droite et l'autre à gauche, réconfortant, serrant les mains et tapant dans le dos d'un geste pas sûr, pas franc en somme, qui nous encourage : Bravo les gars, les hommes, vous avez bien raison notez une fois pour toutes que je l'ai dit, ne me faites pas d'histoires plus tard... Ce genre de jeune type poli et prévenant à un point tel que face aux flics il nous laisse toujours passer en premier, incliné, puis se débine dès que nous sommes occupés au feu dans la bagarre, se retournant pour profiter du spectacle démocratique des gnons qui pleuvent, ici, là, sans distinction – c'est l'école de la rue qu'il prétend, c'est instructif et c'est gratuit. Et moi, honorable manifestant parmi mes camarades, de temps à autre, longuement frappé à terre ou courant pour sauver ma vie, ou bien courant juste pour courir, il m'arrive de penser à cette race bien particulière de traître je l'avoue, et je songe alors plaisamment au jour prochain où, avec quelques copains des petits matins goudronneux et dégueulasses, on laissera tout tomber, solidarité, pétitions, manches de pioche, et toutes nos armes bien pauvres en définitive, et on en cernera un qui ressemblera à ce planqué cet hésitant ce futur politicien, que je désignerai à tout le monde du doigt et qui d'abord fera semblant de ne rien comprendre, ce qu'on lui reproche, l'innocence de sa classe affichée sur son visage, une arme d'une autre portée que les nôtres croyez-le, mais je saisirai personnellement son revers de veste et je le rendrai bien vite à la raison d'un aller-retour sec sur les joues et puis, attends, plutôt que de le laisser là pleurant sur ses fesses le pauvre ou se rouler par terre en espérant retourner dans le ventre pourri de sa maman, on le soulèvera et on l'emmènera comme pour s'excuser et on le jettera dans le cabanon que j'ai toujours derrière Stains, et tous les jours on y passera comme pour une partie de campagne au bord de l'eau et c'en sera une pour nous, de notre point de vue qui est tout de même celui de la classe ouvrière, puisque nos poings et nos pieds se distrairont de la chaîne, on machinera un système pour qu'il ne s'échappe pas, et quand il sera proche de claquer on l'installera confortablement, les mains jointes autour d'un chapelet ou posées sur un livre, à sa convenance, on l'allongera précieusement sur un des tas de la petite décharge derrière l'enclos où il ne passe jamais personne, qui c'est qui ira se plaindre de toute façon, et moi jusqu'au-boutiste je viendrai chaque nuit au bas de son tertre pour l'entendre haleter et appeler la mort puis mourir puis se décomposer lentement, sans épargner mes heures de sommeil qui s'envolent et que je ne rattraperai jamais, je m'y vois déjà, je crois que ça me satisfera assez, et que même à la toute fin je ne ferai pas le difficile, parce que ce serait comme la véritable justice sociale, d'observer les vers qui rampent dans tous les trous inutiles de ce –. L'air préoccupé, anxieux, il reste sur son bout de trottoir ; il se sent si seul… À dix-sept ans il participe à son premier meeting politique, dans l'anonymat d'un palais des sports, parmi une foule dont les mille yeux fixent le même homme. Il est éprouvé : il fait une chaleur incroyable dans la salle, au bout d'un quart d'heure sa jambe droite et son dos ne sont plus que brûlures, les discours sont pour la plupart interminables et ineptes. Mais, tout comme ceux qui l'entourent, il ne peut détacher son regard du podium et du pupitre – quel usage pourrait en faire un homme que sa vie a malmené, que la fréquentation du malheur inspire, *que le pire fascine… Puis ce furent les premières réunions dont, même lorsque j'accaparais la parole, il n'y avait rien à tirer… J'avais seulement remarqué qu'à droite elles étaient en général moins longues… et mieux organisées… Et chaque fois je résistais à la tentation de partir avec fracas ou de frapper certains de mes camarades, je résistais à la lassitude et à l'abattement lorsque je distribuais des tracts sur les marchés et que j'étais insulté ou qu'on me crachait dessus, je résistais, résistais grâce à quelques compagnons que j'avais rencontrés, Alain Duverne, Paul de Matteo, des aides de camp plus que des amis… Il me fallait résister, résister au laisser-aller, à la séduction d'une existence simple, dissolue, sans signification particulière…* Il a bientôt cinquante-cinq ans ; il lui semble avoir beaucoup entrepris, beaucoup agi afin de ne rien céder depuis ses vingt ans, mais à quoi ne devait-il absolument pas céder – il ne parvient plus à se rappeler les raisons premières de cette résistance. Humble député, discret et travailleur pendant son premier mandat, il n'a jamais perdu une élection par la suite, resté fidèle à la même formation, devenu peu à peu un personnage considérable dans son Parti, s'étonnant du nombre toujours croissant de ses membres qu'il ne connaissait pas et qui, en esprit, momentanément, s'agenouillait devant lui, et exigeait en retour un signe de reconnaissance. Il est à nouveau en campagne, une des dernières en tout état de cause, quelle drôle de sensation, ayant appris au fil du temps à goûter sa position d'homme un peu au-dessus des électeurs, sur les estrades et au micro, désiré mais d'une étrange manière, entouré de son clan, absolument dirigé par un emploi du temps infernal, appréciant maintenant la minuscule part de lui-même qu'il mobilise afin de mener à bien la tournée des bars et des boucheries et des gymnases, et même les mains des électeurs qui cherchent à le ramener à eux, leurs yeux qui le dévisagent ou l'évitent, s'écarquillent, lui préfèrent l'observation du ciel, leurs viandes rouges et leurs vins, leur fatalisme toujours un peu faux – quelle victoire ce peut être d'arracher leurs votes, presque un par un ? Parfois, lancées par douze verres bus dans douze lieux différents, ses pensées dérivent vers un ou deux souvenirs douloureux, et un passé qu'il croyait si hermétiquement clos qu'il en était devenu inoffensif – ces retours de la mémoire ressemblent à une défaite. Puis, comme s'il se tournait lentement vers un autre côté, il se figure les années devant lui, pareille à une route droite pavée d'un grès éblouissant, et, dans son dos, le laps des années d'insouciance où, regardant ébloui tout autour de lui, il ne se rendait pas compte de la distance qu'il parcourait, et des merveilles qu'il délaissait… Il a vingt ans et il cherche l'amour absolument, comme s'il ne s'agissait pas d'une idée ou d'un état mais d'une sorte de trésor, d'un objet qu'il pourrait conserver toute sa vie et dont la vue le réconforterait dans les moments de doute, et même l'inspirerait et le pousserait à s'élever, s'élever… Depuis qu'il a rencontré Louise il se sent si léger. Il passe des heures à ne rien faire à ses côtés, allongé sur un petit lit dans une position inconfortable pour sa jambe droite, l'embrassant mais ne parlant guère, l'écoutant une main posée sur son ventre à elle, l'autre effleurant sa hanche à elle, il regarde ses lèvres remuer, comme délivré du présent. Il ne s'intéresse pas du tout à ce qu'elle dit. Mais il voudrait qu'elle remarque la manière dont le temps s'est arrêté, il voudrait mettre davantage à profit ces instants qui ne dureront pas, puisque le cercle de leur intimité s'élargira inévitablement au fil des jours, comprendra bientôt tous leurs amis et leurs parents aussi, leurs souvenirs, leurs goûts communs et leurs détestations, leurs désaccords, *la politique et le moindre politicien et le peuple français et le souci du plus petit village*, leurs projets et toutes les paroles prononcées qui les empêcheront de revenir à l'origine, au silence qu'ils sont encore capables de garder en se regardant, tandis que le plafonnier clignote follement au-dessus d'eux, finit par s'éteindre – dès ce soir, peut-être, les limites du cercle seront hors de vue. Il ne dort plus, depuis quelque temps indifférent aux charmes du sommeil, de cet atelier de réparation, effrayé, même, par la perspective de cet abandon. Et il va et il vient la nuit dans les rues parfumées, tentant de retrouver un abri, son cher abri, surtout dans les bars dont les étagères derrière le comptoir sont surchargées de photos, de décoration de fêtes passées depuis six mois, de bouteilles vides, de statuettes d'Indiens, dans tous les bars susceptibles de former le fond solide de sa déchéance. Il est invariablement habillé d'un manteau marron, une jolie couleur qui lui rappelle les Églantines. Il parle rarement de Louise, dans un premier temps, boit. Il croit sincèrement : Il est des périodes qu'il faut supporter, où l'absence de son seul amour est comme celui d'un organe qui prend sans jamais rien donner, pas le cœur, plutôt le pancréas, absence qui se fait sentir par des creux dans les journées qu'on ne s'occupe pas de combler, mais pendant lesquels rien ne vous distrait, ni les risques d'une mauvaise rencontre traquée dans les nombreuses ruelles du quartier des Abbesses, ni l'aube blanchie à la chaux, dégueulée par des batteries de canons à ciel là-bas, au-delà des collines harassées de monuments lourds, ni la saleté repoussante des poubelles au pied desquelles on se retrouve allongé au réveil, ni le souvenir confus de la nuit dernière, d'abord peuplée d'étudiants, de buveurs formidables, puis de cambrioleurs au chômage, de joueurs de billard, de prostituées aussi, de pauvres types qui n'arrivaient pas à finir leur journée, à la tuer de leurs propres mains, l'unique et infernale journée qu'ils semblaient condamnés à revivre indéfiniment, tous ces personnages de carton-pâte ne parvenant pas à combler le vide qu'il a fait volontairement autour de lui, *Henri Dumont Henri Dumont Henri Dumont*, il n'est plus sûr de son nom cela sonne si mal, et les minutes grossissant pendant lesquelles il se demande ce que Louise est en train de faire, qui elle embrasse… *Ridicule.* Un jour d'octobre, il se lève d'un bond qui suffit presque à l'épuiser, sort. Il veut retourner aux Églantines pour voir ce que sont devenues la vieille maison et la propriété, il conduit les yeux fixés sur les lignes blanches de la route plus que sur la route elle-même, aspirant au vol, à la grâce, priant pour que la voiture fasse une embardée et décolle et ne retombe jamais… *Inutile et ridicule.* Il fait un détour, arrête la voiture à l'orée d'un bois et marche jusqu'à la grille de la maison où habitent les parents de Louise, puis, caché dans un fourré sur un talus surplombant le mur d'enceinte, il guette pendant des heures chaque mouvement d'ombre derrière les rideaux de la chambre, au deuxième étage, la chambre où ils faisaient l'amour si parfaitement, il se sent humilié, délicieusement humilié. Mais, fatigué par le trajet et abruti par les médicaments, il s'endort quelques instants, avant que les aboiements d'un chien le réveillent en sursaut. Alors, ayant perdu la notion du temps et de l'espace, il se lève d'un bond et s'éloigne rapidement, d'abord à quatre pattes, puis en courant, le dos courbé, titubant. À cinq cents mètres de la maison il commence à ralentir, constate que personne ne l'a vu, ne le poursuit. Il décide cependant de quitter la route par précaution, et patauge un moment dans les champs, livrant jusqu'à ses dernières forces un combat contre la boue qui ne lui paraît pas absurde sur l'instant, avant de s'écrouler dans un fossé, quelques centaines de mètres plus loin, à ce point exténué et perclus que ses sanglots même lui arrachent de petits cris. Il pleure sans retenue, longuement ; et, contre toute attente, la nature s'attendrit. Lorsqu'il peut enfin essuyer ses larmes, le regard clair et neuf, il voit recouvrant sa cuisse la dentelure parfaite et caressante d'une branche de fougère humide dont la forme, les nervures fines, les pennes délicates réussissent à repousser miraculeusement et sans apparence d'effort cette menace qui s'était découverte avec les premiers temps de l'adolescence et l'abrutissement au travail et Louise, et qui, dès lors, cesse soudain de l'étrangler, s'enfuit. Indolent, il reste sans bouger pendant des heures, au fond du fossé, à caresser ses feuilles précieuses. Il a trouvé son amour, son culte : cette fougère qu'il finit par cueillir avec précaution, en s'excusant auprès de ses congénères et après leur avoir laissé, en échange, un portrait au fusain de Louise et la fin de l'enfance qui voit du merveilleux là où il n'y en a pas, il la préserve pendant les deux cents kilomètres du retour puis la place dans un petit verre d'eau à côté de son lit, et lui susurre pour le reste de la journée des compliments et des exhortations à survivre et à prospérer à ses côtés, même exilée, puis il s'endort sous son signe et ne se réveille qu'au bout de trois jours, l'œil marron et vert. Il guérit, n'agace pas, ne rouvre pas ses blessures. Il loue seul un appartement consistant en un long couloir distribuant cinq pièces. Devant ses plus proches collaborateurs il crayonne sur une nappe les contours de la fougère qui doit constituer le nouvel emblème de leur parti. Il dort désormais sur le ventre, bras et jambes largement écartés. Il s'essuie désormais les lèvres avec un coin de serviette toutes les quatre ou cinq bouchées. Il clame à qui veut l'entendre : *Heureux ceux qui sont morts dans une guerre juste / Heureux les épis mûrs et les blés moissonnés.* Il ouvre ses bras. Il lui semble qu'après avoir atteint un sommet sans intérêt, il a commencé à descendre à pas lents et assurés un versant baigné d'une lumière liquide, réchauffé par une flopée de rayons émanant pour partie de lui, entouré d'un paysage monumental et immuable. Fumant sur la terrasse d'un chalet, légèrement penché, les ailes de son dos s'amusant des incitations aimables de la brise, il examine le crépuscule, les combes déjà noires, l'étagement de la végétation qu'on ne discerne plus qu'à grand-peine, les lacis des sentiers. Son regard s'habituant peu à peu à l'obscurité et s'attardant sur les pentes, il repense, pour la première fois depuis des années, à la branche de fougère, au fossé, à Louise ; et soudain lui apparaissent, comme un panorama, les formes du continuel, de l'inextricable enchevêtrement des relations humaines qui sont comme des cordes, il peut discerner soudain la grande toile sociale dont il semble tombé, par hasard et seul, et l'observer tout à son aise... Et en rechercher le centre... Puis vient le temps où il accepte de se laisser reprendre au piège, et se décide à pratiquer cet art que l'on nomme entregent, par lequel on évalue lucidement la longueur de nos liens, leurs tensions respectives, leurs vibrations propres, leurs renforcements possibles, et la manière de s'en attacher le plus grand nombre... *Dès lors, cette idée fut mon obsession... Je rencontrai le plus de monde possible, chaque jour... Je me mis à voyager... Ayant découpé une carte du pays en grands carrés égaux, je parcourus chacun de ces carrés de long en large, visitant très sérieusement la France, prenant des notes, remplissant un carnet, deux, dix-huit au total, décrivant en détail une calanque près de Cassis, signalant une station de ski familiale dans les Alpes et un hôtel en Normandie qui pourraient servir de points de chute, faisant solennellement d'une dizaine de lieux remarquables les points fixes de toute mon existence...* Quelques semaines après la fin de cette tournée, il fait la connaissance de Béatrice, comme lui étudiante en droit. Une ou deux fois auparavant il l'a observée en cours, au café : on aurait dit qu'elle était ligotée à sa chaise, se débattant de temps à autre pour comprendre la conversation ou pour desserrer un peu ses liens et quitter la salle, mais renonçant rapidement, et tournant alors son regard de tous côtés en quête de soutien. Peut-être en sait-il trop à présent sur les liens possibles entre hommes et femmes, sur le prix à payer pour un peu d'affection : lorsqu'il aborde Béatrice il n'est nullement inquiet, ému, ou simplement enthousiaste, *nullement en souffrance.* Pendant leurs premiers rendez-vous il scrute froidement sa silhouette, sa maigreur, la cloche formée par les cheveux qui ne font qu'effleurer ses épaules, le front presque concave, le nez fin et mignon tout de même, le regard clair et franc, le sourire timide qui ne sait pas se moquer, les dents très blanches et bien alignées – il est à peu près satisfait. Et tandis qu'ils badinent et que leurs doigts se nouent et se dénouent gentiment, un soir de mars après les cours, il lui sourit et hoche la tête, se posant à lui seulement la grande question du mariage, répondant après quelques hésitations : Aérolithe je ne risque plus rien moi-même, alors pourquoi pas ? Au matin il émerge de plus en plus lentement du sommeil, il est vieux : il s'éveille, peu après l'aube, comme on tombe. La fougère n'est plus qu'un lointain souvenir… Un rayon de soleil unique a pénétré le fond obscur de sa chambre et, par sa seule présence, délimité des territoires distincts, l'un de ténèbres impénétrables, un autre saint, un autre d'espérance, un autre encore écrasé par une chaleur insoutenable, et, tout au long du toboggan de clarté, des nuées de poussière diamantine glissent jusqu'au sol, gisement impalpable dont la vue enrichit l'homme de talent, l'homme de génie – à ce tableau préparé par la nuit et les jours précédents il ne se sent capable de rien ajouter. Il a cinquante-quatre ans depuis la veille. L'avenir s'ouvre devant lui comme une mer tranquille et pourtant dangereuse, comme un espace à l'horizon indéfini, et cette idée l'empêche de se rendormir et de jouer à cache-cache avec le jour, ou même de rêver une fois encore à la possibilité d'une autre réalité dans laquelle sa détresse ne le trouverait plus, d'une autre chambre semblable à celle-ci mais dépourvue de murs, de toit ou de plancher, sans volume et sans limites, d'une antichambre où le temps ne serait plus consacré au vieillissement mais à une croissance infinie, non plus à la normalisation, mais au développement des qualités les plus singulières, où l'humanité ne serait plus une promiscuité, mais un amour de la pensée – où il pourrait enfin s'épanouir selon ses vœux. *L'avenir… Le pouvoir suprême, au-dessus duquel il n'est rien… Le printemps, saison hésitante, qui ne sait si elle doit confirmer par le froid les morts de l'hiver, ou appeler, par l'eau et le réchauffement, à la renaissance… Saison de choix, et de drame…* L'homme est venu jusqu'à lui, a fait tout ce chemin, parlé longuement, l'a incité à préparer sa candidature à l'élection présidentielle, mais Henri Dumont n'est pas encore décidé, bien des éléments et considérations lui échappent. Et il émonde sans soin une haie de lauriers, souhaitant, comme souvent ces derniers temps, être ailleurs et faire autre chose. Un tas de branches recouvre ses pieds, sèches et vertes, mais ce massacre indifférencié le touche peu, parce que sa fuite en avant dure depuis si longtemps qu'il ne se retourne plus jamais sur ce qu'il a fait, ne regarde plus en arrière, surtout pas en arrière; et il n'y a plus que la lourdeur de son bras, la raideur de son poignet et de ses doigts pour arrêter momentanément le carnage. Faisant une pause, il s'éclaircit la gorge d'une toux grasse et mitraillante, s'éponge le front avec un grand mouchoir, d'un geste récent et imprécis qui ne lui appartient pas, d'un geste qu'il a dû emprunter, comme beaucoup d'autres, à un paysan au travail dans un film russe, ou à un mineur dans un roman social, ou à son grand-père, *ou à mon père*. Puis, un peu perdu, il se met à chercher des yeux les reflets de son âme chez lui, dans son jardin, dans cette propriété des Églantines qui l'accueille depuis assez longtemps pour le connaître bien et avoir gardé comme une banque le dépôt de sa mémoire depuis l'enfance, mais aussi son passé proche de triomphes électoraux, à la tête de son parti et au service du peuple. Pourtant il ne trouve rien dans le paysage qui le console suffisamment et le guide, aucune permanence remarquable qui combatte l'impression de néant : telle érection curieuse de la haie qui a survécu cinquante ans, qui lui survivra, tel carré de fraises non entretenu et au tracé cependant parfait, tel massif de persil et de thym toujours plantureux près du muret, et ce sapin à la robe ample juché au sommet du tertre central, ce bouleau hâve près de la balançoire qu'on aurait cru malade depuis toujours, ou encore cette croix de bois qu'une quarantaine d'années auparavant il avait plantée derrière le lilas pour marquer l'emplacement futur de sa tombe – autant de traces qu'il a crues capables de donner un sens à sa vie, une continuité à sa vie que ni la politique, ni le travail, ni l'amour ne lui ont autrement apporté, l'isolant au contraire, l'asséchant et faisant durcir son corps, faisant de son existence une illusion creuse… Où voulait-il en venir déjà, plus jeune, à trente ans, à quarante ans? Comme averti par un signal d'alarme qu'il s'approche de pensées menaçantes, Henri Dumont reprend précipitamment sa coupe : un mur vert et blanc défile devant lui, sur lequel il se sent glisser. Mais, parvenu au léger creux de la végétation dans lequel demeure le vieux lilas, un assaut de couleurs vives interrompt son travail, le fait reculer et abaisser ses cisailles : c'est comme s'il ne l'avait jamais vu auparavant, sa haute taille, son éclat, comme s'il n'avait jamais remarqué son entêtement à l'attendre, lui, à écouter ce qu'il avait à dire, à ne pas mourir malgré le manque d'attention, les parasites, et tous les périls qui de nos jours guettent un lilas… Et, comme autrefois son père, il s'avance et pénètre le massif mauve qui frémit à peine de son audace, change sans effort de teinte au gré du passage des nuages, puis ses doigts passent sur chaque entaille, chaque nœud disgracieux, chaque essai malheureux de la floraison, tandis que le lilas ne réagit ni ne s'offusque, reste silencieux. Les yeux grands ouverts, il admire sans réserve cette apparition, le dieu brillant qu'il attend depuis toujours *et dont la fougère n'était qu'un des envoyés*, le dieu auquel il doit se soumettre, *ce bouillonnement délirant des fleurs*, cette diversité extrême des feuilles qui sont comme des mains portant l'explosion de centaines de grenades violettes, ces effluves épais, *comme surgi par miracle devant lui, comme venu des quatre coins du monde de la beauté et de l'intransigeance*, dont la découverte tardive met un terme surprenant à l'addition forcée des époques de sa vie, *je peux à nouveau sentir le lilas comme si des centaines de ses branches m'accompagnaient, et je tousse et j'étouffe et, bientôt, il ne demeurera plus pour moi que la promesse des fleurs, de la paix, ainsi que, dans mon esprit*, la toute-puissance d'un roulement, le tonnerre considérable d'une vague capable de le porter, lui, *monarque au-dessus du miroir mirobolant de la mer*, de le porter sans hésitation jusqu'à la dernière grève.

3

Les nuages avaient filé vers l'est, le soleil retrouvé réchauffait à nouveau le bas de son visage, ses os de glace, et le Président s'abîmait dans les profondeurs du ciel et serrait les poings. Tout, désormais, lui appartenait : la voiture dans laquelle il continuait de fuir, plus pour longtemps, et les événements de cette journée du 17 juin, et les noms qui s'apprêtaient à entrer dans l'Histoire grâce à lui, ceux frauduleux du MDB, de Grand-Est, Nouar Arzou et le Premier ministre Damas lui appartenaient, comme les Iris, la soi-disant Grande Révolte, les expressions creuses qu'on jetait par poignées au coin des rues, *autogestion des banlieues, gouvernement du peuple*, tout, dans l'histoire à la remorque de son titre et de son aura – entre ses mains. De toutes parts il entendait monter des supplications, venues des marais et des tréfonds de la forêt, portées par le vent qui caressait sa portière et lui rendait un hommage discret, et les branches des arbres se tendaient vers lui comme des bras. La France éternelle s'exprimait.

Il laissa un moment son regard errer mais plus rien de ce qu'il pouvait apercevoir ne demeurait dans le vague, les contours du paysage étaient redevenus précis et durs, il sentait que ses propres traits avaient durci. Et le Président se voyait maintenant appeler son chef d'état-major et lui ordonner de mobiliser immédiatement les troupes dont il disposait pour, premièrement, occuper et contrôler les principales voies de communication du pays avec un minimum d'hommes, deuxièmement faire route vers les grandes métropoles, sans y pénétrer toutefois, avant de couper court aux récriminations et de raccrocher brusquement. Puis il se vit clairement faire venir à lui tous les parlementaires, pendant un arrêt improvisé sur une aire d'autoroute, les ministres, les hauts fonctionnaires et les conseillers qui lui avaient inexplicablement gardé un peu de sympathie malgré la crise, regrettaient un âge d'or qui n'avait jamais existé mais qu'ils associaient à son premier mandat, et il se vit s'excuser auprès d'eux, brièvement, de sa précédente apathie, puis leur promettre les pires châtiments s'ils venaient à le trahir ; il voyait déjà ces êtres tremblant devant lui, assis, sa jambe droite tendue et son autre jambe repliée sous lui, les deux mains posées sur sa canne, devant le tableau vivant, la Constitution en vie, le corps de la nation et la tête de l'État, dispensant la justice à chacun…

À présent, la liste des mesures d'urgence à prendre lui apparaissait sans peine, le couvre-feu et la censure, de même que les grandes lignes du discours qu'il comptait adresser à ses compatriotes dans quelques heures, à leur arrivée à Bordeaux – il anticipait avec délectation le feu dans ses yeux et le feu dans sa bouche ; il imaginait le feu dans les banlieues séditieuses, son propre feu s'étendre, une répression brutale qui le soulagerait, s'abattrait peut-être sur des victimes innocentes, mais, en cette période de trouble, plus personne ne pouvait prétendre à l'innocence, et il sourit. Il sentait déjà sous ses genoux la froideur rafraîchissante des dalles de Notre-Dame, juste devant l'autel, lorsqu'il ferait acte de contrition pour la France, à la place des Français, à la fin du *Te Deum* organisé pour célébrer sa victoire, il imaginait la tournée en province qui suivrait, les acclamations. Il songeait même à une maxime pour les temps à venir : *Tout faire, dans les limites du permis.* Il ne s'inquiétait pas outre mesure de la réaction de son Premier ministre lorsque celui-ci sentirait la situation lui échapper, il prévoyait sa stupeur, puis sa colère, puis ses tergiversations, et, pour finir, son silence résigné, et même sa mort prématurée, dans quelques années, l'énergie ayant abandonné un être qui ne serait jamais Président.

Rempli d'une lumière pâle filtrée par les vitres teintées, rempli d'intrigues nouvelles et passionnantes, le Président se prit à rêver, les yeux ouverts : peut-être, un peu plus tard sur cette même autoroute, le cortège rejoindrait une masse noire de réfugiés, pauvres émigrés sur le sol de leur propre patrie – les voitures fendraient cette foule piteuse, et les journalistes qui l'accompagnaient partout

et tous les Français pourraient se rendre compte alors des conséquences d'une agitation sans but ni fin, des émeutes et des sales
complots, ce qui arrivait quand on tentait de déstabiliser le Président, ils verraient comme lui-même : des femmes paraissant
avoir cent ans tant elles cheminaient lentement, portant sur leurs
figures comme des masques de cire fendillés, traînant des bagages
bien trop lourds pour elles, devant arracher au sol valises et sacs,
titubant quelques mètres puis s'arrêtant à nouveau, presque affalées sur leurs effets, continuant leur route pourtant, suant sang
et eau dans l'étuve insupportable de trois manteaux d'hiver enfi-
lés les uns sur les autres, cous étranglés par les bijoux, vaillantes
et dignes, mais dont la volonté était bien près d'être brisée par le
désespoir ; des enfants épuisés, encombrés de leurs biens les plus
précieux emportés précipitamment dans l'obscurité, une peluche,
un jouet, des enfants décoiffés et débraillés mais sages, réprimant
bien vite les sanglots qui les soulevaient depuis un départ imprévu
qu'ils ne comprenaient pas, aidant leurs parents de leur mieux
en ne les accablant pas de leur propre détresse ; des hommes hier
encore équilibrés et confiants en l'avenir, poussant des brouettes
bourrées d'un essentiel dérisoire, tirant des remorques contenant
quelques vêtements et un bric-à-brac qui valait peu, mais constituait pour eux les trésors d'une existence et d'une mémoire, des
grands-parents dodelinant de la tête, ne sachant plus comment
supporter la chaleur, tentés de s'arrêter pour de bon, comme atti-
rés vers la terre, n'aspirant plus qu'au repos ; des commerçants
à pied, des employés à vélo, des banquiers en voiture, malgré la
pénurie d'essence, qui, n'osant voyager seuls, suivaient l'exode
au pas, quelques fonctionnaires désemparés, des entrepreneurs
dont le dynamisme ne savait plus sur quoi s'appuyer, d'honnêtes travailleurs ayant déserté leurs bureaux, leurs usines, des
familles entières chassées de leurs foyers par ceux-là même qu'ils
côtoyaient quotidiennement, qu'ils employaient, qu'ils aidaient
de leur mieux, tous jetés sur les routes depuis l'aube, depuis la
nuit, depuis toujours…

Alors le Président, songeant avec émotion à son vieux pays qui
lui ressemblait tant et l'appelait à l'aide, lui, le géant courbé et prisonnier d'une époque étriquée, par avance réjoui de ses secondes
fiançailles avec le peuple et sentant croître, dans son hémisphère

droit, la mauvaise herbe de la vengeance, le Président se tourna vers le chauffeur qui lui appartenait désormais, et lui dit qu'il en avait plus qu'assez, et lui ordonna de faire halte.

IV

Parfois, il lui semblait que rien ne s'était passé… Rien ne semblait changé. Dans les rues, à l'approche de Noël, les gens piétinaient sur les pavés lisses, devant les boutiques, butaient sur des marches et sur les corps recroquevillés des mendiants mais poursuivaient tout de même leur chemin, soutenus par une évidence qui était désormais hors de sa portée ; et le ciel bas, le froid glaçaient tous les sentiments, même la fierté et la rancœur, même son goût pour le souvenir, pour certains souvenirs… Évidemment, quelque chose du passé restait près d'elle, quelque chose d'infime qui flottait et n'était ni de neige ni de vent, mais elle sentait que ce vestige incompréhensible était sur le point de se dissoudre dans l'Invisible : bientôt il n'y aurait plus que des murs – carcasse de la ville, carcasse d'elle-même. Sortant de l'atelier de confection où elle travaillait depuis un peu plus de deux ans, Clara alluma une cigarette comme d'autres se seraient signés, puis se rappela : Clara S… On m'appelle Clara S… Petite Clara, Clara la rebelle est morte et enterrée, me voilà redevenue Clara S., pas de doute c'est mon véritable nom, depuis trente longues années déjà – comme d'autres prieraient. Puis, ayant estimé la puissance du flot continu des passants qui grondait devant elle, elle prit une grande inspiration et rejoignit la foule.

De la petite ville de H., elle ne connaissait guère plus que cette grande rue commerçante, les collines boisées qui, de part et d'autre, paraissaient surveiller et encadrer étroitement les habitants, et la gare – l'ancrage de sa personne, son lieu de culte à elle. Pourtant il y avait eu une époque où elle arpentait chaque nouvelle ville dans laquelle elle débarquait, peut-être pour un séjour bref, peut-être pour toujours, elle parcourait à pied chacune de ses ruelles, méthodiquement... Cette manie avait duré quelques mois, c'était juste après sa sortie de prison... Elle marchait alors jour et nuit, elle marchait sans cesse afin de vaincre ses plus récentes obsessions : ne plus se contenter de survivre, mais vivre mieux... Avoir une vie confortable, et de l'argent, un peu, l'économiser, pour la suite, pour récupérer enfin la garde de son fils Youssef, qu'on avait confié à ses parents... Elle n'avait même pas eu à quitter son emploi, elle distribuait des prospectus, simplement elle continuait à marcher après le travail, ne s'arrêtait plus – le premier pas ne lui avait rien coûté, et tous les suivants lui avaient semblé une recherche acharnée de cette gratuité, de cette spontanéité. C'était l'époque où elle était seule, vraiment seule... Elle avait touché le fond, volontairement elle prétendait, elle prétendait se délecter de sa situation, elle n'avait plus d'amis... Et elle n'en voulait plus, d'amies, de petit ami, de compagnes et de camarades, elle n'en voulait plus, ainsi point de faiblesse, et point de temps perdu. Seulement marcher, marcher, résister, résister à la fatigue et au désir d'en finir : la pointe dans la tête brûlante, dans la motte du cerveau. Elle allait et venait les yeux plissés et les mains dans le dos, testait un nombre considérable d'allures, comme si telle vitesse pouvait hâter sa transformation (mais en quoi ?), comme si telle autre la faisait retomber dans ses travers, et c'était sur cette mer qu'elle naviguait, tantôt capitaine au long cours, tantôt naufragée, ballottée par de gigantesques vagues à figures humaines. Elle voulait voir du neuf, chaque rue lui paraissait un autre monde possible dans lequel elle serait susceptible de disparaître, de changer de vie, celle délabrée où elle ne put jamais apercevoir quoi que ce soit ou qui que ce soit de vivant, celle des grands bijoutiers dont la simple traversée éprouvait son courage... Elle voulait trouver du neuf qui ne fût en rien lié à son passé, à la Révolte : cette année-là, dans un hangar désaffecté, elle s'injecta de l'héroïne bon marché dans le bras, contracta un abcès, tomba malade ; fin septembre elle coucha avec un travesti qu'elle avait payé et qui la lécha avec habileté puis l'encula, qu'elle encula avec un gode, jouissant un nombre incalculable de fois ; elle traîna pendant quelques semaines dans un bar de planches au bord du fleuve, y passa l'essentiel de ses journées quand elle ne marchait pas, en dépit de tous les visages qui, à chacune de ses apparitions, se retournaient dans sa direction, de tous les yeux, incrustés à regret dans ces visages, qui semblaient constamment brûler d'une envie de tuer; elle se priva régulièrement de nourriture, de sommeil, ce ne fut pas difficile, consigna le récit des hallucinations qui s'ensuivirent dans un petit carnet, avant de découvrir dans un article scientifique que les effets du manque qu'elle tentait de créer et que d'autres subissaient sans le vouloir, étaient déjà connus, et depuis fort longtemps. Mais, si ses diverses expériences finissaient, passaient, s'oubliaient, elle ne cessait de marcher, dans la brume, dans la chaleur extrême de la fin d'après-midi, jamais épuisée et jamais contente, tout juste satisfaite lorsqu'elle se mettait en route et croyait un instant laisser définitivement ses soucis derrière elle. Cependant cette somme d'occasions manquées, d'échecs, cette boule d'hypocrisie et de fausseté… À vrai dire sa vie d'avant, entière, qui formait en elle comme un pain dur de plastic qu'elle ne parvenait plus à toucher, encore moins à manier à sa guise… Ses péchés, aurait-elle dit dans une autre vie (par provocation elle aurait utilisé ce mot en présence d'Hakim, en présence de Julie), la suivaient, s'accrochaient, il est vrai plus vagues et moins encombrants… et peut-être raidissaient sa nuque et alourdissaient légèrement sa tête… Ces problèmes qui n'étaient pas ceux du commun, elle se persuadait, problèmes réels et anguleux qui avaient des titres : *cellule, enfermement, révolte gâchée, vieillissement, Iris, Iris*, problèmes qui ne paraissaient pas venir de la vie même mais d'un rêve qui n'était pas le sien, et qui, de ce fait, s'ils semblaient lui appartenir, ne pouvaient être résolus et avaient pris, le temps passant, enfermés par orgueil ou par honte à double tour dans son esprit, une odeur et une couleur particulières… lui faisaient songer à des fruits pourrissants, à un automne sudiste… Alors elle secouait la tête et repartait. Elle marchait avec ses éternelles sneakers blanches, râpées et trouées parce qu'elles n'avaient pas été conçues pour parcourir tant de kilomètres, ni affronter le gravier, l'asphalte craquelé et inégal, la poussière, la boue, mais pour être regardées seulement, et dont les semelles aux bords mâchés, puis décollées des talons, se mirent bientôt à bâiller et à rythmer et à égailler ses trajets, mais aussi à produire un bruit de succion assez vulgaire qui attirait l'attention et suscitait l'amusement ou une réprobation risible – ces regards qui se posaient sur elle ou se levaient vers le ciel et ne semblaient plus voir que ça, elle, ou le ciel… Clara aimait pourtant passer inaperçue. Elle partait le plus souvent au crépuscule, ou au petit matin hésitant, profitant de l'apaisement de la rue à ces heures. Puis elle allait, dès le départ, le plus rapidement possible, ayant parfois l'impression d'emprunter une seule et longue, morne, gigantesque avenue. Elle ne faisait halte que toutes les deux ou trois heures, et seulement pour s'alimenter, et ceci bien que les notions de faim et de soif, de digestion surtout, lui soient devenues hautement suspectes. Sa maigreur, que quiconque l'ayant pris en sympathie aurait trouvé effrayante, lui permettait de se glisser partout, maigreur qui était à la fois son déguisement pour sortir et un hommage que personne ne songeait plus à rendre à tous ceux qui ne mangeaient pas suffisamment et aux torturés, enfermés, bannis de la Grande Révolte, même si l'épuisement et les vertiges la prenaient plus souvent, et l'obligeaient à des pauses plus fréquentes. Puis des entorses répétées et une fracture de fatigue l'avaient immobilisée, et elle avait connu une sorte de mise en sommeil qui durait encore…

De toute façon, qu'avait-elle retiré de ces marches forcées? Rien de rien, rien de plus que le néant dans lequel l'avait déjà plongée l'ivresse précédente, ou celle d'avant… Rien dans les mains, rien dans les poches, n'accaparer pour soi aucune richesse d'aucune sorte, c'était toujours la même règle qui empoisonnait sa vie… Et puis, à présent, elle ne pouvait plus faire de telles choses, rester en marge, en se donnant l'illusion de poursuivre la Révolte par d'autres moyens : son métier exigeait beaucoup de ses yeux et de ses doigts, beaucoup de la croûte de ses pensées, elle avait mal au dos, elle avait régulièrement des crampes, rentrant tôt le soir elle pensait souvent ne pas réussir à parvenir jusqu'à son studio ; et Clara avait découvert la nécessité cruelle, pour qui est né et a grandi dans un tout autre temps, d'apprendre à vivre différemment, de forcer sa propre nature – de suivre sans rechigner la marche du monde, alors que le monde la rejetait.

Cependant, dans ces années de gel, dans la rue piétonne, quelque chose la faisait avancer toujours, moins ses tripes qu'une sorte de méchante poussée dans le dos. Les gens semblaient s'écarter et former un cercle autour d'elle, malgré l'affluence, et elle se retrouvait seule dans une demi-obscurité, privée de la lumière froide des vitrines, sous le halo pâle des anges d'argent et des étoiles d'or. C'était comme si elle progressait dans un souterrain, dans un tunnel de verre, isolée et impuissante, s'attendant sincèrement, lorsqu'elle entendait le grondement assourdi d'un avion au loin, à crouler bientôt sous un tapis de bombes, se réjouissant par avance de voir la rue détruite et en feu. Pourtant, elle n'était plus aussi furieuse qu'autrefois, vindicative face à la foule ; et elle ne se défoulait plus sur la masse des anonymes, elle ne criait plus sans raison sur les vieux, elle n'envoyait plus de mégot encore incandescent sur le dos des passants, elle ne faisait plus tomber sa cendre sur la tête des enfants, elle ne donnait plus de coups d'épaule. Mais on l'évitait malgré tout... On devait supposer que sa rage bouillonnait toujours, pressentir les fauves se tapissant derrière ses yeux durs et s'apprêtant à bondir, et les rugissements au bord de ses lèvres, on devait savoir parfaitement qui était cette Clara S. et ce qu'elle avait fait, en dépit de sa discrétion depuis son arrivée dans la petite ville de H. ; on devait savoir, d'une manière ou d'une autre, ce qui se passait sous le masque qui ne souriait plus jamais – mais pourquoi ne pouvait-on lui dire ouvertement ce qu'on lui reprochait ? La colère tenace et sans motif particulier qui l'avait habitée si longtemps, même diminuée, même dissimulée, continuait comme une malédiction de garder les gens à distance, peut-être afin qu'elle pût éventuellement exploser sans blesser personne, ou peut-être parce que, dans la société solide et fraîche qui s'était élevée sur les ruines de la Révolte, sur leur Grand Échec, les individus reconnaissaient d'instinct une tenante de l'ancienne peste, et, sans souci de pardon ou de clémence, formaient en public un cordon sanitaire qui les protégeait.

Il s'était mis à neiger, et les flocons portés par le vent cinglaient Clara comme une projection de verre. Sous l'épais palmier de ses cheveux le visage avait rougi, mais pas entièrement, divisé entre le haut du crâne gonflé et comme irrité, et le bas tendu de ses joues lisses et de son menton effilé, comme si un glacier s'était détaché de son front et avait lentement glissé sur l'arête vive de son nez puis s'était brisé en deux, gelant la peau et bleuissant les lèvres.

Elle portait un pantalon de jogging bleu marine, un vieux pull en laine rayé, et un caban noir qui fermait mal surmonté d'un madras, mêlant les styles comme les âges accumulés de sa vie, sans parvenir à en éliminer aucun. Face à une telle incohérence, un tel fatras de l'apparence qui essayait de cacher des émotions boursouflées et, au contraire, ne faisait que les exaspérer, qui n'aurait répugné à l'aborder et à lui faire l'aumône d'un peu de chaleur humaine ? Elle ne savait plus comment s'y prendre avec les autres, c'était la vérité... comment débuter et entretenir une simple relation avec quelqu'un qui n'aurait pas pris part aux événements, qui n'avait jamais entendu parler des Iris, du Cofer et de Clara S... Dernièrement elle sentait son besoin d'affection augmenter, et cela l'effrayait, comme si elle s'était trouvé une nouvelle faiblesse, le défaut de trop. Et, parallèlement, dans la solitude qu'elle continuait à entretenir, sa colère ne trouvait plus de point d'appui : les gens, les dates, les lieux, tout coulait et se défilait devant elle, comme l'eau... Autrefois, elle avait appartenu à un tel fleuve, à une marée... Autrefois... Quelle chose lointaine et incroyable, vraiment... Cernées par cette eau, ses haines, son indignation, tout en elle était devenu fade, sec – elle imaginait qu'une bouche géante l'avalant à l'instant aurait tordu les lèvres de dégoût, puis l'aurait recrachée sans tarder... C'était l'impression qu'elle avait, d'avoir été broyée par des mâchoires gigantesques... d'avoir survécu à grand-peine... d'avoir été amputée de la partie d'elle-même qui commandait auparavant sa curiosité, son goût pour les rencontres, pour les choses et les gens les plus simples, sa fantaisie aussi... Comment expliquer autrement qu'elle se refusât obstinément les plus petits plaisirs, qu'elle ne fût jamais entrée chez ce disquaire, ou dans cette librairie pour feuilleter un roman policier puis acheter un conte édifiant et moral qu'elle enverrait à Youssef ? Sur les terrasses, sous les parasols chauffants qui semblaient sur le point d'embraser l'atmosphère, de gros clients engloutissaient d'énormes pâtisseries et des chocolats débordant de mousse et de crème, des gobelets de vin chaud. Passant près d'eux, Clara faisait l'addition des verres et des tasses, l'addition sans fin... les regardait contempler le spectacle apaisant de la rue et l'ignorer, elle, complètement... Bientôt ils sentiraient venir l'écœurement qu'ils dissimuleraient immédiatement et refuseraient de partager avec leurs voisins qui, pourtant, mangeaient et buvaient de la même façon qu'eux... sans doute éprouvaient les mêmes sensations au même moment... Et, les observant à la dérobée, Clara ne pouvait s'empêcher de se demander : cette femme emmitouflée dans son manteau vert, lisant à côté d'un brasero sans jamais relever la tête, qu'aurait-elle fait la nuit de la première émeute aux Iris ? Ces égoutiers bavardant autour d'un café, comment se seraient-ils comportés sur une barricade ? Ce bébé dont elle n'apercevait que le nez et la sucette humides, serait-il mort de faim pendant les trente-cinq jours qu'avait duré leur insurrection ?

Ces pensées fébriles, ces poussées de délire : même bien portante, Clara se sentait malade, aurait aimé se voir diagnostiquer une maladie avec des symptômes et un traitement avérés... Puis rejoindre un groupe de soutien avec lequel elle partagerait réellement quelque chose... C'était comme si elle ne s'était pas remise de la Grande Révolte, de sa fin prématurée, comme d'autres ne se remettent jamais complètement d'une trop forte fièvre, et elle vivait toujours dans la nausée qui avait suivi cette démesure et l'avait affectée au plus haut point, dans sa chair, dans les profondeurs de son esprit, sans parvenir à tirer la leçon de ce qui s'était passé, puis à tourner la page. Ayant été enfermée pendant cinq ans pour sédition et incendie criminel, puis privée d'à peu près tous les droits qu'on pouvait imaginer, il lui semblait attendre pour guérir définitivement une reconnaissance qui ne venait pas, alors qu'elle avait cru agir justement... Mais, précisément, elle n'arrivait pas à se convaincre tout à fait qu'elle avait eu raison, que la Révolte et tout ce qui avait suivi s'imposaient... Une telle réprobation les avait frappés, après coup... Et elle regrettait maintenant l'émeute permanente, les beuveries, la drogue, le mauvais goût, l'inconscience, tout... Sa jeunesse, elle n'excusait pas les excès de sa propre jeunesse... Si elle avait su, se disait-elle souvent, elle aurait tant aimé savoir... Et elle ne parvenait même pas à croire, comme Julie, à certaines phrases grandiloquentes : Nous avons bien fait, nous sommes des héroïnes, un jour on nous remerciera ou bien on les obligera à nous remercier, tu verras qu'on nous dressera des statues... Et Clara n'en pouvait plus, de chercher partout et de tourner la tête en tous sens pour trouver qui pourrait la remercier sans qu'elle ait à demander, la remercier en l'écoutant parler de ce qu'elle avait vécu… À la fin de son récit, un simple acquiescement l'aurait contentée… Avant d'arriver à l'église de grès rouge et à sa grande croix illuminée, elle obliqua en jouant des coudes vers la porte battante d'un pub, et entra.

Un de ses derniers refuges : le présent interminable des bars. Le scintillement des bouteilles vertes, des bouteilles jaunes, la poudre de lumière en l'air et les vapeurs stagnantes d'une nuit perpétuelle, les odeurs de fumée, de bois, de vomi. Et ce temps si étiré qu'il ne correspondait plus à rien au-dehors, à condition de boire, ce qui s'appelait boire. Mais Clara n'avait plus envie de boire : elle expérimentait déjà, sans avoir besoin d'alcool, les effets hypnotiques de l'existence qu'elle menait. Chaque samedi matin au lever, sa tête tournait tellement qu'elle devait se recoucher puis rester allongée pendant une ou deux heures. La drogue? Elle tentait au contraire de contrer les assauts de ses propres divagations, les errements de sa pensée qui tiraient leur force d'une sauvagerie incontrôlable et dépourvue d'artifice, d'une sauvagerie chez elle naturelle, à l'origine obscure. Et, parfois, sa voix était aussi éraillée qu'après avoir parlé des heures durant avec un inconnu aussi soûl qu'elle, simplement parce qu'elle avait passé plusieurs jours sans prononcer un mot. Il lui semblait tout de même qu'elle aurait bien l'usage d'un verre, de plusieurs verres, d'un grand verre inépuisable, mais elle s'interdisait décidément tout ce qui la comblait auparavant – tous ces sacrilèges qu'elle commettait sans même s'en rendre compte, avant, piétinant sa santé et la moindre tentative sérieuse de travail, ces sacrilèges qu'ils étaient maintenant des millions à commettre à chaque seconde de chaque heure, et qu'elle sentait en permanence près d'elle, les millions… La privation était son dernier projet. Cependant, elle ne savait plus ce qui, par ailleurs, lui était encore indispensable pour continuer à vivre décemment. Et il n'y avait plus que ça pour Clara, les tentations nombreuses, répétées, et la manière dont elle y résistait une fois de plus : traînant dans les cafés, faisant un détour pour traverser volontairement le quartier des dealers et des prostituées, s'empêchant de penser à Youssef, Clara tentait le diable sans qu'aucune des victoires qu'elle remportait sur ses désirs ne la calme suffisamment. Sa main se mit à caresser le comptoir brillant; elle détaillait les objets qu'elle se rappelait avoir déjà examinés pendant bien des nuits, des repères qu'elle avait crus un temps capables de constituer tout un monde riche et accueillant, les étiquettes luxueuses de tequila, le cœur trouble d'un bouchon de cristal ou la posture étrange d'un ver au fond d'une bouteille de mescal ; elle fit attendre longtemps le serveur exaspéré et, comme toujours, elle finit par commander une limonade. Il n'y avait pas grand monde. Dans le fond mal éclairé, trois hommes en costume qui avaient jeté leurs cravates sur leurs épaules gauches étaient assis très en arrière sur leurs chaises, buvant à petites gorgées de grandes pintes de bière et picorant dans un panier de frites, chacun évitant surtout de croiser le regard des deux autres – la fixant le plus souvent, elle, depuis qu'elle était entrée. Ils causaient fort, pour la galerie. Mais Clara n'écoutait pas leur conversation attentivement, toute clandestine qu'elle semblait devoir être à H., elle ne se sentait pas de vocation d'espionne, et puis elle ne parvenait plus à percevoir que des bribes de la vie des autres, comme s'ils utilisaient une langue étrangère, leur propre langue, privative… La sécurité qu'ils prisaient… Une marque de voiture qu'ils comparaient à une autre, un crédit plus avantageux dont ils vantaient les mérites, les classements qu'ils établissaient par désœuvrement, les animaux les plus dangereux du monde, les meilleurs footballeurs du monde, les meilleurs films d'action du monde… Heye, je te dis pas que t'as pas raison… Mon frère je parle comme je pense… Les profiteurs, les tire-au-flanc et les fouteurs de merde il faut les pourchasser comme des rats, comme les rats des Iris, mon cousin m'a raconté sa campagne dans les CRS… Moi dans mon boulot, moi dans ma famille… Ils parlaient d'une voix monocorde, ils parlaient sans accent particulier des choses qui leur arrivaient quotidiennement et qui paraissaient importantes ; ils employaient des mots, des expressions qui ressemblaient à ceux qu'elle utilisait à vingt ans mais dont, dans le contexte de ce bar et du récit entrecoupé de leurs existences, Clara ne comprenait pas le sens. Même cela, ce qu'on pouvait dire et écrire, n'était jamais fixé, ne serait-ce pour quelques décennies… Et, suivant ce flot mouvant des choses et des idées, toutes ces évolutions dans le temps semblables aux tendances de la Bourse, du haut vers le bas vers le haut, ces cotations de valeurs plus ou moins sûres, ces reprises d'humiliations anciennes qu'on croyait disparues pour toujours, ces courbes étranges et sans dessein… Cette montée rapide de l'existence, cette descente qu'elle suivait désormais, lentement, comme tout le monde, il n'y avait pas de quoi se plaindre… Sans appeler le serveur Clara paya son verre en posant sur le comptoir un peu moins que la somme due, puis s'en alla tranquillement.

De retour dans la rue elle titubait, parmi la foule toujours plus nombreuse – était-il possible que les murs aient été repoussés en cette période de l'année, pour faire de la place ? Elle se mit à chanter à mi-voix, sans paroles ni air connus, elle semblait chanter douloureusement la gloire de sa propre déchéance, trois ou quatre notes lamentables, vibrantes mais tenues, qui la faisaient frissonner et charriaient plaisamment les larmes jusqu'à ses yeux. Elle dépassa au ralenti l'église pleine de morgue puis la place pleine de morgue, prit à gauche une des ruelles qui descendaient jusqu'au fleuve, et s'arrêta à l'angle d'un immeuble qui contemplait déjà les berges avant sa naissance. Puis elle monta jusqu'à son studio, au dernier étage.

Enfin elle était chez elle, retirée et protégée – elle tira le verrou derrière elle. Le parquet grinçait, couinait et protestait sous ses bottes, dans un silence glacé. Sans enlever son manteau elle alluma le radiateur. Puis elle posa le courrier sur son lit et resta debout, dans l'obscurité, attendant que l'atmosphère change, contemplant le studio seulement éclairé par les guirlandes de la rue, essayant d'imaginer ce qui pouvait se passer lorsqu'elle n'était pas là. Est-ce que ce lieu lui ressemblait, comme il se devait pour n'importe quel foyer ? Il n'y avait guère de ces meubles qu'on choisit pour soi puis qu'on achète, comblé : le lit consistait en un grabat, et elle avait récupéré de la précédente location une commode qui servait à la fois d'armoire pour ses quelques vêtements et de garde-manger, en plus de tréteaux qui occupaient presque la moitié de la pièce et qui faisaient office de bureau. Elle n'avait pas d'évier, seulement un lavabo, une cabine de douche aux portes cassées, et les toilettes étaient sur le palier. Des cartons fermés, éventrés, traînaient partout et gênaient le passage. La poussière était partout, en pollen et en bouquets gris. Clara alluma, mit de l'eau dans une casserole qu'elle posa sur un réchaud, puis se déshabilla et s'assit sur son lit, les mains posées derrière elle. Au moins, elle appréciait la vue : par la fenêtre en arc de cercle, elle pouvait apercevoir le fleuve et, plus loin, sur un promontoire, une tour de guet datant du Moyen Âge, qui paraissait garder les alentours pour elle. Après avoir contemplé ce paysage, le studio lui semblait toujours plus douillet… Plus confortable que tout ce qu'elle avait connu ces dernières années… À Pau, quatre ans auparavant, elle avait été expulsée de la chambre qu'elle occupait, au mois de mai, elle s'en souvenait à peine mais elle se rappelait bien de son état d'alors, et de l'état de la chambre, c'était autre chose… Ils étaient entrés à l'aube, l'huissier, le flic, le propriétaire, le serrurier, préparés à la violence, mais elle dormait, et elle avait laissé la porte ouverte… À bien y repenser, c'était peut-être voulu, tactique… C'était à l'intérieur que se trouvaient ses pièges, sur le sol des patinoires d'excrément, des bouteilles renversées, des dizaines de traces suspectes, des aiguilles… L'huissier l'avait réveillée doucement, le flic l'avait portée avec douceur hors de la chambre, l'avait assise avec précaution dans le couloir où étaient sortis ses voisins, pour le spectacle… Le même jour, elle se ressaisit pendant suffisamment de temps pour trouver un nouveau toit, une caravane abandonnée à l'orée d'un bois, non loin d'un échangeur autoroutier que les voitures n'empruntaient pas, c'était discret et calme; et ç'avait été comme une cure pour elle de rester là-bas. La nuit, elle montait sur le toit et observait les étoiles et les lumières de la ville en contrebas, puis les comparait, fermait un œil et tentait d'attraper chaque âme brillante avec deux doigts, elle tremblait sans bruit. Et elle s'était mise à fréquenter les lisières, la périphérie de la périphérie, les zones industrielles, les dépôts-ventes, les décharges et les casses… La cloche, et un peu de vol, rien de grave, on la voyait arriver, on la laissait faire, on la reconnaissait… En comparaison de cette roulotte tout paraissait luxueux à Clara, même son ancienne cellule – la prison c'était un genre d'abri, pas un des pires, on n'avait plus le souci du loyer… de l'intégration, de la réinsertion… On n'était plus qu'un cadavre, un corps inutile, juste un brin plus actif… Sur les murs blancs de sa cellule s'étaient imprimés, comme des décorations, les marques et les papillons laissés par le temps dans son propre regard, elle revoyait à présent la façon dont ses pensées s'affichaient en permanence devant elle, pensées politiques, toujours politiques, elle avait encore le goût du martyre à cette époque-là… Elle s'était imaginé qu'Hakim, que Julie, que le Cofer tout entier allaient monter une opération pour la faire évader, et qu'il lui fallait penser toujours à eux, comme eux, et se préparer à reprendre la lutte une fois dehors…

Mais, après quelques semaines de détention, la réalité de l'enfermement l'avait frappée de plein fouet, et elle s'était retrouvée tout à coup meurtrie et catatonique ; elle revenait à elle parfois accroupie de manière humiliante, parfois fouillée debout les jambes écartées, ayant perdu le fil, la logique des événements qui l'avait conduite jusque-là et qui, désormais, se drapait d'ombre. Elle mit des mois à accepter le monde de la prison, à ne plus craindre la promulgation soudaine d'une loi qui rétablirait la peine de mort pour les émeutiers non repentis, et elle dut se résoudre à être partie prenante de l'éternel affrontement entre légalité et illégalité auquel elle restait étrangère puisqu'elle pensait avoir œuvré pour la justice sociale et non comme une hors-la-loi, par appât du gain, mais cette opposition était essentielle derrière les barreaux, structurait les consciences et la moindre réaction, et elle se mit soudain à haïr la police, l'armée, les matons, et tous les genres d'uniforme. Puis elle avait découvert sa grossesse ; son ventre avait ballonné d'un coup. Et le personnel pénitentiaire, du directeur aux gardiens, s'était mis à traiter Clara avec la plus grande considération, peut-être parce que tous étaient certains de la suite, et de la souffrance qu'elle s'apprêtait à endurer. Et on la laissa se parler à elle-même, dialoguer avec ses rondeurs dans sa cellule, puis avec le père absent qui, clandestin et occupé par la basse politique dans le cloaque qu'étaient devenus les Iris, ne voulait ni reconnaître son fils ni la revoir ; on ne lui fit aucune remarque enfin lorsqu'elle commença à s'invectiver devant les matons, durant la promenade… Ils avaient accepté tout ça parce qu'ils savaient qu'ils allaient lui enlever son bébé, qu'ils allaient lui prendre Youssef ; et sans doute s'étaient-ils donné bonne conscience en se disant que la grossesse l'avait rendue folle, et c'était l'aider que de placer le nouveau-né en famille d'accueil… Oh les larmes qu'on pouvait verser continûment après une telle déchirure, pendant un temps infini, jusqu'à ce qu'il ne reste plus rien en soi, rien de solide… Très calme malgré cette évocation qui la faisait toujours souffrir, Clara prit sa tasse de thé brûlant, s'assit derrière la table et s'adressa au ciel bien noir : "Je sais ce qui se passe… À présent je suis sans projets et sans enfants, autant dire toute nue, et à ma vue la lune se cache et la nature même se détourne, indisposée, la nature qui n'est que nudité… Elle supporte mal de contempler l'absurdité de sa création, l'être devenu mécanique, les essieux et les rouages… Elle crée sans y penser plus que ça la nature, elle crée et elle jette, pas différente de nous, je suis au courant… Ensuite il faut se débrouiller… Il faut que je me débrouille à présent sans les délices de la rage, qui m'ont quittée pour des corps plus jeunes et plus fermes, ça se comprend… Dépouillée, et la vue de mes cicatrices ne me console pas. Je voudrais bien être consolée! Mais je suis finie, il faut me faire une raison… Je suis rendue à l'obscurité stérile, sans pouvoir espérer, comme une simple plante, la nouvelle floraison… Que faire, que faire maintenant? Médecin dans le tiers-monde, je me sentirais peut-être mieux, ou avocate des opprimés, ou braqueuse? Ne pourrait-on m'aiguiller? Il paraît que certains songes, certains présages d'une vie future et sainte sont donnés sans condition aux hommes les plus dissolus, je ne demande pas mieux qu'un chemin de perfectionnement à suivre moi, n'importe, un but à atteindre qui soit digne de moi… Mais j'ai joué, j'ai perdu, j'ai voulu ce qui m'arrive, vieillie et esseulée, sans projets et sans enfants, dans l'incapacité de jouer un rôle, et qu'on laisse la vieille folle tranquille, que ma paix qui ressemble à l'ennui qui ressemble à la mort ne soit plus jamais troublée… J'ai voulu ce qui m'arrive. Tout de même… C'est quoi cette époque où l'on obtient tout ce qu'on veut?…"

Sorties à l'air libre ces paroles ne sonnaient pas très bien, sans personne pour les relever roulaient et chutaient, roulaient et chutaient… Clara finit son thé, puis reprit son courrier. Elle ouvrit une grande enveloppe marron, contenant une autre enveloppe sur laquelle était écrite l'adresse barrée de Julie, surmontée de la mention *Pour Clara – à faire suivre*. À l'intérieur se trouvait un faire-part de décès : son seul amour peut-être, son dernier amour peut-être, le père de son fils, ce chien d'Hakim était mort.

Hakim était mort! Échappé de sa main, le faire-part était tombé en se balançant gracieusement puis avait atterri sur un journal vieux de trois jours :

LA DERNIÈRE BATAILLE

L'ancien Président de la République Henri Dumont a été transporté hier en fin d'après-midi à l'hôpital du Val-de-Grâce, après un malaise cardiaque ayant entraîné une défaillance pulmonaire. Son état serait critique.

Ce rapprochement sur le sol, dans son esprit, plus que le choc de la nouvelle, avait fait craquer quelque chose de dur à l'intérieur de Clara, comme une poutre de bois – Crac, avait-elle cru entendre : ça ressemblait au bruit d'une fin qui n'était provoquée ni par l'épuisement ni par un suicide; ça ressemblait au bruit d'un commencement, au premier pas dans un lieu inconnu. Crac, une fois et c'était tout. Tout un monde lui semblait basculer et s'éteindre, après une décennie seulement, idées, souvenirs, proches et ennemis, mais elle... Elle demeurait, survivait inutilement, poursuivant une existence qu'elle ne contrôlait qu'à grand-peine, ses bras et ses jambes tantôt plus légers que l'air, tantôt plus lourds qu'une tonne... Une existence déracinée... Et couchée dans la pénombre, fumant, pleurant par à-coups, Clara se demandait : pourquoi attendait-elle vainement de revivre ce temps chaotique pendant lequel elle avait aimé, s'était sentie quelquefois aimée, ce temps qui, selon toute vraisemblance, ne reviendrait jamais? Elle savait ne pas être seule dans ce cas, et Hakim avait cru lui aussi ce retour possible, d'après ce qu'on lui avait rapporté, même après la loi d'amnistie : il avait voyagé discrètement dans tout le pays, visité les hauts lieux de la Révolte comme autant de champs de bataille, cherché des contacts et des appuis dans les milieux les plus improbables, il avait fomenté des complots et préparé des insurrections dont personne ne s'était soucié, pas même la police; Julie Wall croyait à cette renaissance, réunissait patiemment depuis des années toutes les archives disponibles sur les événements et fréquentait assidûment les cercles semi-officiels d'anciens de la Révolte... Elle avait même forcé Clara à l'accompagner un soir, il y avait justement une association qui se réunissait deux jeudis par mois dans le quartier sud de H., appelée *Cercle pour le progrès social*… Julie s'était habillée pour l'occasion, choisissant des vêtements qu'elle ne portait jamais en temps normal, un pull grossier et décolleté qui laissait voir son débardeur rouge, un pantalon militaire… Et ils avaient parlé, parlé, ils étaient plus bavards qu'auparavant, et Clara s'était sentie comme un déchet sur sa chaise, n'ayant rien à dire à des inconnus à propos du passé ou d'elle-même, révulsée par la satisfaction qu'ils éprouvaient de se revoir et de se raconter encore et toujours les mêmes histoires sans se lasser, elle était comme salie par leur obstination à obtenir par des interrogatoires et contre-interrogatoires serrés le plus de détails possible sur tel ou tel fait, réel, imaginaire, peu importait… La dizaine d'anciens émeutiers de H. avait joyeusement pressé Julie de questions, sa présence paraissait un honneur pour eux, et Julie avait pu ressortir toutes ces anecdotes que Clara avait déjà entendues cent fois et dont elle était parfois une des actrices, avec de légères variations qui visaient peut-être à la distraire un peu ou à la faire rire ; puis elle s'était chargée pendant un long moment de confirmer ou d'infirmer une liste interminable de rumeurs dont les membres de l'association n'avaient pu vérifier la véracité, à l'époque : était-il exact qu'à Aix la nudité intégrale avait été obligatoire pendant quelques jours, sous peine de prison, avait-il existé, oui ou non, un jeu d'éducation politique aux Iris consistant à devenir pour un temps limité l'esclave d'une ou d'un ami sûr, avant que les rôles ne s'inversent, avait-on bel et bien retrouvé près de Laon, vers la mi-juin, tout un village mort d'avoir volontairement trop mangé lors d'un banquet, avec sur les murs de la salle des fêtes cette inscription : *Tout continue ?…* Julie avait répondu avec calme, s'amusant beaucoup, puis elle avait fini par leur faire part de ses réflexions présentes, c'était le bouquet : C'est l'écologie qui a manqué à notre Révolte j'en suis convaincue aujourd'hui, on aurait dû raser les villes, les banlieues, et redécouvrir la nature… On va employer maintenant tous les moyens légaux à notre disposition pour faire fructifier l'héritage de nos combats… Pour finir, à la demande générale, elle leur avait raconté la chute de la dernière barricade rue de l'Élysée, comme si elle avait été présente, elle avait ce talent, et ils avaient pleuré, et ils l'avaient applaudie, pleins de gratitude... Ils l'avaient applaudie...

Clara n'avait pas revu Julie depuis cette soirée et, ces derniers temps, sa solitude avait été extrême, privée d'une affection malgré tout sincère et de l'excitation qui ne cessait de monter pendant les quelques jours que Julie venait passer à H., tous les trois ou quatre mois, excitation due à l'incertitude du sexe entre elles qui, ni l'une ni l'autre, n'aimaient exclusivement les femmes, ne savaient ce que signifiait aimer. En cet instant de chagrin Clara regrettait que Julie ne soit pas allongée près d'elle : elle aurait abandonné ses formules toutes faites, elle aurait trouvé les mots pour la consoler c'était certain, chuchotant, elle l'aurait consolée de la triste nouvelle en même temps que de la tristesse que Clara s'en voulait d'éprouver... Julie avait le cœur froid, elle aurait réussi à voir clair en son amie et à découper tous ses sentiments contradictoires et à faire la part de l'amour et de la haine... Ensuite elle lui aurait parlé d'Hakim tel qu'elle l'avait connu, un peu, fait quelques révélations... Et Clara aurait enfin raconté à Julie cette dernière nuit aux Iris lorsqu'elle était venue y chercher des armes pour le Cofer et comment, après un rapport brutal et à moitié consenti avec Hakim, punition étrangement mêlée de plaisir, elle était repartie avec seulement quelques fusils et armes de poing et, sans le savoir, Youssef dans ses tréfonds... Et elles auraient ri pour ne pas pleurer, ri de sa naïveté et de ses errances d'alors, de son manque d'implication, elles se seraient moquées copieusement d'Hakim, elles auraient ricané... Puis Julie aurait repris son air doux et sérieux, qui penchait davantage vers la douceur maintenant qu'elle s'était empâtée, et lui aurait demandé, début d'une scène de jalousie qu'elle feindrait d'éprouver : Comment c'était, avant les émeutes, avec Hakim ?

Qu'aurait-elle pu répondre, alors qu'elle avait essayé depuis tant d'années de considérer cette relation comme entièrement fausse et malsaine, et que, soudain, cet amour qu'elle croyait mort ressurgissait, intact et vivant, comme immaculé, par la grâce de la mort d'Hakim, amour qui semblait se confondre avec le regret de sa propre jeunesse ? La plupart de ses souvenirs d'Hakim s'étaient effacés, et il ne restait plus à Clara que quelques scènes lumineuses entre lesquelles l'obscurité de l'oubli et du ressentiment s'était faite, presque rien, quelques instants qui éclipsaient toute une relation, prétendaient la résumer… Elle revoyait l'escalier étroit qu'elle montait, tirée par Hakim qui la pressait parce qu'il ne voulait pas être surpris avec elle, elle revoyait le couloir qu'elle devait traverser pour atteindre la porte de son appartement, une dizaine de mètres hantés, aux murs pestiférés, à la blancheur sale, au sol tapissé de plaques de contreplaqué qui, à chaque pas, exhalait une poussière épaisse et jaunâtre, corridor qui semblait habité, non par un fantôme, mais par l'emprise agissante d'Hakim, couloir étonnamment élevé au rang des endroits qui comptaient pour Clara, par l'attention inquiète qu'elle lui portait comme à tout ce qui concernait Hakim et que, en définitive, ni l'un ni l'autre ne méritait ; elle se souvenait, à l'intérieur de l'appartement, du papier peint vert-de-gris dont ils se moquaient ensemble, du petit canapé bancal et piqué de ressorts qui, les maintenant dans l'inconfort lorsqu'ils étaient assis, favorisait du même coup le rapprochement de leurs corps encore timides et mal à l'aise, puis les étreintes déchaînées, bestiales ; et elle se souvenait du toit où ils s'enlaçaient, dans leurs meilleurs moments, contemplant les arcs de cercle formés par les maisons lointaines qui faisaient songer à des bras accueillants, les milliers de têtes des lampadaires dont le chant lumineux et sage montait vers eux, et il sembla à Clara qu'elle pouvait à nouveau sentir la chaleur authentique et dansante du haut des immeubles, elle revoyait les arbres qui se balançaient doucement, comme des vahinés, boulevard de la Résistance, et la suite des rues incomparables des Iris, sucrées, protectrices, dont la vue apaisait alors sans faillir leur grand souci de l'existence ; et la chambre, rouge la nuit comme si l'apocalypse était sur le point d'y survenir, où elle avait remporté la guerre du sexe. Mais elle n'était pas des Iris, pas vraiment, habitait à proximité, dans un pavillon avec ses parents, ne serait jamais vraiment des leurs, et Hakim ne prenait pas sa main en public, ne l'embrassait jamais en public, son visage était si fermé lorsqu'ils marchaient côte à côte ! Et Clara l'avait quitté, retrouvé, quitté à nouveau, quelques semaines avant le début des émeutes… avant la première émeute à laquelle elle n'avait pas participé, partie en virée avec quelques amies, avant qu'Hakim ne devienne un héros pour le quartier, et pour tous les quartiers du pays, un précurseur…

Comment elle aurait pu prévoir... Puis elle avait eu un enfant de lui et, à partir de la naissance, ne s'était plus préoccupée de lui, estimant sans doute avoir désormais tiré, à travers Youssef, le meilleur d'Hakim... Mais comment était-ce avec lui, en réalité... Et comment s'était-elle comportée avec lui, quelle femme était-elle alors... Ça lui échappait, un souvenir important devait lui échapper, qui lui ferait comprendre ce qu'elle était devenue, depuis Hakim... depuis ce mur sur lequel elle avait pris appui pour s'élancer, et parvenir jusqu'ici... Elle se leva, éteignit la lumière, ouvrit un petit tiroir de la commode et fouilla à tâtons dans une boîte à chaussures ; au bout de quelques minutes elle trouva enfin ce qu'elle cherchait, revint vers son lit et, toujours dans le noir, déplia une lettre et la déchiffra lentement à la flamme constante de son briquet (ses doigts semblaient aussi jaunis que le papier qu'ils tenaient), mais bientôt elle n'eut plus besoin de lire, et récita presque :

C'est un de ces après-midi, tu sais, c'est un après-midi où, après une courte agitation, tout le monde s'est rendormi. Le soleil règne seul, il est bien plein, on dirait qu'il a creusé un trou à sa taille dans le ciel et en moi, on dirait qu'il a imposé sa chaleur aux quatre murs, aux arbres qui penchent la tête, il l'a emporté sur les meilleurs, et même sur ceux qui parlent en son nom. Pas un souffle d'air... Plus un bruit... Mais moi je ne dors pas. Je réfléchis, comme si j'étais obligé, au lieu de me reposer, je pense à ce qui me reste de repères au milieu de notre révolution : pas grand-chose, l'Ouest, le Sud, des noms de rues et des restes d'enfance, et beaucoup de souvenirs de toi... beaucoup de souvenirs douloureux, je n'ai que ça en vérité... Mais je ne dors pas, je n'arrive pas à m'arrêter de penser à toi, parce que tous nous avons besoin de repères, oui, même nous les militants, sauf toi peut-être, l'animale... sauf toi, c'est sûr. À travers les stores, un rayon de soleil passe et commence à faire flamber ma poitrine. Trop, ça fait trop : pris entre deux ENFERS, entre l'intérieur brûlant et l'extérieur brûlant, j'avoue ma défaite et je ferme les yeux. C'est l'heure blanche, tu sais, juste avant de s'endormir assommé comme si on mourait, tu m'avais dit une fois que tu trouvais héroïque de résister et de refuser la noyade du sommeil, qu'il était bon de se tourmenter encore et encore en pensant à tout le mal qui se passait dehors au même instant... C'est l'heure où je me rappelle le mieux de toi, et je revois tes cheveux bizarrement colorés, les vêtements qui t'allaient le mieux, les pantalons larges surtout, la façon dont tu dansais sans te compromettre, tu refusais de te compromettre, et pas que ça, mais aussi ton nez en patate, tes doigts épais et courts et sans ongles, tes dents blanches et pointues, on aurait dit que tu n'avais que des incisives que je préférais à tes lèvres pour les embrasser, et la maigreur malade de ta taille, et les vilains nœuds de tes bras... J'ai trop touillé ces images et c'est devenu une bouillie dégoûtante qui recouvre tout ce que je regarde, la Grande Révolte, le changement, et même moi je suis recouvert, et tu ne pourrais plus me reconnaître si tu me voyais Clara, je ne sais plus moi-même qui je suis. Alors j'attends ton retour, en évitant comme je peux les miroirs, et les miroirs redoutent mon amertume et mes grimaces, et ensemble nous remettons à plus tard la terrible révélation... Qu'est-ce que tu m'as fait... Qu'est-ce que tu m'as fait... Ici aux Iris, c'est long et c'est triste. C'est comme si on avait défiguré notre propre foyer avec des barrages, des campements, des barricades, et tout ce qu'impliquent plus de solidarité et plus de responsabilités, en essayant de nous sentir complètement chez nous – ni en France, ni chez nos parents, ni dans la France qu'imaginaient nos parents, ni dans un paradis hors d'atteinte, mais chez nous –, et maintenant les odeurs insupportables, comme de l'ammoniac, on peut les sentir partout, avenue Marx, dans la longue rue des Fleurs, du haut en bas de la Tour C, on les a dans le nez, elles pèsent sur le cœur... Dégoûtés par ces odeurs nous avons des regrets. Moi en tout cas. Ce n'était pas si mal, avant, et puis tu étais avec moi... Et mes yeux sont grands ouverts maintenant et je vois les dégâts que nous avons faits en croyant bien agir, certains détails gênants, et tu me manques et je me suis replié sur moi-même comme un traître à la cause, je patiente en attendant des représailles inévitables et qui tardent pourtant à venir, tous les autres cassent et font ce qu'ils veulent et il me semble que je garde une décharge, MA décharge, fier quand même comme un coq... Je t'écris au milieu des ordures j'ai l'impression, tous les autres ont des liens nouveaux et révoltants, vont par trois ou par quatre, font des expériences, mais je reste spectateur de ça, et je peux difficilement t'en parler, tout ça me dépasse et je ne comprends pas leur joie. Et puis tu t'es toi-même avancée dans un genre nouveau, j'ai entendu dire, tu fréquentes beaucoup de femmes... Comment pouvez-vous tous vous avancer de cette manière, quand moi j'essaie d'être sûr et certain de ce que j'ai dans le ventre, de ce qui remue dans ma tête et résonne entre mes oreilles? Je suis fidèle, moi : quand je penche la tête en avant pour faire affluer le sang et savoir ce qu'il faut penser des temps qui viennent, toujours c'est ta silhouette qui m'apparaît... Et je vais te dire ce qui se passe alors dans le monde de la fidélité (tu vas lire jusqu'au bout c'est certain, ta curiosité va l'emporter), ce qui se passe quand je vois deux femmes s'embrasser sous mes fenêtres : une pointe me frappe dans le dos, sous l'omoplate gauche, et, transperçant ma cage thoracique, déchire mon sein. Bien sûr, tu sais que ce ne sont pas les Événements qui sont responsables de ma souffrance ni l'air vicié et corrompu, mais toi. Mais je t'entends d'ici : tu ne veux plus avoir d'affaire avec moi, les cœurs brisés ça ne t'intéresse pas et le tien de cœur il pompe et se remplit sans y penser, bat au rythme de la Révolte. Mais avant l'émeute où tu n'étais pas, avant le rêve de l'émeute il y a eu ma dérive jusqu'à ce bord du monde, et les nuits en compagnie de tes mots durs, à comparer sans fin chaque tache au plafond avec mes propres souillures, des semaines à guetter les bruits de serrures et les bruits de pas dans l'escalier, à me droguer et à ne plus parler, des semaines comme des années à essayer de trouver de nouvelles habitudes nettoyées de toi à éviter notre café préféré notre chanson préférée notre plat préféré nos amis préférés, à me débattre dans des draps trempés, à écrire des lettres comme celle-là c'était surtout pour l'hygiène, dans le silence qui grince d'après minuit, à marcher dans les rues sans jamais réussir à quitter les Iris et sans que l'épuisement ne m'arrête jamais, des semaines à subir le jour et une existence de diable que je n'avais pas du tout choisie... Des fois je me disais que cette épreuve me donnerait du mérite à tes yeux quand tu reviendrais, et ç'a été ça le pire je pense, de souffrir en sachant que tu n'étais pas au courant. (20 juin) J'ai depuis quelques jours un tatouage sur l'épaule gauche, c'est une lettre chinoise, et j'étais bien content d'en baver et de chialer presque quand on me l'a fait. Je n'ai pas voulu savoir ce que ça voulait dire. Ça doit encore parler de toi. (21 juin) Ce matin, Édouard qui te déteste m'a transmis un ordre de Nouar : on va se battre, c'est décidé. À mort ? Ils laissent chacun juge et libre de faire ce qu'il veut, comme depuis le début, et ils me demandent de commander la défense, ils ne se doutent pas, même Édouard qui m'a pourtant vu m'effondrer, ils ne veulent pas croire que ton absence me rend indifférent aux massacres, aux meurtres et à la barbarie à venir, à la misère qui reste malgré tous les efforts qu'on a faits pour l'expulser des Iris (ça me vient maintenant que ce sont des propos défaitistes que je tiens depuis quelques lignes, mais ça me plairait bien que tu te fasses arrêter avec cette lettre et que tu aies des ennuis et plein d'ennuis). Pourtant ils ne voient rien, parce que je suis bon acteur, je hurle sans conviction avec les loups, craignant par-dessus tout qu'on découvre la supercherie, et mon hypocrisie, je fais le soldat... Il faut un peu de courage pour ça Clara, un peu de courage pour continuer comme ça... Je crois que je vais travailler à la défense des Iris pour avoir la chance de te revoir, il me semble que si je me comporte encore une fois en héros, que je sauve la situation et que je suis blessé et que tu l'apprends et que tu viens à mon chevet, il peut se passer des choses... On pourra parler... Et je calcule dur, je ne pense plus qu'à une chose : comment te faire parvenir cette lettre ? (Fin de journée) Une ombre est venue sur ma main et, sans ma permission, sans aucune considération pour moi, plaque ses dessins sur les veines *bleues, sur les nids-d'abeille de la peau. Peut-être, comme j'apprécie de nouveau ces œuvres de la grâce, je suis en fait guéri de toi ? Je fais des efforts pour ça en tout cas, tous les efforts qui me sont permis je crois, et je me persuade que tout ce que j'ai fait depuis notre rupture je ne l'ai pas fait pour toi. Il y aura à la fin, à la fin de la Grande Révolte un monde meilleur, dont la seule loi sera que les gens comme toi ne peuvent en faire partie. Je me consolerai avec cette fille qui a quitté sa campagne pour venir nous aider et que j'ai rencontrée hier, Estelle, elle me plaît bien, elle peut venir dans ma chambre et lire tout ce que j'écris, et elle me plaindra et je serai débarrassé de toi, ce sera elle ou une des autres filles qu'on me promet et qui ne te ressemblera pas… Un hurlement, je ne sais pas si c'était dehors ou si c'est moi qui l'ai poussé… Je te supplie de revenir. En attendant je vais être vaillant et je vais être patient, je vais régulièrement aller dans notre souterrain secret, un genre de tombeau, où je pourrai contempler des tableaux de toi, jusqu'à l'écœurement, et je passerai tellement de temps là-dessous qu'une solution te concernant finira par m'apparaître, scintillante comme la pointe d'un couteau… Pourquoi je me punis comme ça ? D'accord, je me rappelle que tu m'as quitté tandis que j'étais soûl encore une fois et que j'essayais de te retenir à la façon d'une bête, c'était un petit crime que j'ai largement payé : si tu voyais maintenant la retenue avec laquelle je bois ! Pourquoi tu me fais ça… Tu dois avoir changé en plus, je ne suis pas aveugle, je vois mes amis changer autour de moi et s'épanouir ou se détruire comme si c'était toute une vie qu'ils avaient vécue en quelques semaines… Je dois avoir pris goût à ma torture, c'est humain, je me raccroche à ça maintenant. Je ne veux pas être libéré. Je pense sans arrêt que tu ris de moi peut-être avec tes nouvelles amies, et je pense à la tendresse que tu leur donnes et qu'elles ne te rendront jamais, je pense aux maisons entre nous, aux ponts, aux trains, aux jardins, au temps passé qui s'est mis entre nous ! Il faudrait que tu me reviennes là, quelques minutes avant l'assaut final, qu'on se dise tout honnêtement et tu verras*

*par toi-même que c'est possible encore nous deux et que je
ne suis plus le même, j'écouterai tout ce que tu dis cette fois
je serai docile, même si je pleure un peu mais on ne peut
pas reprocher à un homme sa tristesse quand l'amour est
en jeu, tu verras et je te verrai moi et peut-être je serai déçu
et alors je te laisserai tranquille, ClaraClaraClara, clara,
petite clara salope et sale PUTE, tu le verras bien que je ne
suis plus moi-même, tu le verras verras verras verras.*

Clara ferma les yeux. Cette nuit-là, au P52, Hakim s'était relevé
et s'était rhabillé rapidement, les joues rouges, sans lui jeter un
regard, il s'apprêtait à sortir de la réserve et à la laisser là, étendue
sur des caisses de bouteilles, cuisses ouvertes et irritées et sanglo-
tant le plus discrètement possible, quand il se ravisa et lui tendit
cette lettre... C'était son mot d'excuse... Ses dernières paroles
d'ailleurs, elle ne l'avait plus jamais revu... Mais, cette fois, elle
avait lu la lettre comme si elle avait été adressée à une autre, et il
ne s'agissait plus de mots mais d'une voix fluette, et elle avait été
touchée, maintenant que l'humiliation d'une ultime étreinte sans
désir s'était atténuée, remplacée par d'autres, beaucoup d'autres,
le cri lui apparaissait enfin, déchirant... Elle retrouvait enfin le
cri nu, sauvage, il pouvait avoir été poussé par Hakim ça ne faisait rien, seul le cri importait... Et depuis combien de temps,
se demanda Clara, depuis combien de temps ce cri n'avait-il pas
retenti en elle, depuis... Elle s'endormit.

Elle rêva de la Grande Marche, pour la première fois après des
années de honte où elle avait tenté désespérément d'oublier, de
bloquer les retours nauséeux du souvenir. Mais, dans son rêve,
elle ne revécut pas l'événement de manière anecdotique ou légèrement modifiée, elle n'y assista pas non plus, comme une spectatrice indifférente d'images d'archives à la télévision, son rêve
ne consista pas à se balader mélancoliquement dans sa propre
mémoire : il s'agissait plutôt d'une idée générale qu'elle recréa
de toutes pièces, comme si elle en était l'architecte consciente,
et que son imagination colorât, une certaine idée de la Révolte
qu'elle avait réellement vécue, une idée libre et tentaculaire, sans

souci de cohérence ni de séduction, dont son esprit était enfin le terrain favorable – idée qui lui semblait à nouveau d'une vérité absolue, féconde.

Ils s'étaient rassemblés sur la dalle des Iris, ils étaient si nombreux qu'ils ne voyaient plus le béton ou leurs pieds, étaient forcés de tourner leurs regards vers le ciel. Ça ressemblait à une fête, non à une démonstration de force. Et, bien que la nuit soit encore loin, toutes, tous semblaient attendre le début d'un feu d'artifice, ou d'une grande parade aux flambeaux. Les façades des immeubles étaient comme neuves, habillées de beau et clamant chacune sa particularité, et les rues étaient chargées d'or et de toutes les sortes de diamants, qui avaient chassé le bleu cobalt, le vent vide qu'ils connaissaient depuis l'enfance ; on aurait dit que les Iris avaient éclaté en mille morceaux. Ils étaient en retard sur l'horaire prévu et cela inquiétait Clara qui, dans le rêve, se sentait responsable du bon déroulement de la Marche, et de la convergence entre les différents quartiers avant qu'ils pénètrent ensemble dans Paris ; mais aucun des visages aux sourires fixes qui se trouvaient autour d'elle ne paraissait soucieux. Ils ne désiraient plus savoir s'ils réussiraient, ou s'ils avaient raison, ou s'ils se comportaient correctement. Et ils avaient appris plus tôt que le président avait eu peur de leur arrivée annoncée, s'était enfui, ils ne rencontreraient plus d'opposition… Rien ne pressait plus… C'était une fête dont ils entendaient profiter, rien d'autre. Le chef Nouar Arzou riait, Édouard Lafayette, le colosse, le meilleur ami d'Hakim et l'homme le plus triste que Clara ait jamais connu, riait sans retenue. Et ils ne voulaient plus partir. Ils ne voulaient pas entamer leur Marche, parce qu'ils sentaient que cela signifierait la fin pour eux – que feraient-ils, lâchés dans la capitale, qu'ils n'aient déjà accompli aux Iris, à quoi s'occuperaient-ils sans programme politique clair et sans boutiques de mode et sans nouveauté ingénieuse à acheter ? Alors ils ne bougeaient pas malgré les nombreux appels des haut-parleurs, riaient de plus en plus nerveusement, au bout d'eux-mêmes, mangeaient beaucoup, des saucisses élastiques et du poulet grillé au goût de canard, buvaient du café et du thé à faire exploser leurs vessies, et leurs jambes leur semblaient lourdes déjà. Toutes les cinq minutes (mais c'était peut-être toutes les trente secondes), Clara regardait la montre qu'elle s'était procurée pour l'occasion, mais elle ne parvenait pas à déchiffrer la position des aiguilles sur le cadran ; puis elle grimpait sans effort sur le toit d'une guérite curieusement installée au centre de la place, contemplait quelques instants la foule assemblée comme si elle cherchait quelqu'un, descendait, et recommençait. Hakim l'évitait, ou bien c'était elle qui l'évitait : au moment où elle eut cette pensée, Hakim surgit derrière elle et lui entoura les épaules de ses bras et la serra contre lui, ultime tentative pour faire comme si rien ne s'était passé et achevé entre eux, autour d'eux (peut-être Hakim était-il devenu aveugle ?… Elle ne pouvait le voir). Clara ne tenta pas un geste afin de se dégager, mais elle répugnait à cette démonstration sentimentale, sa propre peau lui paraissait épaisse et dure, et si, à cet instant, il lui semblait qu'un magma montait en elle, il ne montait pas pour lui, il ne déborderait pas pour lui, et elle continua à lui tourner le dos et elle se raidit ; cependant cette répugnance ne lui semblait pas tant physique que spirituelle, et militante : ce n'était pas le moment ni le lieu, pas le moment de revenir en arrière. Au bout d'une attente interminable elle sentit une poussée pas très forte dans son dos, qui ne la fit pas tomber ni même vaciller. Elle était libre. Elle ne se retourna pas. Elle savait qu'Hakim avait disparu – C'est fini pour de bon, pensa-t-elle…

Enfin ils se mirent en route vers Paris, lentement. Clara rejoignit la tête du cortège comprenant tous les héros glorieux de la Révolte, qui portaient des pancartes avec leurs noms et leurs faits d'armes, puis tous les leaders politiques, qu'en fin de compte peu de monde connaissait ; elle prit soin de rester dix ou quinze rangs derrière celui où se trouvaient Nouar, Hakim et Édouard dont, de temps à autre, elle apercevait les nuques rasées de près et les barbes bien taillées et les têtes qui restaient droites et ne se retournaient jamais. Et, pendant un long moment où ils avancèrent peu, il sembla même à Clara que son fils Youssef marchait à leurs côtés, Youssef devenu adolescent, sautillant sur place et embrassant régulièrement son père insensible et embarrassé. Mais elle ne se sentait pas mère, dans son rêve, pas plus que dans la réalité ; et elle n'éprouva pas le besoin d'intervenir pour faire cesser cette proximité qui lui semblait contre-nature, ayant l'impression que, si une mauvaise chose arrivait, c'était la foule, et non elle seule, qui réagirait.

Ainsi la foule se comportait avec chacun, n'était plus la foule mais quelque chose d'autre, organisme vivant qui n'était plus tyrannique, mais charitable. Et, ensemble, ils formaient un fleuve qui aurait pris le temps d'observer le moindre détail du paysage, fleuve qui ne noyait pas les plus lents, les réticents, les plus faibles, mais qui s'écartait un moment puis se reformait, le seul fleuve qui vaille, creusant la terre, la retournant profondément jusqu'à découvrir des fondations barbares dont ils se détourneraient avec horreur. Et si on n'écoutait que l'air des chansons et pas leurs paroles, si on ne prêtait plus attention aux mots des slogans qui ne proclamaient plus et ne réclamaient plus, si on se concentrait uniquement sur le bruit de fond, on pouvait entendre une sorte de gargouillis répété sans variation :

L'eau !... L'eau !... L'eau !...

Et personne n'avait à se soumettre à la masse qu'ils représentaient, à adapter le rythme de ses pas, sa vitesse ou le balancement de ses bras, ils ne formaient pas une armée en mouvement – l'ambiance n'était pas à la guerre, mais à une paix retrouvée et durable. Ils ne marchaient pas vraiment : ils flottaient. La fatigue n'existait plus. Un courant les portait, et si la logique de leur parcours, des méandres, échappait en partie à Clara, cette ignorance n'était pas un motif suffisant d'angoisse ou de panique.

Quittant les Iris ils prirent un boulevard assez étroit, suivant longuement la voie de chemin de fer et passant non loin de la zone pavillonnaire où était la maison des parents de Clara, qui ne semblait pas avoir brûlé ou qu'on avait rebâtie à l'identique, mais elle ne prit pas la peine de lever le bras et de l'agiter, à tout hasard, dans cette direction. Puis ils bifurquèrent vers le sud et traversèrent la zone industrielle où les attendaient les ouvriers de nuit, qui avaient formé une haie d'honneur et jetèrent sur leur passage des fleurs et des cotillons. Ils longèrent ensuite la Seine pendant plus d'une heure, et, parvenus au grand port de Paris, saluèrent les péniches stationnées qui étaient comme leurs bâtiments de guerre et ne leur semblaient plus des navires négriers, regardèrent d'un autre œil, sur l'autre rive, les darses et les chenaux, les équipements compliqués, les portiques et les grues, qui désormais leur appartenaient et travaillaient exclusivement pour eux. Puis ils arrivèrent sur l'autoroute, faisant la jonction avec dix-huit autres quartiers qui les attendaient depuis un moment mais paraissaient aussi enthousiastes qu'eux, et aucun reproche ne leur fut fait – Les Iris en tête, les Iris en tête, réclamèrent-ils. Et, enfin au complet, ils se mirent à marcher résolument sur Paris, pensant à tous les banlieusards qui, à cette heure, faisaient de même au sud, à l'ouest et à l'est, et pensant à tous les banlieusards qui marchaient sur les autres grandes villes du pays.

C'était merveilleux.

À côté de Clara, une grande femme timide et dévorée de tics enlaçait des inconnus par dizaines depuis leur départ, sans éprouver de gêne et sans qu'aucun d'entre eux n'en profitât – certains de ces hommes pleuraient contre sa poitrine… Un enfant d'une dizaine d'années cognait sans discontinuer sur son tambour, s'améliorait au fil des minutes… Des couples faisaient l'amour sur les bas-côtés, non pas impudiquement, comme s'ils exposaient leur intimité, mais comme s'ils étaient filmés, comme s'il s'agissait d'une distraction pour les marcheurs, ou d'une performance… On s'embrassait follement. On s'amusait, on dansait, on se déshabillait souvent, on s'accroupissait et on se relevait, on courait, et on tapait des pieds et on levait les mains sans lassitude : dans l'ensemble, il s'agissait de réjouissances simples. Même le long passage d'un tunnel noirci ne parvint pas à les inquiéter. Et on criait… On criait tellement! Plus ils approchaient de Paris, plus l'excitation montait : dans la capitale ils prendraient des marteaux-piqueurs et ils attaqueraient immédiatement la base des tours, des immeubles de la banque, de la finance, des multinationales… Ils seraient la dernière race de mineurs, ils investiraient les souterrains de la ville, et fonderaient la République des égouts dont ils avaient toujours rêvé… Et les monuments, et les bâtiments publics qu'ils recouvreraient de graffitis et de papier-toilette… ou qu'ils transformeraient en dortoirs, en salles de sport, en centres culturels… ou qu'ils changeraient en lieux d'un nouveau culte civique, ou qu'ils laisseraient intacts, selon leur humeur de l'instant… Mais leurs visions ne s'avançaient pas trop, préféraient ménager la bonne surprise qui les attendait après le boulevard périphérique… Des femmes faciles peut-être, du pain blanc, du bon tabac…

Et ils affluèrent dans Paris. Ce fut une cohue indescriptible. À partir de la place Clichy, il ne leur fut plus possible d'avancer, même en se dispersant dans les multiples rues adjacentes. Et on ne pouvait sortir du cortège, fendre la foule : la foule était partout, et montait, montait sur les kiosques et les balustrades, sur les statues et les balcons ! Alors Clara ferma les yeux un instant, et passa une main moite dans ses cheveux. Le tumulte, la pression montaient, montaient... Lorsqu'elle rouvrit les yeux, toute agitation s'était évanouie. Elle était seule, sur la route. Elle gênait la circulation des voitures. On l'insultait. Elle se réveilla.

Dans la lumière, dans la lumière bonne et solide du matin, Clara fut prise d'une étrange résolution, d'une pensée obsédante qui d'abord ne lui parut aucunement liée à son rêve : il lui fallait retourner immédiatement aux Iris, par n'importe quel moyen... Mais, les minutes passant, le pauvre décor de son studio et le ciel gris commencèrent à parler, la rappelèrent à l'ordre : Tu n'as plus vingt ans... Tu ne peux rien modifier de ce qui a été fait... Le tapis de cordes crasseux confirma : Il fallait y penser avant... Et elle essaya d'oublier ce projet absurde, en se douchant, en s'habillant, en mastiquant un quignon de pain, en glanant quelques légumes à la fin du marché. Elle essaya pareillement toute la journée du lendemain, elle essaya de toute son âme... Se promenant sur les berges, elle tentait de tromper son désir soudain d'un retour : pour commencer, elle n'avait aucune envie de voir Youssef dans son environnement quotidien, dans le pavillon de ses parents, à l'ombre des grandes tours, c'était la maison de son enfance qu'elle évitait, plus que ses parents eux-mêmes, son enfance... Elle rencontrait son fils une fois par mois en terrain neutre, à mi-chemin entre la ville de H. et les Iris, ses parents lui avaient promis ce contact régulier après qu'ils aient obtenu la garde, et ils avaient toujours tenu parole, alors que ça ne devait guère les enchanter... Ils ne descendaient pas de leur voiture, sur le parking de la gare, s'éclipsaient dès qu'ils s'étaient assurés que Youssef l'avait rejointe : c'était parfait, pour Clara, cette absence de contact... Puis la mère fragile et le fils fragile restaient dans un café pendant des heures, parlaient peu, visitaient une église ou un musée, finissaient invariablement la journée dans une librairie, elle tenait à ce que Youssef s'instruise… C'était parfaitement organisé, il n'y avait rien à modifier ; et, bientôt, Youssef serait assez grand pour prendre le train tout seul… Pourquoi donc se rendrait-elle aux Iris ? Il lui semblait qu'elle ne désirait pas non plus revoir son ancien quartier, pas tant le sien d'ailleurs que celui d'Hakim, même si observer les transformations qui devaient nécessairement avoir eu lieu depuis la fin de la Révolte… À titre documentaire, il était toujours profitable d'être bien informée… Mais personne ne lui manquait, qui devait habiter encore là-bas – depuis tant d'années les Iris ne représentaient plus pour elle qu'un espace blanc sur une carte d'où, sans qu'il lui soit possible de rien prévoir ni demander, émergeait miraculeusement Youssef, trou de blancheur impensable dont la trop longue fréquentation semblait rendre son fils de plus en plus mutique et blasé, et impatient, même lorsqu'il ne passait qu'une journée avec elle, de la quitter.

Mais il n'y eut rien à faire, et son désir lutta avec elle et demeura, prit même de l'ampleur, comme une soif irrépressible de voyage et d'inconnu. Le lundi matin Clara fit prévenir l'atelier qu'elle était malade, resta au lit. En avait-elle assez de vivre dans la petite ville de H. ? Elle n'avait jamais aimé l'endroit, cependant elle savait que la mauvaise vie qu'elle avait ici ne consistait pas en un enfer, plutôt en un désert éprouvant qui permet, au moins de temps à autre, le repos. Mais elle sentait que ce temps de latence, ce demi-sommeil, s'achevait. Elle devait partir… Elle devait partir pour les Iris, après quoi elle aviserait, elle s'en irait peut-être plus loin… Restait la question de l'argent, pour le voyage, Clara avait peu d'économies. Le soir, tremblante, elle appela Julie pour lui emprunter une petite somme – "la taxer", c'est l'expression qu'elle utilisa pour cacher sa gêne. Mais, bafouillant face au silence surpris de son amie, elle ne put s'empêcher d'évoquer sa destination et Julie refusa aussitôt le prêt, pour le bien de Clara, dit-elle. Alors Clara se fâcha, elle savait ce qu'elle faisait… Elle avait bien réfléchi… Puis elle tenta d'argumenter, comme elle avait entendu Julie le faire tant de fois, mais celle-ci raccrocha brusquement au bout de quelques minutes, après avoir longuement soupiré. Clara ne fut même pas déçue, comme si elle avait prévu ce refus, ou comme si elle avait cherché ce désaccord – elle avait l'impression que, quoi qu'elle fasse dans les prochains jours, son horizon s'éclaircirait. Et sa colère retomba vite : rien de grave, se dit-elle, un simple contretemps... Elle avait jusqu'à vendredi, jour de l'enterrement... Elle se rappela qu'une camarade de l'atelier lui avait parlé d'un boulot lucratif et non déclaré qu'elle faisait certaines nuits, comme infirmière particulière, et elle lui téléphona. Sans donner d'explication Clara lui dit avoir besoin d'argent et de son répertoire de clients, elle ne mentit pas, ne prétendit pas être compétente ni diplômée, n'implora pas, ne fit qu'exiger. À l'autre bout du fil, la femme parut hésiter quelques instants, puis elle lui donna une adresse où elle ne pouvait pas se rendre de toute façon et où Clara devrait se présenter le soir même, à minuit... C'était une villa dans les collines, un genre de chalet qui abritait toute une gentille famille, un homme en fin de vie, son épouse épuisée, un petit garçon qui parfois se relevait après un cauchemar et qu'on devait changer, il était toujours habillé de blanc pour dormir, un petit spectre... Elle n'aurait pas grand-chose à faire, soi-disant... Pendant deux nuits l'homme dormit correctement, l'indifférence de Clara, qui passait pour un grand calme, rassura l'épouse ; celle-ci n'avait pas besoin d'une aide, mais d'une confidente, et Clara n'eut aucun geste médical à tenter, sinon une injection que la dame préféra faire elle-même, elle avait l'habitude... Et, écoutant la femme lui raconter sa vie sans gêne, dans une cuisine au cœur de l'obscurité, insister sur ses propres défauts aussi bien que sur ceux de son fils et de son mari lorsqu'il était bien portant, Clara se sentit à sa place, étrangement, pour la première fois depuis des années... Même en manipulant les draps malpropres d'un mourant... Elle n'aurait jamais cru que sa place se trouverait dans un endroit pareil, qui respirait l'aisance et le confort, plutôt que dans un squat, plutôt qu'aux Iris. Ce n'était pas une position agréable pourtant, d'attendre auprès d'un lit bardé de fils et de commandes, surmonté d'une dizaine de poches et de pousse-seringues différents, dans le silence particulier de la maladie... Elle dut en plus retourner à l'atelier le mardi et travailler une journée entière, afin que sa demande de congés passe mieux, quatre jours en tout. On ne fit aucune difficulté, peut-être qu'il y eut seulement un regard entendu… Mais elle se sentait utile, il n'y avait rien ni personne à H. qui puisse encore l'atteindre, elle ne se posait plus de questions, avait à lutter contre la fatigue et à organiser au mieux son voyage. Ce n'était plus une de ces punitions qu'elle s'infligeait en vain mais une véritable épreuve, reconnue et nécessaire, elle aurait dit, une épreuve claire à surmonter, avec, au bout, une récompense considérable… Elle ne savait pas laquelle, ça ajoutait à l'excitation… En deux nuits auprès de la famille des collines elle gagna suffisamment pour payer le train et l'hôtel ; la femme avait même ajouté un bonus en la suppliant de rester parce qu'elle l'avait préférée à l'autre, sa camarade de l'atelier qui aurait bien du mal, désormais, à revenir… Clara ne prit qu'un billet aller, se dit qu'elle reviendrait en fraudant, si elle revenait. Elle eut du mal à faire ses bagages le mercredi soir, à choisir ce qu'elle voulait emporter et quels vêtements prendre et pour quel usage, se rendit compte alors de l'indigence extrême de sa garde-robe qui décida en quelque sorte pour elle, elle essaya de se rappeler le climat des Iris à cette époque de l'année, le froid manquant de franchise, l'humidité, ou était-ce à cette période que soufflaient ces grandes rafales de vent le long des avenues ?… Enfin, le jeudi à l'aube, n'ayant dormi que quelques heures en trois jours, Clara quitta son studio et se rendit à la gare.

Il avait encore neigé, mais le ciel était bleu, bleu, sécheresse pour les tempéraments moroses, et le soleil commençait à déposer de subtils paravents d'or sur la gadoue des rues, et le chemin du tramway s'en trouvait éclairé. À la gare, rien de ce qui l'intéressait d'habitude n'attira l'attention de Clara, ni le tableau des horaires, ni la poésie cent fois ressassée des destinations… La gare ne constituait plus pour elle un abri, un cocon entre deux existences précaires mais immuables, l'une d'errance sans but et l'autre de sédentarité forcée, ressemblait plutôt à une limite, à un lieu de passage, au centre sophistiqué de lancement d'une fusée dont on ne savait pas comment elle reviendrait, qui partait seulement, dernier sas avant l'étendue vierge des découvertes, des conquêtes, du renouvellement de soi, de la fin peut-être – et ces gens qui passaient devant Clara, et suivaient en cavalant des trajectoires se croisant habilement selon un plan sans doute préétabli, les gens lui apparaissaient, la machinerie complexe de la gare lui apparaissait et semblait comploter à son départ, le brouhaha incessant lui permettait de résister au sommeil et les courants d'air glacés venaient l'alerter sans discontinuer, lui conseiller de reprendre une cigarette dans son paquet, encore une... Et elle monta en avance dans son train, le bon train. Le wagon était presque complet, lui prouvant que ses intentions n'étaient pas folles, et que d'autres personnes sensées prenaient le même train et suivaient une direction semblable à la sienne, bien qu'elle seule paraisse voyager véritablement, abandonnant tout et semblant fuir une réalité insupportable ou allant chercher fortune ailleurs, aux antipodes, tandis que les autres passagers étaient si bien habillés, si apprêtés et si prévoyants... Ça y était... Ça y était, plus que trente secondes...

Clara ne sommeilla pas longtemps, à peine une heure, mais se sentit reposée en relevant la tête. Le train passait prudemment une crête, au bord d'un ravin qui encerclait des forêts épaisses et d'un noir terreux, et des torrents à l'eau pure et terrible – les Iris ne promettaient pas un séjour tellement pénible en comparaison de cet accueil-là... Et le train suivait vaille que vaille son chemin de rails, tendrement chauffé ; Clara avait de la lecture, un manuel abîmé de diagnostics infirmiers et un autre d'anatomie, en plus du journal qu'elle avait volé à la gare pour se distraire, mais elle n'avait réussi à prendre qu'un exemplaire de *La Nouvelle République* sur le présentoir, parce que c'était la pile la plus éloignée des caisses. C'était mal écrit, même pour elle, insupportable, mais elle persista à lire, elle avait une grande soif de nouvelles tout à coup... Henri Dumont ne passerait pas la nuit d'après eux, ils avaient anticipé sa mort la veille mais l'information, cette fois, paraissait confirmée... L'économie allait bien, pourrait aller mieux, mais les journalistes soupçonnaient ce calme relatif, ça leur paraissait hautement suspect de n'avoir rien à redire... La Reconstruction ne les enchantait guère, on les sentait en peine, presque perdus... Et la lecture était rendue plus difficile encore par l'arrogance qui suintait à chaque page, dans la section mode comme dans la section politique, mêlée au ton léger et badin qui, à l'approche des fêtes, paraissait s'imposer même dans le récit d'un tremblement de terre ou dans celui d'un incendie meurtrier. Ils n'en auraient jamais fini, de triompher...

Clara se comporta en adulte, assez fière, ne jeta pas le journal et passa rapidement jusqu'à la page vingt-deux :

DÉCÈS D'UN ANCIEN MENEUR DE LA RÉVOLTE

Demain auront lieu les obsèques d'Hakim Soudiène, dont le corps sans vie a été retrouvé il y a quinze jours, criblé de balles, dans une carrière non loin d'Argenteuil.

M. Soudiène avait été membre du groupuscule MDB, et une des figures marquantes et jusqu'au-boutistes de la vague d'émeutes qui partit de sa propre cité des Iris et agita le pays voilà bientôt dix ans.

Une fois le calme revenu, M. Soudiène, basculant dans la clandestinité, avait longtemps été recherché par la police, jusqu'à l'adoption d'une généreuse loi d'amnistie qui lui évita d'avoir même à se présenter devant les juridictions spéciales. Par la suite, délaissant toute activité politique sérieuse, il avait connu des difficultés pour se réinsérer et mener une vie normale, faisant plusieurs séjours en prison pour de petits trafics ou des troubles à l'ordre public.

Sans famille, M. Soudiène, dont la dépouille devait être initialement incinérée selon ses vœux, a été discrètement porté en terre samedi dernier dans le cimetière musulman des Iris, à la demande des proches. Mais la cérémonie publique d'hommage a été repoussée jusqu'à demain, vendredi 9 décembre, pour permettre à ses derniers amis de se recueillir sur sa tombe, et de partager un instant de recueillement. Nouar Arzou, ancien leader du MDB, récemment converti à l'islam, prendra la parole et dirigera les prières.

La police prévoit un dispositif imposant mais respectueux afin d'encadrer au mieux cette manifestation de chagrin.

Elle arrivait trop tard… Clara ne verrait plus jamais le corps d'Hakim et ne pourrait plus se venger, cracher publiquement sur la poitrine et sur la tête froides, sur le corps exposé une dernière fois, ne pourrait plus prendre sa revanche puis pardonner puis retrouver le souvenir entier de son amour et s'en débarrasser, se contenterait de sa propre mémoire qu'elle devrait continuer à triturer, et qui serait de plus en plus sujette à caution… Mais était-ce pour voir, après celui du frère, un autre cercueil de mauvais bois, qu'elle avait voulu à ce point retourner aux Iris ? Elle n'en était pas certaine. Et, même, Clara avait maintenant l'intuition que la mort d'Hakim n'était qu'un prétexte… S'il y avait une enquête à mener là-bas, c'était sur elle-même… Il s'agissait de s'élever, d'après elle, de voir plus loin… Dans ce cas un corps recouvert de terre meuble serait pour elle un marchepied tout aussi valable qu'un cadavre nu… plus solide et moins dégoûtant, sans doute… Elle n'avait donc pas rêvé son envie, le revirement brusque à propos de son passé, elle ne risquait donc pas de se réveiller… On ne se réveillait pas de sa propre vie, même à l'occasion de la mort des autres…

Dans la vallée le train traversa de nombreux bleds que Clara se rappelait délabrés et à peu près déserts, mais dont les couleurs vives indiquaient désormais la renaissance, et même l'expansion, à la suite de l'installation de nouvelles épiceries, de tables d'hôte, de fermes modèles qui suivaient la voie ferrée. Puis ce furent les puits de mine qu'on avait réouverts mais qui semblaient donner peu, à voir les terrils minuscules, et les premières banlieues, d'abord timides, accroupies, puis la haute pauvreté sur laquelle un voile semblait jeté, par le brouillard, par l'opprobre général et le remords, et la grosse industrie qui fumait et repartait de plus belle… Les dernières heures du voyage passèrent rapidement, jusqu'à l'arrivée.

À Saint-Lazare, Clara prit un autre train, dans les vapeurs de résurrection, un peu plus réticente et rattrapée par l'épuisement, mais toujours dévorée par la curiosité, il était peut-être malsain d'être curieuse à ce point… Mais elle était tellement proche, ça y était… Elle voulait savoir maintenant qui l'avait emporté, qui avait évolué favorablement qui s'était écroulé qui n'en pouvait plus qui revivait, d'elle ou des Iris… Dans un premier temps elle eut de la peine à reconnaître quoi que ce soit, pensa même s'être trompée de ligne : vu du train le paysage ne pouvait avoir changé à ce point, nul ne le pouvait… Puis, peu à peu, à de maigres indices, l'encaissement de la voie ferrée, une pointe de cheminée qui persistait à l'ouest, Clara se repéra péniblement, jusqu'au passage de la Seine qui était le même que dans son souvenir, puis ce fut le grand virage, qui entourait toujours la vieille usine… C'était une ancienne usine électrique en ruine, éventrée, qu'on n'avait toujours pas rasée ou remise en état ; mais elle ne s'était pas départie de sa dignité et d'une certaine sévérité, semblait même, à présent, plus grandiose qu'à l'époque où Hakim, elle et Édouard passaient presque toutes leurs nuits à ses pieds, c'est-à-dire au bas de six étages à demi soufflés comme après un bombardement, dans ses entrailles de plomb fondu, de plâtre bruni, de tuyaux crevés, de fils conducteurs, et tous ses organes que l'air vif avait corrodés – à l'époque où ils discutaient des nuits entières dans cette atmosphère de fin et de malheur qui les pénétrait et dirigeait gentiment leurs conversations, à l'époque où Hakim était encore Hakim, avant les émeutes, dépressif et drôle et abordable… Édouard était encore Édouard, protecteur et ronchon… Et Clara S., qui était-elle alors ? Elle se souvenait seulement que sa poitrine brûlait sans cesse, et elle avait l'impression que pour calmer la douleur il lui faudrait, toute sa vie, courir ou hurler… Comme elle considérait l'avenir de manière uniforme à cette époque-là, elle n'avait pu envisager que le dégoût et l'ennui affectaient même la douleur d'exister, l'anesthésiaient en quelque sorte ; et elle n'avait pu prévoir que le temps viendrait où, pour elle comme pour des milliers d'autres, également écorchés vifs, toute angoisse intérieure serait séparée, coupée du décor extérieur des Iris et des encouragements qu'elle y trouvait auparavant, par un front interminable de publicités le long des voies, des publicités sobres mais étalées sur d'immenses panneaux qui avaient empêché Clara d'apercevoir la maison de ses parents, et elle ne vit rien non plus des Iris tandis que le train entrait en gare, aucune des Trois Tours, même pas leurs têtes chenues… Et, au moment de descendre, Clara hésita… Son sac lui paraissait lourd tout à coup… Les quais de la gare ne lui revenaient pas, ils étaient propres, pour commencer… Elle avait tout son temps, maintenant qu'elle était arrivée, et il lui fallait sans doute atténuer le choc des retrouvailles avec le quartier, les gens… Ce n'était pas une question de courage ou de lâcheté, non, pas vraiment… Elle se rassit sur la banquette et continua en train jusqu'à Chantevigne, où elle prit une chambre d'hôtel au milieu des champs.

Pour se rendre au cimetière Clara avait évité de traverser les Iris et fait un long détour, moitié boue moitié verglas ; elle avait échappé ainsi, en arrivant du côté opposé à l'entrée principale et en se faufilant par un trou du grillage, aux contrôles d'identité que la police avait imposés aux autres invités. Et maintenant elle se tenait devant la tombe de son frère, à environ cent mètres de la cérémonie d'hommage à Hakim, écoutant Nouar psalmodier, interprétant les silences ou les mouvements brefs d'une foule compacte et sombre, priant pour son frère et songeant à son frère et à Hakim, à leur prochaine rencontre dans l'au-delà, à leur éclat de rire lorsqu'ils se reconnaîtraient, délestés de la haine instinctive qu'avaient éprouvée l'un envers l'autre les deux hommes... Alors que la Révolte avait en quelque sorte purgé sa mémoire, puis l'avait abandonnée solitaire et désemparée, sans proches et sans passé et sans avenir, les souvenirs de sa famille et de ses disparus lui revenaient dernièrement, et elle songeait moins à la mort, à l'idée abstraite qui l'avait obsédée longtemps, elle songeait davantage aux conséquences pratiques qu'aurait sa propre disparition, cette formalité ; et même ces pensées habituellement macabres avaient désormais une certaine douceur : comme cet enterrement, comme le cimetière des Iris, que les années passant avaient transformé en jardin. Et Clara murmurait, parlait à son frère comme à un ami perdu puis retrouvé : "Tu dois être satisfait... vengé, d'une certaine façon... Versé Hakim, dans la fosse à son tour, et même pas volontairement d'après ce qu'on sait, il aura voulu convaincre la personne de trop, un jeune caïd pire qu'un ennemi de classe puisqu'il ne pourra jamais être convaincu, gêné dans ses activités par trop de politique, trop d'agitation... Une Révolte lui avait suffi : il a sorti son arme, et Hakim l'a sans doute supplié... Il s'en irait aujourd'hui même, il ne parlerait plus jamais de révolution, à personne... Et l'autre lui a répondu : Je te crois, mais je vais quand même m'assurer que tu ne recommenceras pas... L'a fait mettre à genoux... Lui a parlé doucement... Quelle partie de sa vie a-t-il revue alors ? Il faut bien avouer qu'il me manque, plus que toi, je le regrette plus que toi malgré tout ce qu'il m'a fait, c'est une question d'âge je crois, tu t'es tué trop jeune j'étais trop jeune alors, et si je suis là plutôt que devant sa pierre tombale, si je m'adresse à toi plutôt qu'à lui c'est bien parce qu'il y a trop de monde pour l'instant… et du beau monde… Les fidèles de M. Nouar Arzou, exactement les mêmes que lorsque celui-ci était férocement athée, ils suivent quoi qu'il en coûte… Édouard, qui doit soupçonner comme moi qu'aucune exécution ne se passe aux Iris sans que Nouar l'ait approuvée d'abord… D'ailleurs je l'ai vu pleurer, sincèrement, est-ce qu'Édouard Lafayette pleurerait de cette manière s'il ne se doutait pas… D'un autre côté, vois comme je suis hypocrite : j'aurais pu venir à n'importe quel autre moment et profiter de ma solitude pour déposer un bouquet sur la tombe d'Hakim puis m'en aller, avec le sentiment du devoir accompli… Pourtant, pendant mon voyage de retour, certainement que ça m'aurait frappée, l'insignifiance d'un tel geste sans spectateur, ça aurait été comme de ne rien faire… Et je n'ai pas pu m'empêcher de venir les observer tous, vieillis, et mis en accusation par leurs propres rides, par leurs cheveux blancs naissants : Tu t'es vendu à la religion… Toi là-bas, tu as abandonné ton meilleur ami et maintenant tu te tords les mains,… Tu t'es vautré dans l'amertume… Et moi aussi j'ai fui mon propre monde, délaissé mon propre fils et tous les miens, ma famille, la famille que je m'étais donnée aux Iris, parce que je ne les supportais plus… L'ivresse est passée et nous n'avons plus envie de courir et de hurler, nous nous sommes réunis pour chasser définitivement l'esprit qui nous hantait toutes et tous il y a bien longtemps… Et toi mon pauvre frère, inutile dans la mort et inutile pour les vivants, dont le suicide n'a fait que détruire l'existence de nos parents, tu dois apprécier ma franchise dans l'au-delà, lieu de vérité pure, que penses-tu de ma démarche spontanée, que crois-tu que je vienne faire ici?…"

Vêtue de noir et de vert, comme camouflée derrière les arbres, immobile, Clara regardait à présent la foule se disperser, les têtes inclinées, les yeux embués, les mines graves; elle ne reconnaissait pas tout le monde, préférait observer la peine qui s'affichait plutôt que de chercher à retrouver l'identité de chacun, elle observait les efforts qu'on déployait pour participer au mieux à la comédie du chagrin, se sentant bien plus affligée que tous ceux qu'elle pouvait apercevoir et, en même temps, extraordinairement lucide, comme si elle était la spectatrice avertie d'une grande représentation dont la signification d'ensemble, cachée, échappait à tous ses participants. Il semblait à Clara que plus elle se rapprochait des Iris, plus ses pensées se faisaient précises, ou était-ce, en ce lieu, les morts qui s'étaient levés et s'exprimaient enfin, et pointaient du doigt et lui indiquaient une voie à suivre... Les souvenirs, aussi, revenaient plus précisément... Elle était terminée l'époque où elle se voulait sans mémoire, en révolte, seulement flanquée d'une baderne de conscience enflée... Et tout lui revenait, dans le cimetière, fleur parmi les fleurs... Même les sensations légères comme un parfum... Donc, la rencontre avec Hakim... Ils s'étaient épiés un moment comme deux animaux, semblant se découvrir, mais elle au moins l'avait remarqué depuis des mois déjà, au cours d'une fête dans un sous-sol ils s'étaient tournés autour, comme s'ils appartenaient à deux mondes absolument différents mais qui tout à coup ne s'ignoraient plus, deux mondes qui se craignaient encore comme si l'un d'entre eux risquait d'absorber l'autre... Mais rien de tel ne s'était passé, et ils avaient dû pour pouvoir simplement se toucher créer un monde à eux, étriqué, les laissant à peine respirer, monde dont les Iris et la famille de Clara refusaient l'existence même... Monde secret, dont l'étroitesse avait fini par les jeter l'un contre l'autre... Mais ce soir-là, les yeux ardents, et un tel désir de la salive de l'autre et de sa peau... Lécher la peau... Maintenant ça n'avait plus d'importance et les souvenirs revenaient, encombrants comme des meubles anciens qu'elle avait plaisir, cependant, à retrouver et à toucher de nouveau, meubles à l'aspect parfois comique : Hakim avait les pieds sales, il avait beau faire, ça sentait mauvais... Hakim se voulait poète, puisque son idole Nouar Arzou écrivait vaguement de la poésie... Hakim lui faisait correctement l'amour une fois sur quatre ou sur cinq, le reste du temps était trop tendu, trop préoccupé... Hakim ne savait pas quoi faire de sa vie jusqu'à la Révolte, et Clara avait découvert un peu avant lui ce qu'elle voulait, être libre... au moins libérée d'Hakim... Puis rester libre... Mais est-on libre quand on agit sans raison, quand on revient aux Iris sur un coup de tête... quand on suit sans réfléchir le terrible Nouar Arzou qui, surgissant dans votre dos et souriant comme si vous vous étiez quittés en bons termes la veille, vous a invitée à prendre le thé chez lui ?...

Ils marchèrent silencieusement, elle devant, jusqu'à la voiture délabrée de Nouar, où étaient restés sa femme et ses deux enfants. Clara monta à l'arrière, essaya d'éviter tout contact avec les garçons. Puis ils rejoignirent l'autoroute et arrivèrent rapidement aux Iris. Rien ne semblait changé… Il est vrai qu'une sorte d'émail recouvrait les vitres et bouchait à peu près complètement la vue… Comme si rien ne s'était passé. Le quartier paraissait endormi. Des murs en ruine ou tout juste chaulés, des trous béants dans les trottoirs demeuraient çà et là, mais Clara n'aurait su dire s'il s'agissait des dernières traces de la bataille qui avait été livrée ici voilà dix ans et qu'elle avait fuie, ou des effets d'un long manque d'entretien, et de l'ostracisme qui avait prévalu pendant la Reconstruction ; le mausolée de Youssef Chalaoui avait été détruit, mais cela Clara l'avait appris par les journaux, et les services municipaux réinstallés avaient particulièrement veillé à empêcher toute édification d'un monument commémoratif à cet emplacement, puis avaient fini par y installer une énorme benne à verre circulaire, que les habitants recouvraient quotidiennement de leurs ordures, par esprit de contradiction, et pour ne pas oublier… Ici les gens sont toujours aussi têtus, et fiers, lui dit Nouar, tandis que sa femme approuvait par de vigoureux hochements de tête… Comment ne le seraient-ils pas, après tout ce qu'ils ont accompli par le passé ?… Comment ne pas l'être en effet, fier d'appartenir à une quasi-nation qui entendait dicter ses propres lois ? Et pourquoi Clara n'était-elle pas revenue immédiatement, après sa sortie de prison, avant même son procès, ils l'auraient cachée… Ces questions qu'elle s'était posées pendant des années, ces questions qui avaient empoisonné son esprit pendant des années, elles n'avaient plus d'intérêt pour elle tout à coup, elles étaient en quelque sorte dévaluées parce que c'était Nouar qui l'interrogeait… À la lumière du jour, à l'air libre elles semblaient négligeables, comme toutes les œuvres de la nuit… Nouar continua à la questionner une fois passé le seuil de sa petite maison confortable, derrière le parc des Amandiers, impersonnelle comme une planque, malgré les meubles récents, l'énorme écran plat accroché au mur, les tapis et les fauteuils profonds… Clara répondait à demi-mot, ou à côté, resta debout dans l'encadrement de la porte du salon, n'enleva pas son manteau, refusa le thé ; mais cela n'avait pas tellement d'importance, ce qu'elle faisait ou non : Nouar ne semblait pas s'adresser à elle, la traitait comme une sorte de messagère qui aurait à rapporter ses propos à quelqu'un de plus important qu'elle et qui le comprendrait bien… Il plongeait son regard dans celui de Clara, et il avait les yeux verts, python… Il s'exprimait tout à fait comme la dernière fois qu'ils s'étaient rencontrés, de façon sinueuse, ayant réduit son entourage à l'état d'objet afin de s'exprimer à son aise, sa femme et ses deux fils figés, les mains posées à plat sur le canapé, il ne voyait en Clara qu'un moyen… seulement un canal, un moyen… Caressant quelques instants son épaule Nouar lui recommanda ne pas céder au vague à l'âme, surtout après un enterrement, de ne pas céder à la rancœur, de ne pas chercher les raisons de la mort d'Hakim, tout comme elle n'avait pas cherché, apparemment, les raisons de leur échec commun, dix ans plus tôt – comme elle avait eu raison, d'aller de l'avant. Il lui dit de ne pas se laisser guider par le chagrin, parce qu'aux yeux de Dieu chaque événement avait un sens, et qui étaient-ils pour comprendre ce sens, il lui dit qu'on ne devait pas juger ce qui arrivait, mal juger, lorsqu'on ignorait tout des tenants et des aboutissants, parce qu'alors c'est son propre malaise qu'on désirait surtout apaiser. Il lui dit de s'asseoir, de ne pas être ridicule, de prendre un gâteau. Il lui avoua trouver la vie… surprenante, qu'on ne pouvait pas prévoir, qu'il n'aurait jamais imaginé la revoir et qu'elle n'avait certainement pas envisagé de lui reparler un jour, qu'on n'était pas capable de prévoir, excepté Dieu. Il ne lui cacha pas que les choses avaient complètement changé aux Iris depuis son départ, et il lui parla avec fierté de la nouvelle mosquée, moderne, du retour des usines dernier cri et des commerces les plus branchés, de la reconstitution d'un solide tissu d'entreprises locales, il lui apprit ceci qu'elle ne savait pas : d'après le recensement, le quartier gagnait des habitants chaque année depuis sept ans. Il lui dit que les gens des Iris avaient changé eux aussi, à présent ils étaient réputés discrets, durs au mal et besogneux, chérissant leur tranquillité et la tradition, pourvu qu'elles ne les empêchent pas de vivre et de se distraire. Après un long silence où Nouar la regarda de la tête aux pieds en plissant les yeux, comme un serpent sur le point d'attaquer, il lui confia son impression qu'elle, Clara, par contre, n'avait pas l'air d'avoir changé du tout. En levant ses deux mains il lui dit qu'elle avait tout à fait le droit de revenir ici et qu'elle avait le droit de se réinstaller aux Iris si elle le souhaitait, que c'était son droit et qu'elle était libre, que ça ferait plaisir sûrement à tout un tas de gens, mais qu'alors il faudrait revenir sur la pointe des pieds, pour ainsi dire, et ne pas déblatérer sans cesse sur la Révolte et sur ses propres regrets, dans la rue, dans les bars quand elle aurait trop bu, il ne faudrait pas importuner la famille d'Hakim en remuant un passé douloureux, ni tenter d'attirer à elle les sympathies et les plaintes, comme, il fallait bien le dire, elle le faisait souvent dix ans auparavant. Il lui demanda si elle voyait bien de quoi il voulait parler, si Clara le comprenait parfaitement. Il ajouta que, si elle comptait tout de même revenir aux Iris et se comporter de manière respectueuse, à la grâce de Dieu, elle serait alors la bienvenue, et qu'il pourrait l'aider, lui trouver un travail et un appartement, qu'il connaissait du monde et des gens de cœur, que sa femme l'aiderait. Puis, tournant la tête vers ses deux garçons et les fixant sans tendresse, Nouar se mit à parler de Youssef. Il lui dit qu'Hakim avait essayé plusieurs fois de lui rendre visite chez les parents de Clara, ces derniers mois, qu'il avait téléphoné préalablement puis s'était rendu à leur domicile, Hakim semblait soudain vouloir connaître son fils, pour cela aussi il n'avait plus les idées claires. Les parents de Clara refusaient de lui ouvrir ou même de lui parler, et il restait là des heures durant, dans l'allée devant le pavillon, tentant seulement d'apercevoir le petit. Nouar lui dit avoir accompagné Hakim une ou deux fois afin de l'épauler, et que ce qu'il avait vu, son ami tremblant de tous ses membres et pleurnichant devant une porte close, lui avait brisé le cœur. Il lui dit que l'amour désintéressé qu'on portait à son enfant était un pas en direction de Dieu. Il lui dit que ses parents étaient des impies pour vouloir séparer un fils de son père. Et il suggéra qu'il était préférable pour Clara, vu la situation, de récupérer son fils et de repartir d'où elle venait, le plus rapidement possible, afin d'élever Youssef au mieux loin de l'impiété, en suivant les voies de Dieu. Il lui dit que si c'était ce qu'elle voulait, il l'aiderait, elle n'aurait qu'à lui dire. Puis il se leva et quitta la pièce, suivi de près par sa femme et ses deux enfants.

Les trois jours suivants elle fit l'expérience d'un calme qu'elle n'avait jamais connu aux Iris auparavant et qui forma comme un cortège à sa suite, pendant qu'elle parcourait d'un bout à l'autre le vieux quartier. Les touristes se taisaient en descendant des bus combles, puis en suivant par centaines le même circuit de visite ; elle éprouva une surprenante indifférence pour mille lieux du souvenir qu'elle avait pensés capables de l'émouvoir, mais qui demeuraient enfermés dans un passé révolu et silencieux. Et, peu à peu, Clara se sentit à nouveau gagnée par un sentiment familier qui avait occupé son temps loin des Iris, comme il avait occupé sa jeunesse : où qu'elle se rende, elle resterait une étrangère ; elle n'aurait jamais de foyer. Car si, plus profondément que le simple décor, les gens des Iris et l'esprit des lieux semblaient avoir changé d'un seul tenant depuis la fin de la Révolte, Clara n'avait connu quant à elle aucune de ces transformations qui, après avoir affecté de grands ensembles, des villes entières, des familles, étaient instillées chez les individus – elle avait résisté de toutes ses forces au changement, elle résistait encore, sans même s'en apercevoir. Et personne n'aurait pu l'aider, la détromper, voire témoigner pour elle, en mentant ou au contraire en révélant une vérité qu'elle-même ignorait jusque-là, et affirmer qu'elle aussi avait changé, d'une quelconque façon... Qui aurait pu lui affirmer qu'elle n'était plus cette jeune fille qui désirait voir le monde brûler ? Le quatrième jour après l'enterrement elle rendit visite à Édouard, Édouard le constant, qui lui dirait peut-être combien elle était différente maintenant, complètement transformée même, qui lui avouerait ne pas l'avoir reconnue tout de suite... Elle le trouva au rez-de-chaussée d'un immeuble neuf de la cité des Musiciens, la seule qui avait conservé son nom, où il travaillait comme concierge. Mais, dès que Clara parut dans la loge, Édouard s'effondra sur un tabouret et se mit à sangloter. Elle ne put rien en tirer.

Chaque jour, Clara continua de traverser les Iris comme un fantôme, ne sachant où trouver la preuve qu'un avenir était possible pour elle, ici et n'importe où ailleurs... Un avenir de mur, de pierre sèche... Un avenir de lèvres gercées et de maux à l'estomac... Un avenir de dictons, de sagesse convenue... Elle passa tout un après-midi à boire dans un café ouvert à tous les vents en contrebas de la Dalle, un après-midi et une partie de la soirée à observer les clients et le paysage en hochant la tête, insensible à l'alcool pourtant, interrogeant le patron qui haussait les épaules en arborant une mine impénétrable, cherchant l'adresse de tous les gens des Iris qu'elle se rappelait, peu de noms finalement ; elle passa des heures du côté des terrains de football, le front contre la grille froide, espérant que l'un ou l'autre des gamins la reconnaisse, et lui demande : "Tu connaîtrais pas mon papa ?" ; elle lut toutes les brochures de l'office de tourisme et toutes les plaques informatives bleu et blanc apposées à divers endroits du quartier, et, à la bibliothèque municipale, parcourut les journaux locaux des douze derniers mois ; elle évita soigneusement la cité de Nouar, et les rues étroites où sa voiture pourrait surgir et la surprendre. Mais, chaque soir, elle rentrait dans sa chambre d'hôtel sans être plus avancée dans ses investigations qu'elle ne l'était en arrivant, sans même savoir ce qu'elle cherchait exactement et ce qu'elle devait faire à présent, s'obstiner, partir, recommencer ailleurs, et peut-être moins sûre d'elle-même, parce que les habitants des Iris étaient aimables et pauvres et avaient tellement souffert qu'elle ne pouvait se conduire de la même façon qu'à H. et les ignorer, les détester, ou s'en faire des ennemis qui lui seraient un repoussoir constant – avant-hier, une vieille femme la découvrant hébétée au pied de la plus petite des Trois Tours l'avait conduite par la main dans une boulangerie et lui avait acheté une bouteille d'eau et du pain... l'avait aidée presque sans un mot et sans geste d'affection, c'était un genre de charité contre lequel il était difficile de protester... Clara commençait à se sentir coupable : pourquoi le spectacle de cette existence tranquille et de cette entraide qui se manifestait dans les comportements les plus banals la mettait mal à l'aise, pourquoi l'existence ordinaire des Iris lui était refusée, pourquoi donc se sentait-elle partout et toujours rejetée ? C'était pourtant ce qu'elle avait cherché cette communauté, lorsqu'elle habitait à H., et qu'elle n'avait jamais trouvé, seulement des individus s'agitant chacun dans leur coin... incompréhensibles... Mais, à présent qu'elle avait sous les yeux cette vie empêchée, cette vie contrainte qui lui paraissait juste à côté de la vie, à côté de ce qu'elle croyait être la vie et qui n'était au fond que l'exaltation permanente qu'elle avait connue pendant la Révolte ; à présent que c'était elle, Clara S., qui cherchait à secouer et à faire voler en éclats le statu quo, l'image que lui renvoyaient les Iris formait un portrait affreux, pas tant une grimace qu'un regard vide… Le neuvième jour après l'enterrement elle resta dans sa chambre, ne se leva que vers trois heures de l'après-midi, commença à réunir ses affaires, puis sortit pour respirer l'air du quartier, une dernière fois… Elle avait peut-être fait erreur… Avenue Marx les enfants étaient partout, criant, courant, jetant leurs sacs à dos en l'air, se bousculant ; on aurait dit qu'ils étaient maintenant les seuls responsables du bruit et de l'effervescence aux Iris, qu'on les avait chargés de ça, susciter l'imprévu… Petits éclaireurs de l'inconnu qu'on craignait, dont on ne voulait plus entendre parler… Et Clara vit, avançant dans sa direction, Youssef tenant la main de son grand-père. À côté d'un homme aussi grand et maigre, voûté et fixant constamment ses pieds, son fils ne faisait pas ses neuf ans ; il semblait chétif, trottait péniblement, comme s'il n'avait qu'une jambe valide, pour rattraper son grand-père, tenant à la main un croissant qu'il ne portait jamais à sa bouche, observant tout autour de lui d'un air absent, et ne reconnaissant pas Clara lorsqu'ils la croisèrent. Elle eut envie de l'attraper par le bras et de le forcer à la regarder en face… à la voir telle qu'elle était ce jour… Elle les suivit de loin jusqu'à la maison de ses parents ; elle les vit entrer dans le garage, puis elle regarda un moment la porte close, opaque. Marchant, ni son père ni son enfant n'avaient prononcé une seule parole.

Elle attendit que la nuit tombe, puis que les lumières s'éteignent ; alors elle enjamba le portail d'entrée, suivit un sentier qui longeait la clôture sur la gauche de la maison, et se posta dans le fond du jardin, au creux d'un massif de lauriers, cachée par un prunier qui s'était tordu douloureusement sous le poids des hivers. Puis, frigorifiée dès la première seconde d'attente, elle guetta son fils. Elle s'attendait à voir s'ouvrir la petite fenêtre, au-dessus de la porte d'entrée, qui était celle de son ancienne chambre, ou peut-être celle d'à côté, à voir Youssef passer la tête pour s'assurer qu'il n'avait réveillé personne et qu'elle était bien là ; elle s'attendait à le voir ensuite jeter une corde de draps noués dont il aurait attaché une extrémité au pied de son lit, puis à ce qu'il descende comme un chat jusqu'à la terrasse ; elle le voyait déjà dégringoler l'escalier plié en deux, s'engager sur la pelouse en pente, trébucher sur une grosse racine, et rester étalé un moment par terre pour écouter le bruit de sa chute résonner et s'éteindre ; rassuré Youssef se serait remis sur ses pieds et aurait roucoulé comme un oiseau, puis il aurait rejoint Clara sur la pointe des pieds et chuchoté : "C'est bien toi maman ?", et, avant même qu'elle puisse le toucher, il serait reparti en arrière pour prendre son sac à dos qu'il avait oublié dans sa chambre, mais elle l'aurait rappelé en élevant légèrement la voix, et il se serait immobilisé près du prunier en se demandant soudain s'il devait faire confiance à cette femme et à ses promesses d'aventure, enfin se serait décidé parce qu'il aurait senti tout à coup le froid et ils auraient quitté le jardin enlacés, Clara frottant d'une main énergique le dos de Youssef et goûtant, au-delà de toute mesure, le bruit produit par le frottement de ses ongles sur le manteau synthétique de l'enfant… Les joues meurtries par les branches, ses jambes et ses fesses et son sexe comme gangrenés par le gel qui avait pris possession de la terre, Clara décida vers minuit de repartir cahin-caha vers son hôtel, et aussi de ne plus rêver, c'était le rêve qui l'avait trompée jusqu'ici… Elle avait trouvé le coupable de ses ennuis, et même plusieurs, autant que nécessaire… Toutes ses visions, toutes les illusions… Elle ne rêverait plus.

Ce fut sa mère Clarisse, et non son père comme c'était l'usage, qui ouvrit la porte à Clara le lendemain matin, et elle eut l'impression que c'était là un heureux présage. Elle se sentit encouragée à parler. Cela dura longtemps… Clara parla tellement, et trop vite, plus qu'en plusieurs années. Et elle se disait tout en s'embrouillant dans ses idées face à sa mère impassible ou irritée, que c'était une chose nécessaire, que c'était un passage obligé de supplier Clarisse comme elle le faisait de lui rendre son propre fils… Et que son mérite serait reconnu, sa bonne foi et sa vaillance, de quelque façon que ce soit, et sa ténacité… Mais sa mère ne perçut pas les nouvelles résolutions de Clara, ne remarqua pas qu'elle devait avoir profondément changé pour accepter de se livrer ainsi : ses actes passés avaient élevé entre elles des barrières qui paraissaient toujours infranchissables… Clara avait eu raison, il y avait des années de ça, au même endroit, elle avait vu juste… Il n'y avait pas de retour en arrière possible… Et, quand elle eut épuisé ses explications et justifications, quand elle eut exposé sa version des faits, ses preuves et autres arguments jusqu'à leur faire donner leur dernier et mince jus, sa mère leva les yeux et la regarda avec fureur, parla à son tour, avec dureté :

"Eh bien te voilà, Clara Sanchez, ex-fille, et puis après. Te voilà après tout ce temps où tu nous as fuis même quand on était prêts à te pardonner beaucoup ton père et moi, même quand on faisait six cents kilomètres pour t'amener ton fils, que tu puisses faire semblant de t'en occuper un peu. Te voilà sans crier gare et tu t'assieds dans ma cuisine et tu te mets à parler à tort et à travers, et moi je n'ai rien compris du tout. Qu'est-ce que tu veux vraiment ? Parce que tu ne veux pas reprendre Youssef, on est bien d'accord tu ne peux pas vouloir ça, tu as beau être qui tu es Clara, il y a une limite que même toi… C'est une lubie qui t'a prise, comme d'habitude, tu l'auras oubliée une fois dehors à traîner… Qu'est-ce que tu veux vraiment…

— Je ne veux pas d'argent si c'est ça que tu veux dire maman, je suis venue en train jusqu'ici, j'ai payé mon billet et ma chambre d'hôtel, je travaille et j'ai payé.

— Je sais bien que tu ne veux pas d'argent Clara, tu détestes ça et tu détestes tous ceux qui en ont, même si c'est utile pour élever un enfant, ou bien rebâtir une maison détruite par un incendie criminel. Tu détestes tout ça, je le sais parce que tu l'as dit et que je l'ai lu dans le journal à l'époque où ils t'ont enfermée. Mais tu veux tout de même quelque chose, ce n'est pas par affection que tu es venue me rendre visite, et tu ne veux pas me dire quoi : tu es là à me fixer de la même façon qu'autrefois quand tu voulais organiser une fête ici pour toute la racaille des Iris, et que tu savais parfaitement que nous allions refuser. Tu veux et tu n'as pas l'air de savoir ce que tu veux, moi je te connais. Mais j'aimerais que tu trouves maintenant ce que tu veux me demander, assez vite, que tu me demandes et je te dirai non. Et puis tu partiras.

— Attends, maman, écoute.

— Plus de maman, je n'écoute plus. Et plus de patience. Ces choses-là m'ont coûté trop cher, et les temps étant ce qu'ils sont, ils nous conviennent très bien à ton père et à moi et à Youssef aussi. Finis les révoltes et le chaos pour se défouler et ne pas avoir à travailler durement, c'est fini. Il va falloir apprendre à vivre comme tout le monde, ma petite." Clarisse se pencha vers

Clara et grimaça. "Mais c'est vraiment ça que tu veux, t'occuper de Youssef, comme ça du jour au lendemain ? Tu as perdu la tête, ça y est ? Tu n'as plus de tête et tu n'as toujours pas de cœur Clara Sanchez, tu ne demanderais pas ça autrement ne serait-ce que pour Youssef. Quand je pense au pauvre petit… Tu oses me demander ça à moi ?" Sa mère remua légèrement sur sa chaise et Clara aperçut alors brièvement, dans ses mains posées sur ses genoux, l'éclat d'une lame ou d'une arme.

"Maman.

— Ne m'appelle plus maman, plus personne. Qu'est-ce que tu as pris comme drogue, qu'est-ce que tu as accompli dans la rue qui t'a fait croire que tu méritais d'avoir Youssef pour plus de quelques heures ? Moi je n'ai rien lu à ce propos dans le journal. Tu t'en vas Clara, maintenant. Et tu reverras Youssef dans un mois, deux, quand j'aurais digéré tes provocations. Quelle honte…"

Ainsi, même sa mère s'opposait à elle, sa mère qui avait courbé l'échine toute sa vie… Et elle bavait presque, ses yeux avaient fini par se révulser, c'était sa satisfaction d'avoir enfin trouvé ce à quoi Clara tenait dont elle pourrait la priver, c'était sa révolte de lui dire non… Et ce goût, non plus de fer, mais de cendre, qui avait fait son retour dans la bouche de Clara, comme si la maison venait tout juste de brûler… Mais, d'un autre côté, l'indulgence qu'elle ne pouvait manquer d'éprouver pour Clarisse, sentiment qu'elle considérait pourtant comme des plus indignes il y a encore peu, et la satisfaction de se voir franchement empêchée, non par la nostalgie ou un autre sentiment vague, non par la peur de vieillir, mais par un être de chair et de sang… Une chair, un sang que l'on pouvait combattre, déchirer, réduire… Au moyen de méthodes discutables si besoin était… Dès qu'il s'agissait des corps et de leur volonté propre, la morale n'importait plus, mais le but à atteindre, de la Grande Révolte c'était la leçon…

"Clarisse… Avant de venir j'ai discuté avec Nouar tu sais, Nouar Arzou, il est tout à fait bien maintenant, et il a dit qu'il m'aiderait avec Youssef… Il m'a affirmé que sa place était auprès de sa mère. Il pourrait peut-être m'aider, avec les papiers et le tribunal, tout ça, c'est un peu comme le maire aux Iris. Il m'a dit qu'il était déjà venu ici avec Hakim, il connaît la situation et il pourrait revenir discuter avec toi de la situation, avec papa, quand il sera là bien sûr. Ce serait bien ?"

Sa mère avait blêmi… Elle avait reculé peu à peu sur sa chaise, puis s'était avancée brusquement, comme prise par une houle soudaine… Et elle ne dit plus un mot, regardant Clara en coin, comme sur le point de pleurer, ou de lui planter dans le cœur le couteau qui était apparu sur la table, malgré elle… Avant de partir, Clara insista pour établir un calendrier avec sa mère : à partir de la semaine prochaine, Youssef viendrait la voir à H. deux week-ends par mois pendant quatre mois, puis pendant les deux semaines de vacances à Pâques, puis pendant tout le mois de juillet. Et, si tout se passait bien, en septembre… Puis elle voulut en savoir davantage sur la façon dont Youssef était installé, sur ses habitudes, sur les affaires qu'il possédait déjà et sur celles qu'il pourrait réclamer, et sa mère la conduisit jusqu'à la chambre de l'enfant. Ses parents l'avaient installé dans l'ancienne chambre de son frère : c'étaient les mêmes murs, la même moquette, la même atmosphère de recueillement qu'avant l'incendie, et la même lumière tamisée et vacillante de cierge… La chambre était aussi bien rangée qu'après la mort de son frère. Il y avait peu de décorations, peu d'affiches, et les jouets que Clara avait offerts à son fils étaient encore dans leurs emballages, entassés au-dessus de l'armoire. Mais, çà et là, aux traces de brûlure sur le rebord du petit bureau, aux photos et aux disques d'idoles rebelles qui commençaient à se multiplier, à des essais de tags sur des feuilles volantes à partir du code postal des Iris, Clara comprit que le quartier était en train d'envahir ce sanctuaire que ses parents avaient tellement voulu préserver, et l'existence même de son enfant, comme il avait, à une époque, possédé entièrement la sienne. Elle ne laisserait pas faire cette fois… Non… Absolument, il fallait l'emmener loin d'ici, pour ça Nouar avait raison… Sur le seuil, Clara insista pour embrasser sa mère sur les deux joues.

La semaine suivante, Nouar l'accompagna de bonne grâce dans ses démarches au tribunal de grande instance, il fallut seulement supporter son air amusé… Clara remplit trois dossiers et déposa plusieurs requêtes, sur les conseils d'un avocat ami de Nouar, insistant sur les liens du sang auxquels elle ne croyait pas, surestimant honteusement ses ressources, salissant vaguement la réputation de ses parents qui n'étaient jamais partis loin des Iris pour élever leur petit-fils... Puis elle s'en alla. À H., une obsession d'argent se mit à colorer son regard, et bientôt Clara ne vit plus que ça, et le travail à abattre pour l'obtenir. Elle fit plusieurs nuits de garde par semaine en plus de son activité à l'atelier, prépara le concours d'entrée à l'école d'infirmières, se tortura pour acquérir une orthographe correcte, pensant à Youssef comme à une chose qui lui appartenait un peu plus chaque jour, repensant à sa mère et la détestant pour ce qu'elle lui avait dit et qui était vrai, songeant à elle-même avec de plus en plus de tendresse. Elle déménagea, s'installa non loin d'une clinique en amont du fleuve et du centre de H., acheta un lit et des meubles semblables à ceux qu'elle avait vus chez ses parents pour l'unique chambre de l'appartement qu'elle destinait à Youssef, elle posa elle-même un papier peint bleu roi et la moquette grisée, effrayée comme elle ne l'avait jamais été lorsqu'elle se demandait si les tons et les motifs de lys qu'elle avait choisis pour la couette conviendraient à son fils. Puis elle attendit, tendue vers quelques dates que le tribunal lui avait transmises, évacuant d'un mouvement d'humeur chaque doute qui venait insidieusement l'interroger, le soir surtout : *Et après ?*, évacuant le doute comme si elle se trouvait dans un tunnel de sensations, le regard brûlant d'ambition fixé sur son objectif... Et, un jour de mai, elle récupéra définitivement la garde de Youssef.

Ils décidèrent de repartir vers H. en train. Mais le trajet jusqu'à la gare seul leur parut interminable, le fils et la mère méfiants et contrariés par cette méfiance réciproque, bien que Youssef ne manifestât pas de mécontentement ni de déplaisir, ni de satisfaction lorsque Clara lui assura qu'il reverrait ses grands-parents très bientôt... C'est pire que tout, pensa Clara, qui n'osait le toucher : elle ne pouvait même pas deviner ce que son fils pensait. Pendant le voyage, Youssef regarda obstinément le paysage sans jamais se retourner vers elle, comme s'il ne pouvait en aucun cas être intéressé par cette mère qui s'imposait à lui, mais il semblait prendre garde à ne pas bouder non plus, se comportant peut-être de la même façon qu'auparavant, songea Clara pour se réconforter, lorsqu'il accompagnait contre son gré ses grands-parents une fois par mois, puis un week-end sur deux, pour lui rendre visite, s'enfermant en lui-même et tentant de communier avec la nature qu'il fixait si intensément mais qu'il ne comprenait pas, avec les champs et les forêts qui, sentait-il confusément, le méprisaient. Vers midi, après lui avoir demandé à de nombreuses reprises s'il avait faim, s'il avait froid, s'il devait passer aux toilettes ou s'il avait besoin de quelque chose... qu'elle l'enlace, ou qu'elle saute du train en marche... À midi, à la faveur de l'agitation qui avait gagné le wagon et les délaissait, quoi de plus banal qu'une mère voyageant avec son fils, à midi ce jour-là, sans attendre l'expression d'un désir ou d'un consentement, Clara commença à lui expliquer le paysage qu'il regardait toujours avec des mots qu'elle ne savait pas connaître et qui lui venaient à l'esprit parce que son fils se tenait à ses côtés, comme un talisman, ou comme un prolongement d'elle-même, une voix ou bien une main ; elle lui parla des choses simples et intemporelles qui structuraient leur vue et celle de tout être humain, et des malheurs qui pouvaient affecter cette vue, puis, lorsque Youssef se fut enfin tourné vers elle, elle se mit à lui parler avec des mots simples de ce qu'elle avait fait de mauvais, de bénéfique, sans mentir à propos de cette période de sa vie où elle ne s'était pas préoccupée de lui, elle lui raconta son histoire comme si ce n'était pas la sienne, mais celle d'une amie avec laquelle elle avait simplement perdu le contact, elle raconta son histoire comme si elle l'avait lue quelque part ; et cette Parole semblait nourrir petitement Youssef, qui avait froncé les sourcils et pris le même air sérieux qu'avait parfois Hakim, l'air d'un confident qui aurait sous peu à apporter son conseil, cette Parole ressemblait, non à une confession implorant le pardon, mais, pour la première fois dans la vie de Clara, au mortier et à la brique, à un monument élevé en l'honneur de ce qu'elle avait été et n'était plus, de ce qu'elle avait pensé et ne penserait plus, tas de pierres qu'elle pourrait laisser derrière elle, à l'admiration de son fils... Et parlant elle ne pleura pas sur son propre sort, ne fut pas émue ; un peu avant la gare de S., elle caressa la joue de l'enfant qui ne laissait toujours rien paraître, ni mécontentement ni tendresse, mais se laissait faire à présent. Si seulement, se disait Clara, elle parvenait à lui apprendre absolument tout ce qu'elle savait... croyait savoir...

Dès lors Clara donna libre cours à son amour pour ce fils qui semblait l'avoir écoutée et comprise une fois pour toutes, et le ridicule évident de certaines effusions ne lui apparaissait plus, lorsqu'elle attirait Youssef à elle pour un baiser qu'il ne voulait pas lui accorder, lorsqu'elle s'adressait à lui comme au bébé qu'elle n'avait pas su garder. Mais Youssef n'avait pas été bouleversé par les révélations de Clara, plutôt gêné, en définitive, et il ne supporta pas longtemps ses maladresses, se mit bientôt à comparer ses intuitions de mère récente à celles de sa grand-mère qui voyait toujours juste, dans son souvenir ; il s'ennuyait consciencieusement au parc, pendant leurs longues promenades en forêt, et même à la fête foraine. Et Clara, qui pensait aimer son fils, ne le blâmait pas, mais ne savait que faire d'autre pour contourner l'hostilité de Youssef et le toucher, ne savait que dire de plus, se contentant d'en concevoir un grand dépit. Le laissant seul dans leur appartement presque chaque nuit, et même si elle lui avait expliqué plus d'une fois la situation, elle craignait toujours que Youssef ne fugue. Mais, chaque matin, elle le retrouvait à l'exact endroit du lit où elle l'avait laissé le soir précédent, dans la même position adulte, couché sur le flanc, le drap fin soigneusement placé sous son aisselle… Elle ne comprenait pas qu'il refuse de choisir entre une obéissance affectueuse et la rébellion… Elle n'avait pas d'imagination maternelle, elle n'avait prévu que ces deux cas de figure… À la fin du mois de juin, ils ne se parlaient pratiquement plus, Youssef faible et placide dans ses préventions, Clara ne parvenant pas à se débarrasser des nœuds prodigieux dans son ventre… Quelque chose semblait avoir été mis en charpie à l'intérieur de son ventre… Et, un samedi après-midi, elle fut à nouveau prise d'une grande envie de solitude, elle voulait tout à coup oublier ce fils qui ne voulait pas d'elle – des idées magistrales sur la liberté de chacun, sur la beauté de l'échec lui revenaient. Elle décida de se rendre à un rassemblement place des Victoires, et ordonna à Youssef de la suivre sans protester. Lorsqu'ils arrivèrent, il y avait peu de monde… Il y avait beaucoup de bruit et de musique, il y avait de la peur chez les clients qui avaient quitté les terrasses et s'étaient massés au fond des cafés, et tout ce dont Clara avait besoin pour s'isoler, et couper le fil de ces pensées qui la ramenaient toujours à Youssef, Youssef. De grands ballons blancs et rouges flottaient au-dessus d'eux ; on pouvait lire, sur des panneaux immenses posés à plat sur le sol où s'étalait une écriture minuscule et serrée, des revendications que chacun, passant et lisant plus rapidement que de raison, remplaçait par des réclamations plus personnelles : se faire des amis, des amis compréhensifs, exhiber l'effondrement de son visage, ses douleurs, son excentricité comme autant de gloires, trouver du réconfort, parce qu'il paraissait impossible d'élever un enfant seule, dans ce monde… Seul Youssef, s'avançant à son tour, s'agenouilla et lut chaque panneau jusqu'au dernier mot, suivant les lignes avec son index et remuant silencieusement les lèvres. C'était l'acte d'un petit garçon intelligent et perdu, sa façon de découvrir qui était sa mère, en quelque sorte malgré elle, sans rien lui devoir, comme le ferait un détective surveillant et interprétant les faits et gestes de Clara, analysant le milieu dans lequel elle vivait, toutes choses qu'il n'avait pu faire jusqu'à présent puisque sa mère n'agissait que pour lui, en suivant l'idée qu'elle avait de lui. Puis il releva la tête en clignant des yeux, en proie à un léger vertige, ébloui par la réverbération des enceintes et des mégaphones, et il chercha sa mère du regard. Non loin Clara s'agitait, les mains dans les poches, esquissait un pas dans une direction puis reposait le pied, levait l'autre pied et tenait pendant un instant l'équilibre sur une jambe en sautillant sur place, et elle criait, machinalement, elle criait parce qu'il n'y avait rien d'autre à faire… Et qu'est-ce qu'on pouvait faire d'autre, encombrée d'un sale gosse… Youssef ne comprenait pas ce qu'elle criait, mais il se concentra sur sa voix… Il se rapprocha…

"Clara…"

Elle hurlait maintenant d'une voix qui n'était plus celle de la dame assagie qui désirait si fort être sa maman, aimait s'épancher, ni celle, ne dépassant jamais le murmure, de la demi-inconnue qu'il avait fréquentée pendant des années : c'était une voix grave pour une femme, impressionnante, que tout le monde semblait fixer comme si on pouvait la voir, et la suivre. Et Youssef se rapprocha encore en tendant l'oreille, essayant de répéter ce que la voix disait, jusqu'à prendre et secouer la main de Clara pour lui faire savoir qu'elle devait un peu ralentir son débit, il l'implora :

"Clara…"

La petite foule du rassemblement reprenait à présent les slogans de Clara et, l'entendant japper, Youssef saisit indirectement ce que sa mère essayait de dire, et il lui sembla qu'elle ne s'adressait qu'à lui, appuyée par un chœur terrible, une majorité écrasante qui, enfin, le persuadait des intentions louables de sa mère. Il voulut s'excuser pour son comportement :

"Maman…"

Mais Clara ne l'entendait pas, les bruits de la foule l'apaisaient, elle pensait à Youssef Chalaoui et à Hakim et aux Iris qui n'étaient plus en guerre mais la guerre continuait pourtant, puis, sans le regarder ni se préoccuper de son fils qui était en train de la tirer par le bras, elle se mit à penser à lui de façon abstraite, elle se désespérait, se demandait s'il deviendrait un jour le militant fier et respectable qu'elle espérait et le bon fils, le fils aimant, s'ils seraient tous deux comme eau se mêlant l'un à l'autre un jour, toutes leurs pensées…

"Maman !… Maman !…"

Elle se voyait courant près de l'eau main dans la main avec Youssef, dans une parfaite union, comme des fugitifs sur le point d'être repris, puis elle pensa au fleuve, à l'eau la plus puissante qui pourrait engloutir ce monde impossible à réformer et la noyer elle, elle ne voyait plus que ça, le scintillement de l'eau, elle pensait à son enfant qui lui échappait, qui était déjà comme l'eau et elle songea à la vieille eau de sa propre mémoire, elle voulait être comme l'eau qui s'infiltre partout, imprègne nos corps et soutient la terre et protège les fils, qui se retire à volonté, elle songeait à la sobriété forcée qu'elle devrait observer le reste de sa vie, pour Youssef, et aux récompenses de l'eau pure, elle pensait à l'eau, elle ne pensait plus qu'à l'eau.

OUVRAGE RÉALISÉ
PAR L'ATELIER GRAPHIQUE ACTES SUD
ACHEVÉ D'IMPRIMER
SUR ROTO-PAGE
EN SEPTEMBRE 2013
PAR L'IMPRIMERIE FLOCH
À MAYENNE
POUR LE COMPTE DES ÉDITIONS
ACTES SUD
LE MÉJAN
PLACE NINA-BERBEROVA
13200 ARLES

DÉPÔT LÉGAL
1ʳᵉ ÉDITION : AOÛT 2013
N° impr. : 85414
(Imprimé en France)